68

D1858530

Edgar Franzmann, 1948 in Krefeld geboren, lebt als Schriftsteller und Journalist in Köln. An der Kölner Universität war er Teil der Studentenbewegung 1967/68, ehe er die Journalistenlaufbahn einschlug und unter anderem als Redakteur beim EXPRESS und als Chefredakteur von koeln.de arbeitete. »68« ist sein fünfter Kriminalroman im Emons Verlag. Franzmann ist Mitglied des Syndikats der deutschsprachigen Krimiautoren und der International Thriller Writers.

Dieses Buch ist ein Roman. Handlungen und Personen sind frei erfunden. Ähnlichkeiten mit lebenden oder toten Personen sind nicht gewollt und rein zufällig.

EDGAR FRANZMANN

68

KRIMINALROMAN

emons:

Bibliografische Information der Deutschen Nationalbibliothek
Die Deutsche Nationalbibliothek verzeichnet diese Publikation in der Deutschen Nationalbibliografie; detaillierte bibliografische Daten sind im Internet über http://dnb.d-nb.de abrufbar.

MIX
Papier aus verantwortungsvollen Quellen
FSC® C083411
FSC
www.fsc.org

© Emons Verlag GmbH
Alle Rechte vorbehalten
Die Auszüge in Kapitel 31 stammen aus: Jens Hagen, Nie ankommen – Köln Poem; Sprungturm Verlag, Köln; erste Auflage 2014. Abdruck mit freundlicher Genehmigung durch Dorothee Joachim und Boris Becker vom Sprungturm Verlag.
Umschlagmotiv: Montage aus © mauritius images/Alamy und ranker666/Depositphotos.com
Umschlaggestaltung: Tobias Doetsch
Gestaltung Innenteil: César Satz & Grafik GmbH, Köln
Lektorat: Lothar Strüh
Druck und Bindung: CPI – Clausen & Bosse, Leck
Printed in Germany 2016
ISBN 978-3-95451-816-6
Originalausgabe

Unser Newsletter informiert Sie
regelmäßig über Neues von emons:
Kostenlos bestellen unter
www.emons-verlag.de

Dieser Roman wurde vermittelt durch die Autoren- und Verlagsagentur Peter Molden, Köln.

Für Karlheinz,
meinen Vater,
den ich
gerne länger
und besser
gekannt hätte

1

Die Beatles gratulierten herzlich und sehr laut: »They say it's your birthday«, dann explodierte die Geburtstagstorte. Ein ohrenbetäubender Knall kurz nach Mitternacht. Alle lachten, außer Paul Rubin, der vornübergebeugt die beiden Kerzen, eine blutrote »6« und eine anarchoschwarze »8«, ausblasen wollte.

Die glühende Masse, die ihm ins Gesicht klatschte, schmeckte nach Wachs, Sahne-Nuss, Kleister und Benzin. Seine Haut schmolz unter der Hitze. Die Augen verklebten. Die Haare fingen Feuer, der Kopf glühte, er schrie, als würde ihm das Gehirn weggeflämmt.

An allen Ecken des Saales ploppten Feuer auf, schossen auf Paul zu.

Georg Rubin riss sich das Jackett vom Körper und stülpte es über Pauls Kopf, um die Flammen zu ersticken. Paul keuchte, schnappte nach Luft.

Die Flammen aus dem Saal kamen näher. Georg schleppte seinen Vater nach draußen, legte ihn behutsam auf den Bürgersteig vor der Studiobühne.

»Ich kann nichts mehr sehen«, röchelte Paul. Er rieb sich die Augen, was ihm höllische Schmerzen bereitete.

Das Feuer im Studententheater schlug höher und höher, ein Fenster zerbarst, eine Flamme leckte hindurch, als wollte sie ihr Opfer auch noch auf die Straße hinaus verfolgen.

»Was war mit der Torte?«, flüsterte Paul.

»Ich weiß es nicht«, sagte Georg, während er mit seinem Taschentuch seine verrußte Brille zu putzen versuchte. »Ich werde es herausfinden.«

»Sahne-Nuss, meine Lieblingstorte. Mit Napalm.«

»Mit was?«

»Napalm«, wiederholte Paul.

»Raus hier, alle raus«, kommandierte Kurt Schmoll, der die Rolle des Anführers übernahm. Er alarmierte die 112, löste einen Feuerlöscher von der Wand, versuchte, das Höllenfeuer einzudämmen. Ein hoffnungsloser Kampf.

Die automatische Sprinkleranlage sprang an, doch das Wasser schien den Brand eher anzufachen, anstatt zu löschen.

Eine Feuerschlange kroch über den Boden, drohte den Ausgang zu versperren. Der einäugige Rainer Küpper erkannte die Gefahr, riss einen Vorhang ab und begrub die Schlange unter sich.

Dada dada da daaa da daaa, bumm bumm bumm – der Plattenspieler wiederholte pausenlos den Beatles-Birthday-Song mit dem markanten Gitarrenriff.

Hartmut Meyers, der vergessen hatte, dass er vom Unterleib an gelähmt war, tanzte Rock 'n' Rollstuhl mit den Flammen, ehe er sie mit alkoholfreiem Bier aus der Flasche ertränken wollte.

Willy Leipold, Regierungssprecher a.D., stoppte das wirbelnde Gefährt und bugsierte Meyers aus der Gefahrenzone ins Freie.

Geschockt und fröstelnd versammelte sich dort einer nach dem anderen die restliche Geburtstagsgesellschaft auf der Kölner Universitätsstraße.

Außer Paul schien niemand ernsthaft verletzt zu sein.

»Da, da ist jemand«, rief Johannes Bäck, früher der Spezialist für Molotow-Cocktails, »seht ihr das nicht?«

Georg sprang auf. »Wo?«

»Da. Im Nebenraum. Ich habe einen Schatten gesehen«, sagte der grauhaarige Mann. »Komm, wir müssen da rein.«

»Lass mich das machen«, rief Georg, »kümmere du dich um Paul.«

»Ich wollte das nicht. Ich war das nicht«, rief Johannes dem losstürmenden Georg hinterher, Worte, die im prasselnden Lärm verhallten.

Die Hitze im Innern war nicht zu ertragen. Die Flammen fraßen sich an den Wänden entlang, Georg nahm den Weg durch die Mitte, hielt sich ein Taschentuch vor den Mund.

Er wollte die Tür zum Nebenraum aufreißen, der glühende Griff verbrannte seine Hand. Abgeschlossen.

Er kannte das Zimmer. Es war das Büro, in dem er vor zwei Wochen mit Norbert Winzer die Studiobühne als Räumlichkeit für Pauls achtundsechzigsten Geburtstag klargemacht hatte:

1968 – fünfzig Jahre danach, mit den alten Rebellen von damals in der alten Mensa von damals.

Durch die vier Fenster im Türblatt sah er, dass auf der anderen Seite ein Mann eingesperrt war. Gefesselt, wie eine brennende Fackel auf einem Bürostuhl, der Kopf steckte unter einem dunklen Guantánamo-Sack.

Georg hämmerte an die Tür. Er schrie. Der Mann reagierte nicht. Zwei Feuerwehrleute in Schutzanzügen stürmten an seine Seite. »Machen Sie, dass Sie rauskommen. Das hier ist unser Job.«

Georg taumelte zurück durch den dichten Rauch. Er hörte, wie die Männer hinter ihm die Tür in Stücke hackten. Vielleicht kam die Hilfe doch nicht zu spät. Vielleicht war es doch nicht Norbert.

Vor der Studiobühne war ein Großaufgebot an Einsatzwagen aufgefahren. Dreimal Feuerwehr. Dreimal Polizei. Ein Notarzt. Zwei Rettungswagen. In einen wurde Paul hineingehievt.

»Georg Rubin. Ich bin sein Sohn. Was machen Sie mit ihm?«

»Uniklinik. Notaufnahme. Wollen Sie mitfahren?«

Georg zögerte. »Wie geht es ihm?«

»Die Brandverletzungen im Gesicht sind schwer. Der Kreislauf scheint aber stabil zu sein.«

Pauls Gesicht war mit einem feuchten Tuch bedeckt, unter dem Atemschläuche hervorragten.

»Wird er durchkommen?«

»Akute Lebensgefahr besteht nicht.«

»Dann komme ich nach«, sagte Georg. »Heute ist sein Geburtstag. Ich habe die Feier für ihn organisiert. Ich glaube, dass ich hier noch gebraucht werde.«

Georg nahm Pauls Hand, spürte einen schwachen Gegendruck.

Die Hecktür wurde verriegelt. Mit Blaulicht, aber ohne Sirene, setzte sich der Wagen mit seinem Vater langsam in Bewegung und rollte in die Dunkelheit.

Was wusste er eigentlich von diesem Mann?

Und was wusste dieser Mann von Napalm?

Napalm. Brandbomben. Von den Amerikanern im Vietnamkrieg eingesetzt. Georg sah das Foto des Mädchens vor sich, das nackt und vor Schmerzen schreiend nach einem Napalm-Angriff vor Männern mit US-Stahlhelmen davonrannte.

Und heute? Napalm mit Sahne-Nuss. Was für eine beschissene Welt!

2

Ein uniformierter Polizist holte Georg aus seinen Gedanken. »Bitte räumen Sie den Platz. Es gibt hier nichts zu sehen. Alle hinter die Absperrung.«

»Aber ich bin doch –«

»Ja, ich weiß, Herr Rubin. Der Chefreporter vom ›Blitz‹. Aber der ist auch nichts Besseres. Das Platzverbot gilt für alle. Das ist hier ein Tatort.«

»Aber mein Vater –«

»Rubin, was soll das denn? *Mein Vater.* Ihr Vater kann, sage ich mal, der Kaiser von China sein. Der kann mich mal, wenn er kann. Also bitte. Hinter das rot-weiße Band.«

Georg dämmerte, dass er es mit Polizeihauptkommissar Müller zu tun hatte. Ausgerechnet. Der Mann hatte ihn schon einmal, im Marriott hinter dem Bahnhof, festgenommen, weil er den ermordeten Nachtportier und eine verschwundene Frau gekannt hatte. Für eine Sekunde blitzte die erste Begegnung mit der schönen Amal Amirouche in seinem Gedächtnis auf.

»Wenn Sie mich nur einmal ausreden –«

Müller, unterstützt von zwei Kollegen, spielte Rollkommando. Außer Georg trieben die Beamten ein Dutzend Schaulustige vor sich her in Richtung Zülpicher Straße.

»Nein. Sie haben hier nichts zu sagen. Beschwerden können Sie morgen bei der Pressestelle vorbringen.«

Irgendwie musste Georg an diesem Fleischklops vorbeikommen. Er sondierte das Gelände. Die Feuerwehr hatte ihre Löscharbeiten beendet. Pauls Genossen waren etwa zwanzig Meter rechts vom Haupteingang der Studiobühne aufgereiht, aus der Entfernung sah es aus, als würden ihre Personalien aufgenommen.

Der zweite Rettungswagen stand noch am alten Platz. Neben dem Gefährt sah Georg einen Mann in Zivil, der ähnlich groß gewachsen war wie er mit seinen knapp eins neunzig und ihm bekannt vorkam.

»Wenn ich jetzt laufe, was machen Sie dann?«, rief Georg, zerriss das rot-weiße Band, rannte los, rempelte den verblüfften Müller so heftig an, dass der das Gleichgewicht verlor und auf den Boden plumpste.

Der Polizeiklops raffte sich schneller als gedacht wieder auf, brüllte »Stehen bleiben, oder ich schieße«, und dann peitschte tatsächlich ein Schuss durch die Nacht.

Georg legte noch einen Zahn Geschwindigkeit zu und erreichte keuchend sein Ziel.

»Hab ihn«, rief eine kräftige Männerstimme in Richtung Polizeihauptkommissar Müller. Es war Gerald Menden, Mordkommission, Georg Rubins bester Kumpel bei der Kölner Polizei. Aber warum drehte Menden ihm einen Arm auf den Rücken und fesselte ihn mit Handschellen an einen verrosteten Fahrradständer?

»Gerald, was soll das?«

»Wir müssen Müller was bieten.«

»Dein wild gewordener Müller hat auf mich geschossen.«

»Er hat neben dich geschossen. Außerdem will ich nicht, dass du Fotos machst.«

»Binde mich sofort los. Ich bin nicht als Reporter hier. Ich bin Zeuge.«

Georg zeigte auf den leblosen Körper, der sich unter einer Plane neben dem Rettungswagen abzeichnete.

»Ist er tot?«

Menden nickte.

»Es kann sein, dass ich ihn kenne. Es kann sein, dass ich schuld daran bin, dass er heute Abend überhaupt hier war.« Erst jetzt, während er diese Worte sprach, wurde ihm bewusst, wie wahr sie waren. War er mitschuldig an Norbert Winzers Tod?

Menden machte ein paar Schritte auf den Leichnam zu, hob

die Plane über dem Kopf an, ohne Georg einen Blick zu erlauben. »Ich glaube nicht, dass du sehen willst, wie der Mann aussieht. Kein schöner Anblick.«

Georg rüttelte an den Handschellen: Es gelang ihm, den rostigen Fahrradständer aus der Verankerung zu reißen. Mit Gepolter arbeitete er sich bis zu dem Leichnam vor. »Bitte, Gerald. Nur ganz kurz. Ich kann ihn vermutlich identifizieren.«

Menden hob das Leichentuch noch einmal an. Georg riskierte einen Blick, und augenblicklich stockte ihm der Atem. »Oh nein …«, hörte er sich sagen. Das Gesicht des Toten war nicht viel mehr als ein roher Klumpen Fleisch mit einem hellblauen Auge.

Menden deckte den Toten wieder zu, ohne hinzusehen.

Georg flüsterte: »Ich weiß nicht. Ich dachte, es wäre Norbert Winzer. Schauspieler, der hier schon mal jobbt. Der Mann hat hellblaue Augen. Aber sonst erkenne ich nichts wieder.«

Menden nahm Georgs freien Arm und schloss ihn mit einer zweiten Handschelle an einen Laternenmast an.

»Au«, schrie er auf, »du tust mir weh. Ich habe mir vorhin die Hand verbrannt, als ich den Mann dort retten wollte.«

»Du hast den Mann brennen sehen?«

»Ich habe einen Mann gesehen. Gefesselt auf einem Bürostuhl, auf dem Kopf eine Kapuze. Ich dachte, der sieht aus wie die Gefangenen in Guantánamo. Deshalb konnte ich das Gesicht nicht erkennen. Ja, dieser Mann brannte. Die Kleider, der Sack über dem Kopf. Alles in Flammen.«

Menden schaute auf die Uhr.

»Was ist los? Warum sagst du nichts? Warum lässt du mich nicht endlich frei?«, fragte Georg.

»Der Tote ist mit hoher Wahrscheinlichkeit tatsächlich Norbert Winzer. Ich kannte ihn nicht persönlich, aber ich kenne seine Schwester«, sagte Menden.

»Was ist mit seiner Schwester?«

»Eva Winzer. Solltest du eigentlich auch kennen.«

»Du meinst die blutige Eva?«

»Ich meine Frau Oberstaatsanwältin Dr. Eva Winzer, die hier jeden Moment erscheinen müsste. ›Blutige Eva‹ heißt sie nur in den reißerischen Artikeln im ›Blitz‹.«

»Deine Oberstaatsanwältin Frau Winzer ist für politische Strafsachen zuständig.«

»Ja, was meinst du denn, was das hier ist? Hast du nicht selbst von Guantánamo gesprochen? Und du kennst bestimmt auch die Männer, die hier Party gemacht haben, während nebenan Norbert Winzer im Sterben lag.«

»Ja, sicher. Ich war dabei. Wir haben nichts bemerkt. Es war die Geburtstagsfeier meines Vaters. Alles alte Kumpel.«

»Alles alte Revoluzzer«, sagte Menden.

»Das ist fünfzig Jahre her.«

»Wo ist dein Vater überhaupt?«

»In der Uniklinik«, antwortete Georg. »Notaufnahme. Ihm geht es nicht gut. Ich muss gleich zu ihm.«

»Nicht, bevor Frau Winzer hier war. Aber ich kann dich beruhigen, sie wird den Fall nicht übernehmen, weil sie als Schwester des Opfers als befangen gelten würde.«

»Trotzdem wird sie dir die Hölle heiß machen, wenn du dir den kleinsten Fehler erlaubst.«

»Du sagst es«, sagte Menden, »und deswegen bleibst du schön hier.«

»Das ist Freiheitsberaubung.«

Menden ließ sich nicht beeindrucken. Gelassen öffnete er die Handschelle, die Georg an den Fahrradständer gekettet hatte. »Damit du meinen guten Willen siehst.«

»Ich hänge immer noch an der Laterne.«

»Als ob ich das nicht wüsste«, sagte Menden und pfiff vor sich hin.

»Ich kenne das Lied«, schimpfte Georg.

Menden pfiff weiter.

»Steht 'ne Laterne und steht sie noch davor«, sang eine Frau in Georgs Kopf, Marlene Dietrich in Schwarz-Weiß.

Georgs Linke war so unglücklich an die Laterne gefesselt, dass er auf der Apple Watch nicht einmal die Uhrzeit lesen konnte, dazu hätte er das Handgelenk drehen müssen, um das Zifferblatt zu aktivieren. Er versuchte es einmal, zweimal, ohne Erfolg. Verfluchte Technik.

Sein Handy steckte in der linken Jeanstasche, trotz aller Verrenkungen kam er auch da nicht ran.

»Was treibst du?«, fragte Menden, der zurückkam, nachdem er die Alten für diese Nacht entlassen hatte.

»Ich will wissen, wie spät es ist. Außerdem muss ich dringend telefonieren. Ich habe Pauls Frau und meiner Tochter noch gar nichts erzählt.«

»Die waren bei der Feier nicht dabei?«, fragte Menden erstaunt.

»Nein. Das hier war der 68er-Stammtisch. Paul hat in seinen Geburtstag reingefeiert. Die Familienfeier sollte morgen, ich meine heute, zu Hause in Ehrenfeld stattfinden.«

»Es ist jetzt ein Uhr dreiundfünfzig«, sagte Menden. »Wo hast du dein Handy?«

»In der linken Hosentasche.«

»Telefonieren ist okay.«

Menden fischte Georgs Handy aus der Tasche. »Während du anrufst, werde ich Müller sagen, dass er die äußere Absperrung aufheben kann. Danach binde ich dich los. Soll ich für dich wählen?«

Gertrud Odenthal hob sofort ab. »Ja?«

»Georg hier.«

»Was ist los?«

»Paul ist im Krankenhaus. Die Geburtstagstorte …«

»… ist explodiert«, unterbrach Rud, »weiß ich längst. Du bist live im Fernsehen. Die Reporterin sagt, du wärst der Hauptverdächtige, deshalb hätte dich der Kommissar auch an eine Laterne gefesselt.«

»So ein Unsinn.«

»Aber ich sehe dich doch. Du bist an eine Laterne angekettet. Jetzt, jetzt bewegt sich die Kamera, kommt noch näher ran.«

Georg sah, dass Müller an der Spitze einer Meute von Fotografen und Fernsehteams heranrollte.

»Gertrud«, sagte Georg, »Paul liegt in der Uniklinik. Notaufnahme. Du musst da hin. Sag Rosa Bescheid. Aber mache ihr keine Angst.«

»Ich soll ihr keine Angst machen? Die sitzt neben mir und kriegt alles mit.«

»Bitte, fahrt in die Uniklinik. Kümmert euch um Paul. Ich komme nach, so schnell ich kann.«

»Nicht näher als zehn Meter«, befahl Menden den Presseleuten.

Georg entdeckte einen »Blitz«-Kollegen, Jo, den »freiberuflichen Polizeireporter«, wie er sich nannte, fleißig, frech, schlecht bezahlt. Den Nachnamen hatte Georg vergessen. Aber vielleicht war Jo inzwischen eine eigene Marke wie Fotograf Zack, von dem auch kaum jemand den wirklichen Namen kannte.

»Rubin, was machen Sie da?«, wollte der Kollege wissen. »Herr Müller von der Polizei sagte, Sie wären vorläufig festgenommen.«

»Quatsch. Ich halte die Laterne fest, damit die hier Licht haben. Sie wissen doch, alles morsch in der Stadt.«

Jo grinste. »Und die Handschellen?«

»Nein, die sind nicht morsch.«

Menden rief Polizeihauptkommissar Müller zu sich. »Ich binde Herrn Rubin jetzt los. Sie passen auf, dass er uns nicht ohne meine Erlaubnis verlässt.«

»Geht klar, Kollege.«

»Aber«, protestierte Georg, »ich habe doch schon längst erklärt, dass ich als Zeuge zur Verfügung stehe.«

»Ob als Zeuge oder Angeklagter, das ist nicht Ihre Entscheidung«, hallte eine Frauenstimme durch die Nacht.

Frau Oberstaatsanwältin Dr. Eva Winzer. Ein Gesetzbuch auf zwei Beinen in High Heels.

Sie war nicht allein gekommen, in einem Rollstuhl schob sie einen gebrechlichen Mann vor sich her, dessen scharfe Augen hektisch das Gelände absuchten und dessen Hände rhythmisch zitterten. Parkinson, dachte Georg.

»Das ist mein Vater, Professor Dr. jur. Otto Winzer«, sagte die Staatsanwältin.

Sowohl Eva Winzer als auch ihr Vater waren in Beerdigungs-Schwarz gekleidet. Am Revers des Professors blitzte ein Anstecker auf, Bundesverdienstkreuz. Eva fuhr den Rollstuhl bis zu der Plane, unter der sie den Leichnam ihres Bruders vermutete.

Georg sah Entschlossenheit, aber keine Trauer. Andererseits:

Was hatte er erwartet? Wie musste denn Trauer in einer solchen Situation aussehen?

»Menden, mein Vater und ich sind gekommen, um von Norbert Abschied zu nehmen. Also bitte.«

Menden hob die graue Plastikplane an, gerade so hoch, dass Eva und der Vater etwas sehen konnten.

»Napalm«, sagte der Alte.

»Was haben Sie gesagt?«, fragte Menden.

»Das war Napalm«, wiederholte der emeritierte Professor.

Georg hatte sofort verstanden. Schon wieder Napalm. Was hatten die alten Männer nur mit diesem Teufelszeug?

»Jetzt bitte noch die Füße«, sagte Eva Winzer.

»Wie bitte?«, fragte Menden.

»Die Füße. Ich will nur sicher sein«, sagte Eva.

Diesmal konnte auch Georg einen Blick auf den Leichnam werfen. Man hatte dem Toten die Schuhe ausgezogen. Aus der Entfernung sah es so aus, als hätte er ein Loch im großen Zeh des linken Fußes, groß wie ein Durchschuss.

Oder die Spur einer Kreuzigung, dachte Georg.

»Ja, er ist es«, sagte Eva.

»Komm, Vater«, sagte sie und schob den Rollstuhl an ihren schwarzen Mercedes-Transporter. Eine Rampe fuhr aus dem Heck aus, sodass der alte Mann auf dem Rollstuhl sitzend hineingefahren werden konnte.

Eva Winzer kam zurück zu Menden. »Norbert hat uns erzählt, was hier heute Abend stattfinden sollte. Angeblich nur eine Geburtstagsfeier von ehemaligen Studenten. Vater wusste es besser. Alles linke Revoluzzer. Mein Vater hat Norbert gewarnt, mein Bruder hat nicht auf ihn gehört. Er hat leider nie auf ihn gehört. Sonst wäre er Rechtsanwalt geworden und nicht Schauspieler.«

Sie machte eine Pause. Dann wiederholte sie das letzte Wort, als wollte sie es ausspucken: »Schauspieler. Aber das ist ja auch so ein Erbe von 68, dass die Jugend keine Ehrfurcht mehr vor dem Alter hat. Menden, Sie sehen, wohin das alles geführt hat. Sorgen Sie dafür, dass mein Bruder von der Straße kommt.«

Ohne eine Antwort abzuwarten, drehte Eva ab und hielt auf

Georg zu. »Herr Rubin, dass es Sie erwischt hat, freut mich besonders. Sonst haben Sie ja immer nur die anderen mit Dreck beworfen.«

Eva schaute Georg direkt in die Augen.

»Mein Beileid«, sagte Georg, »ich kannte Ihren Bruder.«

»Sparen Sie sich Ihr Beileid. Gehen Sie lieber auf Mördersuche, falls Sie es nicht selbst gewesen sind. Oder Ihr Vater. Oder seine linksradikalen Freunde.«

Sie ließ Georg stehen. Er war froh, dass er ihr nicht antworten musste. Was hätte er auch sagen können?

Menden checkte die polizeilichen Maßnahmen. Die Personalien aller Zeugen waren aufgenommen. Die Kriminaltechnik versuchte, im Innern der Studiobühne Spuren zu sichern, was nach dem Brand und der Löschaktion nicht einfach sein würde.

Der Notarzt hatte Winzers Tod zweifelsfrei festgestellt und nach der ersten äußeren Leichenschau die wahrscheinliche Todeszeit auf zwei bis drei Stunden vor dem Feuer eingegrenzt. Winzer war also nicht verbrannt, sondern bereits vorher getötet worden.

Georg fragte sich, was Norbert Schlimmes verbrochen hatte, dass ihn der Mörder gleich zweimal töten musste.

Der Bereitschaftsstaatsanwalt, der zeitgleich mit Frau Winzer alarmiert worden war, ordnete die Überführung des Toten in die Gerichtsmedizin an, wo er noch in der Nacht obduziert werden sollte.

Menden gab das Zeichen, dass Norbert Winzers Leichnam abtransportiert werden könnte, dann sagte er zu Georg: »Ich möchte, dass du morgen um elf Uhr bei mir im Präsidium bist. Die Freunde deines Vaters habe ich ab zwölf Uhr bestellt.«

Georg machte sich auf den Weg Richtung Uniklinik, hinter ihm setzte sich eine Prozession in Marsch. Als er sich umdrehte, sah er, dass es Pauls Freunde waren. Der einäugige Rainer lächelte ihn an. »Meinst du, wir lassen ihn im Stich?«

Sie gingen die Zülpicher Straße stadtauswärts. Die Revoluzzer folgten Georg in kleinem Abstand. Er hörte ihre Schritte, und dann hörte er, dass sie ein Lied anstimmten. Erst sang nur einer ganz leise: »Dem Morgenrot entgegen ihr Kampfgenossen all …«, am Schluss stimmten alle mit ein: »Wir sind die junge Garde des Proletariats, wir sind die junge Garde des Proletariats.«

Sie sangen laut, sie sangen nicht alle in derselben Tonart.

An der Ecke Robert-Koch-Straße lief im zweiten Stock eine Studentenparty bei offenem Fenster. Ein knutschendes Pärchen, es waren zwei Frauen, wurde aufmerksam. »Hey, Jungs, könnt ihr auch ›Satisfaction‹?«

3

»Ich kann euch nicht in die Klinik mitnehmen«, sagte Georg zu Kurt und hoffte darauf, dass der Stammtischälteste und alternative Ehrenbürger Einfluss auf die anderen hatte.

Kurt dachte nach, was sich dadurch äußerlich bemerkbar machte, dass sein gewaltiger Schnurrbart von links nach rechts und wieder zurück wackelte. »Wir waren schon immer Anarchisten und Individualisten«, erwiderte er schließlich, »da macht jeder, was er will.«

»Und so wolltet ihr eine Revolution durchziehen?«

»Klar, jeder für sich und manchmal gemeinsam.«

»Ich bin kein Anarchist«, protestierte Friedhelm Houben, »ich war Sozialdemokrat und bin es heute noch.« Friedhelm, den unvermeidlichen roten Schal dekorativ um den Hals drapiert, war Vorsitzender der SPD-Fraktion im Kölner Stadtbezirk Lindenthal und sogar Bundesvorstandsmitglied der Arbeitsgemeinschaft der Übersechzigjährigen in der SPD. Die AG 60 plus war das Gegenstück zu den Jungsozialisten, den JuSos, manche nannten die SPD-Veteranen deshalb despektierlich ASos.

»Wer hat uns verraten?«, skandierte Hartmut Meyers, »Sozialdemokraten!«, stimmten die anderen ein.

»Euch fällt auch nichts Neues ein«, moserte Friedhelm. »Ich marschiere nicht weiter mit. Ich setze mich in meine Kneipe und gebe mir einen aus. Wer Durst hat, ist eingeladen.«

Friedhelms Kneipe namens »Anschlag« lag in der Zülpicher

Straße an der Straßenbahnhaltestelle Lindenburg/Universitätskliniken, eine Straßenecke von der Notaufnahme entfernt.

»Wer ist dafür, dass wir Friedhelms Antrag annehmen?«, fragte Kurt, während sie die Kneipe betraten. Ohne eine Reaktion abzuwarten, fuhr er fort: »Gegenstimmen? Keine. Dann also: Freibier für alle.«

»Für mich ein Wasser«, sagte Hartmut Meyers und steuerte seinen Rollstuhl an die Theke, »du weißt ja, warum.«

»Klar, einmal Wasser«, sagte Friedhelm.

Georg war froh, die laute Gesellschaft los zu sein.

»Ich komme mit«, sagte Johannes Bäck.

»Nicht nötig«, sagte Georg.

Doch Johannes blieb entschlossen. »Ich komme mit. Dann kannst du bei deinem Vater bleiben, und ich kann die anderen informieren, wenn wir wissen, wie es Paul geht.«

Schweigend gingen die beiden Männer in Richtung Uniklinik. Kurz vor dem Haupteingang fragte Johannes: »Hast du gehört, was ich dir vorhin nachgerufen habe?«

»Wann denn?«

»Als du in die brennende Studiobühne gerannt bist, um den Mann zu retten.«

»Ja, du hast mir gesagt, dass da noch jemand ist.«

»Und sonst? Sonst hast du nichts gehört?«

»Nein. Warum fragst du?«

»Ich mache mir Sorgen um Paul«, sagte Johannes.

»Ich mir auch«, sagte Georg.

In der Universitätsklinik herrschte Hochbetrieb. Irgendwie hatte Georg erwartet, dass sein Vater der einzige Patient sein würde, aber dem war nicht so. Eine Hausfrau war in der Küche von der Leiter gefallen und mit dem Kopf auf einer Granitarbeitsplatte aufgeschlagen, als sie eine Glühbirne wechseln wollte. Drei Männer hatten sich um eine Frau geprügelt und lagen jetzt einträchtig nebeneinander. Ein Motorradfahrer hatte das Wettrennen gegen einen Porschefahrer verloren, nachdem er in der letzten Kurve vor einen geparkten Lkw geknallt war.

So genau wollte Georg das alles gar nicht wissen, aber die blonde Nachtschwester am Empfang, sie hieß Sylwia »mit y und w«, ließ sich kaum stoppen.

»Bitte, können Sie mir endlich sagen, wo ich meinen Vater finden kann«, sagte Georg. »Paul Rubin. Ist mit dem Rettungswagen eingeliefert worden. Hatte Brandverletzungen.«

»Sie hören mir nicht zu«, sagte Sylwia. Sie sprach mit osteuropäischem Akzent. »Wissen Sie, was hier los ist? Meine Schicht läuft jetzt genau«, sie schaute auf die Krankenhausuhr, »genau seit elf Stunden und siebenundzwanzig Minuten.«

»Nehmen Sie das, Sylwia«, sagte Johannes und reichte der gestressten Frau eine Tüte mit Fruchtgummi. Rote Lippen mit Himbeergeschmack.

Sylwia zögerte.

»Hier. Sie müssen sie rumdrehen, dann lächeln sie.«

Johannes steckte ihr die Fruchtgummilippen in den Mund. Sylwia strahlte. »Danke. Schmecken gut.«

»Und jetzt sagen Sie uns bitte, wo wir Herrn Rubin finden.« Johannes hielt ihr noch einmal die Tüte hin.

»Notaufnahme. Ich werde Sie anmelden. Fragen Sie nach Schwester Silvia, mit i und v.«

»Ich warte hier«, sagte Johannes. »Vielleicht kann ich Ihnen helfen. Mit meinen roten Himbeerlippen.«

Schwester Silvia in der Notaufnahme, kurzes schwarzes Haar, war deutlich weniger genervt als die Kollegin am Empfang. »Herr Rubin, gut, dass Sie kommen. Sie müssen noch die Formalien für Ihren Vater erledigen.«

»Welche Formalien? Ist denn seine Frau, Gertrud Odenthal, nicht hier?«

»Doch, sicher. Aber Frau Odenthal ist nicht verheiratet mit Ihrem Vater. Und eine Vollmacht hat sie auch nicht.«

»Vollmacht? Habe ich auch nicht.«

»Aber Sie sind sein Sohn?«

»Ja.«

»Sieht man gleich. Bitte hier unterschreiben. Und hier. Und hier noch einmal.«

Schwester Silvia präsentierte Georg einen Stapel eng bedruckter Papiere, die er nicht durchlas.

»Ihre Unterschrift ist ziemlich unleserlich«, mäkelte Schwester Silvia.

»Aber schnell«, sagte Georg. »Darf ich jetzt endlich zu meinem Vater?«

»Dem geht es gut. Er schläft. Wenn alles richtig berechnet ist, wird er gegen fünf Uhr aus der Narkose aufwachen.«

»Und wo ist meine Tochter? Rosa?«

»Oh, die junge Dame ist ganz reizend. Sagt, sie will Ärztin werden. Aber das wissen Sie ja bestimmt.«

»Ärztin? Nie gehört. Rennfahrerin schon eher.«

»Sie ist bei Ihrem Vater. Hält sozusagen Nachtwache. Gemeinsam mit Frau Odenthal.«

Georg öffnete die Tür zu Pauls Krankenzimmer, leise, um ihn nicht aufzuwecken, dabei lag er ohnehin im Koma. Paul atmete ruhig. Neben dem Bett flimmerten seine Herzschläge über einen Monitor.

»Alles in Ordnung«, sagte Schwester Silvia.

Gertrud Odenthal schlief angezogen auf einem freien Krankenbett.

Rosa, die zwischen Bett und Fenster saß, hielt ein schweres blaues Buch in der Hand. Auch sie schien eingenickt. Ein Geräusch weckte sie auf, sie zuckte, öffnete das Buch an der Stelle, wo sie ihre Hand hineingelegt hatte, und las mit leiser Stimme: »Mit entsprechendem Profit wird Kapital kühn. Zehn Prozent sicher, und man kann es überall anwenden; zwanzig Prozent, es wird lebhaft; fünfzig Prozent, positiv waghalsig; für hundert Prozent stampft es alle menschlichen Gesetze unter seinen Fuß; dreihundert Prozent, und es existiert kein Verbrechen, das es nicht riskiert, selbst auf Gefahr des Galgens.«

»Was liest du da?«, rief Georg und nahm Rosa, die erschrak, weil sie ihn nicht hatte kommen hören, in den Arm.

»Georg, gut, dass du endlich hier bist. Das Buch habe ich von Opas Nachttisch. Ich habe genau da weitergelesen, wo er einen Zettel eingelegt hatte. Ich dachte, das tut ihm gut.«

Georg inspizierte das Buch. »Das Kapital«, erster Band, von Karl Marx. Paul hatte ihm erzählt, dass er 1968 mit der schwierigen Lektüre begonnen hatte. Jetzt war er, mit Rosas Hilfe, immerhin schon auf Seite 788 angelangt. Oder er arbeitete das fundamentale Werk noch einmal von vorne durch.

Aus Pauls Körper krochen Schläuche in die ihn umringenden Apparaturen. Die linke Hälfte seines Gesichtes war durch einen Verband verdeckt, die rechte Hälfte sowie Mund und Nase waren frei. Mehr als eine Rötung wie bei einem Sonnenbrand war dort nicht zu sehen.

»Bin ich froh, dass es ihm besser geht«, sagte Georg. »Ich hatte solche Angst.«

»Ich will Ihnen nicht die Hoffnung nehmen«, sagte Schwester Silvia, »aber wir müssen befürchten, dass sein linkes Auge nicht zu retten ist. Vielleicht kann man später Haut von anderen Körperteilen transplantieren. Bis dahin wird er noch viele Schmerztabletten benötigen. Aber er wird leben.«

»Er wird leben«, wiederholte Georg. Warum merkte man immer erst, dass man jemanden liebt, wenn es ihm schlecht geht?

Er berührte Pauls rechte Hand, die unter der Decke hervorlugte. Bekam man im Koma doch mehr mit als gemeinhin angenommen? Würde Paul sich später an Rosas Karl-Marx-Vorlesung erinnern?

Georg schaute auf den bewusstlosen Körper. »Da. Er hat sich bewegt. Haben Sie das nicht gesehen?«

»Er wird trotzdem erst in einer Stunde aufwachen«, sagte Schwester Silvia.

»Hat Ihr Anästhesist noch nie einen Fehler begangen?«

»Nein. Nie.«

Schwester Silvia kontrollierte den Herzschlagmonitor, der stärkere Aktivitäten zeigte. »Ich rufe den Oberarzt.«

Der Körper des Alten wurde unruhiger, als wollte er sich aufbäumen, ohne die Kraft dafür zu haben.

Die Tür zum Krankenzimmer öffnete sich, und Oberarzt Dr. Fischer erschien.

Frau Odenthal richtete sich auf. »Was ist los?«

»Alles in Ordnung«, sagte Schwester Silvia.

Gertrud kletterte aus dem Bett.

Oberarzt Dr. Fischer fühlte Pauls Puls und wiegte den Kopf.

»Da«, rief Rosa. »Er hat sich bewegt. Schon wieder. Opa. Opa. Ich bin hier.«

Das Mädchen stellte sich so vor das Fenster, dass Paul sie mit seinem nicht verbundenen Auge sehen müsste.

Alle starrten wie gebannt auf das Gesicht des Mannes im Krankenbett.

Die Zuckungen auf dem Monitor beschleunigten sich.

»Es ist so weit«, sagte Dr. Fischer. »Alles klarmachen zum Touchdown.«

Der Arzt hörte Paul ab, fühlte den Puls, regulierte etwas an den Apparaturen.

»Und dann will ich den Gasmann sehen«, flüsterte er zur sichtlich aufgeregten Schwester. »Er muss mir erklären, wieso er sich um eine Stunde verrechnet hat.«

Die Bewegungen auf den Monitoren wurden hektischer.

»Tolle Klinik«, sagte Georg. »Die wecken ihre Komapatienten neuerdings mit Elektroschocks auf, todsichere Methode.«

»Opa. Opa. Ich bin hier«, wiederholte Rosa ihr Wiederbelebungsprogramm.

Mit kaum hörbarer Stimme sagte Paul: »Es tut zu weh, die Augen zu öffnen. Aber ich höre dich, meine Kleine.«

»Opa«, rief Rosa, wischte sich eine Träne aus dem Gesicht und begann zu singen: »Wie schön, dass du geboren bist, wir hätten dich sonst sehr vermisst. Wie schön, dass wir beisammen sind. Wir gratulieren dir, Geburtstagskind.«

Georg und Frau Odenthal sangen mit.

»Das geht so nicht«, protestierte Oberarzt Dr. Fischer. »Herr Rubin braucht Ruhe.«

»Liebe hat noch nie geschadet«, sagte Gertrud Odenthal.

»Gnädige Frau, das will ich nicht ausdiskutieren, aber mindestens ein Drittel der Notfallpatienten, mit denen ich es zu tun bekomme, haben sich ihre Verletzungen aus Liebesgründen zugezogen«, sagte Oberarzt Dr. Fischer.

»Gebrochene Herzen nicht eingerechnet«, assistierte Schwester Silvia.

Der Oberarzt komplimentierte alle Besucher nach draußen. »Es ist das Beste, wenn Sie nach Hause gehen. Wir tun hier alles, was für ihn getan werden kann.«

Dr. Fischer wandte sich an Georg: »Wenn Sie eine Minute Zeit für mich hätten.«

Georg folgte dem Arzt in ein kleines Büro.

»Herr Rubin«, begann Fischer, »Ihr Vater wird nach diesem Unfall nicht mehr derselbe sein.«

»Ich verstehe nicht.«

»Seine linke Gesichtshälfte wird entstellt bleiben. Das Auge ist wohl nicht zu retten. Der Rest wird rotes Fleisch mit Narben sein. Kein schöner Anblick.«

»Er wird es verkraften. Ihm hat ›Das Phantom der Oper‹ schon immer gefallen.«

»Eine weiße Maske? Das Phantom war sehr einsam. Es geht mir mehr darum, wie andere auf ihn reagieren werden. Frau Odenthal. Sie ist doch seine Partnerin?«

Georg nickte.

»Ihre Tochter. Für sie und andere wird das schwer zu verkraften sein.«

»Warum sagen Sie mir das?«

»Damit Sie sich auf das Schlimmste einstellen können.«

4

Es war sechs Uhr morgens, als Georg mit Gertrud und Rosa zu Hause in der Vogelsanger Straße Ecke Piusstraße ankam. Gertrud wohnte mit Paul in einer Erdgeschosswohnung zur Hofseite, Georg und Rosa hatten das Apartment gleich gegenüber zur Piusstraße hin, wobei Rosa außerdem noch ein Kinderzimmer bei Rud und Paul nutzen konnte und dort auch meistens schlief.

Während Gertrud und Rosa müde ins Bett fielen, nahm Georg eine Dusche, zog sich frische Klamotten an und setzte sich an den Rechner, um nachzuforschen, was über den Brandanschlag auf die Studiobühne im Netz zu lesen war.

Der »Blitz« hatte eine kurze Polizeimeldung online gestellt, keine Namen, keine großen Schilderungen. Jo, der Polizeireporter, war mit seinem Material zu spät für die Printausgabe gekommen. Am Ende des Artikels gab es einen Link zu Colonia-TV.

Der Fernsehsender, der auch zum »Blitz«-Konzern gehörte, war in der Nacht live auf Sendung gewesen und hatte das Video auf seiner Website veröffentlicht.

Georg entdeckte sich selbst, wie er an den Laternenmast angekettet war, ein nahezu surreales Bild. Warum hatte Menden ihm das angetan?

Die Moderatorin hatte Polizeihauptkommissar Müller interviewt, der hatte grinsend in die Kamera gesagt, dass Georg Rubin, Chefreporter des »Blitz«, der Hauptverdächtige sei. Sein Kollege von der Mordkommission habe ihn überwältigt, als er fliehen wollte. Für die Bevölkerung bestehe keine Gefahr.

Dieser Wahnsinnige in Uniform hatte Georgs vollen Namen und seinen Beruf genannt, und die TV-Kollegen hatten das ausgestrahlt. Protest? Zwecklos! »War eben live«, würden sie sich rausreden.

Drei Motorradrocker ließen ihre schweren Maschinen, es waren BMW, ausgerechnet vor Georgs Fenster zur Piusstraße aufheulen. Rücksichtsloses Gesindel!

Georg schickte eine Mail an »Blitz«-Chefredakteurin Carola Maar, um ihr mitzuteilen, dass er heute nicht in die Redaktion kommen konnte.

Sie duzten sich, aber ihr Verhältnis war nicht gut. Carola war nur deswegen befördert worden, weil Georg auf den Posten verzichtet hatte. Früher hatten sie nach Dienstschluss Tango Argentino getanzt. Lange her. Sie hätte keine Zeit mehr für so etwas. Bis zu zwölf Stunden täglich investierte sie in die Redaktionsarbeit, den Sinkflug der Auflage hatte sie trotzdem nicht aufhalten können.

Von der Straße kam ein schmieriges Lachen. Georg beobachtete, wie die Motorradrocker eine junge Frau mit Kopftuch anpöbelten, die vermutlich auf dem Weg zur Arbeit war.

Er riss die Tür zum Garten auf, um den Rüpeln die Meinung zu sagen. Einer der drei ließ sein Bike wie einen Hengst hochsteigen und drohte, durch die Hecke hindurch in Georgs Vorgarten zu fahren. Georg bewaffnete sich mit einer Harke, die er auf dem Rasen fand, aber da gab der Anführer der drei das Signal zur Weiterfahrt, und der Angreifer drehte ab.

Zurück am Schreibtisch bekam Georg eine Fehlermeldung, die Nachricht an die Chefredakteurin war vom Mailserver des Pressehauses nicht angenommen worden. Erst bei der dritten Kontrolle entdeckte Georg, dass er in der Mail-Adresse »Xarola« statt »Carola« geschrieben hatte. Er korrigierte den Tippfehler und schickte die Nachricht noch einmal raus.

Früher hatte Georg geglaubt, er als Chefredakteur hätte den »Blitz« wieder nach oben bringen können. Inzwischen hatte er diesen Optimismus nicht mehr. Vielleicht würde die Marke »Blitz« überleben, aber der gedruckten Tageszeitung mit eigener Redaktion gab er maximal noch zehn Jahre.

Seit dem Tod des Altverlegers herrschte im Verlag eine besondere Unruhe. Welchen Kurs würden die Erben einschlagen? Noch mehr Einsparungen? Noch weniger journalistische Mitarbeiter? Noch mehr Zusammenlegungen?

In den USA gab es Zeitungen, die Artikel von Computern anfertigen ließen. Die passten so perfekt in die neue Zeit, dass sie von den Internet-Suchmaschinen besser bewertet wurden als von Menschen geschriebene Texte. Und die Leser? Die schienen den Unterschied nicht mal zu bemerken.

Georg schaute sich noch einmal das Video auf Colonia-TV an. Er sah nicht wirklich gut aus vor der Kamera. Leichter Bauchansatz statt Sixpack. Kein Wunder, dass es außer Carola Maar, Gertrud Odenthal und seiner Tochter Rosa kaum noch Frauen in seinem Leben gab.

Seine letzte Freundin, Mercedes Schumann, schraubte lieber an ihren Porsches rum, als sich mit Georg über Politik, Kunst und Computer zu unterhalten. Und er stand auch mehr auf Frauen in Rock und High Heels als in Arbeitsschuhen und Blaumann.

Der Taxifahrer, der ihn von Ehrenfeld zum Polizeipräsidium in Kalk bringen sollte, war pünktlich gewesen. Dann geschah gleich ein zweites Wunder: Es gab keinen Stau. Entweder kannte der Taxifahrer die geheimsten Schleichwege, die nur vom Vater an den Sohn weitergegeben wurden, oder die Verkehrslage in der

Stauhauptstadt Köln hatte sich gebessert. Jedenfalls stand Georg eine Viertelstunde zu früh vor Georg Mendens Büro, was ihn ärgerte, weil ihm der Eintritt verwehrt wurde.

»Erster Kriminalhauptkommissar Menden ist in einer Besprechung, er möchte nicht gestört werden«, beschied ihm eine Frau Mitte dreißig mit grünen Augen, langen dunklen Haaren, kurzem Rock und eng geschnittenem Blazer, die dann in ebenjenem Büro verschwand, dessen Bewohner nicht gestört werden durfte.

Georg tigerte den Behördenflur auf und ab, was ihm zwar ein Lob seiner Fitness-App einbrachte, aber seine Laune nicht verbesserte.

Um drei Minuten nach zehn kam Gerald Menden aus dem Büro, hielt der Frau mit den grünen Augen die Tür auf und begrüßte Georg: »Schön, dass du pünktlich bist. Darf ich dir Kriminaloberkommissarin Bettina Kowalski vorstellen? Sie wird deine Vernehmung durchführen.«

Ihre Hand fühlte sich fest und kühl an. »Angenehm. Aber ich dachte, du …«

»Ich leite die Ermittlungen, ja«, sagte Menden, »aber Kollegin Kowalski wird das Gespräch mit dir führen. Du wirst sehen, sie macht das erstklassig. Mit eurer Erlaubnis bin ich als stummer Gast anwesend.«

Das Vernehmungszimmer war spartanisch eingerichtet, ein Schreibtisch, vier Stühle, auf dem Tisch eine Flasche Mineralwasser und zwei Gläser.

Menden setzte sich neben die Eingangstür, für Georg blieb der Stuhl vor dem Schreibtisch, hinter dem die Polizistin Platz nahm. Neben ihr saß ein Polizist, der Protokoll führte.

Georg stellte fest, dass sie Schuhe ausgesucht hatte, die farblich genau zum Grün ihrer Augen passten, keine High Heels, sondern halb offene Schuhe mit Blockabsatz von fünf Zentimetern. Eher bequem als elegant.

Die Kommissarin knöpfte ihren Blazer auf, darunter trug sie ein hellgrünes Männerhemd, keine Krawatte, den obersten Knopf hatte sie geöffnet.

»Herr Menden hat mir das Wichtigste zu Ihrer Person mitgeteilt. Auch was Sie ihm über den gestrigen Abend erzählt haben. Entschuldigen Sie, falls ich etwas wiederhole.«

Sie sprach ruhig, ohne erkennbare Gemütsregungen.

»Sie kannten Herrn Winzer?«

Georg wunderte sich über diese erste Frage. Er antwortete nicht sofort, schaute in ihre Augen, wich ihrem Blick aus, schaute auf seine Hände, ehe er schließlich sagte: »Ja, ich kannte ihn.«

»Wie gut kannten Sie ihn?«

Bettina Kowalski öffnete die Wasserflasche, goss sich ein Glas ein und schob es in Georgs Richtung. Dann füllte sie das zweite Glas für sich und trank.

»Danke«, sagte Georg. »Was heißt: wie gut? Ich wusste, dass er sich in einer Flüchtlingsinitiative engagierte. Ich habe darüber mal einen Artikel geschrieben. Ich wusste, dass er Schauspieler war. Er hatte an der Studiobühne gelernt, jobbte dort manchmal.«

Die Polizistin blätterte in der Akte, die sie mitgebracht hatte. »Ist das der Artikel?«

»Ja«, sagte Georg und fragte sich, warum sich die Polizei dafür interessierte.

»Sie wussten also, dass Herr Winzer politisch links eingestellt war?«

»Er hat sich für Flüchtlinge eingesetzt. Ja, vermutlich war er politisch eher links. Aber was tut das zur Sache? In der Flüchtlingsinitiative sind auch Pfarrer dabei. Menschen aus allen Parteien. Menschen ohne Parteihintergrund. Menschen. Mehr nicht.«

»Ich verstehe«, sagte Frau Kowalski und trank wieder einen Schluck Wasser.

»Wann haben Sie Herrn Winzer zuletzt gesehen?«

»Gestern Abend.«

»Das meinte ich nicht. Wann haben Sie ihn das letzte Mal vor gestern Abend gesehen?«

Georg nahm sich wieder etwas Zeit. Etwas beunruhigte ihn an dieser Vernehmung. Warum fragte sie nur nach Winzer? Warum nicht nach ihm oder seinem Vater? Warum fragte sie ihn nicht, was gestern geschehen war?

»Es war genau gestern vor zwei Wochen«, sagte er endlich.

»Ja? Und?«

»Wir haben uns in der Studiobühne getroffen. Mein Vater hatte mir erzählt, dass in dem Gebäude 1968 die Mensa der Uni untergebracht war. Wussten Sie das?«

»Ja«, sagte die Kommissarin. »Und weiter?«

»Ich hab Norbert gefragt –«

Die Polizistin unterbrach ihn: »Sie duzten sich?«

»Ja. Finden Sie das ungewöhnlich?«

»Ich wollte es nur festhalten.«

»Ich habe Norbert also gefragt, ob ich an diesem Freitag, also heute, die Studiobühne mieten könnte. Für eine Geburtstagsfeier. Mein Vater wird heute achtundsechzig Jahre alt.«

»Wieso waren Sie dann schon gestern dort?«

»Für den heutigen Freitag war ein Theaterstück angesetzt. Der Donnerstag war spielfrei. Aber da ging es auch nicht. Eigentlich.«

»Herr Rubin, Sie sind Journalist. Da sollten Sie gelernt haben, sich kurz und präzise auszudrücken. Also bitte.«

Die Kommissarin tippte mit einem Kugelschreiber rhythmisch auf die Tischplatte, bis Georg antwortete.

»Norbert sagte mir, dass die Studiobühne grundsätzlich nicht an Dritte vermietet würde. Er könnte das schon gar nicht entscheiden, er sei ja nur Aushilfe. Er hatte nicht wirklich viele Aufträge als Schauspieler.«

»Sie meinen, er hatte Geldsorgen?«

»Nein, den Eindruck hatte ich nicht. Ich glaube, er hatte von Hause aus Geld. Aber …«

Georg stand auf, stellte sich hinter seinen Stuhl und stützte sich auf die Lehne: »Aber er hat das Geld seiner Familie nicht so gerne genommen. Er wollte sein eigenes Leben führen. Ich habe ihm hundert Euro angeboten. Wir haben uns dann bei hundertfünfzig Euro geeinigt. Für dieses Geld durften wir das Café vor der Theaterkasse nutzen. Er würde es so einrichten, dass der Raum aufgeschlossen wäre, für alles andere müssten wir selbst sorgen. Mir war das recht, dann würden wir eben in den Geburtstag meines Vaters hineinfeiern. Wir waren ja nur zwölf Personen, da war das Café groß genug.«

»Sie haben ihn also bestochen?«

»Ich habe das damals nicht so gesehen. Aber jetzt, wo Sie es sagen.«

»Haben Sie mit Herrn Winzer noch Details der Feier besprochen?«

»Nein, nicht wirklich. Dass wir für die Musik sorgen würden und für die Getränke, das ja. Auch dass es um Mitternacht eine Geburtstagstorte geben würde. Mehr nicht.«

»Haben Sie mit Herrn Winzer auch über die anderen Geburtstagsgäste gesprochen?«

»Ach, das meinen Sie. Klar. Das war ja der Stammtisch meines Vaters. Mit ihm zusammen elf mehr oder weniger alte Männer mit gemeinsamer Vergangenheit. Alles alte 68er, also Menschen, die um 1968 rum an der Universität waren. Die treffen sich regelmäßig und streiten über den richtigen Weg zum Sozialismus.«

Frau Kowalski blätterte in ihren Unterlagen. »Wenn ich das hier richtig lese, war Ihr Vater Druckereifacharbeiter und hat nie studiert.«

»Er war Metteur. Ja, er hat nie studiert. Aber er war 1968 achtzehn Jahre alt und fasziniert vom SDS, der APO und allem, was da an Revoluzzertum entstand. Er hat nicht studiert, aber er war sehr wohl an der Uni. In der Freizeit. Das Motto seines Geburtstages war ›1968 – fünfzig Jahre danach‹. Deshalb wollte ich ja unbedingt in die alte Mensa. Möglichst stilecht wie damals.«

»Das heißt also, dass Herr Winzer sehr wohl wusste, wer da in der Studiobühne feiern würde. Elf ehemalige linksradikale Studenten.«

»Ja. Ehemalige, wie Sie sagen. Die sind alle in Rente oder pensioniert. Einer war Regierungssprecher in Nordrhein-Westfalen. Ein Zweiter war ein hohes Tier beim WDR. Professoren haben wir auch. Einen alternativen Ehrenbürger. Alles honorige Männer.«

»Und Frauen?«

»Nein, Frauen gehörten nicht zu Pauls Stammtisch.«

»Und gestern Abend?«

»Auch nicht.«

»Also nur Alkohol?«

»Nein, auch Sahne-Nuss-Torte.«

»Um Mitternacht?«
»Um Mitternacht.«
»Mit achtundsechzig Kerzen?«
»Mit zwei Kerzen. Eine Kerze in der Form einer Sechs, die andere in der Form einer Acht.«
»Und mit diesen beiden Kerzen haben Sie die Studiobühne in Brand gesetzt?«
Georg hörte ein Stühlerücken. Gerald Menden war aufgestanden und kam an den Vernehmungstisch. »Es tut mir leid, ich muss mich an dieser Stelle verabschieden. Ich habe mich um die anderen Zeugen zu kümmern.«
»Hast du gehört, was sie gefragt hat?«, empörte sich Georg. »Ich soll die Studiobühne in Brand gesetzt haben. Was soll das? Bin ich Zeuge oder Beschuldigter? Oder sucht ihr einen Kerzenzauberer für den Polizeikarneval?«
»Sie sind als Zeuge hier«, sagte die Kommissarin.
»Dann möchte ich auch so behandelt werden.«
»Es wäre vielleicht sinnvoll«, sagte Menden, »wenn ihr euch gegenseitig ausreden lasst. Ihr seid ja fast wie ein altes Ehepaar, das –«
»Altes Ehepaar? Ich und sie? Im Leben nicht«, schimpfte Georg.
»Wenn Sie mit meiner Vernehmungsführung nicht einverstanden sind …«, sagte Frau Kowalski.
»Nehmen Sie das weniger als Kritik denn als Ratschlag. Sie machen das schon«, sagte Menden und verschwand durch die Tür.
»Wo waren wir?«, fragte die Kommissarin, nachdem sie einen Moment geschwiegen hatte, um sich zu fassen.
»Altes Ehepaar«, sagte Georg.
Die Polizistin lachte, endlich einmal, Georg ließ sich von ihrem Lachen anstecken.
»Vielleicht sollten wir eine Pause einlegen. Wie wäre es mit einem Kaffee?«
»Gerne«, sagte Georg.
»Zwanzig Minuten Unterbrechung«, sagte die Kommissarin zu dem verdutzten Protokollführer, der nicht eingeladen wurde.

Statt zu einem Kaffeeautomaten im Präsidium ging Bettina Kowalski nach draußen und lotste Georg zu einem roten Kaffeemobil, das unweit des Präsidiums stand. »Der Kaffee hier ist gut. Außerdem gibt es eine große Auswahl.«

Außerhalb des Bürokomplexes fand Georg die Kommissarin beinahe sympathisch. War da Strategie dahinter? Oder war Frau Kowalski privat tatsächlich in Ordnung?

»Finden Sie, dass ich Sie zu oft unterbrochen habe?«, fragte sie, als sie beide ihren Kaffee schon fast ausgetrunken hatten.

»Sie meinen, von wegen altes Ehepaar.«

»Ich kenne mich da nicht aus. Ich bin nicht verheiratet.«

»Ich bin geschieden«, sagte Georg.

»Ja. Ist mir bekannt.«

»Manchmal würde ich schon gerne am Stück erzählen, was gestern geschehen ist.«

»Gut«, sagte die Polizistin und lächelte. »Wir müssen zurück.«

»Wo waren wir?«, fragte die Polizeikommissarin.

Der Protokollführer, der sich anderswo einen Kaffee besorgt hatte und genussvoll aus einem großen Büropott trank, ließ sich nicht hetzen. »Frau Kollegin, Sie hatten gefragt, ob Herr Rubin mit den zwei Kerzen auf der Geburtstagstorte die Studiobühne in Brand gesetzt hätte.«

»Ach ja. Das war's. Also, Herr Rubin?«

»Es war kurz nach Mitternacht. Mein Vater wollte die Kerzen ausblasen, als die Torte, wie soll ich es sagen, als die Torte explodierte. Sein ganzes Gesicht war verschmiert, die Haare fingen Feuer. Auch an anderen Stellen des Raumes brannte es plötzlich. Ich zog mein Jackett aus, stülpte es meinem Vater über den Kopf, um die Flammen zu ersticken. Dann habe ich ihn gepackt und nach draußen getragen. Er hatte große Schmerzen und meinte, er kann nichts mehr sehen. Vermutlich ist sein linkes Auge verloren, hat mir der Arzt in der Uniklinik gesagt.«

Die Kommissarin wartete ab, ob Georg noch etwas ergänzen wollte. Erst dann sagte sie: »Hoffentlich erholt sich Ihr Vater bald. Ich habe noch ein paar Fragen. Die Torte hatten Sie besorgt?«

»Ja. Die habe ich in der Konditorei auf der Dürener Straße

gekauft. Sahne-Nuss, die Lieblingstorte meines Vaters. Da kann er selbst um Mitternacht nicht widerstehen.«

»Wann haben Sie die Torte gekauft?«

»Bestellt habe ich sie vor ein paar Tagen. Abgeholt gestern Abend gegen sechs.«

»Ist Ihnen etwas an der Torte aufgefallen?«

»Nein. Alles wie immer.«

»Wo haben Sie die Torte bis Mitternacht aufbewahrt?«, fragte die Kommissarin.

»Ich bin gleich, also um Viertel nach sechs, in die Studiobühne gefahren und habe die Torte in den kühlen Lagerraum gestellt, in dem auch die Getränke waren.«

»Ist Ihnen um Mitternacht etwas an der Torte aufgefallen?«

»Nein. Ich hatte es eilig. Die Musikanlage hat gestreikt, sie sollte ›Birthday‹ von den Beatles spielen. Wussten Sie, dass das Weiße Album der Beatles genau vor fünfzig Jahren erschienen ist, im Spätherbst 1968? ›Birthday‹ haben sie im September 1968 aufgenommen, drei Tage vor Vaters Geburtstag. Er ist ein großer Beatles-Fan.«

Bettina Kowalski sagte nichts und lächelte auch nicht.

»Wir bekamen die Anlage einfach nicht in Gang«, erzählte Georg weiter. »Bis ich endlich entdeckte, dass nur ein Kabel nicht richtig eingesteckt war. Anschließend bin ich sofort in den kleinen Raum, habe die Torte geholt und sie auf den Tisch gestellt, an dem mein Vater saß.«

»War unter der Torte ein Tortenteller?«

»Ja. So was in der Art jedenfalls. Nicht aus Porzellan, sondern aus Karton. Unter der Torte war ein Untersatz, nicht besonders hoch. Außen herum eine Bordüre aus weißem Papier, wie man sie an Kuchen oder Torten sieht.«

Georg stockte.

»Ja, Herr Rubin. Was wollten Sie noch sagen?«

»Ich kann mich nicht erinnern, dass der Untersatz von der Konditorei mitgeliefert worden wäre. Da könnte jemand manipuliert haben.«

»Haben Sie gesehen, wie die anderen Brände in der Studiobühne entstanden sind?«

»Nein. Ich war so erschrocken, als ich die Flammen auf dem Kopf meines Vaters sah, dass ich mich nur darum gekümmert habe.«

»Ich verstehe«, sagte die Kommissarin. »Sie sind dann aber noch einmal in die brennende Studiobühne gegangen.«

»Wohl eher gerannt. Einer der Stammtischbrüder, Johannes Bäck, hatte geschrien, dass da ein Mensch im Büro eingesperrt ist. Ich bin rein, aber die Tür war verschlossen. Durch die Fenster im Türrahmen konnte ich eine Männergestalt sehen, gefesselt auf einem Bürostuhl, über den Kopf hatte der Mann eine Kapuze gestülpt, und der Mann brannte. Zwei Feuerwehrleute haben ihn geborgen. Ich hatte gleich Angst, es könnte sich um Norbert Winzer handeln, erkannt habe ich ihn da aber nicht.«

»Hat der Mann gelebt, als Sie ihn gesehen haben?«

»Er hat gebrannt. Ich habe keine Schreie gehört. Nichts. Nur die Flammen und ihr Zerstörungswerk. Der Notarzt am Tatort meinte, wenn ich mich korrekt erinnere, Norbert Winzer wäre zwei oder drei Stunden vor dem Feuer gestorben.«

»Dann haben Sie also munter gefeiert, während nebenan ein gefesselter Toter saß. Haben Sie gar nichts bemerkt? Nichts gehört?«

»Nein. Nichts.«

Bettina Kowalski schaute zu ihrem Protokollführer, der keine Anstalten machte, sich einzumischen.

Georg sah auf die Uhr, es waren fast anderthalb Stunden vergangen.

»Tja. Dann ist das für den Moment alles«, sagte die Kommissarin. »Nein, eine Frage habe ich noch: Wie gut kannten Sie die Stammtischkumpel Ihres Vaters?«

»Na ja«, antwortete Georg nach kurzem Überlegen, »einige von ihnen sind in der Stadt angesehene Persönlichkeiten. Die kenne ich von Berufs wegen. Aber beim 68er-Stammtisch bin ich nie gewesen. Gestern, das war die Ausnahme, aber da war ich auch mehr das Servicepersonal.«

»Gut. Kruse, haben Sie alles protokolliert?«, wandte sie sich an den Kollegen.

»Selbstverständlich. Ich mache eben die Ausdrucke.«

Der Beamte verließ das Zimmer, und für einen Augenblick

waren Bettina Kowalski und Georg Rubin allein. Sie schwiegen sich an. Als der Protokollant zurückkehrte, bat die Kommissarin Georg, sich alles genau durchzulesen und zu unterschreiben, falls alles korrekt sei.

Diesmal versuchte er, etwas weniger schnell, dafür leserlicher zu unterschreiben, was leidlich gelang.

»Wenn Ihnen noch etwas einfallen sollte …«, sagte Frau Kowalski.

»Sie wollen mir tatsächlich Ihre Telefonnummer geben?«, schloss Georg das Verhör.

Vor dem Vernehmungszimmer lief Georg dem einäugigen Rainer Küpper in die Arme, der dabei war, im Polizeipräsidium Flugblätter zu verteilen. »Stoppt den rechten Terror«, skandierte er. Das war auch der Tenor seines Papiers, das er jedem in die Hand drückte, der ihm begegnete.

»Was hast du mit deinem Auge gemacht?«, fragte Georg. »Ist das gestern passiert?«

»Nein«, sagte Rainer, »das ist eine Verletzung aus Kindertagen. Hab's mir mit einem Messer ausgestochen. Lange Geschichte. Keine Lust, sie zu erzählen.«

»Es könnte sein, dass Paul ein Auge verliert.«

»Ja, habe ich gehört. Hat Johannes erzählt, als er mit dieser Krankenschwester zu uns in die Kneipe kam. Eine Polin. Johannes hat sie mit seinen roten Lippen rumgekriegt. Fruchtgummi. Musst du dir vorstellen. Andere Gummis braucht der gar nicht mehr.«

Georg nahm Rainer eines der Flugblätter ab und las. Es war eine detaillierte Auflistung aller Brandanschläge auf Asylunterkünfte in den letzten drei Jahren, eine lange Liste, denen die aufgeklärten und abgeurteilten Fälle gegenübergestellt wurden, gerade eine Handvoll.

Polizei und Justiz wurden klammheimliche Sympathie für die Neonazis unterstellt, Terroristen und Brandstifter würden ausschließlich im linken politischen Spektrum gesucht.

Am Ende schlug das Flugblatt den Bogen zu dem Brandanschlag auf die Studiobühne: »Wir halten jede Wette, dass die Polizei auch diesmal keine Täter finden wird. Sollten wir uns irren, spendieren wir einen Tag lang Freibier, einzulösen im ›Anschlag‹ auf der Zülpicher Straße.« Als Verantwortliche waren Rainer Küpper und Friedhelm Houben angegeben.

»Wie kommt ihr darauf, dass das gestern ein rechtsradikaler Anschlag gewesen sein könnte?«, wollte Georg wissen. »War jemals geplant, aus der Studiobühne ein Flüchtlingsheim zu machen? Wisst ihr etwas, das ich nicht weiß?«

»Wer Flüchtlingsheime anzündet, zündet auch andere Häuser an«, sagte Rainer und setzte seinen Weg durch die Flure des Polizeipräsidiums fort. »Stoppt den rechten Terror«, rief er wieder.

Georg ging zu Mendens Büro und wurde erneut abgewimmelt. »Erster Kriminalhauptkommissar Menden ist in einer Besprechung und möchte nicht gestört werden«, beschied ihn Kommissarin Bettina Kowalski. Sie lachte. Er hatte das Gefühl, dass sie ihn auslachte, als sie in Mendens Büro verschwand.

Dann eben nicht. Sollte Menden doch sehen, wie er den Fall gelöst bekam.

5

Georgs Vater war aus der Notaufnahme in die Intensivstation verlegt worden. Er hatte ein Doppelzimmer, das zweite Bett war nicht besetzt.

Paul schlief nicht, er döste vor sich hin. Erst als Georg vorsichtig eine Hand seines Vaters nahm, registrierte er, dass er Besuch hatte.

»Schön, dass du gekommen bist, mein Junge«, sagte er mit leiser Stimme, die besser klang als in der Nacht. »Du musst mich rausholen. Die haben Pläne mit mir. Der Oberarzt meinte allen Ernstes, dass sie mir meinen Hintern ins Gesicht verlegen könnten, damit ich wieder gut aussehe. Als ob ich jemals zustimmen würde, ein Arschgesicht zu werden.«

Paul musste über seinen eigenen Witz lachen, sein Körper wurde heftiger durchgeschüttelt, als gut für ihn war. Die Kurven auf dem Monitor gerieten in Wallung.

»Soll ich nach der Schwester klingeln?«, fragte Georg verunsichert.

Paul zuckte nur.

Die Tür des Krankenzimmers flog auf, die Stationsschwester erschien, ohne dass Georg etwas unternommen hätte.

»Was haben Sie gemacht? Wollen Sie den Patienten umbringen?«, schimpfte die Schwester.

»Nichts habe ich gemacht. Er hat einen Witz erzählt.«

»Wollen Sie mir sagen, dass er sich totgelacht hat?«

Die Schwester änderte Einstellungen an den Medikamentenpumpen, die Paul versorgten. »Er braucht Ruhe. Er wird jetzt schlafen. Bitte verlassen Sie das Zimmer. Wenn Sie das nächste Mal kommen, melden Sie sich gefälligst bei mir an.«

»Aber ich habe mich vorhin bei Ihnen angemeldet.«

»Da habe ich noch nicht gewusst, wie gefährlich Sie sind. Also bitte.« Die Schwester, ein Namensschild wies sie als Schwester Vera aus, zeigte ihm den Weg zur Tür. Dann legte sie eine Hand auf Pauls Stirn.

»Ist alles in Ordnung mit ihm?«

Schwester Vera nickte. »Ihr Vater ist ziemlich fit. Wir müssen nur dafür sorgen, dass er sich keinen Infekt holt.«

Am Klinikausgang sangen die Beatles aus Georgs Jackentasche »Help«. Gerald Menden war am Telefon: »Wo bleibst du? Ich dachte, du kommst nach deiner Vernehmung in mein Büro.«

»Deine Kommissarin hatte was dagegen. Ich bin in der Klinik.«

Menden deckte das Mikrofon seines Handys ab, sodass Georg nicht verstehen konnte, was gesagt wurde.

»Georg, bist du noch da?«, meldete Menden sich wieder.

»Was für eine Frage. Natürlich bin ich noch da.«

»Meinst du, ich könnte Paul schon vernehmen?«

»Nein. Auf keinen Fall. Vorhin hat ihn die Schwester eingeschläfert.«

»Was hat sie? Weißt du, was du da sagst?«

»Sie hat ihm ein Schlafmittel gegeben. Er schläft jetzt.«

»Und du? Hast du letzte Nacht ein bisschen geschlafen?«

»Nein«, sagte Georg und fühlte plötzlich, wie müde er war.

»Fahr nach Hause. Leg dich hin. Ich komme am Nachmittag vorbei, dann reden wir.«

Um fünf Uhr klingelte es. Georg stand unter der Dusche. Hätte Menden nicht zehn Minuten später kommen können?

Es klingelte ein zweites Mal. Georg schnappte ein Handtuch, ging barfuß und tropfend in den Flur und drückte den Öffner für die Haustür. Die Tür zu seiner Wohnung ließ er offen stehen, Menden kannte den Weg.

Georg tropfte wieder zurück und kletterte erneut unter die Dusche. Er war Warmduscher, doch jetzt wollte er es noch einmal eiskalt, damit er wach würde.

Es klingelte noch einmal, diesmal an der Wohnungstür. »Komm rein«, rief Georg.

Als er sich das Badetuch schnappte, nahm er im leicht beschlagenen Spiegel neben dem beheizten Handtuchreck eine unscharfe Bewegung wahr. Er wischte über den Spiegel, bis er klar sah. Hinter ihm stand nicht Gerald Menden, sondern Bettina Kowalski.

»EKHK Menden kommt gleich«, sagte sie, ohne den Blick von seiner blanken Rückenansicht abzuwenden. Eilig drehte sich Georg um und hielt dabei das Handtuch vor Bauch und Beine, bis er begriff, dass der Spiegel ihr längst gezeigt hatte, was er verbergen wollte.

»Sind Sie wegen der Leibesvisitation hier? Dann wäre die Situation nicht so peinlich. Falls nicht, gehen Sie doch bitte ins Wohnzimmer«, sagte Georg.

Das war einer dieser Momente, in denen ihm bewusst wurde, dass seine Wohnung nicht optimal für unangemeldeten Frauenbesuch war.

Das Wohnzimmer war gleichzeitig Küche, Esszimmer und Arbeitszimmer. Zudem war es auch der Durchgang zum Schlafzimmer, in dem der spiegelverglaste Kleiderschrank stand, aus dem er die Anziehsachen holen musste.

In sein Handtuch gewickelt ging er an Frau Kommissarin vorbei, verschwand nebenan und versprach, frisch gebügelt wiederzukommen.

»Tun Sie so, als wären Sie zu Hause«, hörte er die Stimme der Kommissarin.

»Zu großzügig«, brummte Georg.

Er zog eine Jeans an, dazu ein weißes T-Shirt, ungebügelt, aber nach der Wäsche von Frau Odenthal sorgfältig gefaltet. Das musste reichen.

Als er in den Wohnraum kam, saß Gerald Menden mit seiner Kollegin am runden Glastisch.

Menden hatte den silbernen Kaffeeautomaten in Betrieb genommen, Frau Kowalski rührte zufrieden in einem Latte macchiato, für sich und für Georg hatte der Polizist je einen doppelten Espresso zubereitet.

»Ohne Zucker?«

»Ohne Zucker.«

Georg setzte sich zu den beiden, schlürfte die schwarze Flüssigkeit, ohne etwas zu sagen. Wer würde die Stille am längsten aushalten?

»Ich habe Frau Kowalski mitgebracht«, sagte Menden.

»Du sollst mir doch nicht immer Frauen zuführen«, sagte Georg.

Und übertönte damit das »Schmeckt gut« der Polizistin, die auf Georgs Worte hin den letzten Schluck gefleckte Milch gleich wieder ausspuckte.

»Noch einen?«

»Ja, bitte«, sagte sie, »und etwas Fleckenentferner.«

Menden machte sich an der Kaffeemaschine zu schaffen. Als er sich wieder setzte, sagte er: »Georg, wir müssen noch einmal über den Brand in der Studiobühne reden.«

Georg nickte.

»Du hast ausgesagt, dass du nicht viel über die Freunde deines Vaters weißt.«

»So ist es.«

»Solltest du aber. Würde es dich überraschen, wenn ich dir sage, dass es über die Stammtischbrüder viereinhalb Meter Akten gibt? Eine unglaubliche Liste. Protokolle, Anzeigen, Anklageschriften. Alles drin. Hausfriedensbruch. Landfriedensbruch. Brandstiftung. Nötigung. Verbreitung nationalsozialistischer Symbole.«

»Wie bitte?«, unterbrach Georg.

»Verbreitung nationalsozialistischer Symbole. Auch das. Dazu Sachbeschädigung, versuchter Totschlag, Beleidigung. Eingriff in den Straßenverkehr. Was du willst.«

»Du nimmst mich auf den Arm.«

»Nein, tu ich nicht«, versicherte Menden.

»Von wann, wenn ich fragen darf, sind die Akten?«

»Überwiegend von 1966 bis 1978.«

»Das sind illegale Akten, oder?«, empörte sich Georg. »Die müssten vernichtet sein. Die darf es gar nicht mehr geben, schon gar nicht bei der Polizei.«

»Es gibt sie aber. Dass es sie bei der Polizei gibt, habe ich nicht gesagt.«

»Aber du hast gesagt, dass sie viereinhalb Meter einnehmen und dass du sie kennst.«

»Das ist richtig.«

»Die genannten Straftaten sind verjährt.«

»Auch das ist richtig. Die meisten jedenfalls.«

»Wie meinst du das?«

»Mord verjährt nicht.«

»Von Mord hast du nichts gesagt.«

»Das ist richtig.«

Georg sprang auf. »*Das ist richtig. Das ist richtig.* Du regst mich auf mit deinem ›Das ist richtig‹. Was willst du mit diesen Uralt-Vorwürfen? Was hat das mit dem Brandanschlag in der Studiobühne zu tun?«

»Vielleicht nichts. Aber …«

»Herr Menden will sagen«, übernahm Frau Kowalski, »dass wir in einer Dienstbesprechung der Mordkommission mehrheitlich zu der Überzeugung gekommen sind, dass in den alten Akten Verhaltensweisen beschrieben werden, namentlich Radikalität, Fanatismus und Hass, die einen möglicherweise auch zu dem Mord an Herrn Winzer getrieben haben könnten.«

»Sie sind ja irre!« Georg konnte es nicht fassen.

»Mindestens zwei deiner Alt-Revoluzzer haben bis heute ihren extrem linken Politikurs beibehalten«, sagte Menden. »Da ist einmal Rainer Küpper, Gründer und Rädelsführer der sogenannten

Sozialistischen Selbsthilfe. Außerdem ist da noch sein ehemaliger Kumpan Lothar Roth.«

»Lothar Roth ist Biobauer mit frühchristlichem Hintergrund im Oberbergischen«, sagte Georg.

»Anarchistischer Biobauer«, widersprach Menden, »das sagt er selbst von sich.«

»Liegt gegen die beiden aktuell etwas vor? Oder gegen die anderen?«

»Nein«, sagte Menden. »Aber gegen Kurt Schmoll.«

»Was ist mit dem?«

»Der steht wegen Sachbeschädigung vor Gericht«, übernahm Frau Kowalski wieder.

»Den Fall kenne ich. Der hat rechtsradikale Wahlplakate abgehängt«, sagte Georg.

»Eben. Das ist verboten.«

»Wieso ist das verboten? Ist es nicht Bürgerpflicht, gegen volksverhetzende Parolen vorzugehen?«

»Man darf keine Wahlplakate beschädigen.«

»Hat er nicht. Er hat die Wahlplakate vorsichtig abgenommen und der Polizei als Beweismaterial übergeben. Zerstört, wenn man das Wort überhaupt benutzen kann, hat er nur die Kabelbinder, mit denen die Plakate befestigt waren. Sogar der Richter hat festgestellt, dass der materielle Schaden gerade mal fünf Cent pro Kabelbinder betragen hat. Also, wenn ihr mich fragt, das finde ich clever und überhaupt nicht kriminell.«

»Ja, ist eigentlich ganz lustig«, sagte Menden.

»Was wollt ihr dann also? Und was wollt ihr von mir?«

»Wir möchten, dass du uns bei der Aufklärung des Mordes in der Studiobühne hilfst.«

»Ich habe alles gesagt, was ich weiß«, sagte Georg.

»Dafür weißt du nicht alles, was wir wissen«, sagte Menden.

»Dann lass hören.«

Die beiden Polizisten setzten sich in Pose wie bei einer Fernseh-Pressekonferenz, mit einer Handbewegung lud Frau Kowalski Menden ein, das Wort zu ergreifen. Georg fragte sich, was dieses Schauspiel sollte.

»Der Brand wurde an insgesamt sieben Stellen gleichzeitig

gezündet. Drei Brandherde waren im Büro, vier im Café, wo ihr gefeiert habt«, sagte Menden schließlich.

»Wir wissen nicht, wie die verschiedenen Brandherde gezündet wurden«, übernahm Frau Kowalski mit sehr energischer Stimme, »aber wir kennen die chemische Zusammensetzung des benutzten Mittels: fünfundzwanzig Prozent Benzin, fünfundzwanzig Prozent Benzol, fünfzig Prozent Polystyrol.«

»Ich war nie gut in Chemie«, sagte Georg.

»Für den Brandstoff gibt es einen bekannteren Namen: Napalm«, sagte Menden.

»Napalm«, wiederholte Georg. »Das gleiche Zeug, das die Amerikaner im Vietnamkrieg eingesetzt haben?«

»Napalm gibt es in verschiedenen Variationen«, dozierte Menden. »Der erste belegte Großeinsatz von Napalm-Brandbomben fand im März 1944 durch die US Army über Berlin statt. Napalm lässt sich mit Wasser kaum löschen. Es verbrennt mit Temperaturen von weit über tausend Grad. Da Napalm extrem schlecht verheilende Brandwunden und große Schmerzen verursacht, fällt es unter die übermäßig Leid verursachenden und deshalb geächteten Waffen des Artikels 23 der Haager Luftkriegsordnung. Der Einsatz gegen die Zivilbevölkerung wurde in der Konvention der Vereinten Nationen zur Ächtung unmenschlicher Waffen im Jahr 1980 verboten. Die USA haben nach eigenen Angaben ihre Bestände an Napalm aber erst im Jahr 2001 zerstört. Im Jahr 2012 machte Napalm noch einmal Schlagzeilen, als die Bundesrepublik der serbischen Regierung bei der Vernichtung von Napalmpulver half. Man muss also davon ausgehen, dass das Teufelszeug immer noch vorhanden ist und auch eingesetzt wird.«

Napalm. Georg erinnerte sich an die Worte seines Vaters und an die des alten Winzer. »Hat nicht der Vater von Norbert Winzer davon gesprochen, dass sein Sohn mit Napalm getötet worden ist?«

»Er hat das Wort Napalm benutzt, ja«, sagte Menden.

»Woher weiß der Mann so etwas?«

»Professor Winzer hatte in seiner aktiven Zeit mit dem Stoff zu tun. Er hat ein juristisches Gutachten geschrieben, das den Einsatz von Napalm-Bomben im Krieg für den Fall rechtfertigte, dass die Freiheit bedroht war.«

»Ist ja krass.«

»Noch ungewöhnlicher aber ist«, fuhr Menden fort, »dass das benutzte Napalm quasi historischer Stoff ist. Produziert in den siebziger Jahren. In den USA. Das Zeug wird eigentlich nicht mehr hergestellt. Schon gar nicht hier bei uns.«

»Dafür wissen wir etwas anderes«, fiel ihm Frau Kowalski ins Wort. »Mindestens einmal hat einer Ihrer Stammtisch-Revoluzzer einen Molotow-Cocktail mit einer Napalm-Mischung geworfen. So steht es in den Akten. Johannes Bäck wird da als Täter genannt. Das war 1969. Im Hauptgebäude der Universität. Es entstand nur wenig Schaden, weil andere Genossen den Brand schnell mit Feuerlöschern erstickt haben. Aber es war ...«, die Polizistin legte eine Kunstpause ein, um alle Aufmerksamkeit auf sich zu lenken, »... es war genau dieselbe Mischung, die gestern Abend in der Studiobühne benutzt wurde.«

Diese Mitteilung hatte gesessen. Georg spürte sie wie einen Boxhieb in die Magengrube.

»Fünfundzwanzig Prozent Benzin, fünfundzwanzig Prozent Benzol und fünfzig Prozent Polystyrol«, setzte Frau Kowalski noch einen drauf.

Der nächste Treffer. Georg musste aus der Deckung kommen und einen Gegenangriff versuchen. »Ist Bäck jemals dafür verurteilt worden?«

»Nein«, sagte Menden, »das fiel damals unter die Amnestie der sozialliberalen Regierung unter Bundeskanzler Willy Brandt. Man wollte nicht Hunderttausende Studenten wegen ihrer Proteste kriminalisieren.«

Georg fühlte, dass er einen Punkt gemacht hatte. Jetzt dranbleiben. »Also könnte es sein, dass der Vorwurf nicht stimmt, weil er nie juristisch aufgearbeitet wurde.«

»Ja, könnte sein«, sagte Menden. »Ist aber äußerst unwahrscheinlich. Akten lügen nicht.«

»Es sieht gar nicht gut aus für Ihren Freund«, sagte Frau Kowalski.

»Er ist nicht mein Freund, das sollten Sie doch inzwischen begriffen haben. Er ist der Freund meines Vaters.«

Wieso sollte er sich von der Polizei so in die Defensive drängen lassen? Wieso suchte die Polizei den Täter immer nur im Kreis der Alt-68er? Er musste zum Gegenangriff übergehen. »›Akten lügen nicht‹, was ist das denn für ein dummer Spruch! Mit Johannes Bäck vergeudet ihr nur eure Zeit. Wisst ihr inzwischen wenigstens, wie Norbert Winzer gestorben ist? Was hat die Obduktion ergeben?«, fragte Georg.

»Überdosis Schlaftabletten. Der Tod ist zwischen einundzwanzig Uhr dreißig und zweiundzwanzig Uhr eingetreten. Es ist sogar denkbar, dass Winzer die Tabletten selbst eingenommen hat. Auch die Kapuze hätte er noch selbst überziehen können. Die Wirkung der Tabletten setzt erst nach einigen Minuten ein.«

»Und wie hat er sich an den Bürostuhl gefesselt?«, hakte Georg nach. »War er etwa als Fesselungskünstler bekannt?«

Menden machte sich noch einmal an Georgs Kaffeemaschine zu schaffen.

»Ich habe auch einen Kühlschrank«, sagte Georg.

»Nein, Kaffee ist in Ordnung. Wir sind im Dienst«, sagte Menden.

»Ich nehme mir ein Kölsch«, sagte Georg. »Was ist mit Ihnen, Frau Kommissarin?«

»Sie haben den Chef gehört. Er hat soeben Überstunden angeordnet. Ich habe längst Feierabend.«

»Du bist Polizistin. Für die gibt es keinen Feierabend«, sagte Menden.

»Klärt das unter euch. Prost«, sagte Georg und hob sein Kölschglas. Seine Gäste blieben bei Latte und Espresso. Die Getränkepause entspannte die kritische Lage.

»Natürlich spricht alles dafür, dass Winzer ermordet worden ist«, sagte Menden. »Wir haben vor Ort aber kaum verwertbare Spuren gefunden. Es gibt einen Hinweis auf einen Abdruck von Rollstuhlreifen.«

»Der alte Winzer sitzt in einem Rollstuhl«, sagte Georg.

»Einer Ihrer Stammtischbrüder ebenfalls«, sagte Kommissarin Kowalski.

»Ein Motiv haben wir auch nicht«, übernahm Menden wieder die Gesprächsführung.

»Das ist ungünstig.«

»Für deine Revoluzzer ist alles klar. Die halten das für einen rechtsradikalen Anschlag.«

»Ich habe das Flugblatt gelesen, das im Präsidium verteilt wurde«, erwiderte Georg. »Ist das so abwegig?«

»Warum hat dann auch dein Vater etwas abbekommen? Hast du dafür eine Erklärung?«

»Nein.«

»Und überhaupt, der Anschlag sah eher linksradikal aus. Rechtsradikale schmeißen Brandsätze und laufen weg. Diesmal haben die Täter ganz direkt Personen angegriffen. Und die Guantánamo-Kapuze, das sieht alles eher nach einer linksradikalen Aktion gegen die USA aus.«

»Wir sollten vorsichtig mit Mutmaßungen sein«, sagte Georg.

»Ich bin begeistert«, sagte Menden. »So etwas von dir, dem ›Blitz‹-Chefreporter. Ich werde dich bei Gelegenheit daran erinnern.«

Kommissarin Kowalski schaute auf die Uhr: »Können wir nicht endlich zur Sache kommen?«

»Welche Sache?«, fragte Georg.

»Dass du uns helfen sollst«, sagte Menden. »Du hast Kontakt zu den Stammtischbrüdern. Sie vertrauen dir. Du kannst dich vorsichtig umhören, ob nicht doch jemand von ihnen etwas mit dem Mord in der Studiobühne zu tun hatte.«

Georg sprang auf. »Ihr wollt, dass ich die Freunde meines Vaters ausspioniere? Ich soll den Polizeispitzel spielen? Niemals!«

»Du siehst das falsch«, sagte Menden. »Frau Staatsanwältin Winzer ist davon überzeugt, dass einer der 68er hinter dem Mord an ihrem Bruder steckt. Wir werden das ermitteln müssen. Das kann für die alten Männer unangenehm werden. Wenn du dabei bist, hast du auch die Chance, Entlastendes zu entdecken.«

»Das ist euer Job.«

»Bei dem du uns helfen kannst«, sagte Menden.

»Kommt nicht in Frage«, sagte Georg. »Du weißt genau, dass das für mich undenkbar ist. Die Zeit hättest du dir und deiner Kollegin sparen können. Schönen Feierabend.«

Frau Kowalski schaute ihren Kollegen triumphierend an.

»Georg, du machst einen Fehler«, sagte Menden. »Wir waren

sehr ehrlich zu dir. Wir haben dir über den Stand der Ermittlungen berichtet, weil wir dir vertrauen. Wenn du ablehnst, müssen wir das knallhart durchziehen. Auch gegen deinen Vater.«

»›Wenn es der Wahrheitsfindung dient‹«, zitierte Georg einen der gefürchtetsten 68er, Fritz Teufel. »Geht davon aus, dass auch ich euch beobachten werde. Ermittelt ihr vorurteilsfrei in alle Richtungen? Lasst ihr Spuren unbeachtet? Ist jeder Linke per se verdächtig? Glaub mir, ich kann auch fies hartnäckig sein. Und jetzt raus aus meiner Wohnung.«

»Georg, bitte«, rief Menden, »wir sind Freunde.«

»Vergiss es«, sagte Georg.

6

Eine innere Unruhe trieb Georg hinaus. Er ging durch die Piusstraße bis zur Venloer Straße, an der Moschee vorbei durch den Grüngürtel Richtung City.

Der Spätherbstabend war lau. Auf der großen Wiese umlagerten junge Leute ihre Grills und feierten den Tagesausklang. Etwas abseits hatte sich eine türkische Großfamilie niedergelassen.

Jungs und Männer spielten Fußball. Plötzlich kickte einer das Leder weit über das mit Kleidungsstücken markierte Spielfeld hinaus auf die belebte Straße. Georg sah, wie ein Junge in einem Galatasaray-Trikot mit der Rückennummer 11, vielleicht acht Jahre alt, schreiend hinter dem Ball herrannte und auf nichts anderes achtete.

Ein Kleintransporter raste heran, viel zu schnell, Georg erkannte die Gefahr, sprang auf die Fahrbahn, ruderte mit den Armen, der Fahrer stieg auf die Bremsen, Georg rettete sich mit einem Satz zur Seite, der Wagen rollte an ihm vorbei und kam knapp zwei Meter vor dem Jungen zum Stehen, der vor Schreck den gerade eroberten Ball wieder fallen ließ.

Georg stoppte ihn gekonnt mit dem linken Fuß, kickte ihn hoch und klemmte ihn sich unter den Arm. Den Jungen, der, wie er verblüfft feststellte, in Wirklichkeit ein Mädchen war, nahm er an die andere Hand und begleitete Nummer 11 zurück aufs Spielfeld, wo die Mitspieler applaudierten.

»Pass besser auf«, sagte Georg zu der Kleinen. »Hier an der Straße ist es zu gefährlich. Am besten schnappst du dir den Ball und schießt auf der anderen Seite ein Tor.« Georg glaubte, so etwas wie ein »Danke« zu hören, aber da war der kleine Wirbelwind schon unterwegs, wie er empfohlen hatte.

Im Biergarten des »Stadtgartens« herrschte Freitagabend-Hochbetrieb. Georg mied das Gedränge und suchte sich einen versteckten Tisch im Halbdunkel der Café-Terrasse.

»Cappuccino, wie immer?«, fragte ihn Ria, die Bedienung, die auch im größten Betrieb nie die Ruhe verlor.

»Lieber zwei Kölsch.« Georg verschanzte sich hinter dem »Kurier«, der Schwesterzeitung des »Blitz«, um zu signalisieren, dass er nicht gestört werden wollte.

Der »Stadtgarten« war eine Art Stiefkind der 68er-Bewegung. Jazzstudenten hatten das Haus vor Jahrzehnten in Besitz genommen und zu einer der profiliertesten Kulturadressen Kölns gemacht. Ein florierender Betrieb mit Café-Restaurant, Biergarten, Gartenrestaurant, Konzertsaal, Jazzkeller, alternativem Weihnachtsmarkt.

Georg mochte die Atmosphäre.

»Hier deine zwei Bier«, sagte Ria und stellte das erste Glas direkt vor Georg hin, aber das zweite vor den leeren Stuhl ihm gegenüber.

»Bitte noch zwei«, sagte Georg und leerte die Gläser auf ex.

»Du trinkst doch sonst nie. Und schon gar nicht allein. Ist was?«, fragte Ria.

»Was soll sein? Ich hätte gerne zwei Bier. Bitte.«

Statt der Bedienung kam Matthias Mauenheim, einer der Geschäftsführer, und stellte zwei Gläser vor Georg hin. »Darf ich mich zu dir setzen?«

Georg nickte und trank das nächste Kölsch.

»Was ist los? Warum bestellst du zwei Kölsch auf einmal und nicht hintereinander? Ist dir unsere Bedienung zu langsam?«, fragte Matthias.

»Nein, das ist es nicht«, sagte Georg. »Mein Vater hat heute Geburtstag.«

»Dein Vater?«

»Er liegt im Krankenhaus. Darf nicht gestört werden. Deshalb trinke ich hier mit ihm.«

Georg nahm das vierte Kölsch: »Prost, Paul. Das ist für dich.«

»Ich verstehe«, sagte Matthias. Dann rief er die Bedienung: »Ria, bringst du uns bitte noch drei Bier. Ich gebe einen aus. Georgs Vater hat Geburtstag.«

»Danke«, sagte Georg. »Paul und ich verstehen uns auch ohne Worte. Prost!«

Während ihnen die drei Biere hingestellt wurden, betrat Zeitungsverkäufer Mario den »Stadtgarten«. Jeden Abend zog er in seiner roten Jacke durch die Kneipen und verkaufte die Ausgaben vom nächsten Morgen. Georg war einer seiner besten Kunden. An diesem Abend schien Mario es jedoch überhaupt nicht eilig zu haben, den Chefreporter des »Blitz« zu beliefern. Oder hatte er ihn nicht gesehen?

»Mario«, rief Georg, seine Zunge war schon etwas schwer vom Alkohol: »Mario, komm, trink einen mit uns.«

Als der Zeitungsverkäufer an Georgs Tisch trat, schob ihm der Reporter das Bier hin, das für seinen Vater gedacht war. »Trink das, auf meinen Vater, der hat heute Geburtstag.«

»Ich trinke eigentlich nicht im Dienst«, sagte Mario, leerte trotzdem das Glas und verabschiedete sich hastig.

»He, was ist mit meinen Zeitungen?«, rief Georg.

Mario kehrte um, legte den »Blitz« auf den Tisch und den »Kurier« so schnell darüber, dass Georg den Aufmacher nicht sehen konnte. »Bezahlen kannst du nächstes Mal«, sagte Mario und verschwand zu seinem Wagen, den er auf der Venloer Straße in zweiter Reihe geparkt hatte.

»Darf ich?«, fragte Matthias und nahm sich den »Kurier«. Georg griff nach dem »Blitz«. Er klappte die kompakte Zeitung auf, um die Artikel und Fotos auf der Titelseite anzusehen. Als er begriffen hatte, was er las, rief er: »Shit!«

Der Aufmacher nahm zwei Drittel der Seite ein, schwarz hinterlegt, das volle Programm mit Dachzeile, zentimeterhoher Hauptzeile und Unterzeile:

Mord in Kölner Studiobühne
Staatsanwältin: Terroristen verbrannten meinen Bruder!
Linke Alt-68er feierten dazu

Darunter ein Foto der ausgebrannten Studiobühne, im Vordergrund der zugedeckte Leichnam von Norbert Winzer, daneben die Oberstaatsanwältin und ihr Vater im Rollstuhl, am Rande des Fotos Menden mit Georg.

In dem weiterführenden Artikel auf der letzten Seite kam Eva Winzer detailliert zu Wort. Es wäre offensichtlich, dass linksradikale Terroristen ihren Bruder ermordet hätten. Sein Kopf wäre unter einem Sack versteckt gewesen, inszeniert wie eine antiamerikanische Aktion, passend zu einer makabren Geburtstagsfeier, die zur selben Zeit im Café der Studiobühne stattgefunden habe, veranstaltet von einem Männerstammtisch alter Revoluzzer der Studentenrevolte 1968. Die seien überwiegend noch heute linksradikale Aktivisten, die auch vor Gewalt nicht zurückschreckten. Als Studenten hätten sie ihren Vater attackiert, der damals an der Universität Jura gelehrt habe, heute sei ihnen die klammheimliche Freude anzusehen gewesen, dass es seinen Sohn erwischt hatte.

Erst in den letzten beiden Absätzen kam der ermittelnde Polizist Gerald Menden zu Wort. Es sei voreilig, von einem linksterroristischen Attentat zu sprechen, man müsse in alle Richtungen ermitteln. Trotzdem seien die Hinweise, die Oberstaatsanwältin Winzer gegeben habe, unbedingt ernst zu nehmen und müssten untersucht werden. Er verstehe ihren Schmerz und sprach ihr sein Beileid aus.

Neben dem Artikel gab es noch einen Extra-Kasten mit der Überschrift: »›Blitz‹-Chefreporter entkam der Flammenhölle«. Darin wurde berichtet, dass Georg Rubin ebenfalls von dem Anschlag betroffen gewesen sei, anders als von der Polizei in der Nacht zunächst mitgeteilt, sei er aber nicht Verdächtiger, sondern ein wichtiger Zeuge.

Georg leerte das letzte Kölsch auf seinen Vater. Immerhin stand er persönlich nicht mehr unter Mordverdacht, aber besser fühlte er sich nicht. Zu hart trafen ihn die Anschuldigungen von

Eva Winzer. Besonders bitter war, dass der »Blitz« sie kritiklos übernommen hatte.

Er blätterte zurück zur Titelseite. Die Schlagzeile hatte sich nicht verändert.

Georg versuchte zu begreifen, warum sich die Kneipe um ihn zu drehen begann, sein Oberkörper wankte nach vorne und hinten und wieder nach vorne, bis sein Kopf auf die Tischplatte knallte, sich sein Mageninhalt, der im Wesentlichen aus Bier bestand, über den »Blitz« ergoss und sich von dort auf seinem Gesicht verteilte.

Zwanzig Minuten später war Georg wieder klarer, aber nicht weniger wütend. Er stand im Waschraum des »Stadtgartens«, wusch sich zum dritten Mal das Gesicht und trocknete es anschließend mit den Papierhandtüchern aus dem Spender, die er zu nassen Knäueln knetete und in den Papierkorb warf. Mit jedem Papierknäuel wuchs seine Wut. »Dieses Miststück«, rief er, und noch einmal lauter: »Dieses verdammte Miststück!«

Wieso hatte Carola die Story abgedruckt, ohne ihn zu fragen? Hielt es die Chefredakteurin für unter ihrer Würde, ihren Chefreporter anzurufen?

Georg stoppte ein Taxi und nannte Carolas Adresse in Bayenthal. Sie wohnte in einem schicken Haus mit Rheinblick, das ihr Mann Arthur nach eigenen Plänen hatte bauen lassen.

Als Georg ankam, war es Arthur, der öffnete. »Guten Abend, Georg, schön, dich mal wiederzusehen. Wo ist Carola?«

Arthur schaute über Georgs Schulter hinweg auf die Straße.

»Ist sie nicht zu Hause?«, fragte Georg.

»Sie war doch mit dir verabredet«, sagte Arthur.

»Wir waren …«, begann Georg, als er merkte, dass er besser nicht sagte, was er sagen wollte. »Wir haben uns verpasst«, fuhr er fort, »ich war noch bei meinem Vater in der Uniklinik, da habe ich mich verspätet. Und als sie nicht da war, dachte ich, sie wäre vielleicht nach Hause.«

Georg fühlte, dass seine Zunge noch schwer war, der Gestank von abgestandenem Bier, der in seinem Hemd steckte, stieg ihm in die Nase. Sollte Arthur das gerochen haben, ließ er sich jedenfalls nichts anmerken.

»Oh, dein Vater ist im Krankenhaus? Wie geht es ihm? Willst du nicht reinkommen und auf sie warten?« Arthur öffnete die Haustür und lud ihn mit einer Handbewegung ins Haus ein.

»Danke, Arthur, sehr nett. Meinem Vater geht es nicht gut. Er hat Verbrennungen im Gesicht erlitten. Ich denke, das mit Carola hat Zeit bis Montag. Ehrlich gesagt weiß ich gar nicht, was sie mit mir besprechen wollte.«

»Dasselbe wie immer, denke ich. Sie hat ja nur ein Thema: Sparen. Von morgens bis abends. Nervt dich das nicht ebenso wie sie?«, fragte Arthur.

»Für sie als Chefredakteurin ist es härter. Ich mache meinen Job als Chefreporter«, sagte Georg.

»Komm, stell dein Licht nicht unter den Scheffel. Ich weiß doch, wie oft du abends mit ihr über die Zukunft des Blattes sprichst. Und jetzt noch dieser Vorschlag, für alle Zeitungen des Konzerns eine einzige Zentralredaktion in Berlin zu installieren. Der ›Kurier‹ und der ›Blitz‹ sind in Köln zu Hause. Da reicht es doch nicht, hier nur eine Lokalredaktion zu behalten, die sich außerdem noch um den FC kümmern darf. Die werden sich noch zu Tode sparen. Hast du schon entschieden, ob du nach Berlin gehst?«

»Nein«, sagte Georg wahrheitsgemäß.

Was er nicht sagte, war, dass er nichts von dem wusste, was Arthur offenbar glaubte. Er hatte seit Monaten keinen einzigen Abend mehr mit Carola verbracht. Pläne für eine Verlagerung der Redaktion nach Berlin kannte er auch nicht. Es kursierten immer mal wieder Gerüchte, aber die betrafen Verlage in Essen, Hannover oder München. In Köln wäre so etwas undenkbar. Jedenfalls hatten sie sich damit immer Mut zugesprochen. Aber konnte er wirklich sicher sein?

»Sag Carola bitte, dass ich da war«, bat Georg.

»Sehr gerne«, sagte Arthur.

Georg ging hinaus auf die Rheinuferstraße. Der Abendwind blies etwas frische Luft in sein Gehirn.

Er schaute in Richtung Rodenkirchen, ob ein Taxi kam. Gut hundert Meter entfernt hielt ein Audi-Cabrio mit offenem Verdeck und parkte auf dem Bürgersteig. Eine Frau stieg aus. Carola. Sie beugte sich in den Wagen. Das sah nach Abschiedskuss aus.

Der Wagen fuhr los, und Georg riskierte einen Blick. Den Fahrer kannte er nicht, ein Mann, längere dunkle Haare, Anzug, Mitte vierzig. Aber das Nummernschild würde er sich merken. »K – ZZ 867, dunkles Audi-Cabrio«, schrieb er in das schwarze Notizbuch, das er immer bei sich trug.

Frauenschritte näherten sich, Carola hatte den Weg bis zu ihrem Haus zurückgelegt und verschwand im Vorgarten. Georg hielt sich im Dunkeln, damit sie ihn nicht sehen konnte.

Armer Arthur, dachte er, deine Frau betrügt uns.

7

»Papa, aufstehen.«

Tief im Unterbewusstsein hörte Georg die Stimme seiner Tochter. Was wollte sie? Warum ließ sie ihn nicht schlafen?

Seine Zunge war belegt, die Geschmacksrezeptoren im Mund meldeten Magensäure und Erbrochenes. Georg konnte nicht entscheiden, was unangenehmer war.

»Papa, hier ein Espresso.«

Georgs Nase meldete Kaffeegeruch, unterlegt mit dem verführerischen Duft frischer Brötchen.

»Es ist Viertel vor zwölf«, meldete sich Rosa ein drittes Mal.

»Viertel vor zwölf?«, rief Georg, richtete sich mit einem kräftigen Ruck auf und erwischte die Espressotasse, die Rosa ihm hingehalten hatte. Während der kleine Unterteller auf den Boden fiel und zerschellte, landete der heiße Espresso samt Tasse auf seinem nackten Oberkörper und rann weiter Richtung Bettdecke, Laken und Matratze. Was für eine Sauerei!

»Immer machst du alles kaputt«, hörte er Rosa schreien, die aus dem Schlafzimmer in den Wohnraum lief.

»Rosa. Mein Mädchen. Das war doch keine Absicht«, rief Georg ihr hinterher.

Er ging ihr nach ins Wohnzimmer, wunderte sich, dass Rolf

Klein dort saß, einer von Pauls Stammtischbrüdern, murmelte »Entschuldigung« und »Guten Tag« und ging durch den Flur Richtung Badezimmer, aus dem Rosa ihm entgegenkam, Waschlappen, Mullbinden und eine Creme in den Händen.

»Komm, ich versorge deine Wunden«, sagte sie. Noch ehe er begriff, was vor sich ging, hatte sie ihn gewaschen, den rechten Oberarm, der am meisten abbekommen hatte, eingecremt und verbunden. Das alles geschah mit einer solchen Ruhe, dass Georg aus dem Staunen nicht herauskam. Wo hatte Rosa das gelernt?

Als ob sie Gedanken lesen konnte, sagte sie: »Erste-Hilfe-Kurs. Hatten wir in der Schule. Kann ich gut gebrauchen für den Führerschein.«

»Führerschein? Du bist fünfzehn.«

»Fast sechzehn.«

»Dann hat das also noch zwei Jahre Zeit.«

»Nein. Den Führerschein AM für Mopeds und Motorroller kriegt man schon ab sechzehn. Mit fünfzehneinhalb darf man in die Fahrschule.«

Georg kannte sich mit den neuen Bezeichnungen nicht aus. Seine Führerscheinklassen hatten noch vier, drei und eins geheißen. Irgendwann war sein Lappen durch eine Art Scheckkarte ersetzt worden, auf der die alten Führerscheine in die neuen EU-Klassen umgeschrieben worden waren. Ihm hatte die Auskunft gereicht, dass er weiterhin Autos und Motorräder fahren durfte.

»Du meinst also, dass ich dir den Führerschein bezahle. Und das Moped obendrauf?«

»Ich dachte, den Führerschein zum Geburtstag und den Rest zu Weihnachten. Du sagst doch immer, ich wäre deine einzige und Lieblingstochter.«

»Bist du ja auch. Aber ein Moped? Und dann fährst du Wettrennen gegen die Jungs und brichst dir den Hals?«

»Ich dachte eher an einen Motorroller. Die Maschinen haben nur fünfzig Kubik, sind ab Werk gedrosselt, schneller als fünfundvierzig km/h dürfen die gar nicht fahren.«

»Und was fahren die, wenn deine Freundin Mercedes sie in ihrer Werkstatt bearbeitet hat?«

»Deine Ex-Freundin Mercedes meint, sechzig km/h wären drin, ohne dass die Polizei was merkt.«

»Kommt nicht in Frage.«

»Habe ich ihr auch gesagt.«

»Dann ist ja gut«, sagte Georg und ging ins Bad, um sich endlich ordentlich zu waschen und anzuziehen.

»Dann darf ich also?«, fragte Rosa.

»Was darfst du?«

»Den Führerschein machen?«

»Wieso?«

»Du hast gerade gesagt: Dann ist ja gut.«

»Das habe ich anders gemeint.«

»Menno«, sagte Rosa und zog eine Schnute. »Bei dir weiß frau nie, wo frau dran ist.«

»Hä?«

»Du weißt schon, was ich gesagt habe.«

»Ich weiß vor allem, dass ich jetzt ins Bad möchte und nicht gestört werden möchte, bis ich freiwillig wieder rauskomme.«

Georg warf die Badezimmertür hinter sich zu.

»Bei dir weiß frau nie, wo frau dran ist«? Wer hatte Rosa das beigebracht? So redete heute niemand mehr. Sollte Paul? Machte der nicht nur auf Klassenkampf, sondern auch auf Geschlechterkampf?

»Papa, hier ein Espresso, neuer Versuch«, sagte Rosa, als Georg fertig angezogen am runden Glastisch erschien.

»Danke, meine einzige und Lieblingstochter«, sagte Georg. »Und danke für die frischen Brötchen.«

»Die hat Herr Klein mitgebracht. Er hat angerufen und gesagt, dass er dich sprechen will. Ich hab ihm gesagt, dass du noch schläfst und erst nach einem guten Frühstück aufnahmefähig wärst. Hab ich recht?«

»Unbedingt«, sagte Georg, nahm eine Brötchenhälfte und bestrich sie dick mit Leberwurst.

»Wie war das mit dem Führerschein?«, sagte er und missachtete das Familiengebot, nicht mit vollem Mund zu sprechen.

»Ich könnte sofort anfangen, dann wäre ich mit der Prüfung zu meinem Geburtstag fertig.«

»Was meinst du, Rolf?«, fragte Georg den Gast, der völlig entspannt in seinem Wohnzimmer saß und mit frühstückte.

»Was Rosa sagt, klingt vernünftig. Ich hatte mit sechzehn, also vor gut fünfzig Jahren, auch einen Roller. Führerscheinklasse vier. Von Zündapp. Der schaffte an die neunzig Stundenkilometer. Unfrisiert. Die anderen fuhren Kreidler Florett, die mehr wie ein Motorrad gebaut waren. Aber mein Roller war genauso schnell.«

Georg nahm sich die zweite Brötchenhälfte und belegte sie mit jungem Gouda. Diesmal ließ er sich Zeit. Er schaute Rosa an, die unruhig zwischen Küchenzeile und Tisch stand, bereit, einen nächsten Espresso zu machen, aber genauso ungeduldig auf seine Antwort wartend. Ihre Augen lächelten, als wüsste sie schon, dass sie gewonnen hatte.

»Also gut. Einverstanden«, sagte Georg.

Rosa fiel ihm um den Hals. »Danke, Papa.«

»Ist mir auch lieber so, du am Lenker und nicht hinter so einem Möchtegern-Rossi auf dem Sozius. Aber eine Bedingung habe ich noch, die Maschine suche ich mit dir gemeinsam aus.«

»Klar«, sagte Rosa, »aber –«

»Kein Aber«, sagte Georg.

»Mercedes hat einen Roller für mich. Gebraucht. Gut in Schuss. Günstig.«

»Und auf sechzig km/h frisiert?«

»Sie hat gesagt, dass sie das wieder ausbauen kann.«

»Das will ich hoffen. Aber auch diese Maschine werde ich mir erst genau ansehen.«

»In Ordnung«, sagte Rosa. »Ich bin dann mal weg.«

»Wohin willst du?«

»Zur Fahrschule. Anmelden. Die haben auch samstags auf.«

»Tolle Tochter hast du«, sagte Rolf.

»Ja. Finde ich auch. Sie ist manchmal nur etwas leichtsinnig.«

»Wie ihr Vater. Und ihr Großvater.«

»Genau«, lachte Georg.

»Ich war heute Morgen bei Paul im Krankenhaus.«

»Du durftest zu ihm? Mich hat man gestern Abend rauskomplimentiert.«

»Nur fünf Minuten«, sagte Rolf. »Er ist einverstanden.«

»Womit ist er einverstanden?«

Rolf machte ein erstauntes Gesicht, als müsste jedem klar sein, wovon er da redete. »Dass wir uns das nicht gefallen lassen. Hast du den ›Blitz‹ gelesen?«

»Klar. Zum Kotzen, wenn du mich fragst.« Georg erinnerte sich an seine Reaktion am Vorabend im »Stadtgarten«. Plötzlich hatte er wieder diesen bitteren Geschmack auf der Zunge.

»Weißt du, dass ich früher auch beim ›Blitz‹ war? Ich bin wahrscheinlich der vom Stammtisch, der deinen Vater am besten kannte. Damals.«

»Paul hat nicht viel erzählt, was er 1968 gemacht hat. Ich weiß, dass der ›Blitz‹ 1969 den SPD-Wahlkampf unterstützt hat, der zur sozialliberalen Koalition mit Willy Brandt und Walter Scheel geführt hat. Paul hat beim Drucken einer Wahlkampfzeitung geholfen.«

»Da habe ich auch mitgemacht. Aber lassen wir die alten Geschichten«, sagte Rolf. »Zurück zum ›Blitz‹ von heute. Die unterstellen uns, wir hätten klammheimliche Freude am Mord an Norbert Winzer empfunden. Frau Oberstaatsanwältin nennt uns linksradikale Aktivisten, die nicht vor Gewalt zurückschrecken würden. Fehlt nur noch, dass sie uns direkt als Mörder bezeichnet. Aber das kommt sicher bald. Du dagegen bist fein raus. Der Herr Journalist ist nur noch Zeuge, kein Tatverdächtiger mehr.«

»Was heißt fein raus? Letztes Jahr wurden über hundert Journalisten getötet, ermordet, hingerichtet oder mit dem Pulitzer-Preis ausgezeichnet.«

»Wie schrecklich!«

»Was wollt ihr machen? Gegendarstellung? Verleumdungsklage?«

Rolf schüttelte den Kopf. »Was sollte das bringen? Wenn du einmal groß auf Seite eins angeklagt worden bist, hilft dir nichts mehr. Das ist eine öffentliche Hinrichtung. Da bist du tot, ehe deine Unschuld bewiesen ist. Gegendarstellungen sind nur dazu erfunden worden, damit Verlage ihre Verleumdungen billig korrigieren können. Gegendarstellungen haben die Welt immer nur verschieden interpretiert, es kommt aber darauf an, sie zu verändern.«

Georg stutzte. »Das habe ich schon mal gehört, aber bestimmt nicht im Zusammenhang mit Gegendarstellungen.«

»Karl Marx. Thesen über Feuerbach. Im Original, von Friedrich Engels 1888 herausgegeben, steht da: ›Die Philosophen haben die Welt nur verschieden interpretiert; es kömmt drauf an, sie zu verändern.‹«

»Was habt ihr bloß immer mit diesem Marx. Der Mann ist seit über hundertdreißig Jahren tot. Das ist alles Schnee von gestern.«

Rolf schnaubte. »Die Bibel ist noch viel älter. Das Neue Testament wurde vor rund zweitausend Jahren geschrieben. Ist deshalb etwas falsch an ›Liebe deinen Nächsten wie dich selbst‹?«

»Jetzt kommst du mir mit Religion? Dann komme ich dir noch einmal mit Marx: ›Die Religion ist das Opium des Volkes.‹«

»Respekt, hast ja doch was gelernt. Das Zitat stammt aus der Kritik der Hegelschen Rechtsphilosophie. Heute würde Marx vermutlich sagen: Das Fernsehen ist das Opium des Volkes. Oder der Fußball. Oder das Internet.«

»Rolf, weißt du, was mich an euch Alt-Linken stört? Kaum sitzt man drei Minuten zusammen, streitet man sich über irgendwelche Wortleichen. Rauft euch zusammen, verändert was. Es gibt verdammt noch mal genug zu verbessern auf der Welt.«

»Danke, dass du mich daran erinnerst«, sagte Rolf. »Genau das haben wir vor. Wir wollen was gemeinsam machen. Wir treffen uns morgen Abend um sieben im ›Anschlag‹. Du sollst dabei sein, quasi als Pauls Vertreter. Ich hoffe, du kommst.«

»Danke für die Einladung«, sagte Georg. »Aber ich muss nachdenken. Ich gehöre ja nicht wirklich zu euch. Ich muss auch mit Paul drüber reden.«

»Kein Problem. Du bist ein freier Mann. Wir dachten nur, dass du lieber Bescheid weißt, was wir so planen.«

»Wie gütig.«

»Wart's ab. Könnten ein paar wahnsinnige Storys dabei sein«, sagte Rolf grinsend.

»Wahnsinnig. Genau das habe ich befürchtet. Morgen, neunzehn Uhr, im ›Anschlag‹. Ich werde sehen, ob ich kommen kann.«

»Du wirst, Georg. Du musst. Du bist jetzt der elfte Mann.«

Nachdem Rolf gegangen war, gönnte Georg sich eine Spülmeditation. Früher hatte er Hausarbeiten jeglicher Art eher unlustig erledigt, jetzt gelang es ihm manchmal, sie zur Beruhigung seines unsteten Geistes zu nutzen.

Wenn du spülst, dann spülst du. Du tust nur das eine, und du denkst an nichts anderes. Du spülst.

Du atmest ein. Du atmest aus.

Du trocknest ab. Wenn du abtrocknest, tust du nur das eine, und du denkst an nichts anderes. Du trocknest ab.

Du atmest ein. Du atmest aus.

Du räumst das Geschirr ein. Du tust nur das eine, und du denkst an nichts anderes.

Das Telefon klingelte.

Du räumst das Geschirr ein.

Das Telefon klingelte ein zweites Mal.

Du atmest ein. Du atmest aus.

Das Telefon klingelte ein drittes Mal.

Erst jetzt nahm Georg das störende Geräusch wahr und ließ vor Schreck eine Espressotasse fallen. Schon das zweite Porzellanopfer des Tages.

Er hob den Hörer ab. »Rubin.«

Am anderen Ende der Leitung ein schweres Atmen.

»Ist da jemand?« Dumme Frage. Natürlich war da jemand. Sonst hätte ja wohl nicht das Telefon geklingelt.

»Rubin«, sagte eine verzerrte Stimme. Georg hätte nicht sagen können, ob da ein Mann oder eine Frau sprach.

»Rubin«, sagte die Stimme noch einmal, »passen Sie gut auf sich auf. Und auf Ihre Tochter. Es wäre doch schade, wenn sie bald so entstellt wäre wie Ihr Vater.«

»Was wollen Sie?«, rief Georg. Alle Meditation war schlagartig dahin.

»Wer sind Sie?«

Klick. Aufgelegt.

Georg zitterte. Vor Angst. Ein Gefühl, das er nicht kannte oder wenigstens immer gut verdrängt hatte.

War das der Mann oder die Frau, der/die den Anschlag auf seinen Vater und auf Norbert Winzer verübt hatte? Wenn ja, wieso hatte diese Person diese Telefonnummer? Er stand in keinem Telefonbuch. Aus Prinzip. Er wollte nicht, dass jemand, über den er im »Blitz« geschrieben hatte, plötzlich vor seiner Tür stand.

Von draußen kam schon wieder Motorenlärm. Georg sah, wie ein Motorrad-Trio langsam an seinem Fenster vorbeirollte und ihn zu beobachten schien. Waren das die drei vom letzten Mal?

Er musste mit jemandem reden. Aber mit wem? Paul wollte er nicht belasten, nicht bevor er wieder auf dem Damm war. Pauls Alt-Genossen kannte er nicht gut genug. Blieb Gerald Menden, sein ehemals bester Freund bei der Polizei, mit dem er sich gestern für den Rest des Lebens verkracht hatte. Worüber hatten sie eigentlich gestritten?

Wenn Menden nicht diese Kollegin mitgebracht hätte, Bettina Kowalski, wäre es nie so weit gekommen. Was hatte Frau Krawallski gesagt? »… dass wir in einer Dienstbesprechung mehrheitlich zu der Überzeugung gekommen sind …« Das klang eigentlich nicht, als hätte Menden, Chef der Mordkommission, sie aus freien Stücken mitgenommen. Vielleicht ist er von seinen Untergebenen überstimmt worden. Und Georg hatte seinem besten Freund diese Blamage nicht erspart.

Sofort wählte er Mendens Privatnummer. Der Anrufbeantworter sprang an. Georg hinterließ eine Nachricht: »Georg hier. Ich habe nachgedacht. Melde dich bei mir. Bitte.«

8

Den Nachmittag verbrachte Georg mit Rosa und Gertrud im Krankenhaus. Das Sprechen fiel Paul etwas leichter. Die Muskeln seiner rechten Gesichtshälfte übernahmen Aufgaben, die vorher von der linken Gesichtshälfte erledigt worden waren. Der Verband auf der linken Gesichtshälfte war deutlich kleiner geworden, er bedeckte nur noch das Auge und die halbe Wange. Der rechte Mundwinkel war gerötet, aber nicht völlig verbrannt, wie er befürchtet hatte.

Paul würde eine faustgroße Narbe behalten, aber nicht sein Gesicht verlieren, hatte der Oberarzt zu Georg gesagt, der Doppelsinn seiner Worte schien ihm ein besonderer Genuss zu sein. Allerdings, und an dieser Diagnose hatte sich nichts geändert, das Auge war vermutlich nicht zu retten.

»Weiß mein Vater schon davon?«, hatte Georg gefragt.

»Ja«, hatte Oberarzt Dr. Fischer bestätigt. »Er hat geflachst, früher hätte man ihm oft vorgeworfen, auf dem linken Auge blind zu sein, und jetzt wäre er es tatsächlich. Er scheint das mit Humor zu nehmen. Aber er möchte nicht, dass seine Enkelin und seine Lebensgefährtin es schon erfahren. Das will er ihnen selbst sagen, wenn er aus dem Krankenhaus entlassen wird. Ihnen als seinem Sohn muss ich reinen Wein einschenken. Das habe ich Ihrem Vater erklärt. Auch dazu hatte er nur einen lockeren Spruch: Als Chefreporter des ›Blitz‹ wären Sie von Berufs wegen resistent gegen jede Form des Grauens.«

»Im Sprücheklopfen war er schon immer unschlagbar«, sagte Georg.

»Dann sind seine Scherze ein gutes Zeichen, dass sein Gehirn keinen Schaden genommen hat.«

»Und er so schräg drauf ist wie immer.«

»Was heißt schon schräg?«, sagte der Oberarzt. »Es gibt ernst zu nehmende Wissenschaftler, die sagen, dass die Normalen das Problem sind, nicht die Verrückten.«

Georg zog verblüfft die Augenbrauen hoch. »Und was ist Ihre Meinung, Herr Doktor?«

»War Hitler verrückt? Waren alle verrückt, die Hitler bejubelt haben und ihm gefolgt sind? Ich glaube, es gibt sie, all die vielen wahnsinnig Normalen, all die Menschen, die zu jeder Zeit unbedingt im Trend liegen wollen, die mitlaufen, die immer genau wissen, was man sagen muss und was man nicht sagen darf. Diese wahnsinnig Normalen klatschen gern Beifall, wenn sie in der Masse auftreten. Dann jubeln sie auch einem Hitler zu. Dann stehen die wahnsinnig Normalen in Reih und Glied vor irgendeinem abscheulichen Repräsentanten des ganz normalen Wahnsinns und fühlen sich wohl.«

»Wow, das klingt überzeugend, wie Sie es sagen.« Georg war beeindruckt.

»Das ist nicht von mir. Das ist von Dr. med. Manfred Lütz,

einem Theologen, Schriftsteller und Arzt, der seit gut zwei Jahrzehnten Chefarzt des Alexianer-Krankenhauses für psychisch Kranke in Köln ist.«

»Mein Vater gehört jedenfalls nicht zu dieser Spezies der normalen Irren. Er ist nur etwas anders.«

»Ja«, sagte Dr. Fischer. »Wir können trotzdem nicht ausschließen, dass sich sein Gemütszustand verschlechtert. Sein Optimismus hilft beim Heilungsprozess. Man spürt seinen Willen, zu leben und gesund zu werden. Aber wenn ihm bewusst wird, dass er nur noch ein gesundes Auge besitzt und was das im täglichen Leben bedeutet, kann das umschlagen. Dann braucht er Ihre Hilfe.«

»Ich habe nur den einen Vater«, sagte Georg.

Paul war eingeschlafen. Rosa und Rud waren nach Hause gegangen, also hielt nun Georg Wache am Krankenbett. Er beobachtete die sich regelmäßig wiederholenden Muster auf den Überwachungsmonitoren. Dieser gleichmäßige Rhythmus hatte etwas Beruhigendes. Alles wird gut, Vater, so wie früher, dachte Georg.

Die besten Zeiten hatten sie erlebt, wenn er mit Paul zur Arbeit ins Pressehaus gehen durfte.

Paul war Metteur, das heißt, er baute die Zeitungsseiten aus Bleisatzblöcken und Holzbuchstaben zusammen. Es hatte wirklich etwas von Schwarzer Kunst. In der Mettage las sich alles spiegelverkehrt. Georg ließ nicht locker, bis auch er diese Kunst beherrschte.

Georg erinnerte sich an das unbegrenzte Vertrauen, das er damals in seinen Vater gehabt hatte. Das fühlte sich heute, als Erwachsener, anders an. Aber hieß das, es war nicht mehr da? Das sogenannte Urvertrauen hatte man ja auch nur als Säugling. Vermutlich wurde das Band zu den leiblichen Eltern einfach mit der Zeit immer schwächer. Ein fortschreitender Prozess der Abnabelung. Nur: Warum hatte Paul ihm so wenig über seine frühen Jahre erzählt? Nach allem, was er in den letzten Tagen dazu gehört hatte, gab es da doch nichts zu verbergen.

»Help, I need somebody!« Der musikalische Klingelton holte Georg aus seinen Gedanken. Gerald Menden war dran. »Du hast mir auf den Anrufbeantworter gesprochen.«

»Ja«, sagte Georg. »Ich wollte mit dir reden. Falls du noch mit mir redest.«

»Das trifft sich gut«, sagte Menden, »ich bin nämlich noch nicht fertig mit dir.«

Georg stand auf und trat hinaus auf den Flur vor Pauls Zimmer. »Ich bin gerade in der Uniklinik. Paul schläft. Ich hätte jetzt Zeit für dich.«

»Gut«, sagte Menden. »Wie wär's in einer halben Stunde im Café Krümel?«

Das Café Krümel lag an der Zülpicher Straße Ecke Weyertal unweit der Universität. Georg kannte es seit seinen Studententagen. Die Atmosphäre hatte sich kaum verändert. Irgendwo musste hier ein Jungbrunnen sein, dachte Georg, denn obwohl er seit seinem ersten Besuch um zwanzig Jahre gealtert war, waren die Bedienungen immer noch so jung wie früher.

Georg erinnerte sich, wie er hier vor Jahren den Ehemann der Kanzlerin getroffen hatte. Auch so eine Geschichte.

Wie sollte er das Gespräch mit Menden beginnen? Am besten ganz direkt. Ich habe einen Anruf bekommen. Ja, so würde es gehen. Wieder hörte er diese unsympathische Stimme und ihre Drohungen. Gegen sich, gegen Rosa, gegen Paul.

Georg suchte einen Platz an einem der Zweiertische zwischen Theke und Zeitungstisch, auf dem die Ausgaben von »stern« und »SPIEGEL« nicht mehr auslagen, weil sie zu oft gestohlen wurden.

Georg nahm die »Süddeutsche«, las aber nicht, sondern schaute durch die Fenster hinaus auf die Zülpicher Straße. Eine Straßenbahn hielt und fuhr wieder ab. Gerald Menden überquerte die Straße, obwohl die Fußgängerampel Rot zeigte.

»Du hast es aber eilig«, begrüßte ihn Georg.

»Wir sind verabredet. Ich bin gerne pünktlich«, erwiderte Menden. »Einen Cappuccino, bitte«, rief er der Bedienung zu, die noch mit dem Nebentisch beschäftigt war.

Menden schaute sich um, als suche er jemanden.

Als die Bedienung den Cappuccino brachte, süßte Menden das Getränk mit Zucker aus der Streudose und verschüttete die Hälfte.

»Was ist los mit dir?«, fragte Georg besorgt.

»Ich habe einen Anruf bekommen.«

Georg verschluckte sich und prustete einen Teil des Kaffees aus. »Entschuldigung«, sagte er und hielt sich eine Hand vor den Mund.

»Was ist daran so überraschend?«, fragte Menden.

»Das sage ich dir später. Was war das für ein Anruf?«

»Einer meiner Leute. Peter Krüger. Mein bester Mann in der Mordkommission. Altgedienter Kollege. Mein Vertreter, wenn ich im Urlaub bin. Rief mich vorhin an. Ob ich wüsste, dass die Kowalski den Fall ›Studiobühne‹ übernehmen soll? Ich wusste von nichts und hab das auch so gesagt. Krüger fuhr fort, ich wäre raus, weil ich mit dir befreundet wäre. Gegen mich soll ein Disziplinarverfahren eingeleitet werden, weil ich dir Interna aus den Ermittlungen verraten hätte, dabei wärst du möglicherweise ein Beschuldigter. Oder dein Vater«, ereiferte sich Menden. »Frau Kowalski hätte versucht, mich zu stoppen, aber ich hätte mich über ihre Einwände hinweggesetzt. So sieht es aus bei der Polizei.«

»Aber es war doch diese Krawallski …«

»Kowalski«, verbesserte Menden.

»… diese Krawallski«, ließ sich Georg nicht beirren, »die war es doch, die dir den Besuch bei mir eingebrockt hat. Ich habe ihre Worte noch im Ohr, von wegen ›Dienstbesprechung‹ und ›mehrheitlich zu der Überzeugung gelangt‹. Die Frau hat dich eiskalt reingelegt.«

»Nicht so laut«, sagte Menden.

»Ist doch wahr.«

»Vielleicht bin ich wirklich befangen in diesem Fall.«

»Was soll das heißen? Das ist doch kein Fall Rubin. Du glaubst doch nicht, dass mein Vater oder ich …«

»Nein, natürlich nicht. Aber ihr seid beide in den Fall involviert. Frau Oberstaatsanwältin Winzer hat sich in dieser Angelegenheit sogar an den Polizeipräsidenten gewandt. Der hat das dann veranlasst.«

»Ohne mit dir zu reden?« Georg konnte es nicht fassen.

»Wir haben Wochenende. Ich denke, dass ich das am Montag erfahren sollte.«

»Wieso weiß dein Kollege Krüger schon davon?«

»Weil Frau Kowalski die Ermittlungen sofort an sich gezogen und die Kollegen der Mordkommission darüber informiert hat.«

»Ohne mit dir zu reden?«

»Ja, verdammt noch mal. Sag ich doch. Ich bin raus. Wer weiß, was da alles gegen mich läuft.«

Menden schob den verschütteten Zucker auf dem Holztisch zusammen, kehrte ihn mit der Hand bis zum Rand, um ihn dort in einer Papierserviette aufzufangen. Die Hälfte landete auf dem Boden.

»Warum grinst du so?«, fragte Menden.

»Würde es dir helfen«, sagte Georg, »wenn ich beweisen könnte, dass es Frau Krawallski war, die mir die entscheidenden Hinweise aus den Ermittlungsakten gegeben hat?«

»Wie willst du das denn machen?«

»Ich habe da so eine Angewohnheit. Reporterkrankheit. Ich zeichne alle meine Gespräche auf.«

»Du hast?«

»Ja, habe ich.« Georg zeigte auf sein iPhone.

»Nimmst du jetzt etwa auch auf?«

»Nein. Jetzt sind wir privat.«

»Das hilft nichts«, sagte Menden. »Das ist eine illegale Aufnahme. Die würde vor Gericht niemals anerkannt.«

»Wer redet von Gericht? Ich dachte an eine private Vorstellung für den Polizeipräsidenten oder die Oberstaatsanwältin.«

»Ich weiß nicht.«

»Doch, du weißt«, sagte Georg. »Du weißt, dass ich das Gespräch aufgezeichnet habe. Ich verspreche dir, es nicht zu löschen, ehe der Fall abgeschlossen ist. Falls du also Bedarf hast …«

»In Ordnung. Aber aus dem Fall bin ich trotzdem raus. Da werde ich dir nicht viel nützen können.«

»Du darfst nicht tatenlos zusehen, wie Frau Krawallski dir deinen Job wegnimmt.«

»Wird sie schon nicht.«

»Hat sie schon.«

»Nur eine Ermittlung. Mehr nicht.«

»So fängt es an. Dann kommt die interne Untersuchung. Dann noch ein paar Sprüche gegenüber Kollegen.«

»Das bekäme ich mit.«

»Klar. Solange dein Kollege Krüger sich bei dir meldet. Was ist, wenn der zu der Einschätzung gelangt, dass sich die Machtverhältnisse geändert haben? Vielleicht kommt sogar die Anordnung, nicht mit dir zu reden, bis die Untersuchung abgeschlossen ist.«

»Du meinst, die wollen mich rausmobben?«, fragte Menden.

»Ich habe das Wort nicht benutzt, aber darauf könnte es hinauslaufen. Sei vorsichtig und wappne dich.«

»Ich bin Beamter. Unkündbar. Die können mir nichts.«

»Aber die können dich irgendwohin befördern, wo dir der Spaß am Beruf abhandenkommt. Wo du so viel zu sagen hast wie eine Maus im Katzenklo.«

»Ich bin allergisch gegen Katzen.«

Menden saß mit dem Rücken zu den Fenstern. Hinter seiner Schulter entdeckte Georg eine Frau, die er auf keinen Fall treffen wollte, schon gar nicht in Begleitung von Gerald Menden.

»Pst«, sagte Georg, »die Kowalski ist im Anmarsch. Sie steht vor dem Krümel, überlegt, ob sie hereinkommen soll oder sich einen Tisch draußen nimmt.«

»Auch das noch«, murmelte Menden.

»Sie setzt sich draußen hin.«

»Gut.«

»Dummerweise genau so, dass sie uns durch das Fenster im Blick hat, wenn sie den Kopf einmal nach links dreht.«

»Sie sitzt also auf der Zülpicher Straße?«, fragte Menden.

»Genau.«

»Gut. Dann verschwinde ich über das Weyertal«, sagte der Kommissar.

Georg nickte, aber da war Menden auch schon unterwegs. So ein Mist, dachte er, jetzt war er nicht einmal dazu gekommen, seinem Freund und Helfer von dem Drohanruf zu erzählen.

Er nahm sein Handy, um Menden anzurufen. Plötzlich stand Frau Kowalski vor seinem Tisch. »Herr Rubin, so eine Überraschung. Darf ich mich zu Ihnen setzen? Draußen ist es doch etwas kalt.«

Georg brummelte etwas, das sie offenbar als Ja verstand. Während sie sich auf den Stuhl setzte, der noch warm von Menden sein musste, bemühte Georg sich, den verräterischen Anruf seines Handys zu stoppen.

»Ich dachte, Sie wohnen in Ehrenfeld«, sagte Frau Kowalski. »Was tun Sie in Sülz?«

»Ich habe meinen Vater im Krankenhaus besucht«, sagte Georg. »Und was führt Sie hierher?«

»Ich habe mir die Brandspuren an der Studiobühne angesehen. Wollte mir ein eigenes Bild machen.«

»Heute ist Samstag. Kein freies Wochenende?«

»Sie wissen doch, Journalisten und Polizisten haben nie frei. Selbst wenn sie freihaben.«

»Als Sie mich gestern zu Hause besucht haben, schienen Sie ganz versessen aufs freie Wochenende zu sein.«

»Nett haben Sie's dort. Vielleicht sollten Sie etwas mehr darauf achten, die Tür zum Bad zu schließen. Und die Wohnungstür offen stehen zu lassen, kann gefährlich sein.«

»Ja, das hat mir meine Mutter auch immer gesagt. Vor allem sollte ich keine fremden Frauen reinlassen.«

Kommissarin Kowalski bestellte eine Cola light und ein Stück Apfelkuchen mit Sahne, eine Kombination, die auch sein Vater mochte, wenn Sahne-Nuss-Torte nicht im Angebot war.

»Haben Sie sich mit Ihrem Freund Menden versöhnt?«, fragte sie.

»Nein«, log Georg.

Sie schaute ihn verwundert an.

»Ich habe gerade versucht, ihn anzurufen«, sagte Georg, »aber nur den Anrufbeantworter erreicht.«

»Einer muss den Anfang machen.«

»Danke für den Ratschlag. Und Sie? Haben Sie etwas Neues in der Studiobühne erfahren?«

»Ja«, sagte sie. »Der Apfelkuchen ist wirklich lecker. Wollen Sie mal probieren?« Sie hielt ihm die Kuchengabel hin, und er ließ sich füttern.

»Ja, nicht schlecht«, sagte er. »Und was gab es Neues in der Studiobühne?«

»Wussten Sie, dass die Studiobühne unter Denkmalschutz steht?«

»Nein«, sagte Georg.

»Der Brandschaden ist nicht so groß, dass man das Theater nicht in alter Pracht wiederherstellen könnte.«

Georgs Handy flimmerte. Er hatte es stumm geschaltet, aber das Display verriet ihm, dass Menden anrief.

»Gehen Sie ruhig dran«, sagte Frau Kowalski.

»Rubin«, meldete sich Georg. Er drehte sich etwas zur Seite und deckte das Telefon mit einer Hand ab.

Menden wollte wissen, was los war. Georg sagte: »Ja, ich hab dich angerufen. Schön, dass du zurückrufst. Ich wollte mich entschuldigen, wegen gestern. Aber ich kann jetzt nicht. Ich bin im Café Krümel. Ich melde mich.«

»Ich weiß, dass du im Krümel bist«, hörte er Menden sagen, bevor er ihn wegdrückte.

»Wenn ich Sie störe, das hätten Sie mir doch sagen können. So wirkte das doch sehr unhöflich«, sagte Frau Kowalski.

»Wissen Sie was, Frau Kommissarin? Ja, Sie stören. Sie haben gestern gestört, als Sie in meine Wohnung eingedrungen sind. Sie stören mich heute. Nehmen Sie es ruhig persönlich. Mir würde es reichen, wenn Sie mich nur noch dienstlich kontaktieren.«

»Herr Rubin, ich verstehe Ihren Zorn«, sagte Kommissarin Kowalski und griente ihn an. »Das muss für jeden Jungen ein Schock sein, wenn er begreift, dass sein Vater kein Heiliger ist.«

Georg sprang auf. Am liebsten wäre er auf die Polizistin losgegangen, aber diesen Gefallen durfte er ihr nicht tun. Cool bleiben. Nicht provozieren lassen.

»Die Rechnung, bitte«, sagte er eine Spur zu laut zu einer der Bedienungen.

»Zahlen Sie für den ganzen Tisch?«

»Ja«, antwortete er und war froh, dass sie nicht von dem Mann sprach, der bei ihm gesessen hatte.

»Macht dreizehn Euro achtzig«, sagte die Kellnerin, die ihm auch die Cola und den Apfelkuchen von Frau Kowalski in Rechnung gestellt hatte.

»Fünfzehn«, sagte Georg. Er ging, ohne die Polizistin eines Blickes zu würdigen.

Auf der gegenüberliegenden Straßenseite, vor dem Café

Waschsalon, drehte er sich um und schaute zurück ins Café Krümel. Frau Kowalski telefonierte aufgeregt und zeigte mit einer Hand auf den Stuhl, auf dem er gesessen hatte.

9

Der Herbstabend war mild, Georg verzichtete auf ein Taxi und ging zu Fuß die Zülpicher Straße Richtung Uni, genau den umgekehrten Weg, den er gestern Nacht mit Pauls singenden Genossen im Schlepptau gemacht hatte.

Die giftige Bemerkung der Polizistin setzte ihm zu. Wie kam diese Frau dazu, ihn als Jungen zu bezeichnen? Und dann noch einen Jungen, der nicht verkraftet, dass sein Vater kein Heiliger ist?

Rechter Hand an der Universitätsstraße lag die Studiobühne im Dämmerlicht. Die zerborstenen Fenster waren mit Holz vernagelt, an den Mauern zeugten Rußspuren davon, dass es gebrannt hatte.

Georg entdeckte nichts an dem Gebäude, das ihm denkmalwürdig erschien. Der flache Bau mit nur einer Etage über dem Erdgeschoss passte überhaupt nicht ins Quartier. Schon die Wohnhäuser in der Nachbarschaft waren mehr als doppelt so hoch.

Hinter dem vierstöckigen Haus des Studierendenwerkes erstreckte sich viel ungepflegtes Grün mit Freiflächen bis zum gewaltigen Uni-Center, das mit seinen fünfundvierzig Etagen hundertvierunddreißig Meter in den Himmel ragte. Jedes Mal, wenn er über die A 4 aus Richtung Aachen nach Köln fuhr, ärgerte er sich, dass das Uni-Center in Tateinheit mit den benachbarten Justizbauten die Sicht auf den Dom versperrte. Dabei gab es für einen Kölner nichts Schöneres, als bei der Rückkehr von einer Reise die Kathedrale zu sehen.

Er ging Richtung Ehrenfeld, passierte Uni-Hauptgebäude, WiSo-Hochhaus, Ostasiatisches Museum und Aachener Weiher, aus dessen Biergarten Gute-Laune-Lärm zu ihm herüberschwappte.

Ein Absacker-Bier am Samstagabend? Warum nicht.

Georg lief dem Pächter in die Arme, Youssef alias Josef, ein kölscher Ägypter, der auch das Rathaus-Restaurant betrieb und der mit allen Mächtigen der Stadt gut bekannt war, was ihm nicht zum Nachteil gereichte.

»Georg, schön, dass du dich mal wieder sehen lässt«, begrüßte ihn Josef und stellte ihm ein frisch gezapftes Kölsch hin. Als Chefreporter des »Blitz« gehörte er zu den Leuten, mit denen es sich der Wirt auf keinen Fall verderben wollte.

»Danke«, sagte Georg und »Prost« und leerte das Glas in einem Zug. »Bitte noch eins.«

»Hier«, sagte Josef, als er keine Minute später mit dem zweiten Kölsch zurückkehrte. »Ich habe das mit deinem Vater gelesen. Wie geht es ihm?«

»Ganz gut«, sagte Georg, »er wird noch einige Tage in der Uniklinik bleiben müssen.«

»Ihr hättet den Geburtstag bei mir feiern können«, sagte Josef.

Georg nickte. »Darüber haben wir auch nachgedacht. Aber Paul wollte an einem Ort feiern, den es schon 1968 gab.«

»Verstehe. Ich bin seit den siebziger Jahren in Köln. Aber du weißt ja, wann immer du etwas planst, mit mir kannst du sprechen.«

»Prost«, sagte Georg. Diesmal nippte er nur kurz an seinem Kölsch, schließlich wollte er nicht zum Alkoholiker werden. Sein Frustsaufen im »Stadtgarten« war schlimm genug gewesen.

»Gestern Abend war deine Chefin da«, sagte Josef, »eine elegante Frau.«

»Ja«, sagte Georg, obwohl ihm die Formulierung von der Chefin nicht gefiel und er sich nicht anmerken lassen wollte, dass ihn brennend interessierte, was Josef diesbezüglich noch zu erzählen hatte.

»Sie hatte zwei Männer dabei«, setzte Josef fort, »Männer, sage ich, keine Jungs. Die machten richtig was her. Aber die waren nicht von hier, sonst würde ich die ja kennen.«

»Klar.«

»Ach ja, dein Verleger war auch dabei. Aber der ist früher gegangen.«

»Du meinst Berger?«

»Klar, Berger. Bernhard Berger, um genau zu sein.«

»Du weißt nicht zufällig, worüber da geredet wurde?«

»Natürlich nicht. Du kennst mich doch. Diskretion Ehrensache.«

»Ehrensache«, wiederholte Georg.

»Die beiden Männer, also die beiden Nichtkölner, haben was davon gesagt, dass sie im Chelsea wohnen«, fuhr Josef fort. »Das habe ich mitbekommen, als sich einer der Männer verabschiedete. Der andere hat deine Chefin nach Hause gebracht.«

»Mit einem Audi-Cabrio«, sagte Georg.

»Keine Ahnung«, sagte Josef, »ich habe kein Auto gesehen. Die sind Arm in Arm weg.«

»Arm in Arm?«, fragte Georg nach.

»Sie hatte sich bei ihm eingehakt.«

»Weißt du noch, wann das ungefähr war?«

»Kurz nach Sonnenuntergang. Der Himmel war noch rot.«

»Also gegen halb acht?«

»Ja, das kommt hin.«

Wenn Georg sich richtig erinnerte, dann war er gestern kurz nach halb zehn bei Carola beziehungsweise ihrem Mann gewesen, was hieß, dass sie für die Viertelstundenfahrt vom Aachener Weiher bis zum Rheinufer mehr als zwei Stunden gebraucht hatten.

»Danke, Josef«, sagte Georg, »geht mich ja auch nichts an, was Frau Maar privat treibt. Diskretion Ehrensache.«

»Ehrensache«, sagte der Wirt.

Das Chelsea lag zehn Minuten Fußweg vom Aachener Weiher entfernt. Es war mehr ein Künstler- als ein Businesshotel. Man erzählte sich, dass man als Maler früher seine Hotelrechnung mit Bildern bezahlen konnte, jedenfalls schmückten die Zimmer Werke von Walter Dahn, Jiri Georg Dokoupil, Martin Kippenberger, A.R. Penck, Rosemarie Trockel und manchen anderen.

Georg hatte nie im Hotel übernachtet, aber er mochte das Café Central im Erdgeschoss des Hauses, das seit einiger Zeit von Bärbel und Frank geführt wurde.

Das Ehepaar war immer für Überraschungen gut. Vor zwei Wochen hatten sie Lesungen im Rahmen des Kölner Krimifestivals ausgerichtet. An diesem Samstagabend fand eine der legendären Whisky-Verkostungen statt, bei der die Gäste für zwanzig Euro fünf rare, aber immer erstklassige Single Malts probieren durften.

»Heute nicht«, wehrte Georg ab, »bitte einen Cappuccino.«

»Kein Problem«, sagte Bärbel. »Wusstest du, dass wir neuerdings einen geprüften Barista haben?«

Georg setzte sich an einen Tisch am Rande der großen Außenterrasse und wählte Mendens Nummer.

»Da bist du ja endlich«, sagte der Kommissar. »Wieso hast du mich beim letzten Mal so komisch abgefertigt? Und wieso meldest du dich erst jetzt?«

»Erzähle ich dir später. Ich bin im Café Central. Kannst du kommen? Hier ist Whisky-Verkostung«, sagte Georg.

»Fang ja nicht ohne mich an. Bin gleich da.«

»Dienstlich oder privat hier?«, fragte Frank, der ihm den Cappuccino nach draußen brachte und sich zu ihm setzte.

»Privat«, sagte Georg.

»Ich habe das mit deinem Vater gelesen. Sag ihm gute Besserung. Wisst ihr schon, wer die Studiobühne in Brand gesetzt hat? Die Kumpels von deinem Alten werden das ja wohl kaum gewesen sein. Auch wenn das so in deiner Zeitung steht.«

»Ist nicht meine Zeitung.«

»Du arbeitest da.«

»Jetzt nicht. Jetzt habe ich Feierabend.«

»Ist ja gut«, sagte Frank. »Wenn du allein sein willst.«

»Nein, warte einen Moment«, bat Georg. »Vielleicht kannst du mir helfen.«

»Wobei?«

»Im Central haben zwei Männer übernachtet. Kannst du mir sagen, wer und woher die sind?«

»Georg, sei nicht komisch. Du weißt, dass wir mit dem Hotelbetrieb nichts zu tun haben, außer dass wir den Gästen das Frühstück servieren. Und dann, deine Beschreibung, was soll ich mit der anfangen? Zwei Männer, die übernachtet haben. Warum willst du nicht gleich die komplette Gästeliste?«

»Gute Idee. Die männlichen Gäste würden mir reichen.«

»Sorry, Georg. Da geht nichts.«

»Was ist mit männlichen Gästen, die ein dunkles Audi-Cabrio fahren?«

»Du solltest mehr Whisky trinken, damit du auf andere Gedanken kommst. Wir haben heute eine sensationelle Auswahl: einen Macallan Amber, einen achtzehn Jahre alten Glenfarclas, einen zwölfjährigen Balvenie Single Barrel, einen Laphroaig Quarter Cask und von Talisker die Distiller's Edition 2002.«

»Ich bin dabei«, sagte Gerald Menden, der Franks letzte Worte mitgehört hatte. »Hast du schon bestellt, Georg?«

Georg schüttelte den Kopf.

»Nein, der Herr ist auf Cappuccino«, sagte Frank.

»Jetzt nicht mehr. Zweimal die Whisky-Runde. Ich gebe einen aus, wenn ihr bezahlt.«

»Hä?«

»Na gut, ich gebe einen aus.«

Menden setzte sich zu Georg. »Also, was ist los?«, fragte er.

»Deine Kommissarin hat sich an mich rangemacht.«

»Du machst Witze.«

»Nein. Im Krümel. Hat sich an meinen Tisch gesetzt. Und dann hast du angerufen. Deshalb musste ich dich abwimmeln.«

»Nicht zu fassen«, sagte Menden. »Hat sie was von mir gesagt?«

»Sie hat gefragt, ob wir uns versöhnt hätten. Ich habe gesagt, dass ich dich anrufen wollte, aber nur die Mailbox dranging. Dann hat sie mir Neuigkeiten von der Studiobühne erzählt. Das Haus stünde unter Denkmalschutz.«

»Sonst hat sie nichts gesagt?«

»Nichts, was mir aufgefallen wäre. Ich habe das Gespräch mitgeschnitten. Wenn du willst ...«

Frank kam mit dem ersten Whisky zu ihnen auf die Terrasse. »Zum Genießen«, meine Herren. »Soll ich euch etwas über den Macallan Amber erzählen?«

»Probieren geht über Studieren«, sagte Menden.

»So ist es«, sagte Frank. »Cheers.«

Georg mochte Whisky, aber er war kein Kenner. Menden hatte mehr Erfahrung und murmelte etwas von »blumig, Zitrone, Vanille, Sultaninen, Zimt und Herbstgetreide«.

Georg empfand den Scotch als mild, trotzdem schüttelte er sich, als die Flüssigkeit die Speiseröhre hinunterrann.

»Bevor der zweite Whisky kommt, muss ich dir unbedingt etwas sagen, was ich dir schon den ganzen Tag sagen wollte.«

»Hast du es dir überlegt?«, fragte Menden. »Willst du jetzt doch mit der Polizei zusammenarbeiten?«

»Ich habe einen Anruf bekommen.«

Georg schaute seinen Freund an, als wartete er darauf, dass er unterbrochen würde.

»Ich sag nichts«, sagte Menden.

»Es war, wie soll ich sagen, ein Drohanruf. Am liebsten wäre mir, du würdest dir den anhören.«

»Den hast du auch aufgenommen?«

Georg nickte und suchte auf seinem iPhone die Tondatei.

Menden hielt sich das Handy ans Ohr. Georg hätte ihm den Text aufsagen können, so genau schwirrte er noch immer in seinem Kopf herum. *Rubin, passen Sie gut auf sich auf. Und auf Ihre Tochter. Es wäre doch schade, wenn sie bald so entstellt wäre wie Ihr Vater.*

»Nun, was meinst du?«, fragte Georg, nachdem Menden ihm das Handy zurückgegeben hatte.

»Trittbrettfahrer«, sagte Menden. »Mein erster Gedanke ist, dass irgendjemand, der dich kennt, die Story vom Attentat in der Studiobühne in der Zeitung gelesen hat und sich wichtigmacht.«

»Und dein zweiter Gedanke?«

»Jemand, der mit dem Anschlag zu tun hat. Der dich einschüchtern will, damit du dich nicht auf die Suche nach den Tätern machst. Du hast ja einen gewissen Ruf als Hobby-Ermittler.«

»Hobby-Ermittler? Das ist mein Beruf. Ich bin Journalist. Vieles bliebe für immer unter dem Teppich, wenn die Presse nicht wäre.«

»Ist mir so rausgerutscht«, sagte Menden. »Für uns ist jeder, der nicht bei der Polizei ist und sich in unsere Arbeit einmischt, ein Hobby-Ermittler. Kannst du mir die Datei zumailen?«

»Nur diese oder auch die anderen?

»Gern alle.«

»Okay, aller guten Dinge sind drei«, sagte Georg. »Im Gegenzug hätte ich noch eine Bitte an dich. Kannst du rauskriegen, wem ein dunkles Audi-Cabrio mit dem Kennzeichen K – ZZ 867 gehört?«

»Kann ich, klar. Wozu brauchst du das?«

»Musst du das wissen?«

»Nein.«

Menden nahm sein Telefon und tippte eine SMS. Er nutzte noch ein gutes altes Nokia, dessen Akku einen Monat durchhielt und in dem die Buchstaben durch ein- oder mehrmaliges Drücken auf eine der Zifferntasten erzeugt wurden. »Eins kann ich dir schon mal sagen«, sagte er, »der Mensch, den du suchst, ist mit hoher Wahrscheinlichkeit ein Fan von ZZ Top.«

»Wie kommst du darauf?«

»Wenn du ›Top‹ in Zahlen auf deinem Telefon übersetzen willst, dann musst du exakt 867 schreiben. Einmal 8 ist t, dreimal 6 ist o, einmal 7 ist p.«

»Genial, Herr Kommissar.«

Mendens Handy gab einen Ton von sich, der den Eingang einer neuen SMS ankündigte. »Interessant«, sagte er. »Dein dunkles Audi-Cabrio ist ein Firmenwagen. Zugelassen auf die Anwaltssozietät Zeisig & Ziegler.«

»Zeisig & Ziegler. Habe ich schon mal gehört. Die sitzen in einem der Kranhäuser am Rheinauhafen.«

»Wahrscheinlich ganz oben, ZZ Top.«

Georg googelte das Unternehmen. »Wow. Die beschäftigen über dreihundert Anwälte. Und jede Menge Steuerberater. Das riecht nach viel Geld. Und viel Ärger.«

10

Nach einem Besuch im Krankenhaus – Paul war wegen seiner Schmerzen noch einmal in einen tiefen Schlaf versetzt worden – gönnte Georg sich ein langes, spätes Frühstück mit seiner Tochter.

Nach dem Müsli fragte Rosa: »Was bedeutet eigentlich ›68er‹? Und was hat Opa mit denen zu tun?«

Georg musste ihr und sich eingestehen, dass er darüber nur wenig wusste: »Die Studenten haben damals, eben 1968, für mehr Gerechtigkeit demonstriert und gegen den Krieg. Irgendwie war Paul auch dabei.«

»Paul war wahrscheinlich die Arbeiterklasse«, sagte Rosa.

»So wird es gewesen sein«, sagte Georg und lachte.

»Warum demonstrierst du heute nicht für mehr Gerechtigkeit und gegen Krieg?«

Die Frage saß. Ja, warum demonstrierte er nicht? Ungerechtigkeiten und Kriege gab es immer noch, vielleicht mehr als vor fünfzig Jahren. Er schrieb ab und zu Artikel, die dagegen Stellung bezogen, aber das war sein Beruf, für den er bezahlt wurde. Er engagierte sich privat, zum Beispiel bei »Arsch huh, Zäng usseander«, einer Kölner Künstler-Initiative gegen Rassismus und Neonazis, die es seit Anfang der Neunziger gab, aber das war im Laufe der Jahre eher zu einer VIP-Tätigkeit mit Backstage-Privilegien geworden.

Während Georg noch nach einer Antwort suchte, begann Rosa zu rezitieren: »Die Geschichte aller bisherigen Gesellschaft ist die Geschichte von Klassenkämpfen. Freier und Sklave, Patrizier und Plebejer, Baron und Leibeigener, Zunftbürger und Gesell, kurz, Unterdrücker und Unterdrückte standen in stetem Gegensatz zueinander, führten einen ununterbrochenen, bald versteckten, bald offenen Kampf, einen Kampf, der jedes Mal mit einer revolutionären Umgestaltung der ganzen Gesellschaft endete oder mit dem gemeinsamen Untergang der kämpfenden Klassen.«

»Woher hast du das?«, staunte Georg und fragte sich gleichzeitig, ob er besser auf seine Tochter aufpassen sollte.

»Das ist aus dem ›Kommunistischen Manifest‹.«

»Eben. Der Kommunismus ist vor dreißig Jahren untergegangen.«

»Weißt du, dass Karl Marx ein Kollege von dir war? Zeitungsredakteur. In Köln.«

»Ja, weiß ich. Er war Chefredakteur der ›Rheinischen Zeitung‹. Ich bin nur Chefreporter des ›Blitz‹. Das kannst du nicht vergleichen.«

»Leider«, sagte Rosa.

»Was soll das heißen, ›leider‹? Marx hat den Job genau fünf Monate ausgehalten. Die Auflage seiner Zeitung lag bei dreitausenddreihundert Exemplaren, da haben wir trotz Zeitungskrise immer noch zwanzigmal mehr. Also hör mir auf mit deinem Marx.«

Georg spürte, dass es zunehmend schwieriger wurde, in der

Diskussion mit seiner Tochter die Oberhand zu behalten. Auch jetzt gab sie sich nicht geschlagen.

»Warum? Trotz der kleinen Zeitungsauflage hat Marx doch eine unglaubliche Wirkung erzielt. Gleich nach seiner Zeit in Köln hat er das ›Kommunistische Manifest‹ geschrieben. Ein Gespenst geht um in Europa. Was hast du geschrieben, von dem du glaubst, dass man es in hundert Jahren noch lesen wird? Oder wenigstens in zehn Jahren?«

»Ich habe gestern unterschrieben, dass du den Führerschein machen darfst«, sagte Georg hänselnd. »Ich hoffe doch sehr, dass du dich daran auch in zehn Jahren noch erinnern wirst.«

Rosa fühlte sich nicht ernst genommen und stand beleidigt vom Tisch auf. Den Rest des Nachmittags herrschte Funkstille.

Um neunzehn Uhr betrat Georg Friedhelms Kneipe »Anschlag« auf der Zülpicher Straße, wo er seinen Vater beim 68er-Stammtisch vertreten sollte. Außer Friedhelm und Rolf war niemand da.

»Was ist los? Fällt der Stammtisch aus? Bin ich zu früh? Beginnen die Ex-Studenten ihre Treffen immer noch cum tempore?«, fragte Georg.

»Ob wir pünktlich sind? Na, geht so«, sagte Friedhelm. »Aber heute ist es anders. Wir haben kurzfristig entschieden, uns an einem vertraulicheren Ort zu treffen. Ich muss nur die Kneipe schließen.«

»Keine Eile, du kannst noch ein Bier ausgeben«, sagte Rolf, »Steffen hat eine SMS geschickt. Der Wagen streikt. Steht auf der Mülheimer Brücke. Das kann dauern.«

»Na gut«, sagte Friedhelm und zapfte drei Kölsch. »Vive la révolution«, sagte er in gutem Französisch.

»Venceremos«, antwortete Rolf.

»Prost«, sagte Georg.

Der »Wagen«, der eine Viertelstunde später vor Friedhelms Kneipe stand, war ein klappriges Gefährt auf drei Rädern mit einer Fahrerkabine vorne und einem kleinen, geschlossenen Laderaum hinten. »Sozialistische Selbsthilfe«, hatte jemand auf die Seiten gepinselt.

Steffen Landmann entschuldigte sich für die Verspätung. »Kein Benzin mehr. Mitten auf der Mülheimer Brücke ist die Kiste stehen geblieben. Zum Glück war ein Zehn-Liter-Kanister an Bord. Vollgetankt habe ich inzwischen auch.«

Rolf nahm vorne Platz, Friedhelm und Georg mussten nach hinten aufs nackte Blech zwischen eine Leiter und eine Holzkommode.

»Steffen war während der Studentenrevolte zunächst im sozialdemokratischen Hochschulbund SHB wie ich«, erklärte Friedhelm, »dann ist er in die DKP eingetreten, später sogar Vorsitzender der Deutschen Kommunistischen Partei geworden. Im Vorfeld der Wiedervereinigung lag er dann wohl mehr auf der Linie von Gorbatschow, Glasnost und Perestroika, bekam Probleme mit den orthodoxen Kadern. Heute steht er irgendwo zwischen Linkspartei und linkem SPD-Flügel.«

Der Wagen rumpelte über Kölns Straßen. Georg hatte die Hoffnung aufgegeben, dass die Stadt irgendwann einmal schlaglochfrei sein würde.

»Weißt du, wo es hingeht?«, fragte er.

»Nein«, sagte Friedhelm. »Aber Kurt, Rainer und Lothar haben sich etwas ausgedacht. Das wird bestimmt spannend. Und lustig. So wie früher.«

»Auf dem Wagen steht ›Sozialistische Selbsthilfe‹«, sagte Georg.

»Das ist Rainers Initiative in Mülheim. Unglaublich, dass es die immer noch gibt. Er kümmert sich um Obdachlose, Jugendliche, Arbeitslose, sammelt Möbel, macht Umzüge, vor allem ärgert er immer wieder die Verwaltung, indem er Mauscheleien bei Bauprojekten aufdeckt.«

»Dann fahren wir also nach Mülheim?«

»Das glaube ich eher nicht«, sagte Friedhelm.

Tatsächlich hielt der Wagen in Ehrenfeld, auf einer Art Schrottplatz zwischen Bahngleisen und den Eros-Centern. Georg kannte das Gelände: Odonien. Hier residierte der Künstler Odo Rumpf, der spektakuläre Metallskulpturen produzierte.

Auf dem Gelände gab es Räume für Festivitäten, Georg hatte hier einmal an einem Geburtstag teilgenommen.

Die Alt-68er hatten ihr Treffen in einem großen Raum angesetzt, der an eine dunkle Felsenhöhle erinnerte. Elf Stühle standen im Kreis, in der Mitte, auf sandigem Boden, loderte ein Holzfeuer.

Kurt Schmoll eröffnete die Versammlung: »Schön, dass ihr alle kommen konntet. Georg haben wir dazugebeten, weil er Paul vertreten soll. Irgendwelche Einwände?«

Zustimmendes Gemurmel.

»Dann los. Als Erstes will Johannes etwas sagen.«

Johannes Bäck, der Kleinste in der Runde, aber mit riesengroßer Brille, stellte sich neben das Feuer.

»Ich glaube, ich habe eine Dummheit begangen. Ich habe Pauls Geburtstagstorte präpariert. Nichts Schlimmes. Es sollte nur ein wenig Bumm machen. Mehr ist es auch nicht gewesen.«

»Paul liegt schwer verletzt im Krankenhaus«, ereiferte sich Georg. »Und du sagst, es wäre nichts Schlimmes.«

»Bitte, Georg«, unterbrach Kurt, »wir verstehen deine Aufregung, aber lass Johannes ausreden.«

Georg setzte sich. Rainer, der neben ihm saß, reichte ihm eine Flasche Bier. »Trink einen Schluck.«

Johannes übernahm wieder das Wort. »Ich habe das, was ich in Pauls Torte eingebaut habe, noch einmal nachgebaut. Gibt es einen Freiwilligen?«

Niemand meldete sich.

»Habe ich mir gedacht. Dann also ich.«

Johannes zündete zwei Kerzen an, die denen auf Pauls Torte entsprachen. Dann beugte er sich über die Torte und blies die Flammen aus. Noch bevor er fertig war, platzte die Torte in der Mitte auf, ein paar Stückchen landeten in Johannes' Gesicht.

»Ich habe Schwarzwälder Kirsch genommen«, sagte Johannes, »das macht aber keinen Unterschied. Habt ihr's gesehen? Nur in der Mitte der Torte gibt es ein kleines Loch. In Brand ist gar nichts geraten. Ausgelöst wird die Mini-Explosion durch das Ausblasen der Kerzen. Das, was in der Studiobühne geschehen ist, kann nichts mit meiner Manipulation zu tun gehabt haben. Da muss einer einen viel gefährlicheren Mechanismus installiert haben.«

Johannes wandte sich direkt an Georg: »Tut mir leid, was mit Paul passiert ist.«

»*Entschuldigung, wenn ich ihm ein Auge aus dem Kopf gesprengt habe. War nicht böse gemeint.* Wolltest du mir das sagen?«

Johannes hatte den Kopf gesenkt, schaute Georg nicht an.

»Jetzt hätte ich fast einen Witz gemacht«, sagte der einäugige Rainer. »Aber, was mich viel mehr interessiert, hast du das der Polizei erzählt?«

»Nein«, sagte Johannes. »Obwohl ich verblüfft war, wie hartnäckig die nachgefragt haben. Als ob die gewusst hätten, dass ich früher mit Brandsätzen zu tun hatte. Wenn die jetzt von meiner Spielerei erfahren, buchten die mich ein. Darauf habe ich keinen Bock.«

»Dann muss dich jemand beobachtet haben«, sagte Georg. »Hast du jemandem erzählt, was du vorhast?«

»Ja«, sagte Johannes und wirkte sehr schuldbewusst. »Ich habe mit Norbert Winzer darüber gesprochen.«

»Der wird das nicht bestätigen«, sagte Rainer.

»Er fand das lustig. Er hat mir den Kühlraum gezeigt, in dem die Torte aufbewahrt werden sollte«, erzählte Johannes. »Ich war am Donnerstag gegen acht Uhr in der Studiobühne, um meine Apparatur einzusetzen. Das hat keine drei Minuten gedauert. Ich hatte alles zu Hause vorbereitet, in einen Tortenuntersatz eingebaut, ich musste das nur noch mit den Kerzen verbinden.«

»War Norbert Winzer um acht Uhr auch in der Studiobühne?«, fragte Georg.

»Ich weiß es nicht. Ich habe ihn nicht gesehen. Die Eingangstür und die Tür zum Kühlraum waren unverschlossen. So hatten wir es besprochen, und so war es auch.«

»Wenn jemand deine Apparatur verändert hat, dann hätte er vier Stunden Zeit gehabt«, sagte Rainer.

»Nein, höchstens drei«, sagte Georg. »Ich war mit Paul schon gegen elf Uhr vor Ort, um die letzten Vorbereitungen zu treffen.«

»Und ihr habt nichts Verdächtiges bemerkt?«, fragte Kurt.

»Nein«, sagte Georg, »ihr doch auch nicht.«

»Gut«, sagte Kurt, »damit wäre das auch geklärt. Lothar, jetzt kommt dein Teil.«

Lothar Roth, halblange weißblonde Haare, saß Georg genau gegenüber. »Anarchistischer Biobauer«, hatte Menden ihn genannt. Lothar stand nicht auf, sondern blieb auf seinem Stuhl sitzen.

»Lothar, du bist dran«, wiederholte Kurt.

»Ich sammle mich«, sagte der Angesprochene ruhig. »Ihr müsst es spüren. Es fühlt sich großartig an. Wir werden es wie vor fünfzig Jahren machen. Aufklärung durch subversive Aktion.«

»Was Lothar sagen will«, übernahm der einäugige Rainer, »wir, also Kurt, Lothar und ich, haben uns zusammengesetzt und entschieden, dass es besser wäre, nicht immer nur rumzusitzen und von den alten Zeiten zu schwärmen –«

»Oder uns zu streiten ...«, unterbrach Kurt.

»Ja, gestritten haben wir auch genug. Sondern dass es höchste Zeit ist, selbst wieder Geschichte zu schreiben. Wir dürfen nicht zulassen, dass Johannes gekreuzigt wird, wir werden es selbst sein, die den Studiobühnen-Mörder finden.«

»Und wir werden alle die entlarven, die den Mörder decken«, sagte Lothar.

»Genau«, sagte Kurt, »lasst uns die Stadt noch einmal aufmischen, so wie früher.«

»Ich habe Rücken ...«, sagte Willy Leipold.

»Ach, der Herr Ex-Regierungssprecher hat Rücken«, höhnte Hartmut im Rollstuhl. »Was soll ich denn sagen?«

»Ich habe Rücken«, setzte Willy fort, »aber das macht nichts. Ich bin dabei. Mir ist es in diesem Land sowieso viel zu ruhig.«

»Wisst ihr noch, dass es verboten war, die Pille an nicht verheiratete Frauen abzugeben?«, fragte Steffen. »Wir hatten damals im AStA eine geheime Liste mit Ärzten, die die Pille trotzdem verschrieben haben.«

»Und Hasch war auch verboten«, sagte Hartmut.

»Hasch ist immer noch verboten, oder?«, fragte Steffen.

»Die Notstandsgesetze gelten immer noch«, sagte Kurt.

»Die KVB-Preise sind immer noch viel zu hoch«, sagte Rainer. »Da muss man doch was gegen tun.«

»Wo sind die Häßler-Millionen?«, sagte Rolf Klein.

»Was soll das denn jetzt?«, fragte Kurt und ließ seinen Schnurrbart missbilligend zucken.

»Das ist einer der allergrößten Skandale der Stadtgeschichte.

Da hat der FC Thomas Häßler nach Italien verkauft, für eine Riesensumme, aber bis heute weiß niemand, wo das Geld geblieben ist. Mit diesem Geld wäre der FC heute noch so gut wie Bayern.«

Friedhelm hielt seinen roten Schal hoch, um auf sich aufmerksam zu machen. »Ich beantrage Schluss der Debatte.«

»Warum?«, fragte Rolf.

»Weil wir so nicht weiterkommen. Ich stelle folgenden Antrag: Der Stammtisch der Alt-68er möge beschließen, mit allen ihm zur Verfügung stehenden Mitteln zu versuchen, den Mord in der Studiobühne aufzuklären. Sollten die Recherchen es erfordern, können auch subversive Aktionen stattfinden. Als Erstes wird ein Kreis der Mordverdächtigen und potenzieller Zeugen definiert. Als Zweites werden die herausragenden Aktionen aus der Zeit der Studentenrevolte analysiert, um herauszufinden, ob sie auf die jetzt notwendigen Aktionen übertragen werden können. Drittens halten wir fest, dass keine Gewalt ausgeübt wird.«

»Sozialdemokrat«, unterbrach Hartmut.

»Keine Gewalt gegen Menschen«, sagte Willy, der ehemalige Regierungssprecher.

»Was ist mit Gewalt gegen Sachen?«, fragte Rainer.

»Punkt drei wird gestrichen«, sagte Kurt und wischte sich mit der Hand durchs Gesicht, als wollte er seinen mächtigen Schnurrbart in Form ziehen.

»Als Punkt drei schreiben wir, dass alle Aktionen im Kreis der Elf besprochen werden«, sagte Rainer.

»Gut. So verfahren wir. Basisdemokratisch. Gibt es Gegenstimmen?«, fragte Kurt.

Georg hob die Hand.

»Bei einer Gegenstimme –«

»Ich wollte eigentlich etwas sagen.«

»Friedhelm hatte Schluss der Debatte beantragt.«

»Lasst ihn«, sagte Rainer.

»Erst mal zu Johannes. Ich glaube dir. Ich kann dir nur raten, dass du das auch vor der Polizei aussagst. Das könnte helfen, die richtigen Täter zu finden. Ich rate dir das, obwohl ich weiß, dass die Mordkommission offensichtlich alte Akten kennt. Danach hast du mindestens einmal dieselbe Napalm-Mischung benutzt, die jetzt auch in der Studiobühne zum Einsatz kam.«

»Woher weißt du so genau, was die Polizei weiß?«, fragte Kurt.

»Gerald Menden von der Mordkommission ist mein Freund. Außerdem hat er versucht, mich anzuwerben, um euch auszuspionieren.«

»Das wird ja immer schöner«, schimpfte Hartmut und fuhr Raubtierachten auf dem Sandboden.

»Ich habe abgelehnt«, sagte Georg. »Aber natürlich werde ich selbst in dieser Sache ermitteln. Ich will wissen, wer meinen Vater attackiert und wer Norbert Winzer getötet hat. Und, ehrlich gesagt, ich kann mir nicht vorstellen, wie ein Stammtisch alter Männer etwas Vernünftiges dazu beitragen könnte. Ihr erzählt von den alten Zeiten wie die Großväter vom Krieg. Ihr überschätzt eure Möglichkeiten.«

»Recht hat er«, sagte Kurt.

»Genau«, sagte Rainer.

»Und deshalb werden wir es genau so machen, wie wir besprochen haben«, sagte Lothar. »Jeder von uns weiß, wie wenige wir damals waren. Und trotzdem haben wir etwas bewirkt. Und, Georg, was die von dir zitierten Großväter angeht, das waren unsere Väter. Die haben sehr selten vom Krieg erzählt, weil sie nicht zugeben wollten, dass sie Hitler viel zu lange hinterhergelaufen sind. Nach dem Krieg gab es angeblich überhaupt keine Nazis mehr, dabei war ein ehemaliger Nazi sogar Bundeskanzler.«

»Ja«, sagte Rainer, »wir überschätzen uns. Das war schon immer unsere Stärke. Wie sagte der große Philosoph: ›Du hast keine Chance, also nutze sie.‹«

»Das ist nicht von Marx«, sagte Georg.

»Trotzdem gut«, sagte Rainer.

»Wer kämpft, kann verlieren. Wer nicht kämpft, hat schon verloren«, sagte Lothar.

»Das ist von Brecht«, sagte Georg.

»Der war Marxist«, sagte Kurt.

11

Am Montagmorgen um neun Uhr erschien Georg an seinem Schreibtisch im Pressehaus. Er fand eine Notiz von Chefredakteurin Carola Maar vor, dass sie ihn sprechen wollte. Das traf sich gut, denn auch Georg hatte sich vorgenommen, seine Chefin zur Rede zu stellen.

Uschi, die ewige Assistentin der Chefredaktion, die nie einen Hehl daraus machte, dass sie Georg nicht leiden konnte, war an diesem Tag vergleichsweise freundlich zu ihm.

Carola ließ ihn fünf Minuten warten. Ob er das als Chefredakteur genauso gemacht hätte?

Als sie ihn hereinrief, hatte sie sich in ihrem großen Eckbüro mit den vielen Fenstern und Domblick hinter ihrem Glasschreibtisch verschanzt. Mit einer Handbewegung lud sie Georg auf einen der beiden Stühle vor dem Schreibtisch ein.

»Du wolltest mich sprechen«, sagte Georg.

»Ja, sicher«, sagte Carola, »brauchst du weiteren Urlaub? Oder freie Tage? Ich meine, wegen deines Vaters?«

Georg fragte sich, ob ihr Mann ihr von seinem Besuch am Freitagabend erzählt hatte. Wieso ging sie mit keinem Wort darauf ein?

»Danke für das Angebot«, sagte er. »Solange er auf der Intensivstation liegt, ist er gut versorgt. Heute Morgen haben ihn die Ärzte mal wieder in Schlaf versetzt. Er hat noch Schmerzen, aber es geht ihm von Tag zu Tag besser.«

Carola schaute ihn nicht an, während er sprach, als interessierte sie das gar nicht.

»Ja«, sagte sie endlich, »das hört sich gut an. Wenn du Hilfe brauchst, du kannst auf mich zählen.«

Sie machte eine Handbewegung, diesmal wies sie in Richtung Tür.

Georg blieb sitzen. »Wieso hast du mich nicht angerufen, ehe du den Artikel über den Anschlag in der Studiobühne veröffentlicht hast? Du wusstest, dass es der Geburtstag meines Vaters war und dass ich vor Ort war.«

Carola tippte mit einem Kuli auf die Schreibtischunterlage.

»Ich wusste vor allem, dass du dich um deinen Vater kümmern musstest. Was deine Rolle an diesem unglücklichen Abend angeht, habe ich höchstpersönlich dafür gesorgt, dass du von jedem Verdacht entlastet wurdest.«

»Danke«, sagte Georg, »das habe ich gesehen. Aber der Beitrag von Colonia-TV ist immer noch abrufbar.«

»Ich werde mich darum kümmern.«

»Außerdem war der Artikel sehr einseitig. Er las sich, als ob die Freunde meines Vaters schon als Täter feststünden.«

»Wir hatten Informationen aus erster Hand. Alle diese Aussagen stammten von Oberstaatsanwältin Dr. Eva Winzer, das haben wir deutlich kenntlich gemacht. Als Schwester des Opfers ist sie persönlich betroffen und möglicherweise etwas einseitig, aber dein Polizeifreund Kommissar Menden kam ebenfalls zu Wort. Ich denke, der Artikel war in Ordnung.«

»Ich sehe das anders«, sagte Georg.

»Klar, du bist ja auch persönlich betroffen.«

»Ich halte die Schlagzeile auf Seite eins für skandalös. ›Staatsanwältin: Terroristen verbrannten meinen Bruder! Linke Alt-68er feierten dazu.‹ Wenn das keine Vorverurteilung ist.«

»Aber Georg, bitte. Die Hauptzeile ist ein Zitat. Die Unterzeile beschreibt, was im Nebenraum abgelaufen ist.«

»Stell dich nicht dumm. So, wie ihr das nebeneinandergestellt habt, denkt jeder gleich, die ›linken Alt-68er‹ hätten vom Mord gewusst und ihn auch noch gefeiert. Das war Absicht, und es ist niederträchtig.«

»Das ist Boulevard. Ich halte dir zugute, dass es dir im Augenblick nicht besonders geht. Wie gesagt, wenn du einen freien Tag brauchst, sag mir Bescheid. Das geht in Ordnung.«

Carola stand auf, öffnete die Tür zum Vorzimmer und ließ keinen Zweifel daran, dass sie das Gespräch beenden wollte.

Georg machte noch einen Anlauf: »Freitagabend …«

»Ja, was war Freitagabend?«

»Ach, nichts«, sagte Georg und ging in Richtung seines Büros. Als er die Kaffeeküche passierte, sah er – Überraschung – Gerald Menden dort stehen und locker mit Viola aus der Sportredaktion plaudern.

»Was machst du denn hier?«, fragte Georg.

»Viola hat mir angeboten, meinen Laufstil zu verbessern«, sagte der Kommissar. »Sie meint, ich könnte den Köln-Marathon schaffen, wenn ich die richtige Anleitung hätte.«

»Genau«, sagte Viola, »jeder kann einen Marathon schaffen. Sogar du, Georg.«

»Sie hat mich eingeladen in ihre Laufgruppe. Immer mittwochs ab Adenauer Weiher«, sagte Menden.

»Ich will dich nicht um ihre Gesellschaft bringen, aber Violas Laufgruppe besteht aus Sportstudentinnen, die, wenn sie langsam laufen, für zehn Kilometer vierzig Minuten brauchen.«

»Woher willst du das denn wissen?«

»Ich hab da einmal mitgemacht.«

»Tatsächlich.«

»Ja, mit dem Fahrrad.«

»Stimmt«, lachte Viola, »Aber Gerald sieht viel fitter aus als du. Der braucht kein Fahrrad. Tschüss, ihr Sportskanonen.« Im nächsten Moment war sie entschwunden.

»Es ist genau so gelaufen, wie Peter Krüger erzählt hat«, sagte Menden in Georgs Büro. »Nur noch ein bisschen peinlicher. Kollegin Kowalski hat das nämlich gar nicht selbst mitgeteilt, sondern den Polizeipräsidenten vorgeschickt. Der hat mich so gelobt, dass ich ihm nicht mal widersprechen konnte. Es ist alles ganz klar und eindeutig: Ich bin befangen, weil ich mit dir befreundet bin, deshalb bin ich auch nicht geeignet, den Brandanschlag auf die Studiobühne zu untersuchen. Außerdem hätte ich Frau Kowalski glänzend eingearbeitet. Dann hat er sie gefragt, ob sie bereit wäre, die Aufgabe zu übernehmen. Sie tat ganz überrascht, als wüsste sie von nichts und müsste überlegen, dann hauchte sie ein ›Ja‹, als hätte sie der Polizeipräsident zu sich nach Hause eingeladen.«

»Hat er nicht?«, sagte Georg.

Menden lachte. »Immerhin hat meine Abberufung einen Vorteil, ich kann mich wieder mit dir treffen, weil ich nichts verraten kann, was du nicht sowieso weißt. Vielleicht finden wir beide ja gemeinsam den Napalm-Mörder.«

»Die Stammtischbrüder wollen auch auf Mörderjagd gehen«,

sagte Georg, »aber da gibt es ein Problem. Dir als Freund könnte ich es sagen, dir als Polizist nicht.«

»Komm, sag schon.«

»Johannes Bäck, der mit der Napalm-Vergangenheit, hat zugegeben, dass er Pauls Geburtstagstorte manipuliert hat. Aber er sagt, es wäre völlig harmlos gewesen, nicht mehr als ein Knallbonbon.«

»So 'n Driss«, sagte Menden.

»Kann man wohl sagen.«

»Der alte Mann wird sich keine Mühe gegeben haben, Spuren zu verwischen. Wenn meine Kollegen da was finden ...«

»Da sind nach dem Brand und den Löscharbeiten kaum noch Spuren, habt ihr immer gesagt.«

»Du musst nicht alles glauben, was die Polizei offiziell mitteilt. Sicher, an einem Tatort, an dem es nicht gebrannt hat, ist die Spurensicherung ergiebiger, aber das heißt ja nicht, dass wir gar nichts finden. Du würdest dich wundern, aus wie wenig die Experten heute wie viel herausanalysieren können.«

»Du meinst, die finden Hinweise auf Bäck?«

»Sehr wahrscheinlich. Aber er hat ja nie bestritten, auf der Geburtstagsparty gewesen zu sein. Wir müssten schon etwas finden, was direkt mit der Explosion oder den Bränden zu tun hat. Ist meine unmaßgebliche Meinung. Dem Polizeipräsidenten und Frau Kowalski könnte es natürlich reichen, überhaupt einen Verdächtigen zu haben und ihn öffentlichkeitswirksam festzunehmen.«

»Meinst du, Bäck sollte der Polizei die Wahrheit sagen?«

»Wenn ich Leiter der Untersuchung wäre, würde ich sagen: Ja, unbedingt, sofort und ausführlich. Jetzt würde ich an seiner Stelle einen Rechtsanwalt aufsuchen, um keine weiteren Fehler zu machen. Die Polizei wird ihm so oder so auf die Pelle rücken.«

»Habe ich dich richtig verstanden, Herr Erster Kriminalhauptkommissar: Hilfe von der Polizei zu holen oder nicht ist wie die freie Auswahl von Pest oder Cholera?«

»Georg, wenn es ein spektakuläres Verbrechen gibt, liegt es nahe, zunächst die Spuren zu verfolgen, die offensichtlich sind. Das macht jeder so. Daran ist nichts Schlechtes. Schlecht wäre es nur, wenn die Spur falsch ist.«

Georg öffnete die Schreibtischschublade, schob sie wieder zu, schloss sie ab, vollführte eine Dreihundertsechzig-Grad-Drehung auf seinem Bürostuhl, stieß sich noch einmal ab, um schneller zu drehen, und ließ sich vom Stuhl auf den grauen Teppichboden fallen.

»Ist mit dir alles in Ordnung?«, fragte Menden.

»Sicher«, sagte Georg, »fühlt sich alles richtig an. Mir ist gerade eins klar geworden: Du und ich sitzen auf demselben Karussell. Du wirst nicht gebraucht, ich werde nicht gebraucht. Irgendjemand dreht die Welt, aber wir sind nicht mehr schnell genug. Wir fallen runter, werden abgeworfen, fallen ins Bodenlose.«

»Unsinn«, sagte Menden und warf sich neben Georg auf den Teppichbelag. »Ich lass dich nicht fallen. Ich halte dich fest.«

Georg kicherte. »Nicht, ich bin kitzlig.«

Menden spornte das erst so richtig an. Er warf sich auf den Freund und rollte mit ihm unter den Schreibtisch. Georgs Kopf knallte vor ein stählernes Tischbein.

»Au«, schrie er. »Hilfe, Polizei!«

Das Gelächter der Männer dröhnte durch die halbe Redaktion.

Die sportliche Viola erschien in der Tür. »Georg?«, rief sie. Der Gesuchte, der noch immer mit seinem Freund unter dem Schreibtisch lag, hielt den Atem an.

»Georg«, rief Viola noch einmal. Sie trat in das Zimmer. Georg sah nur ihre langen Beine und den kurzen Rock.

Menden, der unter Georg lag, stöhnte auf: »Lass mich!«

Georg rollte zur Seite, genau vor die Sneaker der Sportkollegin, die ihr Lachen nicht unterdrücken konnte: »Ehrlich, Georg, ich hab dich immer für so was von hetero gehalten.«

Die beiden Männer krochen unter dem Schreibtisch hervor, eine Gruppe von Kolleginnen und Kollegen räumte feixend den Platz vor den Bürofenstern.

»Sollen wir händchenhaltend rausgehen?«, fragte Menden.

»Auf keinen Fall«, sagte Georg, »es wird schwer genug werden, gegen Violas Gerede etwas auszurichten.«

Sein iPhone signalisierte, dass eine Nachricht eingetroffen war, immer noch der gute alte SMS-Service der Polizei, mit dem ausgewählte Journalisten informiert wurden.

Georg öffnete sie und erschrak. Dann las er den Text laut vor: »Brandanschlag auf den Kaufhof Hohe Straße – Mehrere Verletzte – möglicherweise eine tödlich verletzte Person.«

12

Auf der Fahrt in die Innenstadt rief Menden im Polizeipräsidium an, um mitzuteilen, dass er unterwegs zum Tatort Kaufhof war.

»Bist du denn nicht freigestellt?«, fragte Georg.

»Nein«, sagte Menden, »ich bin nur von der Mordsache Studiobühne abgezogen. Das hier ist ein anderer Fall.«

Der Kaufhof war eine Urkölner Institution, die Filiale auf der Hohe Straße existierte seit 1891, zunächst unter dem Namen des Gründers Leonhard Tietz, 1933 enteigneten die Nazis die jüdischen Besitzer, das Unternehmen wurde in »Westdeutsche Kaufhof AG« umbenannt, nach dem Zweiten Weltkrieg wechselten mit dem Geschäftserfolg auch mehrmals Namen und Eigentümer, wobei »Kaufhof« immer ein Namensbestandteil blieb. Im Herbst 2015 hatte der kanadische Kaufhauskonzern Hudson's Bay Company die Galeria Kaufhof GmbH übernommen und versprochen, den Firmensitz Köln zu erhalten.

Menden lotste Georg, der mit seinem privaten Smart unterwegs war, am Neumarkt durch die Fußgängerzone Schildergasse bis an den Rand des abgesperrten Bereichs.

»Danke, dass du mich gebracht hast«, sagte Menden. »Ich geh da jetzt rein. Du wirst dich schon durchschlagen.«

»Wenn du wenigstens dafür sorgen könntest, dass ich kein Knöllchen bekomme«, sagte Georg.

»Ich melde mich.« Der Polizist verschwand zwischen zwei Feuerwehrwagen.

Georg stecke sein Presseschild hinter die Windschutzscheibe, ehe er sich dem Kaufhof näherte.

Die Löschaktion war noch im Gange. Flammen schlugen aus dem ersten Obergeschoss und dem Erdgeschoss, dort vor allem aus der Schreibwaren- und Buchabteilung.

Notarzt- und Rettungswagen standen in der Hohe Straße, über die Verletzte schneller ausgefahren werden konnten als über die Schildergasse.

Georg sah Menden, der mit einem Feuerwehrmann und einem uniformierten Polizisten sprach. Augenscheinlich war Menden der erste Kripo-Mann vor Ort. Hinter Georg gingen Kamerateams in Stellung, auch die blonde Reporterin von Colonia-TV war wieder da und grüßte freundlich. Sie trug eine Jacke mit dem Logo ihres Senders. Auf dem Namensschild stand Annalena Gröhnden. Georg schätzte sie auf Ende zwanzig.

»Hallo, Herr Rubin«, sagte sie zu ihm, »es brennt, zum zweiten Mal in vier Tagen. Der Chefreporter des ›Blitz‹ ist wieder als Erster am Tatort. Stimmt also, was man man über Sie erzählt?«

»Frau Kollegin, mir ist egal, wer was erzählt. Wenn Sie das nächste Mal eine Story drehen, in der ich vorkomme, und darin ist auch nur ein falsches Wort, dann werde ich höchstpersönlich dafür sorgen, dass Sie gefeuert werden.«

»Pöh«, sagte sie und warf die Haare in den Nacken. Selbstbewusst kletterte sie über die Absperrung, nahm Kurs auf den Einsatzleiter der Feuerwehr und sprach ihn an, worauf der Mann strahlte, als wäre er gerade befördert worden. Ruhig, aber auch flink montierte sie ihre TV-Kamera auf ein Stativ, stellte sich mit einem Mikro in zwei Meter Entfernung auf, hinter sich als Kulisse die brennenden Schaufenster des Kaufhofs, neben sich den verdutzten, aber willigen Feuerwehrmann, der erklärte, was geschehen war.

Georg trat näher heran, um mitzubekommen, was der Mann sagte. Der Brand sei an drei Stellen gleichzeitig ausgebrochen, es sei ein verbrecherischer Anschlag auf ein Kaufhaus während der Öffnungszeiten, mindestens dreizehn Menschen seien verletzt worden, zwei Frauen getötet.

Georg stieg über das Absperrband, einem Polizisten, der ihn zurückhalten wollte, sagte er: »Ich gehöre zu ihr«, zeigte auf die Colonia-TV-Reporterin, wurde durchgewunken und postierte sich neben der Kamera.

»Es handelt sich um einen linksterroristischen Angriff«, sagte der Feuerwehrmann. »Wir haben ein Bekennerflugblatt gefunden, darin heißt es – warten Sie, ich lese es vor: ›Wenn es irgendwo brennt in der nächsten Zeit, wenn irgendwo eine Kaserne in die Luft geht, wenn irgendwo in einem Stadion die Tribüne einstürzt, seid bitte nicht überrascht. Genauso wenig wie beim Angriff der Amis im Irak, Afghanistan und Syrien, den tödlichen Drohnenangriffen, die von deutschem Boden aus gesteuert werden, den ausbeuterischen Gehcimabkommen CETA und TTIP. Burn, warehouse, burn!‹ Unterzeichnet hat ein ›Kommando 68‹. Das ist eindeutig. Ich denke, dass das ein Fall für den Staatsschutz ist, aber da fragen Sie besser die Polizei.«

Georg trat an den Feuerwehrmann heran, nahm ihm das Flugblatt aus der Hand, sagte: »Darf ich?«, und fotografierte den Text.

»Gute Idee«, sagte Annalena, »könnten Sie das Blatt in die Kamera halten, damit ich das aufnehme?«

Georg tat der Kollegin den Gefallen.

Als sie ihren Dreh im Kasten hatte, packte sie Kameras und Mikrofone ein, immer noch ganz kontrolliert, immer noch unglaublich schnell, verabschiedete sich von Georg und dem Feuerwehrmann, sagte: »Ich muss in die Redaktion«, kletterte über die Absperrung zurück in die Menge der Gaffer und zog von dannen.

»Warten Sie«, rief Georg. Sie hörte ihn nicht, aber er holte sie an der Ecke Schildergasse/Ludwigstraße ein, wo sie ihren Wagen geparkt hatte.

»Das war gut, wie Sie an den Feuerwehrmann rangegangen sind«, sagte er.

»Danke. Aber ich hab's eilig. Ich muss in die Redaktion, damit wir die Bilder senden können.«

»Ich will Sie nicht aufhalten. Nur eine Frage: Haben Sie vor der Studiobühne noch mehr gedreht?«

»Klar. Gesendet wurde ja nur der Live-Teil mit Ihnen in einer fesselnden Hauptrolle.«

»Eher eine gefesselte Nebenrolle …«

Annalena öffnete den Kofferraum ihres Fiat 500 und verstaute die Kameraausrüstung. »Ich habe jede Menge weiteres Material. Sie können mich ja mal im Studio besuchen.«

Georg rief in der »Blitz«-Redaktion an, ließ sich zum Lokalchef durchstellen und bot an, die Berichterstattung vom Brandanschlag zu übernehmen. Die Abfuhr war freundlich, aber dennoch eine Abfuhr. Nein, danke, sie seien mit Texter und Fotografen vor Ort und hätten alles im Griff.

Vor dem Kaufhof traf er auf Gerald Menden, der ebenso wenig gebraucht wurde wie Georg. »Kommissarin Kowalski leitet die Ermittlungen. Die Polizeiführung geht davon aus, dass es einen Zusammenhang mit dem Anschlag auf die Studiobühne geben könnte.«

»Und, ist das auch deine Meinung?«

»Ausschließen kann man das nicht. Insofern ist die Entscheidung, die Ermittlungen zu bündeln, nicht falsch. Ich hätte das genauso gemacht.«

Auf Georgs Handy meldete sich zum zweiten Mal an diesem Tag die Polizei: »14 h PK zu Brandanschlag Kaufhof im Café Stanton Schildergasse«.

»Gehst du mit?«, fragte Georg.

»Nein, das kann ich nicht machen«, wehrte Menden ab. »Ich werde mich hier ein bisschen umsehen und versuchen, noch etwas zu erfahren. Vielleicht habe ich bei der Spusi Erfolg, die wissen ja nichts von meiner Entmachtung.«

Das Café Stanton lag an der Schildergasse im Schatten der Antoniterkirche, es gehörte zum selben Gastro-Unternehmen, das auch das Café Central gepachtet hatte.

In dem lang gestreckten Gastraum drängten sich Fotografen, Kameramänner und Journalisten. Rechts vom Eingang stand ein Tisch mit drei Mikrofonen und drei Namensschildern, in der Mitte war die Oberbürgermeisterin platziert worden, flankiert von Kommissarin Kowalski und Josef Dünnwald, dem Einsatzleiter der Feuerwehr.

»Schön, dass Sie kommen konnten«, wurde Georg von Hendrik Pflüger begrüßt, dem Pressesprecher der Stadt, der vor dem Wechsel ins Rathaus beim »Kurier« gearbeitet hatte.

Es war die Oberbürgermeisterin, die die Pressekonferenz eröffnete. »Ich will sagen, dass ich im Namen der gesamten

Stadtgesellschaft diesen Anschlag aufs Schärfste verurteile. Meine Anteilnahme gehört den Verletzten, ganz besonders den beiden getöteten Frauen, einer Mutter und ihrer Tochter aus Syrien, die vor dem Krieg in ihrer Heimat zu uns geflohen waren und hier Asyl bekommen hatten. Es beschämt mich zutiefst, dass wir ihnen nicht die sichere Zuflucht bieten konnten, die sie verdient hatten. Ich bitte Sie, sich für eine Schweigeminute von den Plätzen zu erheben.«

Georg stand in der Mitte des Saales, hinter den Batterien von TV-Kameras. Zwei Meter vor ihm entdeckte er Annalena Gröhnden von Colonia-TV, diesmal hatte sie sogar Verstärkung durch einen Kameramann. Vermutlich stand vor der Tür auch ein Übertragungswagen für eine Live-Schaltung.

Sie drehte sich zu ihrem Begleiter um, entdeckte Georg und winkte ihm zu. »Bin schon wieder hier. Habe mein Material mit Boten in die Redaktion geschickt.«

Die junge Frau nutzte die Schweigeminute, um sich nach vorne zu kämpfen und ihre Kamera in eine bessere Position zu bringen.

»Danke«, sagte die Oberbürgermeisterin. »Ich möchte noch etwas erwähnen, das mich direkt betroffen hat. Um elf Uhr dreiundfünzig, ich habe die Zeit verifizieren lassen, hat mein Vorzimmer einen Anruf durchgestellt, der angeblich aus einer bekannten Rechtsanwaltskanzlei kam. Tatsächlich war es ein anonymer Anrufer, der ankündigte, dass innerhalb von fünf Minuten ein Anschlag auf den Kaufhof Hohe Straße stattfinden würde. Ich habe sofort den Polizeipräsidenten alarmiert.«

»Danke schön, Frau Oberbürgermeisterin«, sagte Pflüger und gab das Wort an Frau Kowalski. »Wie sind Sie über den Anschlag unterrichtet worden?«

Kommissarin Kowalski verstand es, sich ins rechte Licht zu rücken. Sie neigte den Kopf leicht nach links, um den Kameras ihr attraktives Profil anzubieten. Das wirkte irritierend, weil sie sich von der Oberbürgermeisterin abzuwenden schien.

»Mich hat die Nachricht etwa eine halbe Stunde später auf dem normalen Dienstweg erreicht, als es erste Anhaltspunkte dafür gab, dass der heutige Anschlag und der Anschlag auf die Studiobühne zusammenhängen könnten. Zu diesem Zeitpunkt war

Herr Dünnwald mit seiner Feuerwehr bereits im Einsatz, deshalb sollte er vielleicht vor mir berichten«, schlug die Ermittlerin vor.

»Gerne«, sagte Dünnwald, den Georg als den Mann wiedererkannte, den Annalena interviewt hatte. Der Feuerwehroffizier zählte penibel auf, mit wie vielen Einsatzwagen und Einsatzkräften sie vor Ort gewesen waren, das erste Löschfahrzeug habe den Kaufhof sechs Minuten nach dem ersten Alarm erreicht.

»Ein Streifenwagen der Polizei war ebenfalls frühzeitig am Tatort«, fuhr Dünnwald fort, »die Beamten haben gemeinsam mit dem Kaufhauspersonal dafür gesorgt, dass das Haus in geordneter Form evakuiert wurde. Die Brandherde lagen im ersten Stock in der jungen Damenmode, im Erdgeschoss bei den Büchern und in der Kosmetikabteilung. Die beiden tödlich verletzten Frauen waren in der Bücherabteilung von den Flammen erfasst worden. Möglicherweise war der Brandsatz direkt unter dem Tisch platziert, an dem sie sich aufhielten. Die ältere Frau war tot, als unsere Kräfte eintrafen, die jüngere starb im Rettungswagen wenige Minuten später. Die Zahl der Verletzten liegt bei zweiunddreißig, von denen zum Glück niemand schwer verletzt ist. Die Brände wurden relativ schnell eingedämmt, wozu auch Angestellte des Kaufhofs beigetragen haben. Das Verhalten der Belegschaft war vorbildlich.«

»Auch ich möchte mich ausdrücklich bei der Geschäftsführung und den Mitarbeitern des Kaufhofs bedanken«, übernahm wieder Kommissarin Kowalski, die es genoss, das Schlusswort der Pressekonferenz halten zu können. »Die drei Brandherde hat Ihnen Herr Pflüger korrekt beschrieben. Ausgelöst wurden die Brandsätze durch handelsübliche Wecker, wie sie auch im Kaufhof vertrieben werden. Der Weckeralarm war jeweils auf zwölf Uhr eingestellt. Als Brandbeschleuniger wurde nach ersten Analysen derselbe Stoff wie beim Anschlag in der Studiobühne eingesetzt, eine spezielle Form des von den Vereinten Nationen geächteten Kampfstoffes Napalm.«

Die Kommissarin machte eine kurze Pause und räusperte sich. »An zwei Stellen im Kaufhof wurden Flugblätter gefunden, die den Anschlag als Reaktion auf die angeblich kriegerische Politik der USA und als Protest gegen die Handelsabkommen CETA und TTIP rechtfertigten. In dem Flugblatt wurden weitere Anschlagsziele benannt. Unterschrieben war das Blatt von einer Organisation mit dem Namen ›Kommando 68‹, die der Polizei und den Sicherheitsbehörden bisher nicht bekannt ist. Der Name lässt sich jedoch mit den Personen in Verbindung bringen, die sich in der Nacht von Donnerstag und Freitag in der Studiobühne aufhielten. Der Anschlag auf den Kaufhof weist Parallelen zu einem Anschlag aus dem Jahr 1968 auf, an dem zwei Mitbegründer der sogenannten ›Rote Armee Fraktion‹ beteiligt waren, Andreas Baader und Gudrun Ensslin. Wir wollen nicht hoffen, dass wir gerade die Wiedergeburt des linken Terrors in Deutschland erleben.«

Im Saal entstand Unruhe, Stadtsprecher Pflüger schloss die Pressekonferenz, ohne Fragen zuzulassen.

Georg verließ das Stanton. Reichlich gerissen und beinahe perfide, wie die Kowalski agiert hatte. Erst die Reihenfolge der Statements geändert, den Feuerwehrmann freundlich vorgewunken, um sich selbst das letzte Wort zu verschaffen, und dann am Schluss der Veranstaltung mal kurz die Wiedergeburt des linken Terrors in Deutschland heraufbeschworen. So machte man Schlagzeilen.

Er setzte sich an einen der Tische vor der Antoniterkirche auf der Schildergasse, wo die Reporter der Fernsehanstalten ihre Berichte aufsagten. Annalena von Colonia-TV machte wieder eine besonders gute Figur.

Nachdem sie ihren Bericht beendet hatte, trat sie an Georgs Tisch. »Darf ich?«

»Bitte.«

»Sie haben gar nichts durchtelefoniert«, sagte die junge Kollegin.

»Scharf beobachtet. Die Redaktion sagt, sie kann das ohne mich. Ich wäre wegen des Anschlags auf die Studiobühne und meinen Vater sowieso befangen. Ist schon gut so, wie es ist.«

»Das glaube ich Ihnen nicht.«

»Das mit dem Glauben ist so eine Sache, vor allem im Schatten der Kirche.«

»Sie werden doch nicht aufhören, in der Angelegenheit zu recherchieren, oder?«

»Nein, natürlich nicht.«

»Wunderbar«, sagte Annalena, »wenn Sie mögen, helfe ich Ihnen.«

»Sie sind gut in dem, was Sie machen«, sagte Georg, »aber ich arbeite lieber allein. Das geht nicht gegen Sie.«

»Ich heiße Annalena.«

»Georg.«

»Du wolltest meine Filme von der Studiobühne ansehen. Morgen um elf Uhr in der Redaktion?«

13

»Nein, wir machen das nicht mit Rindern, sondern mit Schafen«, sagte Lothar Roth entschlossen.

»Warum nicht mit Rindern? Deine Galloways sind berühmt. Die einzigen Rinder im Land, die resistent sind gegen Rinderwahn«, sagte der einäugige Rainer.

»Nein. Rinder sind zu gefährlich. Die kannst du nicht im Zaum halten. Die gehen auf Menschen los, das wäre viel zu riskant.«

Lothar, der anarchistische Biobauer mit frühchristlichem Hintergrund, hatte am Nachmittag zu einer Zusammenkunft auf seinem Bauernhof im Bergischen eingeladen. Zur Begrüßung hielt er eine flammende Eröffnungsrede: »Wir können nicht tatenlos zusehen, wie ein Verrückter die Stadt mit Napalm terrorisiert, während Polizei und Justiz so tun, als wären wir die Verbrecher. Wir müssen uns wehren. Wir müssen uns spektakulär wehren.«

Kurt Schmoll hatte eine Liste der wichtigsten Kölner 68er-Aktionen erstellt, wie sie bei der Odonien-Konferenz beschlossen hatten: »Rektoratsbesetzung, die Schlacht am Amerikahaus, die Feuerlöscherschlacht in der Uni, die Barrikaden gegen die Notstandsgesetze.«

Die Augen der Revoluzzer glänzten bei den Schlagwörtern, die sie an große Zeiten erinnerten. Georg saß in der Runde und verstand nichts.

»Wenn wir ehrlich sind«, sagte Kurt, »müssen wir feststellen, dass die 68er-Bewegung in Köln schon im Herbst 1966 begann, und zwar mit den Demonstrationen gegen die Erhöhung der KVB-Preise.«

»Das waren vor allem Schüler, nicht Studenten«, sagte Friedhelm.

»Stimmt«, sagte Kurt. »Für viele war es die erste politische Aktion.«

»Aber ein Student, Klaus Laepple, einer vom Ring Christlich-Demokratischer Studenten, hat die Demo angemeldet und hinterher den ganzen Ärger am Hals gehabt«, erklärte Friedhelm.

»Ja, das hat er«, nahm Kurt seine Rede wieder auf. »Weil die Schüler nicht volljährig waren und deshalb keine Demo anmelden durften, hat Klaus als AStA-Vorsitzender das übernommen. Bei der Demonstration auf dem Neumarkt kam es zu Sitzblockaden, Klaus wurde als ›Rädelsführer wegen geistiger Nötigung‹ angeklagt, vom Kölner Landgericht zunächst freigesprochen, aber der Bundesgerichtshof hob das Urteil auf. In der Begründung hieß es wörtlich: ›Die Anerkennung eines Demonstrationsrechts in dem von der Strafkammer angenommenen Maße liefe auf die Legalisierung eines von militanten Minderheiten geübten Terrors hinaus.‹«

»Wow, hast du das auswendig gelernt?«, fragte Georg und grinste.

Kurt grinste auch. »Wenn du wüsstest, was noch alles in meinem alten Hirn gespeichert ist. Ist gut gegen Alzheimer!«

»Kurt ist doch das Archiv der linken Bewegung in Köln«, sagte Rolf. »Seitdem das Stadtarchiv eingestürzt ist, mit dem auch Kurts Unterlagen untergegangen sind, hat er sich in den Kopf gesetzt, alles auswendig zu können.«

»Fahrenheit 451«, sagte Georg.

Alle lachten.

Dann bat Kurt wieder um Aufmerksamkeit. »Zurück zum Laepple-Prozess. Der Vorsitzende Richter war, wie sich im Laufe der Verhandlung herausstellte, ein ehemaliger Nazi.«

»Das kann doch nicht wahr sein, dass deutsche Gerichte friedliche Sitzblockaden, für die Mahatma Gandhi gefeiert wurde, als

›Terror militanter Minderheiten‹ verurteilt haben«, empörte sich Georg.

»So war es aber«, sagte Kurt.

»So machte man damals Terroristen«, sagte Rainer. »Deshalb meine ich, dass wir an die KVB-Proteste erinnern sollten und erneut zu einer großen Demo auf dem Neumarkt aufrufen, mit Sitzblockaden und allem, was dazugehört.«

»Finde ich gut«, sagte Lothar. Und damit es eine machtvolle Demonstration wird, haben wir beschlossen, tausend Schafe demonstrieren zu lassen. Schafe sind wunderbare Tiere. Die tun nur drei Dinge: Fressen, Verdauen, Schlafen. Wenn man das Futter zeitlich gut dosiert, das Wiederkäuen einrechnet, kann man auf drei Minuten genau vorherbestimmen, wann sie kacken.«

Georg stellte sich die Szenerie vor. Für den Städter zählten Schafe ja zu den sauberen Tieren. Man sah sie ab und an friedlich grasen, man benannte Schönwetterwolken nach ihnen, und man ließ sie nachts über Traumzäune springen, wenn man nicht einschlafen konnte. Dass sie auch verdauten und ausschieden, kam in diesen Vorstellungen nicht vor.

»Wisst ihr, dass mit Schafen ein knallhartes Geschäft gemacht wird?«, fragte Lothar in die Runde.

Allgemeines Kopfschütteln.

»Das Land Nordrhein-Westfalen zahlt einem Großschäfer dreihundertvierzigtausend Euro in jedem Jahr, damit er Herden auf die Rheinwiesen schickt. Der Mann hat insgesamt fünf Herden und zahlt den Schäfern rund neunhundert Euro Lohn pro Monat, lass es tausend sein. Fünf Schäfer mal tausend Euro pro Monat macht im Jahr sechzigtausend Euro Personalkosten. Bleiben bei dem Großschäfer pro Jahr zweihundertachtzigtausend Euro hängen. In fünf Jahren verdient der locker eine Million. Vom Staat. Steuergelder.«

»Krass«, sagte Georg.

»Knallharter staatsmonopolistischer Kapitalismus«, sagte Kurt.

»Ich kann dir noch ganz andere Storys erzählen«, sagte Lothar. »Alle reden von Bio, in Wirklichkeit interessiert niemanden, was in der Natur vorgeht. Unsere Schafe sterben an Krankheiten, die es früher bei uns nicht gab. Wer Augen hat zu sehen, der sehe.«

Während Lothar seine Ansprache hielt, trieben Kurt und Rainer ihre Demonstrationsplanung voran. »Wie lange brauchst du, um deine Schäfchen zusammenzukriegen?«, fragte Kurt.

»Ich denke, Freitag ist ein guter Tag.«

»Gut«, sagte Kurt. »Wer kümmert sich um die Presse? Wäre das nichts für dich, Georg?«

»Nein, bitte nicht. Lasst mich da raus. Ich möchte lieber über eure Aktion berichten.«

»Pressemeldung kann ich machen«, sagte Wolfgang Schippers, »ich kenne außerdem eine Menge Leute beim WDR.«

»Ich kann die Flugblätter entwerfen«, sagte Rainer.

»Okay, ich lasse sie drucken«, sagte Willy Leipold.

»Gut, dann werde ich die Demo anmelden«, sagte Kurt. »Freitag, zehn bis sechzehn Uhr, auf dem Neumarkt.«

»Ich würde gerne bis zum Dom«, sagte Lothar, »ich habe da so eine Idee.«

14

Zurück in Köln fuhr Georg zu Paul in die Uniklinik. Sein Vater steckte noch immer voller Schläuche, aber er begrüßte seinen Sohn mit fester Stimme: »Entweder habe ich mich so an die Schmerztabletten gewöhnt, dass sie mir nicht mehr das Hirn vernebeln, oder die Schmerzen sind erträglicher geworden.«

Georg küsste seinen Vater vorsichtig auf die unversehrte Seite seines Gesichts. »Ich bin froh, dass es dir besser geht.«

»Danke. Sie sorgen hier gut für mich. Tagsüber waren erst Rud, dann Rosa und am Nachmittag auch noch Johannes hier.«

Erst jetzt merkte Georg, dass Johannes nicht mit auf Lothars Hof gewesen war.

»Johannes hat mir erzählt, was ihr auf Odonien beschlossen habt. Ich bin einverstanden, dass du mich vertrittst.«

»Sonst hat er nichts gesagt?«

»Ach, das. Du meinst seine kleine Dummheit?«

»Immerhin hat er deine Geburtstagstorte manipuliert.«

»Das war harmlos.«

»Finde ich nicht, wenn ich dich so ansehe.«

»Das war doch nicht Johannes. Garantiert nicht. Das muss jemand anderes gewesen sein. Wahrscheinlich derselbe, der diesen Jungen auf dem Gewissen hat.«

»Norbert Winzer.«

»Genau.«

»Der ist kein Junge. Der war so alt wie ich.«

»Sag ich ja, mein Junge.«

»Die Polizei hält es für möglich, dass Johannes der Napalm-Mörder ist.«

»Nur weil er früher damit rumgespielt hat?«

»Genau deswegen.«

»Das ist Unsinn. Das weißt du auch.«

»Du kennst ihn besser als ich.«

Vater und Sohn schwiegen. Georg spürte, dass sein Atem langsamer wurde und sich Pauls Atem anpasste.

»Ihr müsst herausfinden, woher das Napalm stammt«, sagte Paul, »das ist wichtig.«

»Die Polizei sagt, es handelt sich um einen jahrzehntealten Stoff, vermutlich US-Armee-Bestand.«

»Das weiß ich. Ich meine, wo war das Napalm zuletzt gelagert, bevor es zum Einsatz kam? Das muss man doch herausfinden, wenn man eine Spur zu den Tätern finden will. Was sagt denn dein Freund Gerald Menden?«

»Dem haben sie den Fall abgenommen. Er wäre befangen, weil er mit mir befreundet ist.«

»Oh«, stöhnte Paul, »das ist nicht gut.«

»Hast du schon vom Kaufhof gehört?«

»Nein, was denn?« Paul sah verblüfft drein.

»Da hat es heute einen zweiten Anschlag gegeben, bei dem Napalm zum Einsatz gekommen ist. Laut Polizei derselbe Stoff wie auf deinem Geburtstag.«

»Oh, mein Gott. Gab es Verletzte? Tote?«

»Eine syrische Mutter und ihre Tochter sind ums Leben gekommen. Über dreißig Menschen wurden verletzt.«

»Zwei Tote. Mit Norbert sind es schon drei.«

Paul faltete die Hände, um stumm zu beten. Wurde Georgs Vater im Alter wieder fromm?

»Bitte«, sagte Paul, »ihr müsst die Quelle des Napalms finden. Ihr müsst euch um Norbert Winzer kümmern. Wo war er in den letzten vierzehn Tagen vor seinem Tod? Weißt du, dass sein Vater in den sechziger Jahren Jura-Professor war? Einer von den ganz Reaktionären. Der hat die linken Studenten gehasst, und wir haben ihn gehasst. Dem würde ich jede Bösartigkeit zutrauen.«

»Paul«, sagte Georg, »Professor Winzer ist ein hilfloser alter Mann im Rollstuhl. Ich habe ihn gesehen, als er seinen toten Sohn identifizieren musste. Sein Sohn wurde ermordet. Auf deinem Geburtstag. Norbert war sein einziger Sohn. Wie würdest du dich an seiner Stelle fühlen?«

»Schlecht. Traurig. Wütend«, sagte Paus leise. »Und nutzlos.«

»Wieso nutzlos?«

»Man lebt doch immer für seine Kinder. Kein Vater sollte seine Kinder beerdigen müssen. Das ist die falsche Reihenfolge.«

Georg hielt einen Moment inne, dann sagte er: »Weißt du, eigentlich kriege ich erst nach und nach mit, auch jetzt durch deine Kumpel, was du früher so gemacht hast. Du könntest doch vielleicht ein bisschen mehr davon erzählen.«

»Das war eine aufregende Zeit«, sagte Paul und richtete sich etwas in seinem Kissen auf. »Ich war noch sehr jung. Und kein Student. Deshalb war das mit den Studierten nicht immer einfach für mich. Es dauerte, bis ich das Soziologenkauderwelsch verstanden habe. Ich war nicht mit allem einverstanden. Die Stammtischbrüder sind sich selbst heute noch nicht einig. Aber so muss das wohl sein, wenn man eine Sache ernst nimmt.«

»Ich weiß nicht«, sagte Georg, »ich habe schon den Eindruck, dass das eine spezielle linke Krankheit ist: Sich zu spalten, noch einmal zu spalten, bis man in der Bedeutungslosigkeit angekommen ist. So bekommt man doch nie eine Mehrheit im Parlament.«

»Wir Alt-68er wollten nicht ins Parlament. Wir haben uns ja bewusst APO genannt, mit Betonung auf dem A für außerparlamentarisch. Erst mit Willy Brandt als Kanzler ist dann eine Reihe bei den Sozialdemokraten gelandet, wieder andere haben sich in Bürgerinitiativen organisiert, manche – auch Rudi Dutschke – waren bei der Gründung der Grünen dabei.«

Georg schaute auf die Uhr. »Hast du etwas dagegen, wenn ich den Fernseher einschalte? Tagesschau?«

»Nein, ist in Ordnung«, sagte Paul. »Mit dem rechten Auge sehe ich ganz gut, ich will nur immer auch das linke Auge nutzen, und dabei spanne ich Muskeln oder Sehnen an, die verbrannt sind, was die Schmerzen wieder vergrößert. Hilft ja aber nichts.«

Georg schaltete das TV-Gerät ein. Auf dem Bildschirm erschien nicht die vertraute Umgebung der Abendnachrichten im Ersten, sondern das Colonia-TV-Studio. Die Moderatorin, nicht Annalena, aber genauso blond, berichtete von dem Anschlag auf den Kaufhof: »In diesem Zusammenhang hat die Polizei das Video einer Überwachungskamera veröffentlicht, auf dem der mutmaßliche Täter zu sehen ist.«

Ein unscharfer Film lief über den Bildschirm. Zu erkennen war ein Mann, eher klein gewachsen, schlank, älterer Jahrgang, große Brille, der durch die Schreibwarenabteilung schlendert. Das Bild hielt an, als das Gesicht des Mannes direkt in die Überwachungskamera zeigte und deutlich zu erkennen war.

»Das kann nicht wahr sein«, rief Georg.

Paul zuckte zusammen. »Ich glaube es nicht.«

Während sie beide versuchten, sich zu fassen, sagte die Moderatorin: »Die Polizei sucht den einundsiebzigjährigen Johannes Bäck aus Köln-Nippes. Sachdienliche Hinweise bitte an das Polizeipräsidium, Telefon 0221/2990 oder über die allgemeine Notrufnummer 110.«

Georg rief Kurt an. »Ich bin bei Paul im Krankenhaus. Hast du mitbekommen, dass die Polizei nach Johannes fahndet?«

»Ja«, sagte Kurt.

»Und jetzt?«

»Johannes scheint untergetaucht zu sein.«

»Meinst du, dass er doch …?«

»Natürlich nicht. Aber vermutlich hat er keine Lust, in den Knast zu gehen.«

»Wir müssen was tun.«

»Klar. Wir müssen die wirklichen Täter finden. Hast du was herausgefunden?«

»Nein«, sagte Georg, »ich war die meiste Zeit des Tages mit dir auf Lothars Biohof. Schäfchen zählen.«

»Ach ja«, sagte Kurt. »Johannes wird sich melden. Nicht unbedingt bei mir, aber er wird sich melden. Um ihn mache ich mir keine Sorgen.«

»Und wenn die Polizei ihn kriegt?«

»Dann wird sich seine Unschuld zeigen. Ich würde ihm ohnehin raten, sich zu stellen. Alles andere sieht aus, als hätte er was zu verbergen. Grüße Paul von mir. Ich muss mich um die Demo kümmern.«

Georg setzte sich auf den Stuhl neben Pauls Bett. »Kurt weiß nicht, wo Johannes ist. Hast du eine Ahnung, wo er sein könnte?«

Paul druckste herum. »Na ja, er war hier im Krankenhaus. Das muss nach seinem Besuch im Kaufhof gewesen sein. Frag doch mal Schwester Sylwia.«

»Was weißt du von Schwester Sylwia? Das war Freitagnacht. Da lagst du im Koma.«

»Ich weiß das, was Johannes erzählt hat. Danach hatte ich den Eindruck, dass er gar nicht mich besuchen wollte, sondern diese Sylwia, mit y und w.«

»Die ist viel zu jung.«

»Für was?«

»Die ist halb so alt wie Johannes. Das passt nicht.«

»Johannes sagt, er hat nichts gegen die Jugend von heute.«

»Du weißt was. Du weißt was, was du mir nicht sagst.«

»Ich wiederhole mich: Frag Schwester Sylwia.«

Georg ging in die Notaufnahme, wo er die Schwester mit y und w antraf. Sie versteckte etwas in der Tasche ihres Kittels. Georg hatte trotzdem genug gesehen, roten Fruchtgummi in Lippenform.

»Wo ist er?«, fragte Georg.

»Wer, Ihr Vater?«

»Nein, mein Bekannter. Johannes Bäck.«

Sie schaute in ihren Unterlagen nach. »Johannes Bäck, sagen Sie. Nein, den haben wir hier nicht.«

»Sie wissen, dass die Polizei ihn sucht?«

»Ich habe nichts mit der Polizei«, sagte sie mit Unschuldsmiene. »Meine Papiere sind in Ordnung.«

»Sylwia, Sie können Ärger bekommen.«

»Ach, Herr Rubin«, sie sprach das »Herr« wie »Cherr« aus, »in der Notaufnahme bin ich Ärger gewohnt.«

»Ärger, der Abenteuerurlaub der Armen«, sagte Georg kopfschüttelnd. »Immer noch besser, als gar nichts zu haben, was?« Er war sicher, dass die Krankenschwester wusste, wo Johannes zu finden wäre. Er beobachtete sie, folgte ihren Blicken, um etwas herauszufinden. Aber die Frau blieb cool. Sie holte ein paar rote Weingummi-Lippen aus ihrem Kittel: »Hier, nehmen Sie, das beruhigt.«

»Die haben Sie von Johannes.«

»Ja. Sind sehr lecker.«

»Also war er heute hier?«

»Ja. Hat gesagt, er hätte Ihren Vater besucht.«

»Und dann? Wo ist er hin?«

»Ja, wo ist er wohl hin? Vielleicht fragen Sie die Polizei, die sucht ihn doch. Haben Sie gesagt.«

»Es geht um den Anschlag im Kaufhof. Da sind zwei Menschen ums Leben gekommen.«

»Schrecklich.«

»Sagen Sie Johannes, dass er sich bei mir melden soll. Oder noch besser, er stellt sich gleich selbst der Polizei.«

»Ich glaube, die Polizei ist nicht gut zu ihm«, gab Sylwia zu bedenken.

»Dann geben Sie ihm meine Nummer«, sagte Georg und reichte ihr eine Visitenkarte.

Sie steckte die Karte in ihren Ausschnitt und lachte. »Die ›Blitz‹-Zeitung ist auch nicht gut zu ihm.«

»Aber ich. Er soll die Handynummer wählen, dann hat er mich direkt dran.«

Georg drehte sich um und verließ die Notaufnahme in Richtung Ausgang. Unterwegs passierte er zwei scheinbar leere Krankenbetten. Kurz bevor er draußen war, bekam er mit, wie Schwester Sylwia eines der Betten packte und es ziemlich eilig zu einem Zimmer am Ende des Flurs schob. Es war Georg so, als käme aus dem Bett eine Männerstimme: »Nicht so schnell.«

15

Am nächsten Morgen fuhr Georg ins Pressehaus. Um elf Uhr war er mit Colonia-TV-Reporterin Annalena Gröhnden verabredet. Die Kollegin mit ihrer frechen Art hatte etwas von dem Draufgängertum, das auch ihm nachgesagt wurde.

Das Fernsehstudio war ins Pressehaus eingezogen, nachdem der Mutterkonzern den Lokalsender gekauft und unter anderem Namen weitergeführt hatte. Das brachte Print-, Online- und Fernsehredaktionen näher zusammen und lastete außerdem die Büros im Glaspalast besser aus. Geld verdient wurde mit dem lokalen Fernsehen allerdings nicht.

Annalena saß konzentriert hinter einem Computerbildschirm und bemerkte nicht, wie Georg das Studio betrat. In einer Ecke saß ein junger Mann, der die Zeitungen des Tages durchblätterte.

»Hallo«, sagte Georg, als er Annalenas Schreibtisch erreichte. Sie trug eine Brille, die er noch nicht an ihr gesehen hatte. Sie blickte auf, steckte die Brille in ihre Haare und schaute ihn freundlich an: »Ich glaube, ich habe was für dich.«

Sie rückte einen zweiten Stuhl vor den Monitor, damit Georg neben ihr sitzen konnte. »Ich habe dreiundzwanzig Minuten Live-Material von der Studiobühne, von dem du einiges kennst. Und ich habe noch etwas. Falls es dich interessiert.«

Offenbar konnte die Jungreporterin nicht anders, als einen auf die Folter zu spannen. Berufskrankheit.

»Klar bin ich interessiert. Was ist es?«

»Überwachungskameras.«

»Die Studiobühne hat eine Überwachungskamera?«

»Nein, die nicht. Trotzdem gibt es Material. Von der Kreuzung Universitätsstraße/Zülpicher Straße. Von der Berrenrather und der Luxemburger Straße.«

»Woher hast du das Material?«

»Ich kenne jemanden, der jemanden kennt. Wenn es wichtig werden sollte, dann können Behörden die Quellen offiziell um Hilfe bitten. Ich dachte mir, dir ist es lieber, als Erster einen Blick darauf zu werfen.«

»Bei wem noch mal hast du Journalismus gelernt?«

»Naturtalent. Was willst du zuerst sehen?«

»Bitte die Live-Reportage.«

Annalena klickte auf ihren Bildschirm, startete Programme, wählte Dateien aus und führte Georg dann die Aufnahmen aus der Nacht zum Freitag vor. Diesmal achtete er weniger auf sich selbst, die traurige gefesselte Gestalt an der Laterne, sondern auf die Menschen im Hintergrund.

»Stopp«, sagte er. Annalena hielt das Video an.

»Kannst du das Bild vergrößern?«

»Kein Problem.« Das herangezoomte Bild zeigte einen Mann, Dreitagebart, Schirmmütze, niemand, den Georg kannte. Auch sonst brachte das Live-Video keine neuen Erkenntnisse.

»Kaffeepause?«, fragte Annalena.

»Nein«, sagte Georg.

»Aber ich.« Sie rief ihren Kollegen herbei. »Max, ich kann gerade nicht weg, holst du mir bitte einen Milchkaffee. Und für dich, Georg?«

»Cappuccino, wenn möglich.«

»Kein Problem«, sagte Max.

Als sie allein waren, rückte Annalena an Georg heran, legte ihre Arme um seinen Kopf und küsste ihn. Zack, einfach so. Ohne Vorwarnung. Er war verdattert, küsste aber durchaus freiwillig zurück, erst vorsichtig, aber dann immer engagierter. Bis sie sich genauso überraschend zurückzog, wie sie zuvor die Initiative ergriffen hatte.

»Ich hatte Lust darauf«, sagte sie. »Wusstest du, dass bei manchen Naturvölkern Mütter vorgekaute Nahrung von Mund zu Mund an ihre Kinder weitergeben? Das könnte die ursprüngliche Bedeutung des Kusses sein.«

»Nein, wusste ich nicht. Was ist, wenn ich noch Hunger habe?«

Annalena lachte, wohl auch, weil sie Max mit den Getränken zurückkommen sah. »Hier, dein Cappuccino. Soll nahrhaft sein.«

»Hast du oft Lust auf Küssen?«

»Ziemlich oft. Ich arbeite an einem YouTube-Projekt: In 101 Küssen um die Welt. Das läuft so ähnlich ab wie vorhin, ich nehme das heimlich auf.«

»Du hast das aufgenommen?«

»Ja. Was dagegen?«

»Und ob.«

»Ich hatte nicht das Gefühl, dass dir das unangenehm war.«

»Ich bin doch kein Kuss-Kaninchen. Ich will nicht, dass du das Video veröffentlichst.«

»Kein Problem. Wer nicht will, bleibt außen vor. Das sind die Spielregeln. Du bist der Siebte, der protestiert hat. Willst du wissen, wie viele Klicks meine Videos haben?«

»Ja, schon.«

»Zurzeit liegen meine Kuss-Videos bei drei Millionen Aufrufen. Tendenz stark steigend. Letzte Woche hat ›Titel, Thesen, Temperamente‹ darüber berichtet. Die halten das für Kunst.«

»Wie bist du denn da reingekommen?«

»Ich habe den Moderator geküsst.«

»Klar«, sagte Georg. »Können wir jetzt weitermachen?«

»Mit was?« Dazu lachte sie wieder und machte einen albernen Kussmund.

»Mit den Überwachungsvideos, oder was auch immer du sonst hast.«

Annalena tippte in ihre Computertastatur, wirbelte mit den Fingern über ein Trackpad, das sie statt einer Maus benutzte, und startete einen Film. »Es sind insgesamt vier Stunden Material. Zweieinhalb Stunden vor Mitternacht, eineinhalb Stunden nach Mitternacht. Das Material ist vorgesichtet, es gibt einen Zusammenschnitt der wichtigsten Szenen.«

»Du hast die Nacht durchgearbeitet?«

»Nicht ganz. Ein Bekannter hat das Material gecheckt. Er war der Sechste, der nicht ins Kuss-Video wollte. Das war so 'ne Art Strafarbeit für ihn.«

»Ich hasse Strafarbeiten«, sagte Georg.

»Tja«, sagte Annalena, und Georg fragte sich, was das heißen sollte.

Die nächtlichen Aufzeichnungen trugen Datums- und Zeitstempel, zeigten stur die Verkehrslage. Kein Kameraschwenk, keine Großaufnahmen, nur der monotone Blick auf die Straßen, ein paar Autos, Straßenbahnen, Fußgänger, Radfahrer.

»Hast du nichts gesehen?«, fragte Annalena plötzlich.

»Nein. Sollte ich?«

Sie spulte das Video um dreißig Sekunden zurück. »Ich kann das auch in Zeitlupe laufen lassen.«

Die angegebene Zeit war zweiundzwanzig Uhr elf, also noch am Donnerstag. Ein dunkler Mercedes-Transporter fuhr aus Richtung Studiobühne über die Universitätsstraße und bog an der Zülpicher Straße links ab Richtung Universitätsklinik.

»Stopp«, sagte Georg.

Annalena hielt das Bild an.

»Bitte Zoom auf den schwarzen Mercedes.«

Das Bild war unscharf. Man konnte nicht erkennen, wer auf dem Fahrersitz saß. Der Beifahrersitz war frei.

»Denkst du dasselbe wie ich?«, fragte Annalena.

»Sieht aus wie der Transporter von Familie Winzer«, sagte Georg.

»Was noch?«

»Fährt nicht zur Studiobühne, sondern kommt von ihr. Rund zwei Stunden vor dem Brandanschlag.«

»Willst du noch mehr?«

»Von was?«, fragte Georg. Diesmal grinste er.

Annalena schüttelte amüsiert den Kopf und setzte die Übertragung fort, ohne dass Georg eine weitere Entdeckung machte.

»Toll«, sagte er. »Kann ich einen Screenshot von dem schwarzen Mercedes haben?«

»Schon erledigt«, sagte Annalena und gab ihm mehrere Ausdrucke der gewünschten Szene.

»Du überraschst mich immer wieder.«

»Gern geschehen.«

Georg verabschiedete sich mit einem Wangenkuss. Als er den Studioausgang erreicht hatte, drehte er sich um: »Könntest du mir Nachhilfe geben?«

»Nachhilfe. Ich dir?«

»Ja. Ich möchte lernen, Videos zu bearbeiten. Das Grundmaterial sind Fotos oder Videos aus meinem Handy. Du hast vielleicht auch ein paar Aufnahmetipps für mich. Am wichtigsten ist, dass ich lerne, wie man aus viel Material einen Film von zwei, drei Minuten zusammenschneidet. Mit Ton. Vielleicht noch mit Bauchbinden.«

»Mach ich«, sagte Annalena. »Unter einer Bedingung.«

»Und die wäre?«

»Freigabe des Kuss-Videos.«

»Woher weiß ich, ob die erste Aufnahme gut war? Muss man Filmszenen nicht immer wieder neu drehen, um die beste Version auszuwählen? Ich fände, so an die zehn Versuche wären angebracht.«

»Geht leider nicht. Es muss immer eine Überraschung sein. Meine oberste Grundregel bei der Aktion.«

Zurück in seinem Büro rief Georg seinen Freund Menden im Polizeipräsidium an. »Habt ihr überprüft, wo Oberstaatsanwältin Winzer oder ihr Vater in den Stunden vor dem Mord an ihrem Bruder gewesen sind?«

Georg hörte durchs Telefon, dass Menden genervt war. »Georg, das ist Routine. Natürlich fragt man jeden Zeugen, wo er zur Tatzeit gewesen ist.«

»Und zwei Stunden vorher?«

»Waren die Winzers zu Hause. Frau Oberstaatsanwältin ist vor einigen Jahren in ihr Elternhaus am Stadtwaldgürtel zurückgezogen, um ihren Vater zu pflegen. Du hast gesehen, in welchem Zustand er ist.«

»Ich habe Aufnahmen einer Überwachungskamera, die den Wagen von Familie Winzer zwei Stunden vor dem Anschlag in der Nähe der Studiobühne zeigt.«

»Was? Kannst du mir die mailen?«

»Kommt sofort«, sagte Georg, scannte die Ausdrucke ein und schickte sie seinem Freund bei der Polizei.

»Ich sehe nichts«, sagte Menden, nachdem er die elektronische Post erhalten hatte.

»Der Wagen. Der schwarze Mercedes-Transporter. Winzers Wagen.«

»Woher weißt du das? Das Kennzeichen ist unleserlich, Personen sind überhaupt nicht zu erkennen.«

»Aber der Wagentyp. Von dem kann es kaum einen zweiten in Köln geben. Dem muss man nachgehen. Oder ermittelt ihr nicht, wenn es sich um Juristen handelt?«

»Na gut. Ich werde den Kollegen einen Tipp geben. Aber ein Beweis ist das nicht.«

»Solange der Zeuge nicht weiß, dass wir nur ein unscharfes Foto haben …«

»… verrät er sich möglicherweise doch.«

»Sag ich ja. Danke. Was gibt es bei der Polizei Neues?«

»Der Anschlag auf den Kaufhof. Wir suchen den Freund deines Vaters, Johannes Bäck, du erinnerst dich, den Molotow-Cocktail-Experten. Er war vor dem Brand im Kaufhof.«

»Kann Zufall gewesen sein.«

»Oder auch nicht. Jedenfalls ist er auf dem Überwachungsvideo klar zu identifizieren. Nicht so ein Genebel wie deine Mercedes-Fotos.«

Es klopfte an Georgs gläserner Bürotür. Annalena stand da, neben ihr TV-Kollege Max mit einem Tablett, auf dem zwei Getränkebecher standen. Georg winkte sie herein.

Max stellte das Tablett auf Georgs Schreibtisch.

»Danke«, sagte er.

Annalena nutzte die Zehntelsekunde, in der er abgelenkt war, packte ihn an der Schulter, kippte ihn samt Bürostuhl nach hinten und küsste ihn. Das war noch überraschender und noch besser als vorhin im Studio.

»Alles im Kasten«, sagte Max, der den Kussüberfall mit einem Handy gefilmt hatte.

Annalena ließ Georg los, der Stuhl stürzte mit Georg um, sodass er schon wieder unter dem Tisch landete.

»Oh, hast du dir wehgetan?«, fragte Annalena, die sich neben ihn kniete.

»Geht. Aber was sollte das jetzt?«

»Meine Bedingung.«

Georg rappelte sich auf, setzte sich auf den Bürostuhl, trank einen Schluck vom Cappuccino. »Ich erinnere mich. Du hattest Neuaufnahmen abgelehnt. Wegen des Überraschungseffektes.«

»Ja. Dann habe ich es mir anders überlegt. Ich würde dir doch gerne Nachhilfe geben. Überraschung?«

»Früher war Küssen romantischer, Sommernacht, Meeresstrand, Rücksitze«, sagte Georg.

»Ich fürchte, die Aufnahme ist nichts geworden«, sagte Max.

»Zeig her«, sagte Annalena und nahm ihm das Handy aus der Hand. »Verwackelt«, sagte sie, »die nehmen wir.«

16

Johannes Bäck saß in Georgs Wohnung, als er von der Arbeit nach Hause kam.

»Deine Tochter war so nett und hat mich reingelassen.«

»Wo ist sie?«

»Fahrschule.«

Georg erinnerte sich und nickte.

»Schwester Sylwia hat mir erzählt, dass du nach mir gefragt hast. Ich weiß nicht, was ich tun soll.«

Georg ging zum Fenster, das auf die Piusstraße hinauszeigte, und ließ die Rollläden herunter. Dann setzte er seinen Kaffeeautomaten in Gang und stellte ihn auf doppelten Espresso ein: »Willst du auch einen?«

Johannes zeigte auf die Rotweinflasche auf dem Tisch. »Rosa hat mir gezeigt, wo ich Getränke finde.«

Georg setzte sich zu ihm. »Warst du im Kaufhof?«

Der alte Mann nickte, senkte den Kopf und schwieg.

»Und?«, fragte Georg.

»Nichts ›und‹. Ich bin Rentner. Habe nicht viel zu tun. Ich gehe öfter über die Schildergasse. Im Kaufhof bin ich fast jeden Tag. In der Bücherabteilung. Es gibt hier ja sonst keine Buchläden mehr.«

»Was ist mit der Buchhandlung am Neumarkt?«

»Zu weit weg. Ich gehe meistens weiter zum Rhein. Schaue den Schiffen nach. Und den Joggern.«

»Das heißt, du hättest genügend Zeit gehabt, den Anschlag im Kaufhof vorzubereiten.«

»Zeit ja. Aber ich war es nicht.«

»Die haben Kameraaufzeichnungen von dir.«

»Hoffentlich. Denn wenn sie die haben, wissen sie, dass ich nichts Verbotenes getan habe.«

Johannes leerte das Rotweinglas und schenkte nach. »Jedenfalls nichts Verbotenes mit Brandbomben und so.«

»Sondern?«

»Ich habe mal was mitgehen lassen. Den neuen ›Asterix‹. Ist schon was her. Weißt du, dass der sechs Euro fünfzig kostet? Das sind umgerechnet dreizehn Mark. Die spinnen, die Gallier«, schimpfte der alte Mann, als wollte er Wildschweine jagen.

Georg setzte sich an den langen Holztisch vor seinem verdunkelten Fenster und startete seinen Computer.

»Warum sagst du nichts?«, fragte Johannes.

»Ich bin sprachlos«, sagte Georg. Er steuerte die Website des »Blitz« an, um die letzten Neuigkeiten zum Anschlag auf den Kaufhof zu finden, aber da war nichts. Stattdessen beschäftigte man sich mit dem 1. FC Köln und den vermutlichen neuen Hits der Karnevalssaison.

Auf der Website der Polizei war das Fahndungsfoto von Johannes der Aufmacher, »sachdienliche Hinweise bitte an …«

»Ich glaube, du solltest dich stellen«, sagte Georg.

»Wie mache ich das, ohne dass die mich als Terroristen erschießen?«

»Johannes, wir sind doch nicht im Wilden Westen. Ich rufe an. Die sollen dich bei mir abholen.«

Georg wählte die neutrale 110. Der Beamte fragte nach Name, Adresse und was er zu melden hätte. »Herr Johannes Bäck ist bei mir, der Mann, den Sie wegen des Brandes im Kaufhof suchen.«

»Unternehmen Sie nichts, wir kommen sofort«, sagte der Beamte.

»Nein, natürlich unternehme ich nichts. Es besteht keine Gefahr. Der Mann will sich der Polizei stellen.«

»Was haben Sie gesagt?«, fragte der Polizist.

»Haben Sie mir nicht zugehört?«

»Doch, doch. Unsere Leute sind unterwegs. Seien Sie vorsichtig.«

»Ziemlich nervös, der Mann von der Polizei«, sagte Georg, »fast so wie Schwester Sylwia, als ich mit dir nachts in der Uniklinik ankam. Die mag dich, was?«

»Ich bin viel zu alt für sie.«

»Klar, viel zu alt. So alt, dass sie dich sogar schon zu Bett bringen musste.«

»Woher weißt du?«

»Ich war gestern im Krankenhaus.«

»Weiß ich ja.«

»Ich habe gesehen, wie Schwester Sylwia ein Krankenbett über den Flur schob. Dann hörte ich eine Stimme, die wie deine klang.«

»Was soll ich gesagt haben?«

»›Nicht so schnell.‹«

»Kann sein. Die ist vielleicht ein Feger.«

Es klingelte.

»Das werden sie sein«, sagte Johannes.

Georg öffnete die Tür und blickte in die Läufe von zwei Maschinenpistolen, die von SEK-Männern mit kugelsicheren Westen und Schutzhelmen gehalten wurden. Im Hintergrund erkannte er Kommissarin Kowalski.

»Gehen Sie aus dem Weg«, sagte der vorderste der SEKler und stürmte an ihm vorbei.

»Was soll das«, rief Georg, »der Mann ist unbewaffnet. Er will sich stellen.«

Auch der zweite SEKler drängte an ihm vorbei.

»Frau Kowalski, sind Sie die Einsatzleiterin?«

Die Kommissarin nickte.

»Unternehmen Sie etwas. So geht das nicht.«

Lärm dröhnte aus dem Wohnzimmer. Georg lief zurück, sah Johannes auf dem Boden liegen, einer der Uniformierten kniete auf ihm und drehte ihm die Hände auf den Rücken.

Bei dem Angriff hatte Bäck seine große Brille verloren und schrie, die Polizisten sollten sie für ihn suchen. Ohne Brille sei er quasi blind. Frau Kowalski schien sich auf die Suche zu machen, dann knirschte und klirrte es unter ihren Schuhen. »Oh, tut mir leid. Sie ist kaputt.«

Ein zweites Polizeikommando stürmte durch die Glasscheibe und die heruntergelassene Jalousie der Terrassentür herein.

»Machen Sie sich wegen der Brille und der Tür keine Sorgen«, sagte Frau Kowalski, »wir kommen für den Schaden auf. Wir bringen das in Ordnung.«

Die Kommissarin hatte die Trümmer der Brille aufgesammelt und versuchte vergeblich, sie irgendwie zusammenzusetzen.

»Ich mache mir ganz andere Sorgen. In was für einem Staat leben wir, wo die Polizei sich so aufführen darf? Der Mann ist einundsiebzig, und er hat mich gebeten, die Polizei anzurufen. Sie behandeln ihn wie einen ...«

»Wie einen Tatverdächtigen, der wegen mehrfachen Mordes und mindestens zweier Brandanschläge gesucht wird, gegen den ein Haftbefehl vorliegt.«

Kommissarin Kowalski gab dem SEKler, der Bäck am Boden hielt, ein Zeichen, den Gefangenen loszulassen.

Bäck, dessen Hände auf dem Rücken mit Handschellen gefesselt waren, hatte Mühe, sich aufzuraffen. Georg schob ihm einen Stuhl hin, auf dessen Kante er sich setzte.

Die Kommissarin hatte eines der Brillengläser aus den Trümmern gelöst und klemmte es Bäck wie ein Monokel unter das rechte Auge. Dabei redete sie auf ihn ein.

»Herr Bäck, wir werden Sie dem Haftrichter vorführen, der über eine Untersuchungshaft entscheiden wird. Es besteht dringender Tatverdacht gegen Sie, als Haftgründe sehen wir außerdem Flucht-, Verdunkelungs- und Wiederholungsgefahr.«

»Das hält so nicht«, schimpfte Johannes Bäck, während Kommissarin Kowalski sich weiter an ihm zu schaffen machte.

»Geben Sie mal her«, sagte Georg und nahm das Brillenglas an sich. In einer Schublade fand er eine alte Sonnenbrille, brach das rechte Glas heraus, klebte das Glas aus Johannes' Brille mit Tesafilm fest und setzte das Gestell dem Freund seines Vaters auf die Nase. »Passt!«

Johannes rümpfte die Nase. »Besser als nichts.«

»Haben Sie mich verstanden?«, fragte die Polizistin.

Johannes beachtete sie nicht, stattdessen schien ihn die martialische Ausrüstung des Spezialeinsatzkommandos zu interessieren. »Ohne uns gäbe es euch überhaupt nicht«, spuckte er einem der maskierten Männer ins Gesicht.

»Was meinen Sie denn damit?«, fragte Frau Kowalski.

»Die Polizei ist einer der größten Profiteure der Studentenbewegung. Vater Staat hat auf unsere Demonstrationen völlig hysterisch reagiert, neue Polizeieinheiten und immer mehr neue Waffen für die Polizei eingeführt. Sie sind alles Kinder der APO, illegitime Kinder, Bastarde sozusagen. Was steht demnächst an? Militärpolizei? Einsatz auch im Innern gegen aufmüpfige Bürger?«

Der alte kleine Mann redete sich so richtig in Rage.

»Aus Ihren angeblich friedlichen Demonstrationen ist blanker Terror geworden«, protestierte Frau Kowalski. »Sie selbst, Herr Bäck, haben Napalm-Bomben gezündet. Das ist aktenkundig.«

»Ich bin aber nie angeklagt, geschweige denn verurteilt worden«, protestierte der Alt-68er.

»Schluss mit diesen nutzlosen Diskussionen«, sagte der SEK-Mann, der Bäck zu Boden geworfen hatte. »Wir hatten einen Auftrag, der ist erst erfüllt, wenn wir den Delinquenten abgeliefert haben. Haben Sie etwas dagegen, Frau Kollegin, wenn ich Herrn Bäck einpacke und mitnehme?«

»Nein, überhaupt nicht.«

»Sie müssen mich nicht einpacken, schon gar nicht anpacken. Ich komme freiwillig mit«, sagte Bäck.

Er nickte Georg zu. »Kannst du mir mal mit dem letzten Schluck helfen?« Bäcks Kopf wies zum Rotweinglas. Georg hielt ihm den Kelch an den Mund, sodass Bäck trinken konnte. »Danke. Der Wein ist zu gut, um ihn verkommen zu lassen. Gibt es Wein im Knast?«

»Ich glaube nicht«, sagte Georg.

Der Zug der Uniformierten setzte sich in Bewegung, Bäck an der Spitze, mit der zusammengeflickten Sonnenbrille bewegte er sich sehr unsicher, die bewaffneten SEKler folgten ihm.

»Danke, dass Sie uns angerufen haben«, sagte Kommissarin Kowalski. »Wollen Sie besonderen Schutz?«

»Ich verstehe Sie nicht.«

»Könnte sein, dass Bäcks Genossen sich dafür rächen wollen, dass Sie ihn der Polizei ausgeliefert haben.«

Georg schüttelte fassungslos den Kopf. »Ich soll ihn der Polizei ausgeliefert haben? Frau Kommissarin, recherchieren Sie schon mal, oder denken Sie sich alles aus? Es ist doch sonnenklar, dass mein Vater und seine Freunde unschuldig sind. Hier geht es um rechtsradikale Anschläge.«

»Finden Sie? Warum gab es dann diese linksradikale Propaganda am Tatort?«

»Weil da jemand falsche Fährten gelegt hat.«

»Lieber Herr Rubin, von wegen Phantasie und Recherche, gerade von Ihnen muss ich mir das nicht sagen lassen. Trotzdem danke. Ich bin sicher, dass Herr Bäck für die Ermittlungen wichtig sein wird, wenn er beginnt, uns die Wahrheit zu sagen.«

Durch die zerbrochene Terrassentür flackerte Blaulicht in Georgs Apartment. Es knallte mehrmals.

»Das sind Schüsse«, sagte Georg.

»Kann gar nicht sein«, sagte Frau Kowalski.

Im nächsten Moment stürmte einer der SEKler durch die zerstörte Terrassentür. »Großalarm. Jemand hat auf Herrn Bäck geschossen.«

»Was?«, schrie die Kommissarin. »Aus Ihrem Team?«

»Nein. Heckenschütze. Auf einem Motorrad. Ist flüchtig.«

»Unternehmen Sie was«, rief die Kommissarin und wirkte mehr als hilflos.

In Georgs Gehirn jagten sich Fragen und Selbstvorwürfe. Warum hatte er die Polizei gerufen? Warum war er nicht selbst zum Präsidium gefahren? Warum hatte er sich nicht an Gerald Menden gewandt?

Er erlebte noch einmal die letzten Minuten mit Bäck. Wie er ohne Brille hilflos auf dem Boden lag, wie er sich aufraffte, wie er um die letzten Tropfen Rotwein bat, wie er aus der Wohnung stolperte, die schwer bewaffneten Polizisten hinter sich. Und jetzt? Auf der Flucht erschossen?

Georg stürmte durch die zerborstene Tür nach draußen. Johannes lag auf dem Bürgersteig. Die SEKler, die Maschinenpistolen im Anschlag, sicherten das Gelände, einer von ihnen maß Johannes' Puls.

Ein dunkelroter Fleck verfärbte seine Brust.

»Die Polizei, dein Freund und Mörder«, rief Georg, dann schrie er es laut hinaus in die Nacht von Ehrenfeld: »Mörder, Mörder, Mörder.«

Der Notarzt erschien und stellte Tod durch Herzschuss fest. Kommissarin Kowalski notierte die Aussage und schickte ihn mit einer Kopfbewegung zu Georg, der sich etwas beruhigt hatte.

»Geht es Ihnen gut?«, fragte der Arzt.

»Er wollte sich der Polizei stellen. Ich habe die Polizei gerufen. Und jetzt das. Vier bewaffnete SEK-Leute sind nicht in der Lage, ihn zu schützen.«

»Wir werden das untersuchen, Herr Rubin, das verspreche ich Ihnen«, sagte Frau Kowalski. »Der Täter saß auf einer schweren BMW. Genau genommen waren es zwei Täter. Einer, der lenkte, ein zweiter auf dem Sozius, der geschossen hat. Wir haben alle Kräfte alarmiert. Wir werden sie kriegen.«

»Das macht Johannes nicht lebendig.«

»Ich frage mich, woher die wussten, dass wir hier waren«, sagte die Kommissarin.

»Ich frage mich, ob es Zufall ist, dass die Polizei in Nordrhein-Westfalen genau solche BMW-Motorräder fährt«, sagte Georg.

17

Am Abend, nachdem Tür und Jalousie zum Garten ausgetauscht waren, fuhr Georg in die Uniklinik. Die Geschehnisse des Nachmittags wiederholten sich in seinem Gehirn. Mit jeder Wiederholung stieg seine Wut.

Vor Pauls Krankenzimmer saß ein Polizeiposten. »Ihren Ausweis bitte.«

»Was tun Sie hier?«

»Die Leiterin der Mordkommission hat das angeordnet.«

»Weiß mein Vater vom Tod seines Freundes?«

»Dazu kann ich Ihnen nichts sagen.«
»Können Sie nicht, oder dürfen Sie nicht?«
»Dazu kann ich Ihnen nichts sagen.«
»Sagten Sie schon. Darf ich jetzt rein?«
»Bitte, Herr Rubin.«
Paul schlief. Rud Odenthal saß am Bett und hielt seine Hand. Georgs Tochter Rosa saß etwas abseits vertieft in eine Ausgabe der roten »Mao-Bibel«. Georg gab ihr einen Kuss auf die Stirn, Rosa schaute kaum zu ihm auf, so vertieft war sie in die Lektüre.
»Sie haben ihm Schlafmittel gegeben«, sagte Rud. »Er war so aufgeregt, nachdem die Polizei hier gewesen war. Der Arzt hat angeordnet, dass die Vernehmung abgebrochen wurde.«
»Wer war denn da von der Polizei?«
»Ein gewisser Herr Krüger. Er hat gesagt, er wäre ein guter Bekannter von Gerald Menden.«
»Weiß Paul, was mit Johannes Bäck geschehen ist?«
»Ich glaube ja«, sagte Rud. »Der Kommissar hat was erzählt. Deshalb hat sich Paul ja so aufgeregt.«
»Wieso hat es dich nicht aufgeregt? Interessiert es dich nicht, wenn vor deinem Haus ein Freund ermordet wird?«
»Du meinst, Johannes war bei uns?« Rud wirkte verwirrt.
»Nicht bei euch. Bei mir. Er wollte sich der Polizei stellen. Er wurde vor unserem Haus erschossen, angeblich von einem Motorrad aus.«
»Das habe ich nicht gewusst. Ich war nicht dabei, als Paul mit dem Polizisten gesprochen hat. Ich habe nur mitbekommen, wie dieser andere Polizist aufgetaucht ist, der wahrscheinlich immer noch vor der Tür sitzt, und etwas von Johannes und Motorrad erzählte. Ich dachte, er hätte einen Unfall gehabt.«
Rosa blickte auf. »Wer hat einen Unfall gehabt?«
»Kein Unfall«, antwortete Georg und wiederholte alles andere.
Rosa riss die Augen auf, im nächsten Moment kamen ihr die Tränen. Georg ging zu ihr und legte seine Arme um sie.
Sie schnäuzte sich und fragte: »War das derselbe Mann, der auch Opa das angetan hat?«
»Ich weiß es nicht«, sagte Georg, »aber das habe ich mich auch schon gefragt.«

»Hat man den Mann schon?«

»Nein. Noch nicht. Weder ihn noch den, der gefahren ist.«

»Dann werden sie es vielleicht wieder versuchen. Vielleicht hier im Krankenhaus.«

»Du musst keine Angst haben«, sagte Georg, aber er war nicht überzeugt von dem, was er sagte.

»Ich habe nicht Angst um mich. Ich habe Angst um Opa.«

»Die Polizei passt auf ihn auf. Und die Ärzte und Schwestern. Es wird ihm bald wieder besser gehen.«

»Hoffentlich«, sagte Rosa und nahm ihr kleines rotes Buch.

»Warum liest du Mao?«

»Ich finde das interessant«, sagte Rosa, »etwas exotisch, aber trotzdem. Hier: ›Kein Mensch kann ein Ding erkennen, wenn er nicht mit ihm in Berührung kommt, das heißt, wenn sein eigenes Leben, seine Praxis, nicht in dem Milieu dieses Dinges verläuft. Willst du den Geschmack einer Birne kennenlernen, musst du sie verändern, das heißt, sie in deinem Mund zerkauen.‹ Gibt es nicht immer noch und auch bei uns viel zu viele, die die Wirklichkeit der Menschen gar nicht kennen, sondern nur theoretisch darüber reden und entscheiden? Ich finde, das trifft auf viele Politiker und viele Journalisten zu.«

»Das mag schon sein«, sagte Georg, »aber Mao war in der sogenannten Kulturrevolution für Millionen von Toten verantwortlich. Ich will nicht, dass meine einzige und Lieblingstochter etwas mit einem Massenmörder hat.«

»Von der Kulturrevolution hat Opa mir auch erzählt. Aber damals, 1968, hat er dieses Buch gelesen. Ich will wissen, warum er das getan hat, ob ihn das beeinflusst hat.«

»Du bist alt genug. Aber was habe ich dir immer gesagt?«

»Glaube nichts, was du nicht selbst überprüft hast.«

»Genau.«

»Das ist eigentlich genau dasselbe, was Mao gesagt hat. Du musst in die Birne beißen, um sie zu schmecken.«

»Was habe ich dir noch gesagt?«

»Ich soll keine Dummheiten machen?«, versuchte Rosa zu raten.

»Genau.«

»Und das heißt?«

»Du sollst vorsichtig sein, bevor du in eine Birne beißt. Es könnte sein, dass die Frucht vergiftet ist. Wie der Apfel im Paradies oder der Apfel bei Schneewittchen. Am liebsten wäre mir, wenn du zu mir kommst, bevor du irgendetwas ausprobierst.«

»Hast du deinen Eltern immer alles erzählt?«

»Nein«, sagte Georg, »aber heute weiß ich, dass es kein Fehler gewesen wäre, wenn ich öfter auf sie gehört hätte. Dann wäre ich vielleicht sogar noch mit deiner Mutter verheiratet.«

»Nie im Leben, da machst du dir was vor. Mama hat schon kurz nach der Hochzeit gewusst, dass ihr nicht zusammenpasst. Hat sie mir selbst gesagt. Wahrscheinlich wart ihr nur zusammen, damit ich zur Welt kommen konnte. Sonst gäbe es mich ja nicht.«

»Das wäre echt schade«, sagte Georg.

»Ich werde trotzdem auf dich hören«, sagte Rosa, »solange du nicht einer dieser miesen autoritären Väter wirst.«

Der Oberarzt erschien mit einer Schwester im Schlepptau. »Bleiben Sie ruhig sitzen«, sagte der Arzt zu Rud, die immer noch Pauls Hand hielt. »Es hilft den Patienten, wenn man sich um sie kümmert.«

Die Schwester kontrollierte die Apparaturen, veränderte einige Einstellungen. Offenbar war alles in Ordnung.

»Ihr Vater lässt sich nicht unterkriegen«, sagte der Arzt zu Georg, »er erholt sich schneller als gedacht. Der Mann hat noch was vor.«

»Das hoffe ich«, sagte Rud. »Wir wollen zu den Pyramiden. Kreuzfahrt auf dem Nil. Davon hat er immer geträumt.«

»Als ich klein war«, sagte Georg, »hat er mir von der Tutanchamun-Ausstellung vorgeschwärmt, die im Zeughaus stattgefunden hat. Die Menschenschlangen hätten bis zum ehemaligen Pressehaus an der Ecke Breite Straße gestanden. Das waren damals echte Ausstellungsstücke, nicht Kopien, wie sie später gezeigt wurden. Paul war so begeistert, dass ich mich gewundert habe, warum er nie nach Ägypten gereist ist.«

»Wir werden das nachholen«, sagte Rud.

Als Georg mit Rosa das Krankenhaus verließ – Rud wollte noch bei Paul bleiben –, sprach ihn eine Frau im kleinen Schwarzen an: »Herr Rubin?«

»Ja?«

»Sie müssen Georg sein.«

»Ja. Aber kennen wir uns?«

»Ich bin Birgit Pietsch.« Sie schaute Georg mit großen braunen Augen an, als erwartete sie, dass er sich erinnern müsste. »Ich kenne deinen Vater von früher. Ich dachte, er hätte dir von mir erzählt.«

»Tut mir leid, hat er nicht.«

»Ist lange her, dass wir uns zuletzt gesehen haben. Du warst noch ein Baby. Ich habe von dem Anschlag gehört. Wie geht es ihm?«

»Den Umständen entsprechend gut.«

»Ich wollte ihn besuchen, aber da saß dieser Polizist vor der Tür.«

»Ja, der passt auf, seitdem Johannes erschossen wurde.«

»Johannes? Du meinst Johannes Bäck?«

»Ja.«

»Den kenne ich auch von damals. Der wurde wegen des Kaufhof-Anschlags gesucht, oder?«, fragte die Frau.

»Ja. Und er hatte sich gerade der Polizei gestellt, als er von einem Motorrad aus erschossen wurde.«

»Wann war das?«

»Heute Mittag. Ist erst ein paar Stunden her.«

Birgit Pietsch öffnete ihre rote Handtasche und suchte etwas. »Hier, meine Visitenkarte. Könntest du die bitte Paul geben? Ich muss ihn dringend sprechen. Wenn es möglich ist. Er kann mich telefonisch erreichen.«

Die Visitenkarte wies Birgit Pietsch als »Dr. med.« aus, außer Titel und Namen war nur die Handynummer notiert. Keine Adresse, keine E-Mail.

»Ich werde es ausrichten. Sprechen fällt ihm schwer. Wegen der Verbrennungen im Gesicht.«

»Tu bitte, was möglich ist. Ich werde ein paar Tage in Köln bleiben. Und ganz wichtig: Sag bitte sonst niemandem, dass ich hier bin. Das ist nur etwas, was Paul und mich angeht.«

Rosa zupfte Georg am Arm, um auf sich aufmerksam zu machen.

»Das ist Rosa, meine Tochter«, sagte er.

Birgit reichte ihr die Hand, aber Rosa rührte sich nicht.

»Wünsch ihm gute Besserung von mir. Ich warte auf seinen Anruf«, sagte die Ärztin und ging Richtung Taxiwarteplatz.

»Warum hast du ihr nicht die Hand gegeben?«

»Ich mag sie nicht«, sagte Rosa. »Vergifteter Apfel.«

18

Am Mittwoch wurde Norbert Winzer beerdigt.

Die Trauergesellschaft auf dem Melatenfriedhof war bunt gemischt. Auf der einen Seite Norberts Familie, vorwiegend gesetzte und gesittete Juristen, auf der anderen Seite seine Schauspielerkollegen.

Georg und einige aus dem Alt-68er-Stammtisch hielten sich im Hintergrund.

Am Friedhofseingang in der Piusstraße verharrte ein halbes Dutzend Motorradrocker in schwarzen Kutten. Georg schoss ein paar Handyfotos von ihnen, vielleicht war Johannes' Mörder darunter.

Norberts Vater saß neben seiner Tochter Eva auf der vordersten Bank, der Rollstuhl war im Mittelgang geparkt. Vater und Tochter sagten kein Wort. Manchmal, wenn der Priester erzählte, wo Norbert überall »Gutes getan« habe, schien es so, als wollten sie etwas hinzufügen, aber dann blieben sie doch stumm.

Georg entdeckte Kommissarin Kowalski und Kommissar Krüger, die aus dienstlichem Interesse erschienen waren. Ob sie vermuteten, dass der Täter auf dem Friedhof auftauchte?

Beigesetzt wurde Norbert in der Familiengruft. Es war eine vergleichsweise kurze Zeremonie, nur etwa dreißig der Trauergäste traten an die Grube, warfen Blumen und Erde auf Norberts Sarg und kondolierten den engsten Angehörigen.

Otto Winzer empfing das Defilee im Rollstuhl. Der Körper

des alten Professors wirkte schwach, das Zittern der Hand war stärker geworden, aber seine Augen blitzten hellwach.

Als die Zeremonie beendet war und die Gesellschaft sich auflöste, ertönte Roma-Musik vom Haupteingang her, Geigen, Gitarren, Gesang.

Hinter dem Orchester tänzelte eine Art Prozession, angeführt von Kurt Schmoll mit einem Megafon.

Die Gruppe von einem Dutzend Männern und Frauen blieb auf dem Platz zwischen Eingangspforte und Trauerhalle stehen.

Die Musik erstarb, Kurt nahm das Megafon und las einen Text vor, den er das »Melaten-Manifest« nannte. Schmolls Begleiter verteilten Flugblätter an jeden, der ihnen auf dem Friedhof begegnete, auch an Georg.

Die Blätter waren schwarz mit weißer Schrift. Schmoll beschrieb, wie er einst in Köln Französisch, Geschichte und Philosophie studiert hatte. Als er Lehrer werden wollte, wurde er abgelehnt: Berufsverbot, weil er angeblich nicht die Gewähr bot, jederzeit für die freiheitlich-demokratische Grundordnung einzutreten. Schmoll klagte, der Prozess schleppte sich über zwei Jahre. Während dieser Zeit war er auf Sozialhilfe angewiesen und wurde zu Zwangsarbeit auf dem Melatenfriedhof verpflichtet – bei einem Stundenlohn von achtundsiebzig Pfennigen.

Schmoll tat auch auf dem Friedhof das, was er am besten konnte, er agitierte die Unterdrückten. Er gründete den »Verein der Pflichtarbeiter Köln«, der die Behörden unter anderem durch einen Bericht im »stern« und das wiederholte Verteilen von Flugblättern so sehr ärgerte, dass sie Schmoll ein Friedhofsverbot erteilten, obwohl sie ihn eben noch zur Friedhofsarbeit verurteilt hatten.

Ob das Friedhofsverbot noch immer galt?

»Wem hatte ich diese Friedhofs-Sklavenarbeit zu verdanken?« Schmolls Stimme schwoll an. »Das waren furchtbare Juristen wie Otto Winzer, alte Nazis, die alles darangesetzt haben, die Studenten zu Terroristen zu stempeln und um ihre Zukunft zu betrügen.«

Eva Winzer schob ihren Vater an der von Schmoll angeführten Gruppe vorbei, die Musiker tanzten um den Rollstuhl herum, während die anderen einen Stapel Flugblätter auf den Professor herabregnen ließen.

»Ich zeige Sie an«, schimpfte Oberstaatsanwältin Eva Winzer, »wegen Beleidigung und Störung der Totenruhe.«

»So weit ist es ja noch nicht«, sagte der Mann mit der Geige und spielte eine traurige Melodie.

Georg stellte Kurt zur Rede: »Warum hast du das getan?«

»Weil der alte Winzer Tausende unschuldige Menschen auf dem Gewissen hat«, sagte Kurt.

»Aber wir sind hier auf einem Friedhof.«

»Gibt es einen besseren Platz, einen Mörder mit seinen Opfern zu konfrontieren, als einen Friedhof?«

Georg wunderte sich über die enorme Kraft des Mannes mit dem Schnauzbart.

Kurt hatte damals erreicht, dass die Zwangsarbeit für Sozialhilfeempfänger auf den Friedhöfen abgeschafft wurde. Er hatte später erfolgreich für Roma und Sinti gekämpft. Er war eines Nachts in das EL-DE-Haus eingebrochen, die ehemalige Zentrale der Gestapo in Köln, hatte heimlich die Inschriften im Folterkeller fotografieren lassen, hatte im Bundeskanzleramt in Bonn angerufen und Willy Brandts Büroleiter überzeugt, dass der Gestapo-Keller erhalten bleiben müsste. Brandt selbst rief am nächsten Morgen den damaligen Oberstadtdirektor Rossa an, und auf diese Weise wurde der Keller gerettet. Heute ist er Teil des angesehenen NS-Dokumentationszentrums.

»Georg, mach nicht so ein Gesicht«, sagte Kurt. »Du bist bei der Presse. Du weißt, wie das läuft. Wenn du nicht provozierst, wirst du nicht wahrgenommen. Mag sein, dass mancher sich über unsere Aktion auf dem Friedhof aufregen wird, aber so erfährt die Welt endlich auch, was Winzer für ein Erzreaktionär ist.«

»Ich glaube kaum, dass der ›Blitz‹ dein Flugblatt abdrucken wird. Da wird höchstens drinstehen, dass ihr die Beerdigung von Norbert Winzer gestört habt.«

»Haben wir doch gar nicht. Wir haben bewusst gewartet, bis alle Zeremonien vorbei waren.«

»Du meinst, das würde irgendeinen interessieren?«

»Es ist die Wahrheit«, sagte Kurt.

»Was ist schon Wahrheit?«, fragte Georg. »Wahrheit ist letztlich doch immer nur das, was von der Presse berichtet wird.«

»Nein, Georg. Das ist dein alter Zeitungsaberglaube. Der ist längst überholt. Wir haben alles aufgenommen. Wir stellen das auf YouTube, da kann die Presse schreiben, was sie will, die Wahrheit wird sich trotzdem verbreiten. Die Presse ist für uns nicht mehr wichtig. Ihr seid totes Holz. Das wirkliche Leben findet woanders statt.«

Georg ärgerte sich. Was erzählte der alte Mann? »Wenn das so wäre«, sagte Georg, »warum sind dann alle immer noch so geil darauf, in die Zeitung zu kommen?«

»Weil euer Konzern noch der Medien-Monopolist ist. Ihr habt die Zeitungen, den Fernsehsender, die TV-Zeitschrift, die Lokalradios, die Stadtillustrierte, die Anzeigenblätter, was weiß ich alles. Wer von euch beachtet wird, hat es leichter, in der Stadt wahrgenommen zu werden. Aber ihr nehmt eure Verantwortung nicht ernst. Ihr berichtet nicht objektiv und umfassend über das, was in der Stadt passiert. Deshalb wird eure Macht kleiner und kleiner. Und das wisst ihr auch.«

Hatte Kurt recht? Natürlich hatte er das.

»Ihr werdet jeden Tag unwichtiger«, setzte Kurt seinen Vortrag fort. »1968 war das anders. Da gab es die fast allmächtige Springer-Presse, die die Menschen aufhetzte, wie es die ›Bild‹-Zeitung immer noch tut. Das Kölner Verlagshaus war anders. Sozialliberal. Es hat teilweise sogar mit uns Studenten sympathisiert. Das half, mit unseren Ideen aus der Universität auch in die Öffentlichkeit zu kommen. Wir waren ja wirklich nur eine kleine radikale Minderheit. Mit unseren Flugblättern erreichten wir gerade mal die Leute, denen wir bei unseren Demos begegneten und die nicht vor uns wegliefen. Damals war die Kölner Presse wichtig. Aber das ist fünfzig Jahre her. Heute verkauft der ›Blitz‹ nur noch ein Viertel der Auflage, die er mal hatte. Die jungen Leute habt ihr komplett verloren. Die informieren sich nur noch im Internet.«

»Musst du mir nicht erklären«, sagte Georg.

»Wir alten Säcke haben daraus gelernt. Wir starten doch keine subversive Aktion, ohne die höchstmögliche Aufmerksamkeit zu erringen und die Bedingungen dafür zu schaffen. Manchmal musst du nur kleine Schritte gehen. Wenn da ein Schild steht

›Betreten des Rasens verboten‹, dann reicht es, wenn du einfach auf den Rasen latschst, und alle regen sich auf. Wenn du sie dann fragst, was schlimmer wäre, Tausende Flüchtlinge im Mittelmeer ertrinken zu lassen oder den Rasen zu betreten, hast du die meisten sofort überzeugt. Heute ist alles etwas komplizierter geworden, weil jeder Horror jederzeit verfügbar ist und unsere Gesellschaft das natürliche Mitleid verloren hat. Da musst du an wirkliche Tabus ran, um die Seelen anzukratzen. Wir werden es jedenfalls versuchen.«

»Und was ist mit der Mördersuche?«, fragte Georg.

»Das hier ist die Mördersuche«, antwortete Kurt. »Wir wissen durch den Anschlag auf deinen Vater in der Studiobühne und durch den Mord an Johannes, dass die Mörder es auf uns abgesehen haben. Wenn wir nicht wissen, wo sie sind, dann müssen wir dafür sorgen, dass sie wissen, wo wir sind.«

Kurt bemerkte, dass Kommissarin Kowalski und Kommissar Krüger ihrem Gespräch gelauscht hatten.

»Und dass es auch die Polizei weiß«, sagte Kurt jetzt wieder hörbar für alle Friedhofsbesucher durchs Megafon, »wenn die Polizei es nicht für nötig hält, uns zu schützen und die Mörder zu jagen, dann macht sie sich zum Handlanger der rechtsradikalen Hetzer. Statt entschlossen gegen den Terror von Rechts vorzugehen, steht die Polizei oft sogar Schmiere oder ist durch eigene V-Männer aktiv an den Straftaten beteiligt.«

Kommissar Krüger hatte Kurts Anklage mit seinem Handy gefilmt.

»Da waren ein paar handfeste Beleidigungen dabei«, sagte Kommissarin Kowalski, »aber, Herr Schmoll, wir kümmern uns, anders als Sie vermuten, tatsächlich um die Mörder und sind nicht zuständig für schlechtes Theater. Da können Sie sich auf den Kopf stellen, wir werden Sie nicht anzeigen. Schönen Tag noch. Und passen Sie auf, dass Sie sich nicht erkälten.«

Georg traute seinen Augen nicht, wie Kurt auf die Rede der Kommissarin reagierte. Aus seinem Mantel holte er eine Baskenmütze, legte sie auf den Friedhofsboden, ging in die Hocke, platzierte seinen Kopf auf der Mütze und drückte sich mit den Füßen ab, bis die Beine hoch in die Luft ragten. Und dann sagte er: »Ich habe den Eindruck, dass die ganze Welt auf dem Kopf steht. Alle total verrückt, außer mir.«

Die Roma-Kapelle spielte eine feurige Musik, Georg glaubte, eine Version des italienischen Arbeiterliedes ›Bandiera Rossa‹ zu erkennen, die ganze Gruppe tanzte um Kurt herum, der seinen Kopfstand eine Minute lang durchhielt.

»Hilf mir mal«, sagte er zu Georg und hielt ihm die Hand hin, damit er ihn hochziehen sollte.

»Danke«, sagte Kurt.

»Nichts zu danken, du verrückter Hahn.«

Das Polizistenpärchen verließ den Friedhof, ohne Kurt und seine Kollegen weiter zu beachten.

»War Paul früher auch so drauf wie du?«, fragte Georg.

»Nein. Paul war Arbeiter. Pflichtbewusst. Der verteidigte immer die alte Arbeiterehre, die da hieß: ›Ich mache meinen Beruf, so gut ich kann. Ich weiß zwar, dass ich mit meinen Händen den Reichtum für die Kapitalisten schaffe, aber ich kann, was ich kann, ich habe das gelernt, ich bin ein Facharbeiter, das darf man meiner Arbeit ruhig ansehen. Ich drücke die Stempeluhr, wenn ich komme, ich drücke sie, wenn ich gehe. Dafür bekomme ich Lohn. Wenn der nicht reicht, wird gestreikt. Dann weiß ich, dass ich nicht allein sein werde, weil alle meine Kollegen genauso denken, in derselben Gewerkschaft organisiert sind wie ich, und dann legen wir den Laden lahm. Wenn gestreikt wird, wird gestreikt, wenn gearbeitet wird, wird gearbeitet.‹«

Unbewusst hatte Georg den Weg in Richtung seiner Wohnung eingeschlagen, begleitet von Kurt, und mit einigem Abstand folgten auch die Musiker und andere aus Kurts Truppe.

»Hier wurde Johannes erschossen«, sagte Georg, als sie die Kreuzung Piusstraße/Vogelsanger Straße erreichten.

Kurt hielt an, nahm seine Kappe ab, die anderen bildeten einen Kreis, und die Kapelle spielte das Lied von den »Moorsoldaten«. Niemand sang den Text, alle summten nur leise mit, aber dieses stille Konzert machte das Gedenken umso eindrucksvoller.

Im Café gegenüber suchte Kurt einen Tisch ganz am Rande und bat Georg, sich zu ihm zu setzen. »Wenn du mehr über deinen Vater wissen willst, musst du ihn schon selbst fragen. Wir Studenten hatten unsere sehr eigene Welt. Ich konnte meinen Vater nicht fragen. Ich war vier, als er gefallen ist. Er war bei der SS-Kavallerie.«

Kurts Augen suchten ein imaginäres Ziel irgendwo draußen auf der Vogelsanger Straße.

»Mein Vater ist nicht gefallen. Er war Wehrmachtsoffizier an der Ostfront«, sagte Lothar, der an ihrem Tisch saß, »ganz sicher war er an Kriegsverbrechen beteiligt. Schwer traumatisiert, wie ich heute weiß, schwieg er darüber, scheiterte in seinem Beruf und endete im Elend des Alkoholismus. Kurt dagegen gehörte zu den vielen, deren Väter im Krieg gefallen waren und bei den Volkstrauertagen als Helden geehrt wurden. Er hat mir mal zwei erschütternde Dokumente gezeigt: Das eine war das Titelblatt einer SS-Illustrierten, auf dem sein Vater als strahlender junger SS-Mann mit einem Motorrad posiert, neudeutsch ein cooles SS-Model. Das zweite war eine Feldpostkarte, die sein Vater dem ›lieben Kurtl‹ zum dritten Geburtstag aus der Ukraine geschickt hatte. Kurts Nachforschungen hatten ergeben, dass an dem Tag, als er diese Glückwunschkarte schrieb, die SS-Einheit seines Vaters ein Massaker an der Zivilbevölkerung verübte.«

»Warum hast du das jetzt erzählt?«, fragte Kurt.

»Weil es wichtig ist. Kannst du mit solchem Background eine normale bürgerliche Karriere einschlagen in der konsumistischen Disneyland-Demokratie Bundesrepublik?«

Der Angesprochene antwortete nicht, weil er wusste, dass es keine Frage war.

»Du, Kurt, konntest es nicht«, sagte Lothar dann auch. »Ich nicht und viele andere auch nicht, das zeigen die Brüche in den Biografien. Die einen wie die anderen unserer Nazi-Väter haben uns ihre Verbrechen wortlos in die Wiegen gekippt, wir mussten uns damit auseinandersetzen, ihre Schuld abarbeiten, sie haben sich ja so oder so entzogen oder verweigert.«

Kurts Kumpel war sichtbar auf hundertachtzig. »Gegen diese Zumutung und gegen die kollektive Verdrängung der verlogenen bundesrepublikanischen Gesellschaft zu rebellieren, das war nötig, um unsere Seelen zu erretten und sie von der stinkenden braunen

Nachkriegssoße zu befreien. Wie sich gezeigt hat, besteht diese Notwendigkeit fort, für unsereins offenbar lebenslang!«

19

Am folgenden Tag fuhr Georg wieder in die Uniklinik. Paul kam ihm angezogen entgegen, mit dem wachhabenden Polizisten an seiner Seite. »Die Ärzte sagen, es geht mir so gut, dass ich nächste Woche nach Hause kann. Im Gesicht würden nur ein paar Narben bleiben, ob mein Auge zu retten ist, könnten sie frühestens in drei Monaten entscheiden. So lange werde ich wie ein Pirat mit Augenklappe durchs Leben laufen.«

»Wunderbar«, sagte Georg, »das Outfit würde sogar auf eurer Ägypten-Kreuzfahrt passen.«

»Da sagst du was, Junge. Rud freut sich so auf die Reise, und ich, ehrlich gesagt, freue mich noch mehr darauf.«

»Das Grab des Tutanchamun. Jedenfalls besser als Melaten.«

»Lass uns nach draußen gehen«, sagte Paul, »ich habe von den Ärzten die Erlaubnis für eine Viertelstunde an der frischen Luft. Wenn die Polizei nichts dagegen hat?«

Der Beamte nickte. »Ich werde Sie begleiten.«

Vater und Sohn schlurften den langen Krankenhausflur entlang.

»Als ich gestern nach Hause ging«, sagte Georg, »hat mich eine Frau angesprochen. Sie wollte zu dir, hatte aber keine Lust«, Georg drehte sich um, ob der Polizeibeamte außer Hörweite war, »sie hatte keine Lust, sich von der Polizei kontrollieren zu lassen. Sie war in deinem Alter. Sehr elegant. Ich soll dir einen Gruß von ihr sagen und dir diese Visitenkarte geben.«

Paul sah die Karte und wurde leichenblass.

»Geht es dir nicht gut?«, fragte Georg.

»Doch, doch«, sagte Paul. Er setzte sich auf eine der Steinmauern am Klinikeingang. »Dr. med. Birgit Pietsch«, las er. »Kannst du mir mal dein Handy leihen?«

Georg gab ihm sein iPhone.

»Wie hat dir die Frau gefallen?«, fragte Paul.

»Sie war freundlich. Und sie schien mich zu kennen. Sie hat mich gleich geduzt. Fand ich ein bisschen aufdringlich, habe es aber zugelassen. Rosa mochte sie nicht so.«

»Sie hat mich entjungfert«, sagte Paul.

»Mit ihr hast du zum ersten Mal?«

Paul nickte. »Lass uns aufs Zimmer gehen. Mir wär's lieb, wenn das keiner mithört.«

»Es muss im Frühjahr 1968 gewesen sein«, begann Paul zu erzählen. »Jedenfalls war's vor Ostern, vor dem Attentat auf Rudi Dutschke, nach dem wir tagelang demonstriert haben. Ich war einer der wenigen Arbeiter, die zum SDS gehörten, dem Sozialistischen Deutschen Studentenbund. Ich habe nie einen Aufnahmeantrag unterschrieben, ich war einfach dabei. Der SDS hatte ein Büro in der Palanterstraße in Sülz, außerdem saßen einige SDSler im AStA, der Studentenregierung, mit Büros im AStA-Hochhaus. Birgit war verheiratet. Mit Bruno. Bruno war eine SDS-Größe und Mitglied im AStA. Sie war eine der ersten Frauen, die sich politisch engagierten. Sie war nicht nur die Frau der SDS-Größe, sie war auch selbst im SDS. Und sie war großartig. Sie war meine Rosa Luxemburg.«

»Du kommst ja richtig ins Schwärmen«, sagte Georg.

»Ich war verknallt in sie. Aber da war nichts zu machen. Sie war verheiratet.«

»Trotzdem hat sie dich entjungfert?«

»Ja. Ich hatte damals ein Zimmer in einem Wohnheim für junge Arbeiter in Neuehrenfeld. Nur Jungs oder junge Männer. Damenbesuch verboten. So was gab es damals.«

»Gruselig.«

»Eines Abends, nach einer SDS-Sitzung, kam sie einfach mit mir. Wir hatten die ›Grundrisse der Kritik der politischen Ökonomie‹ von Karl Marx studiert. Ich habe nicht alles verstanden, das war aber auch egal, diese Abende waren trotzdem sehr intensiv, und die Genossen fühlten sich großartig.«

»Und du hast dich großartig gefühlt, weil Birgit an deiner Seite war.«

»Ja und nein. Ich habe überhaupt nicht begriffen, was da los war. Sie war doch Brunos Frau. Ich hatte sowieso keine Ahnung von Frauen. Mal ein bisschen geknutscht nach der Maiandacht. Was man als Pubertierender eben so macht.«

»Komm, erzähl schon. Mach's nicht so spannend.«

»Es war aber spannend«, sagte Paul. »Sie stand plötzlich vor dem Wohnheim und wollte mit auf mein Zimmer. Zum Glück war es dunkel. Ich sagte ihr, sie müsste leise sein. Sie hat nur gelacht. Mein Zimmer war winzig. Ein Bett, neunzig Zentimeter breit, ein Schreibtisch, ein Stuhl, ein Spind als Kleiderschrank, ein Bücherbrett, eine Lampe, ein Kofferradio.«

»In meiner Studentenbude hat es nicht viel anders ausgesehen, außer dass ich noch einen Computer, einen Fernseher und eine Musikanlage hatte«, sagte Georg.

»Junge, das brauchte ich an dem Abend alles nicht. Ich druckste rum, wollte ihr was zu trinken anbieten, außer Bier und Wasser hatte ich gar nichts da. Sie zog sich einfach aus. Ganz langsam, aber nicht aufreizend oder nuttig oder so. Dann legte sie sich auf mein Bett, lachte und sagte, ich soll zu ihr kommen. Sie war eine tolle Frau. Klein, du hast sie ja gesehen, vollkommene Brüste, jedenfalls Brüste, wie ich sie mir immer vorgestellt hatte.«

Paul schenkte sich ein Glas Wasser ein, trank einen großen Schluck.

»Ich werde heute noch rot. Ich bin auch aus meinen Klamotten raus, total unbeholfen. Und dann. Tja, dann habe ich erst mal gar nichts gemacht. Sie hat nach meiner Hand gegriffen und sie auf ihre Brust gelegt. Und dann hat ihre andere Hand dafür gesorgt, dass ich den Eingang finde. Drei Sekunden später war alles vorbei.«

Georg war sich nicht sicher, ob er so scharf auf solche Details aus dem Liebesleben seines damals noch jungen Vaters war, musste aber lachen.

»Mit ihrer freundlichen Hilfe haben wir später noch eine etwas längere Runde geschafft.«

Nun lachte auch Paul.

»Als wir hinterher im Gemeinschaftsbad geduscht haben, wurden wir plötzlich von Publikum umringt. Birgit machte das überhaupt nichts aus, an allen gaffenden Jungs vorbei ging sie zurück auf mein Zimmer, ich marschierte hinterher, stolz und nackt, wie Gott mich geschaffen hatte.«

»Tolle Geschichte«, sagte Georg. »Wie ging es weiter?«

»Junge, mir wäre es sehr recht, wenn du Birgit gegenüber nichts erwähnst.«

»Keine Angst, das bleibt unter uns.«

Paul nickte dankbar. Dann erzählte er weiter. »Ich habe sie an dem Abend nach Hause gebracht. Birgit und Bruno lebten wie ein ganz normales Ehepaar, nicht in einer Wohngemeinschaft oder Kommune, wie man damals sagte. Am nächsten Morgen hatte ich ein schlechtes Gewissen. Weder im AStA noch im SDS-Büro ließ ich mich sehen, weil ich Bruno aus dem Weg gehen wollte. Ein paar Tage später trafen wir uns dann doch, in der Mensa, da, wo heute die Studiobühne ist.«

»Wie passend. Hat er dir eine reingehauen?«

»Viel schlimmer. Er war freundlich wie immer. Hat gefragt, wie es mir geht. Ich druckste rum. Ob mir denn nicht gefallen hätte, wie Birgit mich ›gebumst‹ hätte. *Gebumst*, hat er gesagt. Also wusste er alles. Aber nicht nur das, er war beteiligt.«

»Häh?«, machte Georg nur.

»Die führenden SDS-Genossen, ich nannte sie das Zentralkomitee, hätten sich Sorgen um mich gemacht, fing er an, mir die Sache zu erklären. Ich wäre so verkrampft, so kleinbürgerlich verklemmt und gar nicht frei. Das müsste geändert werden, weil es meiner politischen Arbeit nicht zuträglich wäre. Deshalb hätte man beschlossen, dass mich mal jemand ›richtig durchbumsen‹ müsste. Alle hätten dem Antrag zugestimmt, auch die drei anwesenden Frauen. Birgit hätte dann gesagt, dass sie das gerne übernehmen möchte. Ich sollte jetzt aufhören, so ein Gesicht zu ziehen. Da wäre doch nichts dabei. Jetzt wüsste ich endlich, wie sich das anfühlt. ›Make love not war‹, stell dir vor, genau das hat er gesagt: *Make love not war.* Das war doch ganz anders gemeint! Ich habe versucht, locker zu bleiben, aber in Wirklichkeit war gerade meine erste Liebe zerbrochen. Sollte es mich trösten, dass Birgit sich freiwillig gemeldet hatte? Plötzlich hasste ich sie, wie ich sie vorher geliebt hatte. Das Schlimmste war, ich durfte mir nichts anmerken lassen. Ich wollte doch einer von ihnen sein. Für sie war das doch alles völlig normal.«

»Tut mir leid«, sagte Georg.

»Na ja. Natürlich war ich kleinbürgerlich-verklemmt. Ich habe mich auf ihre Spielchen eingelassen. Ein wenig. Ich habe eine lange Zeit gebraucht, um darüber hinwegzukommen. Richtig geschafft habe ich es erst viele Jahre später, als Birgit mir ihre Version der Geschichte erzählt hat. Dass sie Bruno damals schon nicht mehr geliebt hat. Wegen seiner Affären und weil er seine persönliche Revolution durch das Recht auf freie Liebe erweitert hatte. Dass sie das nie können würde, wäre ihr in der Nacht mit mir klar geworden.«

Paul schwieg. Es arbeitete in ihm.

»Hast du eine Ahnung, was Birgit von dir will?«, fragte Georg.

»Sie wird gehört haben, dass ich im Krankenhaus bin.«

Paul schaute Georgs iPhone an, das er schon seit Minuten in seinen Händen hielt. »Soll ich sie anrufen?«

Georg spürte, dass sein Vater mehr mit sich selbst als mit ihm redete.

»Ich rufe an. Würde es dir etwas ausmachen, so lange nach draußen zu gehen und dort zu warten?«

»Nein. Natürlich nicht.«

Keine drei Minuten danach holte Paul ihn wieder ins Krankenzimmer, erleichtert, dass er es getan hatte. »Ich sehe sie morgen.«

Georg fuhr in die Redaktion, niemand schien ihn vermisst zu haben. Kein Auftrag. Keine Nachfrage. Nicht mal eine interessante Mail.

Er schaute in der Colonia-TV-Redaktion vorbei. Annalena freute sich, ihn zu sehen, hatte jedoch keine Zeit für ihn. Aber immerhin einen Tipp: »Du musst die Kamera ruhig halten, wenn du Aufnahmen machst. Das ist das ganze Geheimnis. Keine schnellen Schwenks. Keine hektischen Zooms. Einfach ruhig alles aufnehmen, was dir vor die Linse kommt. Die Dynamik bringe ich später beim Schnitt rein.«

Georg ging zurück in sein Büro, um endlich die Zeitungen des Tages zu lesen. Der »Blitz« berichtete mit mehreren Fotos, aber nur wenig Text über Norbert Winzers Beerdigung. Im »Kurier« war es umgekehrt, mehr Text, dafür nur ein Foto aus der Trauerhalle. Beide Berichte hatten eines gemeinsam: Kurts Protestaktion wurde mit keinem Wort erwähnt. Das war ja noch schlimmer als eine negative Berichterstattung.

Im Internet fand Georg das von Kurt erwähnte Video, angeklickt worden war es bis zu diesem Zeitpunkt dreiundzwanzigtausend Mal. Nicht schlecht.

20

Es war noch dunkel, als Georg sich am Freitagmorgen ins Bergische Land aufmachte. Lothar hatte eine SMS geschickt, dass die Schafe ab acht Uhr Richtung Köln transportiert werden sollten.

Schon einen halben Kilometer vor Lothars Hof war kein Durchkommen mehr. Eine endlose Zahl von blökenden Paarhufern blockierte die enge Straße.

Lothar, von Weitem kenntlich mit seinem wehenden weißen Haar, stand am Wegesrand und kontrollierte, wie die Tiere über eine Rampe in große Transportanhänger hineintrotteten.

Georg nahm sein Handy, um die Szenerie zu filmen. Er dachte an Annalenas Rat – *möglichst ruhig bleiben, keine wilden Schwenks, keine unnötigen Zooms* –, mit dem Erfolg, dass er schließlich mitten in der Herde stand, die um ihn herumwogte und, ohne ihm Beachtung zu schenken, ihren Weg in die Transportwagen fand.

Lothar schien einige der Tiere persönlich zu kennen. »Mozzarella«, rief er, »nicht so weit links, du dummes Schaf. Nimm dir ein Beispiel an Stracciatella.«

»Wo hast du diese komischen Namen her?«, rief Georg.

»Die meisten haben sich meine Kinder ausgedacht. Es gibt ein Schaf, das heißt Knut wie der einst berühmte Eisbär aus Berlin, weil es bei der Geburt so knuffig war. Dann habe ich meine Schwiegermutter hier verewigt. Wie man eben so Namen findet.«

»Ich finde, die sehen alle gleich aus«, sagte Georg. »Und sie riechen auch alle gleich.«

»Die Tiere sind mit Ohrmarken gekennzeichnet. Wir haben nicht allen Tieren Namen gegeben, sondern nur denen, die uns besonders aufgefallen sind. Heute sind viele Tiere dabei, die gar nicht zu meiner Herde gehören. Ich konnte meine Nachbarn überzeugen, uns bei der Demonstration zu unterstützen.«

Georg zählte zwanzig Traktoren und zwanzig Anhänger, die sich über die Landstraße Richtung Köln aufmachten. Lothar steuerte den letzten Traktor, per Funk hielt er Kontakt zu seiner Bauernstreitmacht.

Georg manövrierte seinen Smart an der Trecker-Karawane vorbei auf die Autobahn. Im Radio lief ein Stück Rockmusik, das sein Vater auf Vinyl besaß und das er wie einen Schatz hütete: »In-A-Gadda-Da-Vida« von einer Band namens »Iron Butterfly«, über siebzehn Minuten lang.

Komisch, dachte Georg, dass WDR 2 so was im Morgenprogramm spielt.

Das Stück nahm kein Ende. Minutenlanges Schlagzeugsolo. Eine Orgel. Ein Rhythmus. Gitarren. Gesang. Nach dem Finale gönnte der Sender dem Stück auch noch einige Sekunden Stille. Dann sagte eine tiefe Männerstimme, die Georg sofort als die von Wolfgang Schippers erkannte: »Hier ist Radio 68. Der Sender, der rockt. Der Sender, der heute nur Musik aus dem Jahre 1968 spielt. Warum? Das erfahrt ihr, wenn ihr um zehn Uhr zur großen Demo auf den Neumarkt kommt.«

Georg kontrollierte sein Autoradio. Alles wie immer, eingestellt auf die Frequenz von WDR 2.

Wolfgang kündigte das nächste Stück an: »Jetzt hört ihr ›Why Don't We Do It In The Road‹ vom weißen Album der Beatles, natürlich auch aus dem Jahr 1968.«

Mit einem Piep, wie er sonst die Verkehrsmeldungen ankündigte, wurde der Beatles-Song gestoppt, stattdessen erklang die gewohnte WDR-Stimme: »Durch unvorhergesehene Ereignisse kam es in der letzten halben Stunde zu einer Überlagerung des normalen WDR-Programms. Wir bitten, die Störung zu entschuldigen.«

Vielleicht drei Minuten lang war das Standardprogramm zu

hören, dann kam wieder Radio 68, diesmal mit »Jumpin' Jack Flash« von den Rolling Stones, dann blieb alles still.

Georg ließ das Radio einen anderen Sender suchen, es fand Radio Köln, dort lief alles wie gewohnt. Er tippte noch einmal den Sendersuchlauf, landete wieder bei WDR 2, so die Digitalanzeige, hörte dort aber nur Rauschen, dann wieder die Stones, dann eine Moderatorinnen-Stimme, es klang fast so, als kämpften zwei Sender um dieselbe Frequenz, am Ende gewann der WDR gegen den Piratenfunk.

Georg stellte seinen Wagen im Parkhaus Wolfsstraße ab. Zum Neumarkt waren es nur ein paar Meter.

In der Mitte des Platzes stand Kurt Schmoll auf seinem kleinen Feldherrnhügel, einer Kartoffelkiste, und hielt per Megafon eine Ansprache an eine Gruppe von etwa hundert Menschen, vorwiegend Schülerinnen und Schüler.

»Ihr habt nicht einfach schulfrei«, deklamierte der ehemalige Lehrer, »ihr müsst für eure Rechte kämpfen. Wir haben vor fünfzig Jahren auf dem Neumarkt demonstriert, dass die Kölner Verkehrs-Betriebe ihre Preise senken sollten. Heute fordern wir freie Fahrt in den öffentlichen Verkehrsmitteln für alle Kölner.«

Die jungen Leute klatschten und johlten und riefen Parolen, die sich anhörten wie »Schwarzfahren für alle«, jedenfalls hatten sie ihren Spaß.

Rings um den Neumarkt war Polizei aufmarschiert. In der Cäcilienstraße, die vom Heumarkt zum Neumarkt führte, standen Mannschaftswagen mit Bereitschaftspolizei in einer Stärke, als würden mehrere tausend randalierende Hooligans erwartet. In der Fleischmengergasse waren zwei Wasserwerfer aufgefahren.

Kurt holte aus einer verschlissenen Aktentasche einen Stapel Flugblätter hervor und sagte zu Georg: »Hier, lies das. Und dann hilf mir beim Verteilen. Diesmal werden sie darüber berichten, verlass dich drauf.«

Kurt gab die Flugblätter stapelweise an die Schülerinnen und Schüler weiter, die ihrerseits ausschwärmten, um das Flugblatt unter die Menschen zu bringen.

Georg verfuhr genauso, nur eine Handvoll Blätter hielt er für sich zurück.

Auf dem Flugblatt wurden drei Aktionen angekündigt:

»Wir kapern das Funkhaus.

Wir scheißen auf den Kapitalismus.

Wir opfern das Opferlamm.«

Darunter stand: »Wenn ihr keine Schafe seid, dann folgt uns!«

Am Rande des großen Platzes, gegenüber der Buchhandlung, hatten die Alt-68er ein Pressezelt aufgebaut, wo die Journalisten nicht nur mit Informationen, sondern auch mit Strom für Handys und Computer, belegten Brötchen und Getränken versorgt wurden.

Kurt gab eine improvisierte Pressekonferenz. In der Reportermenge stand auch Annalena Gröhnden, wie immer in der Mitte der ersten Reihe.

Lothar Roth und seine Trecker-Karawane erreichten den Neumarkt pünktlich zur angekündigten Zeit. Er gab Anweisungen, wie sich die zwanzig Transporter in der Mitte des Neumarktes aufreihen sollten. Alle Ladeflächen zeigten in Richtung Richmodstraße, also auf die Nordseite des Platzes, über die man am einfachsten über die Fußgängerzone Schildergasse Richtung Dom ziehen könnte.

»Ich habe alles so berechnet, dass sich die Schafe um elf Uhr elf erleichtern werden. Bis dahin sollten wir das Ziel erreicht haben«, sagte Lothar zu Kurt.

»Verarschst du mich? Du willst auf die Minute programmieren, wann die Viecher lossch…«, lachte Kurt.

Aus allen Himmelsrichtungen, zu Fuß, per Bahn, per Bus, strömten Demonstranten heran. Offensichtlich war es gelungen, die Schülervertretungen der weiterführenden Schulen für die Demo zu gewinnen.

Auch einige Studentenvereinigungen mit Fahnen rückten an, eine nannte sich SDS, doch das bedeutete nicht mehr Sozialistischer Deutscher Studentenbund wie 1968, sondern Sozialistisch-Demokratischer Studierendenverband, was Georg als überbürokratisierte Namensverirrung empfand.

Kurt verteilte ein zweites Flugblatt, auf dem konkrete politische Forderungen erhoben wurden: »Kostenloser öffentlicher Nahverkehr. Preiswerter Wohnraum für alle. Freies WLAN in der ganzen Stadt. Keine Gnade mit verbalen und realen Brandstiftern. Entschiedenes Vorgehen von Polizei und Justiz gegen rechtsradikale Bedrohungen und Gewalttaten. Verbot aller rechtsradikalen und fremdenfeindlichen Organisationen. Keine Gentechnikforschung an Kölner Hochschulen. Ein Theater- oder Opernbesuch kostenlos pro Monat für alle Kölner. Schluss mit der staatlichen Überwachung. Anerkennung von Kölsch als Schul- und Amtssprache mit Schreibung von ›j‹ im Anlaut, wie es gesprochen wird.«

»Du hast Freibier für alle vergessen«, rief Hartmut Meyers aus seinem Rollstuhl.

»Haben wir gestrichen«, sagte Friedhelm Houben, »du verträgst es nicht, und mir verdirbt es das Geschäft in der Kneipe.«

Der Neumarkt hatte sich so eng gefüllt wie beim Funkenbiwak am Karnevalssamstag.

Lothar Roth hatte ein weites weißes Gewand angezogen, mit seinen wehenden weißen Haaren sah er aus wie ein alt gewordener Jesus.

»Lasset die Schafe zu mir kommen«, rief er in das Megafon. Die Türen der Tiertransporter öffneten sich, Rampen wurden ausgefahren, in einer blökenden Prozession kletterten die Tiere in die Freiheit hinab. Lothars Schäferkollegen hatten keine Mühe, den Zug der Tiere zu lenken.

Die Herde folgte Lothar, als wäre er der Leithammel. Problematisch wurde es, als die Spitze der Herde die Schildergasse erreichte. Statt mit Lothar die Linkskurve zu nehmen, zogen etwa fünfzig Schafe weiter stur geradeaus durch die enger werdende Schildergasse, umkurvten Gemüse- und Blumenstände, stoppten kurz, als wollten sie Klaus dem Geiger bei seinem Straßenkonzert zuhören, ehe sie weiter bis zu Renzo Pianos gläsernem »Weltstadthaus« trotteten, das über der Nord-Süd-Fahrt errichtet worden war.

Dort war eine Hundertschaft Polizei aufgezogen, bewaffnet mit Schilden und Knüppeln, um die Herde zurückzudrängen.

Lothar, der erst mit Verspätung registriert hatte, dass ihm ein Teil seiner vierbeinigen Gefolgschaft abhandengekommen war, versuchte, durch das Gewirr der Schafe und Menschen bis zur Polizeikette vorzudringen.

»Mozzarella«, rief er und noch einmal: »Mozzarella, lass den Scheiß!«, was niemand verstand, kein Polizist und kein Augenzeuge, nur Georg wusste, von wem die Rede war.

Lothar gelang es, die Schafe zurückzutreiben, aber dafür kam ihm jetzt der Rest der Herde entgegen, der mitbekommen hatte, dass ihr Leithammel einen neuen Kurs eingeschlagen hatte, was dazu führte, dass sich plötzlich Schafe und Schafe gegenüberstanden und kein Durchkommen mehr war.

»Mozzarella«, rief Lothar schon wieder, diesmal hatte das Schaf in Begleitung einer Freundin die Flucht in einen WMF-Porzellanladen angetreten. »Mozzarella«, rief Lothar, »das ist nichts für dich. Du bist doch kein Elefant. Komm raus.«

Das Schaf dachte nicht daran, seinem Wunsch nachzukommen, also musste Lothar selbst in den Porzellanladen, um die Tiere einzufangen. Dummerweise hatten die Schafe das Gefühl, als gäbe es am anderen Ende des lang gestreckten Ladens einen Weg in die Freiheit, sie fielen in einen leichten Tralopp, nicht schnell, aber schnell genug, um einen Tisch mit weißem Hochzeitsgeschirr umzuwerfen. Teller, Kannen, Schüsseln, Gläser, alles ging zu Bruch, doch so war dieser Polterabend nicht geplant gewesen.

»Wer ersetzt uns den Schaden?«, meldete sich ein Mann, der hinter der Theke mit der Kasse Zuflucht gesucht hatte.

»Hier, meine Karte«, sagte Lothar.

Als ob die Schafe gemerkt hätten, dass sie zu weit, nämlich in die falsche Richtung gegangen wären, kamen Mozzarella und ihre Freundin aus der Tiefe des Ladens zurück, ohne weiteres Unheil anzurichten, um sich wieder in den Rest der Herde einzureihen.

Georg war zufrieden, er hatte alles mit dem Handy aufgenommen, mit ruhiger Hand, ganz wie Annalena ihm aufgetragen hatte.

Es war fünf nach elf. Die Herde hatte das Zeughaus erreicht, die Spitze bog rechts ab in Richtung Tunisstraße, wie hier die Nord-Süd-Fahrt hieß, dann noch ein paar Meter links und ein paar Meter rechts bis zum zweiten Ziel, dem Bankenviertel An den Dominikanern.

Lothar hatte sich erneut an die Spitze des Zuges gesetzt. Er stoppte vor dem Bankhaus »Sal. Oppenheim jr. & Cie. AG & Co. KGaA«, wie das Haus inzwischen hieß. Die einst sehr feinen Privatbankiers versprachen immer noch »Zukunft seit 1789«, doch nach etlichen Skandalen und Prozessen hatten sie verkaufen müssen und waren von der schnöden Deutschen Bank geschluckt worden, deren Kölner Niederlassung passenderweise gleich gegenüberlag, außerdem gab es in Sichtweite Filialen weiterer Bankhäuser, darunter die Privatbank Merck Finck & Co und die Commerzbank.

Die Herde kam zur Ruhe. Lothar checkte die Uhrzeit auf seinem Handy. »Zehn nach elf. Gleich ist es so weit.«

Georg traute seinen Augen nicht, wie auf Kommando entleerten sich die Schafe, hielten sich auch vor dem Eingang zum Bankhaus nicht zurück. Unmengen von Kot und Urin platschten auf die Straße. Den Tieren machte das nichts aus, auch nicht Lothar und seinen Bauern, aber Georg und die anderen Städter hatten so einen Gestank noch nie gerochen.

Eine Frau in einem hellen Wollmantel und mit Stöckelschuhen kam aus der Oppenheim-Bank, erschrak über das, was sie sah, rutschte aus und stürzte in die braune Kotage.

Ein kleiner Junge rannte jubelnd durch die Herde und fühlte sich wie ein Cowboy.

»Es riecht«, rief Georg.

»Hier. Nimm das. Ist mit Echt Kölnisch Wasser.« Lothar reichte ihm ein Erfrischungstuch. »Kannst du dir vor die Nase halten.«

Kurt hatte seine Kartoffelkiste dabei, was sich in diesem Umfeld besonders bewährte, und setzte zu einer Megafon-Rede an. »Ihr denkt, es stinkt hier zum Himmel? Recht habt ihr. Aber es sind nicht die Schafe, die stinken, es sind die miesen Geschäfte der Banker, die unseren Planeten beherrschen und ruinieren. Wer musste für die Bankenkrise bluten?«

»Wir«, riefen die Alt-68er und steckten damit die anderen Demonstranten an.

»Wer hat die Banken aus der Scheiße gerettet?«

»Wir.«

»Wer wird trotzdem immer weiter betrogen?«

»Wir«, hallte es erneut durch die Straße.

Noch während Kurt seine Rede hielt, setzte sich die blökende Herde in Bewegung, was nicht ungefährlich aussah, denn die Schafe schienen sich wenig um das menschliche Hindernis auf der Kiste zu kümmern. Schließlich stieg Kurt ab und reihte sich in den Demonstrationszug Richtung Dom ein.

Keine hundert Meter hinter den letzten Schafen rollte eine Armada aus Wasserwerfern und Reinigungsfahrzeugen der Abfallwirtschaftsbetriebe an. Dann geschah etwas, was man nicht für möglich halten würde, schon gar nicht in Köln, es dauerte nur ein paar Minuten, bis die Straße wieder gereinigt war. Die Wasserwerfer spülten vor – endlich waren sie mal für etwas gut, dachte Georg –, irgendwelche Spezialfahrzeuge saugten ab, Kehrwagen fegten nach, und weg war die ganze Schaferei.

Gut, ein paar Reste blieben liegen, vor allem unter den geparkten Autos, auch der Gestank blieb, der würde sich noch ein paar Tage im Bankenviertel halten. Von wegen, Geld stinkt nicht.

Lothar Roth hatte sich Richtung Dom aufgemacht. Die Herde der Schafe trottete ihm hinterher und drehte am Kreisverkehr zum Hauptbahnhof ein paar Extrarunden.

Ein Schaf, Georg glaubte, Mozzarella wiederzuerkennen, badete lustvoll im Brunnen zwischen Dom-Shop und Dom-Hotel, und wenig später planschte ein halbes Dutzend Schafe in dem steinernen Wasserbecken.

Ein japanisches Pärchen sprang zu den Tieren in den Brunnen und lieferte sich mit ihnen eine Wasserschlacht, die es live ins Internet streamte.

Kurt und Rainer Küpper bauten vor dem Hauptportal der Kathedrale ihre Kartoffelkiste auf, was zunächst aber niemanden anlockte, sondern nur die üblichen lebenden Sockelfiguren, gold- oder marmorfarbene Nachbildungen von Cäsar oder da Vincis David, vertrieb.

Über die große Treppe vom Bahnhofsvorplatz näherte sich ein Zug von Trommlern, alle ganz in Weiß gekleidet, langsam marschierend, jeden ihrer Schritte mit nur einem einzigen Trommelschlag markierend. Ein faszinierendes, aber auch beängstigendes Bumm, Bumm, Bumm, Bumm.

Der Zug der Trommler hielt vor der Nachbildung des römischen Nordtors, einem Relikt aus der zweitausend Jahre alten römischen Stadtmauer.

Über die kleine Treppe, die zum Hauptportal des Doms führte, kam ein gemischter Chor von Frauen und Männern heran, gekleidet wie katholische Ministranten, und sang zum Schlag der Trommler eine lateinische Version des »Agnus Dei«, des Liedes vom Lamm Gottes, das die Sünden der Welt auf sich nimmt.

Die rechte Seite des Domvorplatzes nahm die Schafherde ein, sodass der gesamte Bereich vor dem Hauptportal jetzt eingefasst war, links von den Trommlern, von vorne durch den Chor der Ministranten, rechts von der Schafherde, und alle wurden noch bedrängt durch Hunderte Schaulustige und Dutzende Pressevertreter.

In der Mitte standen Rainer Küpper und Kurt Schmoll auf beziehungsweise neben der Kartoffelkiste, Kurt hatte das Megafon in der Hand, aber er sagte nichts, schien auf etwas zu warten.

Lothar!

Da stand er. Wie der leibhaftige Messias. Unter dem römischen Torbogen erschien er weiß gewandet zwischen den Trommlern, die ihm den Weg öffneten.

Sein Gesicht war weiß geschminkt wie seine Füße, die unter der weißen Tunika hervorlugten.

Auf den Armen trug er ein blutendes Lamm. Das Blut verfärbte sein Gewand und rann auf den Boden.

Lothar schaute nicht nach links oder rechts, sondern ging gemessenen Schrittes auf den Haupteingang der Kathedrale zu.

Der Chor sang sein Agnus Dei, noch immer hielten die Trommler ihren Rhythmus.

Kurt Schmoll nahm das Megafon und hob die Stimme. »Nicht wir haben das Lamm getötet, sondern ihr wart es. Ihr, die ihr es zulasst, dass Konzerne die Schöpfung zur Ware machen und alles zerstören, wenn es denn nur genug Geld bringt. Und ihr alle lasst das zu. Vogelpest. Rinderwahn. Klimakatastrophe.«

Lothar erreichte das Hauptportal, Friedhelm und Rolf sorgten dafür, dass es sich öffnete, Lothar schritt durch den Mittelgang der Kathedrale, das Opferlamm an seiner Brust, die Trommler, der Chor und die Neugierigen folgten ihm und der Blutspur, bis er den Altar erreichte und das Lamm dort ablegte.

Lothar drehte sich um, breitete die Arme aus, als wollte er das Volk segnen, und sagte: »Seht, dieses Lamm hat die Sünden der Welt auf sich genommen. Ich bin einst, nach der Atomkatastrophe von Tschernobyl, aus der Stadt hinaus aufs Land gezogen, in dem Glauben, in der Natur der ewigen Wahrheit näher zu kommen. Aber diese Natur existiert nicht mehr. Es gibt nur die eine Natur der kapitalistischen Gier. Dieses Lamm ist an einem tödlichen Virus erkrankt, den es hier eigentlich nicht gibt, sondern nur in Afrika. Ihr glaubt, Klimaerwärmung wäre etwas, das erst in fünfzig Jahren zu spüren sein wird? Ihr irrt. Die Klimakatastrophe ist längst da. Dieses Lamm ist der Beweis. Dieses Lamm ist an der Blauzungenkrankheit gestorben, getötet durch einen Krankheitserreger, der sich inzwischen hier genauso heimisch fühlt wie früher nur in Afrika. Wer Augen hat zu sehen, der sehe.«

Durch die geöffneten Tore der Kathedrale flackerte Blaulicht ins Innere. Draußen war Polizei aufgezogen. Georg sah, wie der Erzbischof und der Dompropst mit Polizisten sprachen und sie davon abhielten, in die Kathedrale zu stürmen.

Nur drei Uniformierte betraten den Dom, der Erzbischof deutete auf ihren Kopf, was sie veranlasste, die Dienstmützen abzunehmen, ehe sie weiter Richtung Altar vordrangen, Dompropst und Erzbischof folgten ihnen.

Durch das südliche Richter-Fenster strömte die Herbstsonne in die Kathedrale, tauchte Lothar Roth vor dem Altar mit dem Lamm in buntes Licht, als wäre es ein Zeichen.

»Macht euch die Erde untertan«, setzte er seine »Predigt« fort, »so steht es geschrieben. Aber damit ist nicht Missbrauch und die Ausbeutung der Natur gemeint, sondern der liebevolle und achtsame Umgang des Menschen mit der Schöpfung. Aber wir tun das Gegenteil. Wir alle lassen zu, dass unser Planet und damit wir selbst ausgebeutet und vernichtet werden. Amen.«

»Amen«, antwortete ein Chor aus der Menge.

»Und jetzt: guten Appetit«, sagte Lothar.

Bei den Schaulustigen und dem kirchlichen Wachpersonal kam

es zum Tumult. Ein Domschweizer bestürmte den Erzbischof, doch der schickte ihn zurück an den Eingang der Kathedrale.

Kurt, Rolf, Friedhelm und Steffen gingen gemessenen Schrittes zum Altar. Sie hatten jeder eine Art Bauchladen umgebunden und stellten sich mit den Gesichtern zu den Dombesuchern, als wollten sie Hostien verteilen. Kurt sagte: »Kommt und esset alle davon. Erstklassiges Lammfleisch. Aus kontrolliertem Anbau. Nur mit staatlich zugelassenen Giftstoffen in nicht sofort tödlichen Mengen.«

Die Trommler und der Chor traten zur Kommunion nach vorne, sogar der Erzbischof reihte sich ein. Georg folgte ihm, und ihm folgte ein Dutzend weitere Personen.

Es war Rolf Klein, der dem Erzbischof ein Stück des gebratenen Lammfleischs und eine Serviette gab.

Auch Georg nahm eine Portion. Das Fleisch war zart und für seinen Geschmack etwas zu scharf gewürzt.

Der Erzbischof stieg die Stufen des Altars hinauf und stellte sich neben Lothar Roth, der ihn umarmte. Die Blutflecken seines Gewandes färbten den schwarzen Anzug des Kirchenfürsten.

»Ich bin gerufen worden«, sagte der Erzbischof, »weil jemand dabei sei, den Dom zu schänden. Ich weiß nicht, was genau ihr getan habt, aber ich fand einige deiner Worte, Bruder, bedenkenswert. Und deine Tat. Das Bild des Lamm Gottes, das die Sünden der Welt auf sich nimmt, ist mir heute sehr eindringlich vor Augen geführt worden. Ich werde darüber nachdenken. Ihr alle solltet darüber nachdenken. Ich lade euch ein, mit mir noch einige Zeit im Dom im Gebet zu verharren. Jeder bete still auf seine ganz persönliche Art. Wenn ihr den Dom verlasst, wird Polizei auf euch warten. Der Dompropst und ich haben den Herren gesagt, dass wir keine Anzeige erstatten für das, was innerhalb des Doms geschehen ist.«

Die erzbischöfliche Absolution schien nicht jedem in der Kathedrale zu gefallen. Besonders unter den Domschweizern, die eigentlich für die Ordnung in der Kirche verantwortlich waren, kam Unruhe auf.

21

Lothar verzichtete auf das Kirchenasyl und führte die Prozession an, die den Weg zurück zum Haupteingang der Kathedrale nahm. Überraschenderweise blieb er auch draußen unbehelligt, die Polizei beschränkte sich darauf, das Treiben mit Kameras aufzunehmen. Georg filmte fleißig zurück.

Die Zahl der TV-Übertragungswagen auf der Domplatte hatte sich auf zwanzig erhöht. Georg hörte Kommentare auf Englisch und Russisch, Spanisch und Französisch, so viel Aufmerksamkeit hatte Köln seit der traurigen Neujahrsnacht nicht mehr bekommen. Als Hintergrund aller Reportagen diente der Dom, Weltkulturerbe und Mittelpunkt der Stadt.

Die Aktion der Alt-68er wurde sehr unterschiedlich kommentiert, die Bandbreite reichte von »kommunistischer Schändung des katholischen Heiligtums« über »Tierquälerei« bis hin zu »eindringlicher Protestaktion«.

Lothars Schäferkollegen trieben die müde gewordenen Tiere zurück in die in der Komödienstraße abfahrbereit aufgereihten Anhänger, wo sie mit Wasser und Nahrung versorgt wurden.

In der Menge der Schaulustigen entdeckte Georg eine Horde schwarz gewandeter Motorradfahrer, schon wieder Motorradfahrer, die ihre schweren Maschinen in der Straße An der Burgmauer neben KölnTourismus aufgebockt hatten. Georg hielt mit seiner Handykamera auf sie zu, was sie entweder nicht bemerkten oder bewusst übersahen.

Einige Meter hinter den Motorradfahrern, auf dem Bürgersteig vor KölnTourismus, stand Oberstaatsanwältin Dr. Eva Winzer und schob den Rollstuhl, in dem ihr Vater saß, vorsichtig in Richtung des Café Reichard. Der alte Professor gestikulierte, er schien unzufrieden mit seiner Tochter, die aber ließ sich nicht beirren und parkte ihn an einem Tisch auf der durch eine Hecke abgetrennten Außenterrasse.

An dem Tisch saßen zwei Männer, die aufstanden, um Frau Winzer höflich zu begrüßen. Einen davon erkannte Georg, es war der Cabriofahrer, der seine Chefredakteurin letzten Freitagabend nach Hause gebracht und mit Küsschen verabschiedet hatte, im

Hotel Chelsea aber nicht mehr anzutreffen gewesen war. Was hatte Menden ermittelt? Der Audi, den der Lockenkopf gefahren hatte, war auf die Anwaltssozietät Zeisig & Ziegler zugelassen, das Kennzeichen ließ sich mit ZZ Top übersetzen.

War das ein Zufallstreffen von Juristen, die sich von Berufs wegen kannten und die Herbstsonne in einem Café mit Domblick genießen wollten? Oder gab es eine Verbindung, die vielleicht sogar etwas mit den Napalm-Anschlägen oder der Zukunft des Verlages zu tun hatte?

Georg hatte den Eindruck, als schaute die Oberstaatsanwältin zu ihm herüber. Sie sagte etwas zu den beiden Männern, die sich aber nicht zu ihm umdrehten, sondern zu den Motorradrockern, die ihre Maschinen angeworfen hatten und in Richtung Rheinuferstraße davonfuhren.

Ein Knall wie ein Schuss peitschte über den Domplatz, Georg ging instinktiv in Deckung wie auch die Menschen im Café, Ansätze von Panik, ein neuer Knall, neue Angst, die in Erleichterung überging, denn offensichtlich handelte es sich nur um Fehlzündungen bei einem der schweren Motorräder.

»Merkwürdig«, sagte Steffen Landmann, der sich zu Georg durchgekämpft hatte.

»Was findest du merkwürdig?«, fragte Georg.

»Das mit den Fehlzündungen. Man kann über Motorradrocker ja sagen, was man will, aber ihre Maschinen halten sie in Ordnung.«

»Es sei denn, die wollten uns bewusst einen Schrecken einjagen«, sagte Georg.

»Das könnte sein. Man kann Fehlzündungen provozieren, wenn man die Zündung unterbricht. Dann muss man die Maschine aber entsprechend präpariert haben.«

»Was spricht dagegen?«

»Eigentlich nichts«, sagte Steffen. »Ist ja auch nur eine Art von Tuning. Bin nicht sofort draufgekommen, weil ich es an meiner Maschine noch nicht gemacht habe.«

»Du hast ein Motorrad?«

»Eine Harley. Älteres Modell.«

»So wie du«, sagte Georg.

»Genau. Ein Umbau à la ›Easy Rider‹.«

»Du meinst den Film mit Peter Fonda und Dennis Hopper? Paul hat den auf DVD und guckt den immer in der Adventszeit.«

»Passt. Der Film wurde 1968 gedreht, kam aber erst kurz vor Weihnachten 1969 in die deutschen Kinos.«

»Den Soundtrack hat Paul auf Vinyl. Eine der wenigen LPs, die er behalten hat.«

»Steppenwolf. ›Born to be wild‹.«

Georg summte die Melodie, Steffen kannte auch den Text und sang mit überraschend rockiger Stimme:

»Get your motor runnin'
Head out on the highway
Looking for adventure
In whatever comes our way
Yeah, darlin'
Gonna make it happen
Take the world in a love embrace
Fire all of your guns at once
And explode into space.«

»Weißt du«, sagte Steffen, »wenn ich auf dem Motorrad sitze, dann lass ich es raus. Dann singe ich, so laut ich kann. ›Born to be wild‹. Geboren, um wild zu sein. Auch andere Songs. Den guten alten Stoff. Du glaubst gar nicht, wie das deine Stimme trainiert. Seit ich das mache, kann ich problemlos zweistündige Vorträge halten, ohne heiser zu werden.«

»Du singst auf der Harley?«

»Klar. Ich singe auch unter der Dusche. Aber auf der Harley ist es besser. Darüber hat sich noch nie jemand beschwert.«

»Nimmst du mich mal mit?«

»Wohin?«

»Irgendwohin. Auf der Harley. Wenn du singst.«

Georgs Handy meldete sich.

»Birgit hier, Birgit Pietsch.«

»Ja. Was ist los?«

»Georg, bist du es?«

»Wer denn sonst.«

»Es geht um Paul. Er ist bei mir. Im Hotel. Es geht ihm nicht gut.«

»Wieso ist er nicht im Krankenhaus?«

»Ich wollte ihn dort abholen. Für einen Spaziergang. Er hat darauf bestanden, zu mir zu kommen. Er sagte, die Ärzte hätten ihm das erlaubt. Ich wusste ja nicht …«

»Wo bist du?«

»Im Hyatt.«

»So teuer?«

»So diskret. Zimmer 312. Ich heiße hier Birgit Frechen.«

»Unternimm nichts. Ich bin in zehn Minuten da.«

Georgs Gehirn raste. Was hatte Paul da bloß angestellt? Oder Birgit mit ihm? »Entschuldige, Steffen. Ich muss weg. Paul ist aus dem Krankenhaus ausgerissen. Zu Birgit Pietsch ins Hotel.«

»Birgit ist in Köln?«

»Ja.«

»Ach du Scheiße!«, sagte Steffen.

»Was?«

»Mit Birgit gab es immer Ärger.«

»Sag den anderen Bescheid, dass ich Paul zurück in die Uniklinik bringen muss. Ich melde mich. Oder ihr meldet euch. Ich bin weg.«

Auf der Domplatte sah er Annalena, die gerade den Erzbischof interviewte.

»Sorry, ich muss zu meinem Vater«, unterbrach Georg das Gespräch. »Ich kann nicht weiterfilmen.«

»Wo ist das Videomaterial, das du bisher aufgenommen hast?«, fragte die TV-Kollegin.

Georg zeigte auf sein Handy. »Das brauche ich aber.«

»Kein Problem«, sagte Annalena, »schick mir die Videos über ›WeTransfer‹, ich hole sie mir ab, wenn ich Zeit habe.«

Georg hatte nicht begriffen, was Annalena meinte.

»Gib her«, sagte sie, nahm Georgs Handy, tippte und wischte in Windeseile über den Touchscreen. »So. Erledigt. Hier am Dom gibt es WLAN, öffentlich, superschnell und kostenlos.«

»Klar«, sagte Georg, »danke.«

Das Taxi vom Bahnhof zum Hyatt in Deutz brauchte sieben Minuten. Das Haus am Rhein mit dem Postkartenblick auf Dom und Altstadt gehörte zu den besten Adressen der Stadt. Der amerikanische Präsident Bill Clinton hatte dort während des Kölner Weltwirtschaftsgipfels residiert, Pop-Ikone Madonna hatte bei ihrem letzten Köln-Besuch allerdings das Excelsior Hotel Ernst zu Füßen des Doms vorgezogen, was im Hyatt als ärgerliche Niederlage empfunden worden war.

»Zimmer 312«, sagte Georg beim Empfang.

»Herr Rubin? Frau Frechen hat Sie angemeldet. Mein Kollege wird Sie begleiten«, sagte der Concierge und winkte einen Boy heran.

Das Zimmer lag im dritten Stock mit einem traumhaften Ausblick auf den Rhein und die Stadt.

Birgit trug einen weißen Hotelbademantel: »Schön, dass du es so schnell geschafft hast.«

Paul lag auf der Fensterseite des King-Size-Bettes und schien zu schlafen. Sein Atem war unruhig. Die Bettdecke hatte er bis ans Kinn hochgezogen, der Verband auf der linken Gesichtshälfte schien unversehrt. Georg hob die Decke an und sah, dass Paul nackt war.

»Wo sind seine Sachen?«, fragte er.

»Es gibt hier einen begehbaren Kleiderschrank.«

Pauls Hose, Hemd, Unterhose und Jackett waren sehr ordentlich aufgehängt, die Socken steckten in den Schuhen, so wie Paul es auch zu Hause tat.

»Warum ist er nackt?«

»Warum wohl?«, fragte Birgit zurück und zog den Bademantel fester.

»Der Mann ist achtundsechzig. Und krank.«

»Ich bin auch nicht mehr die Jüngste. Und ich bin Ärztin. Ich kann versichern, so krank ist Paul auch wieder nicht.«

»Warum hast du mich angerufen?«

»Weil wir dir etwas beichten müssen.«

»Ihr? Mir? Etwas beichten? Soll ich euch die Absolution erteilen?«

»Nicht so laut, mein Junge«, sagte Paul, »ich bin zwar halb blind, aber hören kann ich sehr gut.«

»Entschuldigung. Ich dachte, du schläfst. Wie geht es dir? Wieso bist du aus der Klinik abgehauen?«

»Ich hatte *Lust.*« Er zwinkerte seinem Sohn tatsächlich zu. »Es geht mir gut. Sogar sehr gut.«

»Wie schön für dich. Mir ging es auch gut. Bis vorhin. Ich war mit deinen Stammtischbrüdern unterwegs. Erst Demo der tausend Schafe auf dem Neumarkt, dann Shit-in im Bankenviertel, der Höhepunkt schließlich die Opferung des Lammes im Dom.«

»Du hast die Kaperung von WDR 2 vergessen«, sagte Paul.

»Genau. Während deine Genossen die Stadt auf den Kopf stellen, eigentlich haben sie es für dich getan, liegst du hier nackt im Luxushotel und lässt dir –«

Birgit unterbrach die Streithähne: »Hier, ich habe etwas Champagner gefunden, lasst uns ein Schlückchen trinken.«

Auf einem Silbertablett balancierte sie drei schlanke Kristallgläser, die zu zwei Dritteln mit dem goldgelben Trank gefüllt waren. Georg mochte den französischen Schaumwein, sein Vater dagegen hatte dem »Kapitalistengesöff« noch nie etwas abgewinnen können. Aber auch diese Grundüberzeugung war ihm in dieser teuren Umgebung abhandengekommen.

»Prost«, sagte Paul und stieß mit Georg und Birgit an.

Die Lady war trinkfest und schenkte sich ein zweites Glas ein. »Brut Ruinard Champagne« stand auf der bauchigen dunklen Flasche mit goldenem Etikett.

»Ich zieh mich mal an«, sagte Birgit und ging ins Bad.

»Was machst du eigentlich hier?«, fragte Georg seinen Vater mit strengem Unterton.

»Nicht, was du denkst«, sagte Paul. »Mir war plötzlich nicht gut, da habe ich mich etwas hingelegt.«

»Nackt.«

»Ich schlafe immer nackt.«

»Aber doch nicht hier. Neben dieser, dieser Frau.«

»Sie ist nicht über mich hergefallen, falls du das wissen willst.«

»Ich will, dass du dich anziehst, damit ich dich zurück ins Krankenhaus bringen kann.«

Paul stand auf. Sein nackter Körper schien noch gut in Form, wenn er auch einige Altersflecken und Warzen aufwies. »Wo sind meine Sachen?«

Georg öffnete den begehbaren Kleiderschrank. »Der ist fast so groß wie meine alte Bude, in der Birgit mich damals besucht hat«, sagte Paul.

»Zieh dich an. Dann fahren wir. Du gehörst hier nicht hin. Du gehörst auch nicht zu dieser Frau.«

Paul nahm seine Kleider. Um die Schuhe zu binden, setzte er sich aufs Bett, tat sich aber trotzdem schwer, mit den Händen hinunterzureichen, ohne außer Atem zu kommen.

»Ich habe dir noch nicht alles von Birgit und mir und dir erzählt«, sagte Paul.

Georg stand ungeduldig an der Hotelzimmertür.

»Nun setz dich endlich hin und hör zu«, sagte Paul, »es ist wichtig. Mir ist es wichtig. Für dich ist es auch wichtig.«

Georg setzte sich in den Sessel, der vor dem Panoramafenster stand. »Ich höre.«

»Es war im Frühjahr 1979. Ich hatte gerade Maria geheiratet. Wir haben in einer kleinen Wohnung in der Weidengasse gewohnt. Eines Abends stand Birgit vor der Tür. Ob sie ein paar Tage bei uns bleiben könnte, hat sie gefragt.«

Paul trank einen Schluck Champagner und kippte ein Glas Wasser hinterher.

»Ich wollte nicht, dass sie bei uns einzieht. Sie wurde gesucht. Sie hatte sich Anfang der siebziger Jahre der Roten Armee Fraktion angeschlossen. Als im Herbst 1977 der damalige Arbeitgeberpräsident Schleyer in Köln-Braunsfeld entführt und später ermordet wurde, gehörte sie zu den Tatverdächtigen, nach denen öffentlich gefahndet wurde. Überall hingen Plakate mit den Terroristen-Porträts und der Warnung ›Vorsicht Schusswaffe‹. Birgit war eine der Frauen auf dem Fahndungsplakat. Ich hab ihr gesagt, dass ich sie nicht aufnehmen würde. Ich verabscheute jeden Terror.«

»Hatte sie wirklich mit dem Attentat auf Schleyer zu tun? Der war doch ein alter Nazi, oder?«

»Ich habe sie nie danach gefragt. Und sie hat von sich aus

nie etwas gesagt. Dass Schleyer ein Nazi gewesen war, habe ich gewusst, aber das gibt niemandem das Recht, ihn zu ermorden. Außerdem hatten sie vier Begleiter, Fahrer und Polizisten, kaltblütig hingerichtet. In eineinhalb Minuten waren hundertneunzehn Schüsse abgegeben worden. Ich war später mal am Tatort in der Vincenz-Statz-Straße Ecke Friedrich-Schmidt-Straße und habe mir alles angesehen. Das war ein feiger Mord. Die sind Amok gelaufen.«

Birgit kam aus dem Bad und setzte sich auf den Stuhl am Schreibtisch. »Darf ich?«, fragte sie.

»Ja«, sagte Paul, »es geht um dich.«

»Warst du an dem Schleyer-Mord beteiligt?«, fragte Georg sie unverblümt.

»Nein«, sagte Birgit, »nicht direkt.«

»Also indirekt«, sagte Georg.

»Klärt das später«, sagte Paul, »ich muss erst meine Geschichte zu Ende erzählen. Ich wollte Birgit also gerade vor die Tür schicken, da schritt Maria ein. Ob ich nicht sehen würde, dass Birgit schwanger ist. Nein, hatte ich tatsächlich nicht bemerkt, obwohl ihr Bauch sichtlich angeschwollen war. Sie wäre im siebten Monat, hat Birgit gesagt. Irgendwie war ich damit aus dem Gespräch raus, die beiden Frauen regelten, was ihrer Ansicht nach zu regeln war.«

»Deine Frau war großartig«, sagte Birgit, »es tut mir so leid, dass sie gestorben ist.«

»Birgit wohnte also jetzt bei uns. Wir nannten sie Ulrike, sie wollte das so. Sie war sehr vorsichtig, hat sich nur selten draußen sehen lassen. Es war klar, dass sie sich vor der Polizei versteckte.«

»Das tut sie heute noch«, sagte Georg.

»Eines Abends, im Fernsehen lief eine Folge der ›Holocaust‹-Serie, sagte Birgit auf einmal, sie will einen Spaziergang machen, ob ich sie begleite. Maria wollte mitkommen, aber Birgit meinte, sie müsste etwas mit mir besprechen, sie wollte Maria damit nicht belasten. Wir nahmen ein Taxi ins Rechtsrheinische und landeten in einem ehemaligen Industrie-Areal. Der Taxifahrer sollte auf uns warten. Es war dunkel und unheimlich. In einer verlassenen Lagerhalle zeigte Birgit mir ein Fass.«

»Das stimmt«, sagte Birgit. »Es war nicht irgendein Fass. Es war ein Fass mit Napalm. Bekannte von mir hatten das aus einem Militärdepot der Amerikaner gestohlen und nach Köln gebracht. Ich wollte, dass Paul das Fass versteckt. Ich hatte Angst, dass jemand das einsetzen könnte. Es war eine grausame Zeit.«

»Also hast du uns das hier eingebrockt?«, schimpfte Georg.

Birgit nippte an ihrem Champagner und blieb die Antwort schuldig.

»Mein Problem war«, sagte Paul, »dass ich keine Ahnung hatte, wie ich das Zeug loswerden sollte. Ich habe das Fass ein paar Tage später mit ein paar kräftigen Jungs aus dem Verlag im Fort VI in Lindenthal vergraben, zwischen Militärring und Decksteiner Weiher. Jahrzehntelang ist alles gut gegangen.«

»Kenn ich. *Et hät noch immer jot jejange.* Aber jetzt geht es plötzlich nicht mehr gut«, sagte Georg, »irgendjemand hat das Fass gefunden, ausgebuddelt und ist dabei, damit die Stadt zu terrorisieren.«

»Ich fürchte, so ist es«, sagte Paul.

»Ich hatte denselben Verdacht«, sagte Birgit, »deshalb bin ich nach Köln gekommen. Ich wollte mit Paul nachsehen, ob das Fass noch an seinem Platz ist.«

»Und, ist es?«

»Wir hatten noch keine Zeit dazu«, sagte Paul. »Ich dachte, du würdest vielleicht. Mit mir.«

»So, habt ihr gedacht«, sagte Georg. »Darf ich jetzt vielleicht auch mal nachdenken?« Nach Sekunden angespannter Stille fragte er: »Kann man hier einen doppelten Espresso bekommen?«

»Sicher«, sagte Birgit und rief den Zimmerservice an.

Paul saß immer noch auf der Bettkante, den Rücken gebogen, als hätte ihn der Mut verlassen. Oder war er nach den ganzen Anstrengungen einfach nur müde?

Birgit fing den Zimmerservice ab und brachte Georg den gewünschten Espresso. »Ich nehme an, du willst ihn extra-stark, ohne Zucker und Milch.«

Georg nickte und kippte das schwarze Getränk hinunter.

»Noch einen?«, fragte Birgit. »Ich habe vorsichtshalber gleich zwei geordert.«

»Kann ich brauchen«, sagte Georg, »wenn du ihn nicht trinken willst.«

»Ich halte mich an den Champagner«, sagte sie und stellte ihm die zweite Espressotasse hin.

Nach Pauls Erzählungen musste sie ein paar Jahre älter als er sein, aber wie eine Übersiebzigjährige sah sie nicht aus. Und dass diese elegante Frau mal als Terroristin gesucht worden sein sollte, konnte er sich auch nicht recht vorstellen.

Was hatte Paul damit zu tun? War er von den linken Studenten ausgenutzt worden? Wohl kaum. Paul hatte seinen eigenen Kopf und ließ sich nicht herumschubsen oder manipulieren. Von Studierten schon gar nicht. Aber von Frauen? Oder von dieser Frau, die er einst geliebt hatte?

Birgit saß neben ihm auf dem Bettrand und fühlte seinen Puls. »Scheint wieder alles in Ordnung«, sagte sie, »vorhin war er kurzfristig mal auf hundertsechzig.«

»Ich denke, wir sollten Gerald Menden um Rat fragen«, sagte Georg schließlich.

»Keine Polizei«, sagte Paul.

»Keine Polizei«, wiederholte Birgit.

»Gerald ist mein Freund. Ich brauche seinen Rat. Oder meint ihr wirklich, wir drei könnten den nächsten Napalm-Anschlag verhindern? Wenn das stimmt, was ihr sagt, dann waren das bisher doch nur zwei Probeeinsätze mit höchstens ein paar Litern Napalm. Wie groß war das Fass?«

»Ein Barrel«, sagte Birgit. »Also hundertneunundfünfzig Liter.«

»Das bedeutet, dass die ganz große Katastrophe noch bevorsteht. Ohne Polizei kriegen wir das nicht geregelt. Entweder ich weihe Gerald Menden ein, oder ihr müsst sehen, wir ihr alleine klarkommt.«

Birgit und Paul sahen sich an, sie schienen sich auch ohne Worte zu verstehen. »Ich sehe ein, dass du recht hast«, sagte Paul. »Aber Birgit möchte mit der Polizei nichts zu tun haben. Auch das verstehe ich. Können wir uns darauf einigen, dass du Menden erst informierst, wenn sie abgereist ist?«

»Sie war vorher nicht hier, da wird es nicht schaden, wenn sie nachher nicht hier ist.«

»Danke«, sagte Birgit.

Sie stellte Paul eine stumme Frage. Er nickte. Sie stand auf, setzte sich etwas abseits an den Schreibtisch und schlug die Beine übereinander.

»Junge, ich muss dir noch etwas sagen«, sagte Paul, und er sagte es ganz leise und mit einer Stimme, die er bei seinem sonst eher polternden Vater noch nicht gehört hatte.

»Ich habe vorhin erzählt, dass Birgit schwanger war. Es war ein Junge. Er wurde bei uns zu Hause in der Weidengasse geboren. Ich bin dann zum Amt und habe ihn als meinen und Marias Sohn angemeldet. Wir haben ihn Georg genannt.«

Paul hatte Tränen in den Augen.

»Verstehst du? Maria hatte sich so sehr ein Kind gewünscht.«

Paul streckte seine Hände aus, Georg nahm sie.

Was hatte sein Vater da gerade gesagt? Es schien ihm so, als wollten Pauls Worte in sein Herz eindringen, aber sein Gehirn war nicht bereit, sie einzulassen.

»Du meinst, Maria war nicht meine Mutter?«

Paul ließ sich Zeit mit der Antwort.

»Doch. Natürlich war sie deine Mutter. Sie wird es immer bleiben. Aber sie hat dich nicht zur Welt gebracht.«

»Du meinst, Birgit war … ich meine, hat …?«

Paul nickte und seufzte.

Birgit saß versteinert auf ihrem Stuhl am Hotelschreibtisch. »Mir wäre es lieber gewesen, du hättest es nie erfahren«, sagte sie.

Georg sprang auf. »Mir auch. Eine Frau, die ihr Kind bei der Geburt im Stich lässt, hat nicht verdient, Mutter genannt zu werden.«

Der Satz klang so bitter, wie er gemeint war. Er fühlte dieser Frau gegenüber keine Zuneigung, sondern tiefe Enttäuschung. Und Wut. Darüber, dass sie Paul und ihn in Schwierigkeiten gebracht hatte.

»Und du«, fragte er Paul, »bist du mein Vater?«

»Ja«, sagte Paul, diesmal kam die Antwort sofort und entschlossen. »Ich werde ewig dein Vater sein, wenn du es willst. Wer dich gezeugt hat, weiß ich allerdings nicht. Birgit hat es mir nie gesagt.«

Georg schaute zu Birgit. Sie wich seinem Blick aus.

»Wahrscheinlich weiß Frau Dr. med Birgit Pietsch es selber nicht, wer sie geschwängert hat«, sagte Georg und sprach seine Worte in den Raum, als wäre Birgit gar nicht da. »Ist mir auch egal. Will ich gar nicht wissen. Was sollte mir das heute noch bringen?«

Georg konnte die Tränen nicht unterdrücken, die seine Worte Lügen straften. Paul reichte ihm ein Hotelhandtuch, aber er winkte ab, ging stattdessen ins Bad und schloss sich ein.

Das Bad war mit kaltem Marmor gefliest. Im Spiegel sah Georg einen verweinten Mann mit grau melierten Schläfen, der gerade Vater und Mutter getötet hatte.

Die große Nase hast du von Paul, darüber waren sich alle einig gewesen. Und dein Gang, genau wie dein Vater, hatte ihm zuletzt noch Rud gesagt. Die Augen dagegen hatte er von seiner Mutter, auch das war unstrittig in seiner Familie.

Welche Familie? Alles falsch. Alles Lüge.

Georg hatte seinen Vater immer geliebt. Alles, was ihm wichtig war, hatte er von ihm gelernt. Großzügigkeit, Mut, Mitgefühl für andere, Respekt. Aber es gab einen Fehler im System: Paul war nicht sein Vater. Und Maria war nicht seine Mutter. Und das ganze Leben lang hatten sie ihm die Wahrheit verschwiegen.

Birgit war nicht mehr da, als Georg aus dem Bad in das Hotelzimmer zurückkam. Paul hatte die Lederjacke angezogen, schaute aus dem Fenster auf das abendliche Panorama. Die Sonne ging hinter dem Dom unter und färbte alles rotviolett.

22

»Wieso wird das Zimmer nicht mehr bewacht?«, fragte Gerald Menden empört, als er in der Uniklinik erschien, wohin Georg und Paul ihn gerufen hatten.

»Der Kollege ist am Morgen abgezogen worden«, sagte Paul. »Eine Frau Kowalski hätte das angeordnet. Er wär hier nicht mehr nötig. Jeder Mann würde gebraucht, um die Demo vom Neumarkt bis zum Dom zu beobachten.«

»Kommissarin Kowalski mal wieder«, sagte Menden, »und wenn hier jemand eingedrungen wäre?«

»Hätte der Mann vor der Tür auch nichts geholfen. Ich hatte Ausgang, und den habe ich ausgiebig genutzt.«

»Ist zum Glück nichts passiert«, sagte Georg, »du kannst dir ja mal Pauls Geschichte anhören und dann entscheiden, ob die Bewachung vielleicht doch fortgesetzt werden muss.«

Paul erzählte, wie und wann er an das Napalm-Fass gekommen war, ohne Birgits Namen preiszugeben, und wo er es versteckt hatte. »Ich habe Angst, dass das Giftzeug von jemandem entdeckt worden ist, der jetzt wahllos damit herumspielt.«

Menden versuchte, Paul weitere Details zu entlocken, biss bei ihm aber auf Granit. »Ich verrate keine Kumpel. Auch keine von früher. Wenn es sein muss, nehme ich alles auf meine Kappe«, sagte er. »Was vor über fünfunddreißig Jahren war, ist unwichtig. Wenn ich heute etwas zur Aufklärung beitragen kann, werde ich das tun. Georg zuliebe. Es war seine Idee, dich anzurufen.«

»Wann warst du zum letzten Mal im Fort VI, um nachzusehen, ob noch alles in Ordnung ist?«, fragte Menden.

»Eigentlich nie. Erst seitdem ich wieder in Köln wohne, bin ich da manchmal vorbeispaziert. Auf dem Weg zum Geißbockheim. FC-Training anschauen. Was man als Rentner in Köln so unternimmt. Aber so genau habe ich da nie hingesehen, um niemanden aufmerksam machen.«

»War das nicht trotzdem sehr leichtsinnig, es ausgerechnet da zu verbuddeln, wo jeden Tag Hunderte Menschen vorbeijoggen?«

Paul zuckte die Achseln. »Nein, ich hielt den Ort im Gegenteil für besonders sicher. Im Äußeren Grüngürtel, Landschaftsschutzgebiet, wo es so schnell keine Baugenehmigungen gibt. Wer sollte da schon graben? Das Fass selbst war dicht. Da konnte nichts auslaufen.«

»Nach so langer Zeit könnte es durchgerostet sein.«

»Ich weiß nicht«, sagte Paul, »das wäre noch ein Grund mehr, es zu suchen.«

»Ein Hundertneunundfünfzig-Liter-Fass. Das kriegt einer allein nicht wegtransportiert.«

»Wir waren damals zu viert.«

»Wie tief habt ihr gegraben?«, fragte Menden.
»Etwas tiefer, als ich groß bin.«
»Also um die zwei Meter?«
»Ja. Könnte hinkommen.«
»Kannst du mir genau sagen, wo die Stelle ist?«
»Klar kann ich. Man geht vom Militärring an den Sportplätzen vorbei und durch den Torbogen des Forts, dann ein kleines Stück nach rechts, bis sich der Weg gabelt. In dem Dreieck zwischen den Wegen, vielleicht fünf Meter von der Gabelung weg, haben wir das Fass damals vergraben.«
»Ich kenne das Fort«, sagte Georg, »da treffen sich die Ruderer von Schiller-Gymnasium und Königin-Luise-Schule. Die haben im Fort ihre Boote untergebracht.«
»Das Bootshaus liegt vom Militärring aus gesehen links, das Fass lag auf der anderen Seite, da, wo die Kids normalerweise nicht hinkommen.«
»Jungs und Mädchen in einem bestimmten Alter kommen überallhin«, sagte Georg.
»Auch wieder wahr«, sagte Paul.

Der Oberarzt steckte den Kopf ins Krankenzimmer. »Ach, da ist ja tatsächlich mal jemand anwesend. Wir hatten schon überlegt, Sie von der Polizei suchen zu lassen, Herr Rubin.«
»Nicht nötig«, sagte Gerald Menden, »ich bin von der Polizei.«
»Wie schön. Und, wie geht es unserem Patienten?«
»Sie sind der Arzt«, sagte Menden, der sich angesprochen fühlte.
»Aber Sie von der Polizei meinen, Sie könnten unseren Patienten den ganzen Tag mit Beschlag belegen. Herr Rubin leidet immer noch an den Folgen einer schweren Brandverletzung.«
»Es geht mir gut, Herr Doktor«, sagte Paul, »ich habe kaum noch Schmerzen. Sie haben mir gestern ausdrücklich erlaubt, etwas nach draußen zu gehen.«
»Genau. Etwas nach draußen zu gehen. Mal an die frische Luft. Einen kleinen Spaziergang machen. Aber doch nicht stundenlang wegbleiben.«
»Jetzt bin ich ja wieder hier«, sagte Paul.

»Am Montag können Sie nach Hause«, sagte der Oberarzt. »Die Augenklappe müssen Sie weitertragen. Zweimal die Woche kommen Sie vorbei, damit wir den Heilungsprozess kontrollieren können.«

»Unter den Blinden ist der Einäugige König«, sagte Paul.

»Ich sehe hier keine Blinden«, sagte Menden.

»Können Sie meinen Vater nicht länger hierbehalten?«, fragte Georg. »Seinen Humor ertrag ich nicht.«

»Ich könnte versuchen, im Knast für ihn ein Zimmer zu reservieren«, sagte Menden.

»Wo Herr Rubin ab Montag unterkommt, ist mir egal. Hauptsache, er erscheint zweimal die Woche zur Kontrolle. Schönes Wochenende, meine Herren. Tun Sie was für Ihre Gesundheit«, sagte der Oberarzt, ehe er verschwand.

»Der Mann hat recht«, sagte Menden und schaute ausdauernd auf Georgs Bauchansatz. »Du solltest wirklich mal.«

»Musst du gerade sagen.«

»Klar. Ich auch. Wir gehen joggen. Morgen, neun Uhr, Fort VI. Einmal rund um den Decksteiner Weiher.«

Georg setzte sich an Pauls Krankenbett, nachdem Menden gegangen war. »Hast du gehört, was der Arzt gesagt hat, Vater?«

»Ja. Danke.«

»Wofür?«

»Für alles. Und dass du Vater gesagt hast. Ich wollte dir schon lange die Wahrheit sagen. Irgendwie war nie der richtige Moment.«

»Und jetzt ist dein einziger Sohn ein Waisenkind. Ist das etwa richtig?«

»Na, hör mal, so ein Unsinn! Nur weil du deine Gene nicht beim Vornamen kennst, bin ich immer noch dein Vater. Vater ist, für seine Kinder da zu sein, und das wa–«

Georgs Handy meldete sich und unterbrach Pauls empörte Erwiderung.

Rosa war dran. »Wo bist du?«

»Bei Opa im Krankenhaus.«

»Du bist wieder im Fernsehen. Colonia-TV. Cooler Auftritt.«

»Mach mal den Fernseher an«, sagte Georg zu Paul.
»Wo ist die Fernbedienung?«
»Du liegst drauf.«
Paul rotierte im Bett nach links und wieder zurück.

Der Bildschirm füllte sich mit einer endlosen Schar von Schafen. Die Kamera schien mitten in der Herde zu stehen. Die Schafe koteten gut gelaunt und blökten zufrieden. Die Kamera zog auf und gab den Blick auf die Straße frei. An beiden Seiten standen Bankgebäude, im Hintergrund erkannte man die Türme des Kölner Doms. Die Kamera machte einen Schwenk, der Kameramann kam selbst mit ins Bild, es war Georg, lachend hielt er sich die Nase zu und schrie: »Von wegen, Geld stinkt nicht.«

Annalena Gröhnden erschien. »Diese außergewöhnlichen Aufnahmen verdanken wir ›Blitz‹-Chefreporter Georg Rubin. Aber warten Sie, der Höhepunkt kommt noch. Wir folgen Georg Rubin und seinen Schafen in den Kölner Dom.«

Man sah ein paar schnelle Schnitte, die den Schauplatz vom Bankenviertel auf die Domplatte verlegten, Schafe im Zeitraffer, Georg immer mal wieder kurz im Bild. Im Kontrast dazu auf einmal alles in Zeitlupe, Lothar Roth mit dem Opferlamm vor der Brust wie der Auferstandene, feierlich durch das Hauptportal bis zum Altar schreitend. Es folgte eine Zusammenfassung von Lothars Rede, die Einladung zur Kommunion mit Lammfleisch, der Auftritt des Erzbischofs, der darauf verzichtete, Anzeige zu erstatten.

Das Bild wechselte vor die Kathedrale, zeigte Annalena im Gespräch mit dem Erzbischof, der sich wunderte, dass da keine jungen Leute demonstriert hätten, sondern ziemlich alte Männer. Noch einmal kam Georg ins Bild, er unterbrach das Interview, sagte etwas zu Annalena, die die Kamera sogar dann noch auf ihn gerichtet ließ, als er Richtung Bahnhof unterwegs war und die große Treppe hinunterlief. Der Erzbischof fragte Annalena: »Was hatten Sie zuletzt noch gefragt?«

»War Jesus nicht auch der gute Hirte?«

»Ja. Im Johannesevangelium sagt Jesus: ›Ich bin der gute Hirte.‹ Der gute Hirte lässt sein Leben für die Schafe.«

»Vielen Dank«, sagte Annalena und beendete das Gespräch.

»Und das war sie, die große Reportage über die völlig verrückten Alt-68er, die der Stadt die größte Demonstration seit vielen Jahren beschert haben.«

»Da habe ich ja echt was verpasst«, sagte Paul.

»Allerdings.«

»Hast du was mit dieser Kleinen?«

»Was? Mit welcher Kleinen?«

»Diese Blonde aus dem Fernsehen. Hast du nicht gemerkt, wie die dich anguckt und von dir spricht. Die hat für dich den Erzbischof stehen lassen.«

»Das will nichts heißen. Der steht unter Zölibat.«

23

Am Fort VI gab es um neun Uhr bei schönem Herbstwetter mehr als den üblichen Samstagmorgenbetrieb. Georg hatte sich die Müdigkeit aus den Beinen gestrampelt und stellte sein schwarzes Hollandrad ab.

Eine Joggerin im giftgrünen Sportdress, die von zwei frei laufenden Windhunden begleitet wurde, rannte ihn beinah über den Haufen. »Pass doch auf«, rief sie und setzte ihr Training in Richtung Geißbockheim fort. Sporthochschule, dachte Georg, als er ihr Tempo einschätzte.

Gerald Menden kam mit zehn Minuten Verspätung. Er war nicht allein, Kommissarin Kowalski war an seiner Seite.

»Ich habe Bettina, also Frau Kowalski, berichtet, was dein Vater mir gebeichtet hat. Sie hat mich gebeten, wieder ein Teil des Ermittlungsteams ›Napalm‹ zu werden mit der ausdrücklichen Erlaubnis, mit dir auch wieder dienstlich reden zu dürfen.«

»Zu gütig«, kommentierte Georg.

Menden verfiel in einen gemütlichen Aufwärmtrab, Georg setzte sich an seine Seite, Bettina Kowalski wagte sich gleich an Intervallsprints und lief ihnen davon.

»Komm ja nicht auf die Idee, mit ihr ein Wettrennen anzufangen«, sagte Georg.

»Warum nicht?«

»Weil ich keine Lust habe, einer Polizistin hinterherzulaufen.«

Menden nahm nicht den direkten Weg zu der Stelle, an der Paul das Napalm-Fass vergraben hatte, sondern erkundete erst einmal die Umgebung.

Das Bootshaus der Gymnasien war abgeschlossen. »Das habe ich nicht anders erwartet«, sagte Menden, »trainiert wird hier normalerweise nur am Freitagnachmittag.«

Als sie die Rückseite des lang gestreckten Ziegelbaus erreichten, hielt Menden nach rechts: »Nichts anmerken lassen«, sagte er.

Im Hintergrund, dort, wo das Napalm-Fass nach Pauls Angaben vergraben worden war, machte sich ein Trupp Bauarbeiter zu schaffen. »Das sind unsere Spurenexperten. Wir möchten nicht, dass es nach einer Polizeiaktion aussieht. Kann ja sein, dass das Fass hier noch immer liegt und für die Anschläge auf die Studiobühne und den Kaufhof nur Proben genommen wurden.«

»Stimmt«, sagte Georg, »irgendwie war ich fest davon ausgegangen, dass jemand das Fass weggebracht haben müsste. Muss ja aber gar nicht.«

»Du siehst, dass es kein Fehler ist, sich ab und zu mit Fachleuten zusammenzutun.«

Menden und Georg liefen an dem Bautrupp vorbei, einer Frau und drei Männern, die die Abzweigung nach rechts zum Fort hin und den Grasstreifen zwischen den Wegen mit rot-weißen Baken abgesperrt hatten.

»Fachleute«, sagte Georg.

»Genau«, sagte Menden.

»Bauarbeiter. An einem Samstag. An einer Baustelle, an der keinerlei Termindruck herrscht. In Köln.«

»Ich weiß, was du sagen willst. Hast du eine bessere Idee?«, fragte Menden.

Bettina Kowalski erwartete sie an der nächsten Wegkreuzung. »Habt ihr was herausgefunden?«

»Nein«, sagte Menden.

»Aber ich«, sagte Kowalski. »Ich habe mit der Spusi telefoniert. Da hat ein Fass gelegen, aber es ist nicht mehr da. Das alte Loch ist nur unzureichend mit Erde aufgefüllt worden, sodass der Grund darüber nachgegeben hat.«

»Wirklich eine umwerfende Erkenntnis«, sagte Menden.

»Immerhin mehr, als du hast. Aber ich habe noch etwas.« Der Kommissarin gefiel es, die Männer auf die Folter zu spannen. »Es gibt an der Stelle sehr viele Reifenspuren.«

»Fahrräder vermutlich«, sagte Menden.

»Ja. Auch Fahrräder. Aber noch mehr Spuren von Motorrädern. Schweren Motorrädern«, sagte Kowalski.

»Die Motorradrocker«, sagte Georg.

»Ja«, sagte die Polizistin, »das wäre eine Möglichkeit. Manche Spuren sind so frisch, dass die Spusi uns sogar den Motorradtyp nennen kann.«

»Ich tippe auf schwere BMW«, sagte Georg.

»Wie kommst du darauf?«, fragte Menden.

»Schon zweimal haben mir BMW-Motorradrocker vor meiner Wohnung aufgelauert. Der Mörder von Johannes Bäck saß auf einer schweren BMW. Gestern am Dom ist eine Gruppe von Motorradrockern aufgetaucht, alle auf schweren BMWs. Und außerdem fährt auch die Polizei in NRW diese Maschinen.«

»Was willst du denn damit andeuten?«, fragte Menden.

»Genau das, was du denkst. Aber ich sag mal nur den positiven Teil: Eure uniformierten BMW-Fahrer kennen bestimmt den Großteil der Privatleute in der Stadt, die eine BMW fahren.«

»Herr Rubin hat recht«, sagte Kommissarin Kowalski, »wir müssen uns intensiver um die Motorradfahrer kümmern. Bisher haben wir nur nach dem einen gesucht, dem Mörder von Johannes Bäck, seine Freunde haben wir überhaupt noch nicht angehört.«

»Ich habe die Kennzeichen der Motorräder, die gestern bei der Demo am Dom waren«, sagte Georg.

»Gut«, sagte Menden, »her damit. Das wäre ein Anfang.«

»Die Nummern sind auf den Videos, die ich gedreht habe. Das Material ist bei Colonia-TV. Eine Kollegin hat einen Zusammenschnitt gemacht. Die müsste ich um Hilfe bitten.«

»Tun Sie das«, sagte Frau Kowalski.

»Das kann bis Montag dauern«, sagte Georg.

»Schon klar.«

Menden tänzelte auf der Stelle, um sich warm zu halten: »Ich muss mir das selbst ansehen«, sagte er und lief zurück zu dem polizeilichen Bautrupp.

Georg und Frau Kowalski trotteten hinterher.

»Sie wollen uns wirklich nicht sagen, wie Ihr Vater an das Napalm gekommen ist?«, fragte sie. »Wenn ich an die Tragik denke, dass er durch den Stoff verletzt wurde, den er einst selbst versteckt hat.«

»Nein«, sagte Georg, »will ich nicht.«

Menden war im Gespräch mit der Frau, die den Spurensicherungstrupp leitete. Einer der falschen Bauarbeiter kroch über den Weg, der zum Fort führte. Ein zweiter war dabei, eine Grube im Rasen wieder zu schließen.

Georg suchte nach Spuren. Jetzt wäre es nicht schlecht, Old Shatterhand oder Winnetou dabeizuhaben, die das Durcheinander deuten würden. Paul hatte eine komplette Sammlung der Abenteuer von Karl May besessen, Georg hatte sie als Junge alle gelesen.

Es fiel ihm nicht schwer, die Reifenspuren zu erkennen. Der Boden war trocken, trotzdem waren die Abdrücke gut lesbar. Fast in der Mitte des Weges sah er einen dunklen Fleck. Eine ölhaltige Flüssigkeit musste hier verschüttet worden sein. Einige Meter daneben fand er ein ähnliches Muster, wenn auch kleiner.

Er winkte Menden zu, der sich noch immer Bericht erstatten ließ, ehe er sich auf den Weg zu ihm machte.

»Du hattest recht mit den BMW«, sagte Menden, »jedenfalls, wenn man annimmt, dass die serienmäßigen Reifen aufgezogen waren. Nur bei einer Maschine bestehen Zweifel.«

Georg zeigte auf die dunklen Flecken, die er entdeckt hatte. »Fällt dir was auf?«

Menden schüttelte den Kopf.

»Hier, dieser Fleck ist etwas größer«, sagte Georg und wies auf die Stelle, die er als Erste gefunden hatte.

»Da hat jemand was verschüttet«, sagte Menden.

Menden rief die Leiterin der Spurensicherung, die die verfärbte Erde mit einer Art Kinderschaufel aufnahm und in einer Plastiktüte verstaute.

»Gute Arbeit«, sagte Kommissarin Kowalski zu Georg.

»Muss nichts bedeuten«, sagte Georg, »vielleicht die Reste eines Grillabends.«

»Unwahrscheinlich«, sagte die Polizistin.

»Wenn ich das alles noch einmal überdenke, komme ich zu folgendem Schluss«, sagte Menden und schwieg.

»Ja, bitte, Herr Kollege.«

»Wir sollten das Fort observieren. Wer sind die Motorradfahrer? Wann treffen sie sich? Warum treffen sie sich? Gibt es eine Verbindung zu den Napalm-Anschlägen und dem Mord an Johannes Bäck?«

»Das klingt vernünftig«, sagte die Kommissarin, »vor allem, weil wir sonst keine Verdächtigen haben. Ich persönlich glaube nicht, dass die Stammtischfreunde Ihres Vaters, Herr Rubin, als Täter in Frage kommen. Die sind doch, verzeihen Sie, zu alt und zu, wie soll ich sagen, zu komisch. ›Wir scheißen auf den Kapitalismus.‹ Köstlich. Für so was brauchen wir keine Polizei, da reichen die Abfallwirtschaftsbetriebe. Auch wenn ich vermute, dass Frau Oberstaatsanwältin Winzer das anders sieht.«

»Die Motorradfahrer zu identifizieren ist sicher sinnvoll«, sagte Georg, »aber außerdem muss man das Napalm finden.«

»Ich werde mich um die Observation und die Durchsuchung des Forts kümmern«, sagte Menden.

»In Ordnung«, sagte Kommissarin Kowalski. »Du kannst noch Krüger haben. Wir sehen uns am Montag.«

Mit langen Schritten lief die Polizistin Richtung Decksteiner Weiher.

»Du solltest ihr nicht alles glauben«, sagte Menden, während er der Kollegin hinterhersah.

»Wie meinst du das?«

»Dass sie deinen Vater und seine Freunde nicht mehr für verdächtig hält. Das ist gelogen. Sie will dich in Sicherheit wiegen, damit du dich verplapperst. Dann schnappt sie zu. Und du stehst da als Depp und Verräter.«

»Woher willst du das wissen?«

»Ich weiß es. Weil ich ihr genauso auf den Leim gegangen bin. Und dann stand ich da. Als Verräter und Depp.«

»Das bist du nicht«, sagte Georg.

»Nein, bin ich nicht«, sagte Menden. »Aber so kommt es mir vor.«

»Wenn das so ist, warum hast du sie mitgebracht?«

»Sie bearbeitet den Fall. Ich musste ihr sagen, was ich von Paul erfahren habe. Außerdem war es die einzige Möglichkeit für mich, wieder in den Fall reinzukommen.«

»Du bist der Ranghöhere.«

»Ja. Ich bin Erster Kriminalhauptkommissar, wenn du es genau wissen willst. Sie ist Kriminaloberkommissarin. Macht drei Besoldungsgruppen Unterschied.«

»Trotzdem ist sie in der Sonderkommission ›Napalm‹ deine Chefin?«

»Ja. Aber das betrifft nur diese konkrete Ermittlung.«

Die beiden Männer joggten schweigend nebeneinanderher, bis sie den Ausgangspunkt am Tor des Forts erreichten.

Georg schloss sein Fahrrad auf. Beide Reifen waren platt. Jemand hatte die Gummis mit einem Messer aufgeschlitzt, die Risse waren zwanzig Zentimeter lang. Sogar der Ledersattel war aufgeschnitten. »Sieht so aus, als wäre unser Morgenausflug nicht unbemerkt geblieben.«

»Ja. Sieht so aus«, sagte Menden.

»Was ist mit deinem Rad?«

»Ich bin mit dem Bus gekommen.«

Sie gingen zu Fuß bis zur Endhaltestelle der Linie 146 an der Decksteiner Mühle. Der Bus war ihnen vor der Nase weggefahren. Sie würden fünfzehn Minuten warten müssen.

»Weißt du, wie du das mit der Observation des Forts anstellen wirst?«, fragte Georg.

»Nicht wirklich. Ich muss sehen, ob ich Schutzpolizei als Verstärkung bekommen kann.«

»Und wenn wir helfen würden?«

24

An der Haltestelle WiSo-Fakultät verließ Georg den Bus und ging zu Fuß durch den Inneren Grüngürtel. Über den Anstieg am Bahndamm schlenderte er Richtung Aachener Weiher. Normalerweise mied er diesen Teil, seitdem er hier vor Jahren eine verbrannte Frauenleiche entdeckt hatte.

Es war die Nacht vor Aschermittwoch gewesen, die Nacht der Nubbelverbrennung. Er war mit Sandra, die inzwischen im Archiv der Zeitung arbeitete, und ihrer Freundin Kathrin auf dem Weg zu sich nach Hause gewesen. Die Nacht verlief völlig anders, als er erhofft hatte, eine der schlimmsten Nächte seines Lebens.

Trotz des frühen Samstagvormittags war der Biergarten am Aachener Weiher gut besucht. Georg setzte sich an einen der langen Holztische und bestellte ein Kölsch. Er war froh, dass Biergartenchef Josef nicht da war und er seine Ruhe hatte. Bis sein iPhone »Help« spielte. Steffen Landmann war dran.

»Du wolltest doch mit mir Harley fahren. Wo bist du?«

»Ich habe keine Lust auf Harley.«

»Du musst. Wir brauchen dich«, sagte Steffen.

»Wer braucht mich?«

»Alle. Die Kumpel deines Vaters. Ich hole dich ab. Also wo bist du?«

»Aachener Weiher.«

»Schwimmen oder grillen?«

»Ich sitze im Biergarten. Ich trinke ein Kölsch.«

»Kein Alkohol. Wir brauchen dein Gehirn. Nüchtern.«

»Ich trinke langsam. Fahr schneller.«

Georg saß vor seinem dritten Kölsch, als Steffen anrollte. Er ritt tatsächlich eine Harley à la »Easy Rider«, die Gabel des Vorderrades weit ausgefahren, der Tank mit Stars and Stripes bemalt, der Lenker weit hochgezogen, sodass die Hände ihn in Schulterhöhe greifen mussten.

Steffen fuhr von der Aachener Straße ab und weiter und viel zu schnell über den Rasen mitten hinein in die Tischreihen des

Biergartens. Vor Georg hielt er an, nahm das Kölschglas, leerte es und sagte: »Können wir?« Es war nicht wirklich als Frage gemeint.

Georg hatte die Zeche schon gezahlt, schwang sich auf den Sozius der Harley und gab Steffen das Signal zur Abfahrt.

»Wieso ausgerechnet die US-Flagge, du Anti-Kapitalist?«

»Wieso nicht?«, sagte Steffen. »Charlie Chaplin ist Amerikaner. Martin Luther King. Donald Duck.«

»Dann los, Steppenwolf.«

Die schwere Maschine machte einen Raubtiersatz nach vorne, Georg klammerte sich wie ein Äffchen an Steffens Lederjackenrücken, um nicht verloren zu gehen.

»Hier ist überall Tempo fünfzig«, schrie er.

Steffen hörte ihn nicht oder wollte ihn nicht hören. Er brüllte sein »Born to be wild« in die Welt hinaus und beschleunigte.

Die Ampel Richard-Wagner-Straße Ecke Ringe sprang auf Rot. »Rot«, rief Georg, »siehst du nicht, es ist rot.«

»Was hast du gesagt?«, sagte Steffen und bediente die Bremsen so hart, dass Georgs Körper nach vorne flog, bis die Maschine in der Lücke zwischen zwei Pkws zum Stehen kam.

»Keine Angst«, lachte er, »das Teil hat ABS. Von hundert auf null km/h in drei Sekunden. Wenn du in der Senkrechten bist, kann nicht viel passieren. Blöd ist es nur in den Kurven.«

»Wenn es dir nichts ausmacht, dass ich dir in den Rücken kotze, dann fahr nur weiter so«, sagte Georg.

»Du wirst doch nicht auf meine Kutte«, sagte Steffen und fuhr vorsichtig an, als die Ampel Grün zeigte. »Ist es so recht?«

»Ganz wunderbar. Wenn es dich jetzt nicht stört, dass die Autos hinter dir hupen.«

»Doch. Stört mich«, sagte Steffen, gab wieder Gas und sang sein Lied: »Born to be wild.«

Die Ampel an der Nord-Süd-Fahrt schaffte er bei Gelb, die Ampel an der Auffahrt zur Deutzer Brücke zeigte bereits Rot, als er durchschlüpfte.

»Hast du die Bullen gesehen?«, fragte Georg.

»Welche Bullen?«

»Die, die jetzt hinter uns her sind. Die Ampel war rot.«

»Motorrad oder Auto?«

»Auto.«

»Dann kriegen die mich nicht«, sagte Steffen und flog mit gefühlten hundertzwanzig über die Rheinbrücke, bremste vor der Linkskurve Richtung Messe viel zu wenig ab, beschleunigte Richtung Köln-Arena, dann wieder links an der Messe vorbei, über die rechtsrheinischen Ringe bis zum Wiener Platz, weiter durch Mülheim in Richtung Norden.

Mit immer noch viel zu hoher Geschwindigkeit bog Steffen links in die enge Keupstraße ab, ließ sich von Sperrpfählen in der verkehrsberuhigten Straße nicht abschrecken und fuhr weiter in die Düsseldorfer Straße, wo er endlich Fahrt rausnahm.

»Sind sie noch hinter uns her?«, fragte Steffen und drehte seinen Kopf nach hinten.

»Pass auf«, schrie Georg.

»Was ist denn?«

»Polizei. Vor dir. Am Zebrastreifen.«

»Oh«, sagte Steffen, »halt dich fest.«

Die Warnung kam eine Millisekunde zu spät. Während Steffen aufdrehte und sein Motorrad nach vorne flog und über den Hubbel vor dem Fußgängerübergang sprang, stürzte Georg vom Sozius auf den harten Stein, landete erst auf dem Steißbein, dann auf dem rechten Oberarm. Er schrie vor Schmerz.

Aus Süden sah er einen Ford-Transporter kommen. Was tun? Wenn er sich wegrollte, würde er den Fahrer irritieren. Woher sollte der wissen, in welche Richtung er sich bewegen würde? Am besten an den Straßenrand.

Warum tat nur sein Arm so weh! Wahrscheinlich gebrochen.

Mit größter Anstrengung rollte sich Georg zur rechten Seite, der Transporter hielt weiter auf ihn zu, noch ein Meter, dann wäre es passiert, erst in letzter Sekunde drehte der Wagen ab, kam zum Stehen, nachdem er krachend zwei Poller rasiert hatte.

Hinter dem Transporter kam schuldbewusst Steffen mit seiner Harley angefahren. »Bist du auf den Kopf gefallen?«, fragte er.

Georg fasste sich an sein Haupt.

»Warum zum Teufel hast du keinen Helm auf?«

»Warum zum Teufel musst du so rasen?«

Ein Polizist erschien hinter Steffen und legte ihm seine schwere Hand auf die Schulter. Georg erkannte Polizeihauptkommissar Müller, und der Polizist erkannte den Journalisten. »Machen Sie sich keine Sorgen, Herr Rubin. Der Herr wird Sie vorerst nicht mehr fahren.«

»Führerschein?«, fragte Müller an Steffen gewandt.

»Ja«, sagte der, ohne sich weiter zu rühren.

»Dürfte ich den bitte mal sehen? Und den Fahrzeugschein.«

»Ich dachte, ich dürfte mich nicht bewegen, solange Sie mich festhalten.«

»Ich halte Sie nicht fest.«

»Ihre Hand. Auf meiner Schulter.«

Müller ließ Steffen los.

»Hier«, sagte Steffen und reichte dem Polizisten die gewünschten Papiere.

»Landmann, Dr. Steffen. Was sind Sie denn für ein Doktor?«

»Ich habe meinen Doktor über Gewerkschaften und Tarifpolitik gemacht.«

»Ist der Doktor echt oder abgeschrieben?«

»Ist das für die Beweisaufnahme relevant?«, fragte Steffen.

Müller rief einen Kollegen heran: »Überprüfe den Doktor mal.«

Georg hatte es wieder auf die Beine geschafft. Der Hintern schmerzte mehr als der rechte Arm. Es fühlte sich an, als hätte er großes Glück gehabt. »Sie können den Notarztwagen abbestellen«, sagte er.

»Ich habe keinen bestellt«, sagte Müller.

Müllers Kollege kam zurück. »Der Doktor ist echt. Aber«, sagte der Uniformierte und machte eine bedeutsame Pause, »der Mann ist ein Kommunist. Der war mal Vorsitzender der Deutschen Kommunistischen Partei.«

»Das war lange vor dem Ende der DDR«, sagte Steffen.

»Sie meinen die Wiedervereinigung?«, fragte Müller.

»Ich meine 1989 und 1990.«

»Ist auch egal. Jedenfalls sind Sie bei Rot über die Ampel und außerdem viel zu schnell gefahren. Was haben Sie dazu zu sagen?«

»Born to be wild«, sagte Steffen.

»Klar«, sagte Müller.

»Sie mögen Steppenwolf?«

»Klar.«

»Und jetzt?«

»Jetzt kassiere ich Ihren Führerschein und schreibe eine Anzeige.«

»Klar«, sagte Steffen.

»Werde ich noch gebraucht?«, fragte Georg.

»Wenn Ihr kommunistischer Freund geständig ist, eigentlich nicht.«

»Ich gestehe alles«, sagte Steffen.

»Warum hatten Sie es denn so eilig?«

»Born to be wild.«

»Das hatten wir schon.«

»Georg, also Herr Rubin, wollte hören, wie ich ›Born to be wild‹ singe. Ich singe immer auf dem Motorrad.«

»Aber wenn Sie so schnell fahren, dann hört er das doch gar nicht richtig.«

»Ist auch besser so«, sagte Georg.

»Herr Rubin, Sie bekommen eine Verwarnung über fünfzehn Euro«, sagte Müller zu Georg.

»Ich? Fünfzehn Euro? Wofür?«

»Fahren ohne Helm. Gilt auch für Beifahrer.«

»Ich zahl das«, sagte Steffen.

»Nein, das geht so nicht«, sagte Polizeihauptkommissar Müller, »die Strafe ist als erzieherische Maßnahme für Herrn Rubin gedacht.«

»Den kriegen Sie nie erzogen«, sagte Steffen, »da können Sie seinen Vater fragen.«

»Sind Sie mal ganz ruhig, Herr Landmann. Für Sie wird es nämlich richtig teuer. Das Mopped, schönes Teil, stellen wir sicher. Bis Sie Ihren Führerschein wiederbekommen. Ob Sie das noch erleben werden?«

In der gesamten Zeit hatte niemand den Ford-Transporter beachtet, der Georg fast überrollt hätte. Aus dem Wagen kam ein Klopfgeräusch. Als ob ein Mensch oder ein Tier von innen an die Tür hämmerte.

Ein Mann stieg aus dem Fahrerhaus aus.

»Rolf«, rief Steffen. »Was machst du denn hier?«

Rolf Klein antwortete nicht, ging einmal um seinen Ford, begutachtete den Blechschaden vorne, ging nach hinten, hämmerte dreimal an die Tür und rief »Ruhe«, ehe er sich an den verbliebenen Streifenpolizisten wandte: »Wer zahlt meinen Schaden?«

Rolf drehte eine zweite Runde um den Transporter, diesmal begleitete ihn der Beamte.

»Das geht alles auf Herrn Doktor. Die beiden Poller auch. Was haben Sie denn geladen?«

»Schafe«, sagte Klein.

Aus dem Auto drang neues Gepolter.

»Herr Wachtmeister«, sagte Rolf, »meine Ladung wird unruhig. Ich müsste jetzt los.«

»Polizeihauptkommissar, nicht Wachtmeister«, sagte der Uniformierte. »Sekunde noch, bis ich alles aufgenommen habe. Der Herr Landmann hat Sie vorhin Rolf genannt. Sie heißen doch Rolf?«

»Ja.«

»Dann kennen Sie Herrn Landmann?«

»Leider.«

»Ich verstehe«, sagte der Polizist. »Wenn Sie sich mit ihm nicht einigen können, hier sind seine Personalien. Die Versicherungsnummer habe ich auch.«

»Danke für Ihre Hilfe«, sagte Rolf Klein, setzte sich in den Transporter und fuhr davon. Keine hundert Meter weiter bog er rechts in eine Toreinfahrt auf den Hof der »Sozialistischen Selbsthilfe«.

Es dauerte noch einmal zehn Minuten, bis der Polizist endlich alle Formalitäten mit Steffen abgeschlossen hatte. Zuletzt stellte er ihm sogar eine Bestätigung aus, dass seine Harley sichergestellt worden sei, um missbräuchliche Fahrten zu verhindern.

Die Einfahrt zum Innenhof der Sozialistischen Selbsthilfe wurde von zwei Männern bewacht. »Sie kommen«, rief der ältere der beiden, als Steffen und Georg sich näherten.

»Wolltest du hierhin?«, fragte Georg.

»Ja«, sagte Steffen, »Rainer hat eine Vollversammlung einberufen, du solltest dabei sein. Deshalb habe ich dich angerufen und mitgenommen.«

Der Ford-Transporter stand in der Mitte des Hofes. Aus dem Innern erklangen dieselben Klopfgeräusche, die Georg vorhin gehört hatte.

»Lass die Schafe endlich frei!«, sagte Georg.

»Das geht nicht«, sagte Rolf. »Schon gar nicht, wenn wir wegen eurer Raserei die Polizei am Hals haben.«

»Nun mach endlich«, rief der einäugige Rainer, der mit den anderen Alt-68ern und einigen Mitarbeitern an einem langen Holztisch neben dem Büroeingang saß.

»Ist die Polizei weg?«

»Ja«, sagte Steffen.

»Die sind weg«, bestätigten die beiden Wachen am Eingang.

Aus dem Wagen kam noch zweimal ein kräftiges *Bumm, Bumm*. Rolf öffnete die Flügeltüren. Da war kein Schaf, da lag ein Mensch. Gefesselt und geknebelt. Ein älterer Mann. Anzugträger mit Krawatte. Die Stirn war blutig. Offensichtlich hatte er seinen Kopf von innen gegen die Tür geschlagen.

Rolf löste die Fessel und entfernte den Knebel. »Sie können jetzt aussteigen.«

Der Mann rollte sich an die Heckkante des Wagens, ließ die Beine nach draußen baumeln, setzte sich und sprang raus.

»Ich bringe Sie vor Gericht«, sagte er, »wegen Entführung. Und Misshandlung. Das wird Sie teuer zu stehen kommen.«

»Wer ist das? Was soll das?«, fragte Rainer.

»Das ist Rechtsanwalt Detlef Arnheim«, sagte Rolf, »ich habe da möglicherweise einen Fehler gemacht.«

»Warum hast du ihn mitgebracht? Wieso geknebelt und gefesselt?«

»Er kennt den Vater von Norbert Winzer«, sagte Rolf, »aber er wäre wohl kaum mitgekommen, wenn ich ihn nicht gefesselt hätte.«

»Ich kenne den alten Winzer auch«, schimpfte Willy Leipold, »jeder, der in Köln Jura studiert hat, kennt ihn. Binde ihn sofort los.«

Rolf gehorchte widerwillig.

»Entschuldigen Sie, Herr Arnheim«, sagte Rainer, »Herr Klein mag Sie nicht. Wollen Sie sich nicht setzen?«

»Nein. Ich will gehen. Ich rufe die Polizei. Ich lasse Sie festnehmen.«

Der Anwalt holte sein Handy aus dem Jackett, tippte eine Nummer ein, hielt inne, weil Rolf Klein ihn unterbrach: »Ja, bitte, rufen Sie doch die Polizei. Dann kann ich denen erzählen, wie Sie sich beim Transfer von Thomas Häßler nach Italien bereichert haben.«

»Was erzählen Sie da für einen Unsinn. Jeder in der Stadt weiß, dass da nichts dran ist.«

»Ich weiß etwas anderes«, insistierte Klein. »Ich kann mehr beweisen, als Sie ahnen. Sie waren damals Präsident des 1. FC Köln.«

»Das weiß doch jeder.«

»Genau. Ein Ehrenamt.«

»Genau. Das größte Ehrenamt, das man in Köln haben kann.«

»Was hat der Häßler-Verkauf denn gebracht? Vierzehn Millionen? Oder doch fünfzehn?«

»Der Vertrag war und ist immer noch vertraulich.«

Der Anwalt stand auf und wollte gehen. Einer der Männer, die zuvor am Eingang Wache geschoben hatten, ein Kerl wie ein Kleiderschrank, drückte ihm seine kräftige Hand auf die Schulter, bis Arnheim sich wieder hinsetzte.

»Trifft es denn zu, dass der Vertrag in Ihrer Kanzlei ausgehandelt wurde und Sie dafür eine Million Mark Provision kassiert haben?«, setzte Rolf Klein sein Verhör fort.

»Wer behauptet das?«

»Ich.«

»Läppisch.«

»Der ehemalige Sportchef des ›Kurier‹ hat den Fall jahrelang und sehr gründlich recherchiert«, sagte Rolf.

»Warum hat er dann nie etwas veröffentlicht?«

»Vielleicht hatten Sie einen Beschützer im Verlag. Obwohl, der Senior hat Sie ja mal aus seinem Büro geworfen.«

»Herr Klein, waren Sie nicht früher auch beim ›Blitz‹? Die Zeitung, in der Phantasie oft wichtiger war als die Wahrheit?«

»Der Senior hat Sie rausgeworfen, weil Sie verlangt haben, er soll dem Sportchef die weiteren Recherchen verbieten.«

»Sie können viel erzählen. Der Senior ist verstorben und kann sich nicht mehr wehren.«

»Aber Sie sind nicht verstorben«, gab Rolf zu bedenken. »Noch nicht. Machen Sie endlich reinen Tisch. Dann fühlen Sie sich besser, wenn Sie dem Herrgott gegenübertreten«, sagte Lothar.

»Wollen Sie mir etwa drohen?«

»Ich glaube nicht an den Herrgott«, sagte Rolf.

»Gottloses Gesindel. Sie alle.«

»Also, ich bin Christ«, versicherte Anarcho-Biobauer Lothar Roth.

»Ich auch«, sagte Rainer Küpper.

»Vielleicht möchten Sie wissen, woher der ehemalige Sportchef die Insiderinformationen über Sie hat?«, übernahm wieder Rolf Klein die Gesprächsführung.

»Das werden Sie mir kaum verraten, oder?«

»Das war ein Kollege von Ihnen. Eigentlich sogar ein doppelter Kollege. Rechtsanwalt und Sportfunktionär. Ich sage nur: Eishockey.«

»Sie meinen doch nicht …?«, fragte der Anwalt verdutzt.

»Doch. Den meine ich.«

»Der wird Ihnen auch nicht helfen. Der ist genauso tot.«

»Herr Arnheim, Sie wissen doch, wie das bei Anwälten ist. Irgendwo finden sich immer ein paar Akten. Garantiert.«

»Sie haben nichts. Gar nichts«, sagte der Jurist. »Ich werde jetzt gehen.«

Erneut stand er auf, erneut drückte ihn der Kleiderschrank nach unten.

»Nein, Sie werden nicht gehen«, sagte Kurt Schmoll, der sich bis jetzt völlig zurückgehalten hatte. »Herr Klein hat uns nämlich außerdem mitgeteilt, dass Sie uns mit Auskünften über Professor Winzer dienen könnten.«

Arnheim schaute sich um, als suchte er nach irgendjemandem, der ihm helfen könnte.

»Darf ich Ihnen etwas anbieten?«, fragte Rainer Küpper freundlich. »Wasser? Kaffee?«

»Ein Glas Wein wäre nicht schlecht.«

»Apropos Wein«, sagte Kurt Schmoll und lachte. »Noch mal zum alten Winzer. Wir haben beobachtet, dass Sie ihn zu Hause besucht haben.«

»Sie spionieren mir nach?«

»Nein. Wir kümmern uns allerdings um Herrn Winzer.«

»Was Sie so kümmern nennen. Ich kümmere mich wirklich um ihn. Der alte Herr freut sich immer, wenn er mich sieht und mal wieder über Juristerei und alte Zeiten reden kann.«

»Haben Sie beim letzten Mal über den Tod seines Sohnes gesprochen?«, fragte Kurt.

»Selbstverständlich. Er konnte von nichts anderem reden. Der Mord an Norbert hat ihn sehr getroffen. Er hält Sie, Sie alle oder jedenfalls einige von Ihnen, für die Schuldigen. Er kennt alle Ihre Schandtaten. Er hat alle Akten. Leider hat dieser Sozi Willy Brandt Sie damals alle amnestiert.«

»Ich bin nicht amnestiert worden«, sagte Rolf, »ich habe vor Gericht gestanden. Angeklagt in vierzehn Fällen.«

»Und, wie viele Jahre haben Sie gesessen?«

Einer von Rainers Mitbewohnern brachte eine Flasche Rotwein. Arnheim las das Etikett, verzog das Gesicht, ließ sich trotzdem einschenken.

»Erzähl, Rolf«, sagte Rainer, »wieso bist du vor Gericht gelandet?«

»Es war am Tag der Rektoratsbesetzung im November 1968. Nachdem die Glastür zum Rektorat zu Bruch gegangen war, bekam ich eine Vorladung zum Kanzler der Universität, der Rektor war auch da. ›Herr Klein‹, sagte der Rektor, ›wir wissen ja, dass Sie die Glastür zum Rektorat nicht eingeschlagen haben, aber wir wissen auch, dass Sie wissen, wer es war.‹ Natürlich habe ich abgelehnt, dem Rektor irgendeinen Hinweis zu geben. Aber er dann: ›Wenn Sie uns nicht helfen, werden wir Sie anzeigen. Und wenn Sie verurteilt werden, fliegen Sie von der Uni.‹ Ich blieb bei meinem Nein. Anschließend gab es das große Teach-in in der Aula, auf dem der denkwürdige Spruch fiel, dass ein aufrechter Gang auch mal durch Glasscheiben führen kann.«

»Dabei war das gar keine einfache Glasscheibe«, sagte Rainer.

»Ich hatte Hammer und Meißel dabei. Aber in die Tür war ein Gitter aus Metalldraht eingebaut, sodass das Glas zwar sprang, aber die Tür dennoch hielt.«

»Ich bekam einen Fuß in die Tür«, ergänzte Lothar, »ich hatte Sandalen an, ich hab gespürt, dass da zwischen Türrahmen und Glas ein Zwischenraum entstand, den ich Stück für Stück vergrößern konnte. Ich schrie, die Leute sollen nicht so drängeln, um von uns abzulenken.«

»Ja, und dann waren wir plötzlich drin«, sagte Rainer.

»Und nach uns kamen Tausende Studenten«, freute sich Lothar, als wäre es gestern gewesen.

»Der Rektor hat seine Drohung wahr gemacht und mich angezeigt«, setzte Rolf seine Erzählung fort. »Gleich in vierzehn Fällen wurde ich angeklagt. Die kannten jede unserer Aktionen, die kannten jedes Flugblatt. Die ganze Uni muss voller Spitzel gewesen sein. An der Wand des germanistischen Seminars, ich war damals Fachschaftssprecher, stand mal der Spruch: ›Schlagt die Germanisten tot, macht die blaue Blume rot.‹ Das war natürlich als Metapher gemeint und nicht als Aufforderung zum Totschlag, wie die Staatsanwaltschaft es auslegte. Sogar ›Verbreitung von nationalsozialistischen Symbolen‹ hat man mir vorgeworfen, weil wir ein antifaschistisches Flugblatt mit Hakenkreuzen verziert hatten. Der Jugendrichter – ich war ja noch nicht volljährig – stellte alle diese Verfahren ein. Blieb der Hauptanklagepunkt, die Rektoratsbesetzung, die als Landfriedensbruchs gewertet wurde.«

Willy Leipold, Ex-Regierungssprecher und Jurist, fühlte sich angesprochen: »Landfriedensbruch erfordert die aktive Teilnahme an Gewalttätigkeiten gegen Menschen oder Gegenstände wie zum Beispiel das Einschlagen einer Glastür.«

»So ist es«, sagte Rolf. »Jetzt hatte aber der Rektor selbst erklärt, dass er mich in Sachen Glastür für unschuldig hielt. Und sonstige Gewalt? Ich konnte beweisen, dass wir im Rektorat alles unternommen haben, Zerstörungen zu verhindern. Letztlich kamen nur ein paar Zigarren zu Schaden, aber auch die wurden nicht mutwillig zerstört, sondern bestimmungsgemäß geraucht, wenn auch nicht vom Rektor, sondern von uns. Am Ende wurde ich freigesprochen.«

»Und was war mit Hausfriedensbruch?«, fragte Arnheim. »Den hatten Sie doch ganz zweifelsfrei begangen.«

»Tja, aber den hatte der Rektor nicht angezeigt.«

»Diesmal werden Sie nicht wieder davonkommen«, polterte der Anwalt. »Irgendwann landen Sie alle im Knast bei Wasser und Brot. Und wenn ich Sie verklage, weil Sie mich mit Ihrem Wein vergiften wollten. Der ist ungenießbar«, sagte Arnheim, spuckte den letzten Schluck in Rolfs Gesicht und verschwand.

25

Das Zentrum der Sozialistischen Selbsthilfe war ein lebendes Fossil der 68er. Rainer Küpper hatte es geschafft, über Jahrzehnte hinweg den Betrieb aufrechtzuerhalten.

Die Sozialistische Selbsthilfe war eine Gruppe von etwa dreißig Menschen, die auf dem Arbeitsmarkt schlechte Chancen hatten: Arbeitslose, Obdachlose, Behinderte, psychisch Kranke, ehemals Drogenabhängige und Querdenker.

Die Mitglieder wohnten und arbeiteten auf einem ehemaligen Fabrikgelände. 1979 waren die vier Gebäude einer alten Schnapsbrennerei besetzt worden.

Mittels Wohnungsauflösungen, Transporten, Gebrauchtwarenverkauf und Bereitstellung eines Veranstaltungsraumes sicherte sich die Gruppe ihre Existenz. Um unabhängig zu bleiben, erhielten die Mitglieder kein Arbeitslosengeld oder Sozialhilfe. Auch Ein-Euro-Jobs wurden nicht in Anspruch genommen. Einmal pro Woche erhielten alle das gleiche Taschengeld.

Außer der Schnapsfabrik gehörte inzwischen auch eine alte Güterhalle direkt am Rhein zur Sozialistischen Selbsthilfe, in der für Menschen in Not eine sinnvolle Beschäftigung und Wohnraum geschaffen wurden.

Wenn Rainer erzählte, wie es ihm gelungen war, das Hallen-Projekt gegen einige Politiker und gierige Investoren durchzusetzen, blitzten seine Augen vor Schabernack.

»Wenn du noch Storys über miese Bau- und Grundstücksgeschäfte brauchst, musst du nur mich fragen«, sagte Rainer zu Georg. »Aber jetzt müssen wir uns erst einmal um deinen Vater und sein Napalm kümmern.«

»Woher weißt du?«

»Paul hat mich angerufen«, erklärte Rainer.

»Hat er dir alles gesagt?«

»Weiß ich nicht. Er hat mir gesagt, dass er vor vielen Jahren ein Fass Napalm verbuddelt hat, dass er das gestern Abend der Polizei gebeichtet hat und dass du und dein Polizeikumpel Menden heute Morgen am Fort VI wart, um zu sehen, ob das Fass noch da ist. Ist es noch da?«

»Nein«, sagte Georg.

»Schöner Bockmist«, sagte Rainer.

»Du hast nichts von dem Napalm gewusst?«

»Nein«, antwortete Rainer, »Paul hat mir auch jetzt nicht verraten, woher das Zeug stammt. Ist auch egal. So oder so ist es ein Fressen für die Oberstaatsanwältin. Die wird das gegen uns ausschlachten, und wir können nichts dagegen tun. Weil sie recht hat. Wir sind die Napalm-Killer.«

»Paul hätte nie etwas mit Napalm gemacht«, sagte Kurt. »Der hat ja nicht mal Pflastersteine aufs Amerikahaus geworfen. Also, woher könnte das Zeug stammen?«

»Das tut doch nichts zur Sache«, sagte Georg. »Viel wichtiger ist, herauszufinden, wo und bei wem es jetzt ist. Wir haben mal grob berechnet, wie viel Napalm bei den Anschlägen in der Studiobühne und im Kaufhof verbraucht worden sind. Höchstens dreißig bis fünfzig Liter. Was heißt, dass noch mindestens hundert Liter übrig sind. Wenn die in einem dritten und vielleicht finalen Schlag eingesetzt werden sollen, dann wird es ein großes Ziel sein, wo viele Menschen sterben könnten.«

»Das sehe ich auch so«, sagte Rainer.

»Was wären denn große Ziele in Köln?«, fragte Kurt.

»Der Dom«, sagte Lothar.

»Das Stadion«, sagte Rolf.

»Die U-Bahn«, sagte Wolfgang Schippers.

»Das Stadion scheidet aus«, meinte Georg, »da wird seit den Anschlägen in Paris viel zu streng kontrolliert.«

»In den Dom kommt man problemlos rein. Das haben wir ja gestern gesehen«, sagte Lothar.

»Wir müssen uns mehr in den Täter hineindenken«, sagte Georg. »Ich halte ihn für einen Rechtsradikalen, der sich linksradikal tarnt, damit er euch schaden kann.«

»Ein Jurist würde jetzt fragen: ›Wer hat ein Motiv?‹«, sagte Willy Leipold.

»Du bist Jurist, also sag uns, wer deiner Meinung nach ein Motiv haben könnte«, sagte Friedhelm.

»Wenn er es wirklich auf uns abgesehen hat, dann muss es jemand sein, der uns kennt. Jemand, den wir mal attackiert haben. Jemand wie der alte Otto Winzer.«

»Alter Nazi«, schimpfte Hartmut.

»Stimmt«, sagte Willy, »wir haben 1968 Winzers SS-Vergangenheit an die Öffentlichkeit gebracht. Wegen uns hat er seinen Job an der Uni verloren.«

»Das wäre ein Motiv«, sagte Steffen.

»Aber der erste Tote war sein Sohn. Wie passt das zusammen?«, fragte Georg.

»Gar nicht«, sagte Rolf.

»Oder doch«, sagte Wolfgang Schippers. »Konflikte zwischen Vater und Sohn sind gar nicht selten. Vielleicht galt der Anschlag in der Studiobühne nicht uns, vielleicht war das ein bewusster Mord an Norbert, vollstreckt durch seinen Vater, und das ganze Drumherum mit uns 68ern war nur ein Ablenkungsmanöver, das den Alten allerdings noch besonders befriedigt hat.«

»Wolfgang, denk nach«, sagte Hartmut, »der alte Winzer ist weit über neunzig und sitzt im Rollstuhl.«

»Du sitzt auch im Rollstuhl. Und wenn du in Zorn gerätst …«

Rolf rollte drohend auf Wolfgang zu, wurde von Lothar zurückgehalten.

»Vielleicht hatte er Helfer«, setzte Wolfgang seine Analyse fort.

»Klar, seine Tochter. Die Frau Oberstaatsanwältin. Du hast zu viele Skandinavien-Krimis gelesen«, moserte Friedhelm.

»Ich bin Experte und Übersetzer für isländische Literatur. Poesie, keine kriminelle Massenware«, protestierte Wolfgang.

»Ich mag Krimis«, sagte Georg.

»Hat jemand eine bessere Theorie als Wolfgang?«, fragte Rainer.

Allgemeines Schweigen.

»Hat die Polizei irgendeine Spur? Weißt du da etwas, Georg?«, setzte Rainer nach.

»Nichts Konkretes. Menden will das Fort VI überwachen, um herauszubekommen, wer sich da häufiger rumtreibt und das Napalm-Fass gefunden haben könnte. Ansonsten seid ihr immer noch die Hauptverdächtigen. Obwohl inzwischen sogar Frau Kowalski beginnt, an eure Unschuld zu glauben. Die Aktion auf dem Friedhof und vor allem die Freitagsdemo im Bankenviertel und im Dom haben sie beeindruckt. Das war öffentlich und spektakulär, die Anschläge waren verdeckt und hinterhältig.«

»Hat man Norberts Lebensumstände überprüft?«, fragte Wolfgang.

»Klar«, sagte Georg, »daraus hat sich nichts ergeben. Norbert war Single. Es gibt weder eine eifersüchtige Freundin noch einen Freund. Er war politisch engagiert und beliebt. Er hatte nur unregelmäßig Jobs, aber trotzdem keine Geldsorgen, weil sein Vater ihm jeden Monat zweitausend Euro überwies.«

»Zweitausend Euro? Nettes Taschengeld«, sagte Rainer. »Davon füttern wir hier ein Dutzend Männer durch.«

»Trotzdem, ich habe auch schon einmal überlegt, ob nicht der alte Winzer etwas mit dem Anschlag auf die Studiobühne zu tun haben könnte«, sagte Georg. »Menden hielt meine Hinweise nicht für stichhaltig. Er glaubt vermutlich immer noch, ich hätte persönlich etwas gegen Eva Winzer.«

»Was waren das für Hinweise?«, fragte Wolfgang.

»Ihr erinnert euch an den schwarzen Mercedes, mit dem die Oberstaatsanwältin und ihr Vater zur Studiobühne kamen?«

»Teures Teil«, sagte Lothar.

»Aber praktisch, besonders für Rollstuhlfahrer«, sagte Hartmut.

»Ein schwarzer Mercedes genau dieses Typs wurde rund zwei Stunden vor dem Anschlag von einer Überwachungskamera an der Ecke Universitätsstraße/Zülpicher Straße gefilmt. Der Wagen kam aus Richtung Studiobühne und bog stadtauswärts in die Zülpicher Straße ein.«

»Woher weißt du das?«, fragte Kurt.

»Eine Kollegin von Colonia-TV hat die Aufnahmen besorgt. Leider sind das Kennzeichen und auch der Fahrer nicht zu erkennen. Der Beifahrersitz war frei.«

»Weil der Herr Professor ja mitsamt Rollstuhl auf der Ladefläche saß«, kommentierte Hartmut.

»Winzer wohnt am Stadtwaldgürtel. Es kann sich um eine ganz normale private Fahrt gehandelt haben«, sagte Georg.

»Kann«, sagte Wolfgang, »aber zeitlich passt es in den Rahmen, den der Täter in der Studiobühne genutzt haben muss.«

»Außerdem sind mir mehrmals Motorradfahrer aufgefallen«, sagte Georg. »Das hat jetzt nichts mit dem Anschlag in der Studiobühne zu tun, sondern mit dem Mord an Johannes. Die tödlichen Schüsse kamen von einem Mann auf einer schweren Maschine. Eine BMW, haben Augenzeugen gesagt. Gestern am Dom war zeitweise eine ganze Rockergruppe auf BMW-Motorrädern unter den Zuschauern. Und Reifenspuren von schweren Motorrädern hat die Polizei heute Morgen genau an dem Ort gefunden, wo Paul das Napalm-Fass versteckt hatte.«

»Aber dann hat die Polizei doch eine neue, ziemlich heiße Spur«, sagte Kurt.

»Stimmt«, sagte Georg. »Das ist alles noch frisch. Von den Rockern am Dom gibt es Videoaufnahmen. Die sind bei derselben Kollegin, die schon den schwarzen Mercedes entdeckt hat. Ich habe der Polizei versprochen, dass wir versuchen, die Kennzeichen zu ermitteln. Aber ich sehe die Kollegin nicht vor Montag.«

»Warum nicht heute?«, fragte Steffen.

»Es ist Samstag.«

»Ich dachte, Journalisten sind immer im Dienst.«

»Ich weiß nicht mal, wo sie wohnt.«

»Vielleicht hat sie Telefon.«

»Klar hat sie Telefon.«

»Dann kannst du sie anrufen.«

»Kann ich.«

»Warum tust du es nicht?«

»Jetzt?«

Georg schaute in die Runde, achteinhalb Augenpaare fixierten ihn und warteten auf Action.

»Ich schreibe ihr auf WhatsApp«, sagte Georg und tippte in sein iPhone: »Hi. Ich müsste dich dringend sprechen. Hast du Zeit? Georg.«

»Du hast ihr eine SMS geschickt?«, fragte Hartmut und schaute gedankenverloren auf sein Handy.

»So was Ähnliches. Nur kostenlos.«

Sein Handy meldete eine WhatsApp-Antwort: »Jetzt? AG«.

»Jetzt!«, tippte Georg.

»In einer Stunde bei mir. Graf-Geßler-Straße/Ecke Deutzer Freiheit. Neben dem Reisebüro«, antwortete das Handy.

»Was ist?«, fragte Hartmut.

Georg sagte es ihm.

»Ich würde dich ja fahren«, sagte Steffen.

»Lieber nicht«, sagte Georg.

»Ich kann dich mitnehmen«, sagte Rolf.

»Als Beifahrer oder auf der Ladefläche?«

»Wenn du so weitermachst, dann Ladefläche.«

26

Georg ging zu Fuß durch die in Rheinnähe sehr idyllische Keupstraße bis zur Haltestelle an der B 8. Die Herbstsonne wärmte seine Schultern, die Mitmenschen erschienen ihm eine Spur besser gelaunt als sonst.

»Wer bist du?«, fragte ihn ein kleines Mädchen, das von seiner Kopftuchmutter unter Entschuldigungsgemurmel weggezogen wurde.

Georg lächelte das Mädchen an. »Ich heiße Georg«, sagte er, aber da war sie schon außer Hörweite.

Wer bist du? Gute Frage. Bis gestern war er noch der Sohn eines Druckereifacharbeiters und einer Kindergärtnerin, die nach der Heirat ihren Beruf aufgegeben hatte, wie das damals so war. Heute war er plötzlich der Sohn einer ehemaligen Terroristin mit

Doktortitel und eines Vaters, von dem er nichts wusste, nicht mal den Namen.

Die Linie 4 kam. Georg stieg ein und kämpfte mit dem Fahrscheinautomaten, um ihm ein Ticket bis zur Arena in Deutz zu entlocken. Trotz Zuspruch der erfahrenen Bahnbenutzer scheiterte er, weil der Automat das Zwei-Euro-Stück immer wieder durchrutschen ließ.

Als die Bahn nach neun Minuten die Arena in Deutz erreicht hatte, stieg er als unfreiwilliger Schwarzfahrer aus. Das Zwei-Euro-Stück warf er in den Hut eines Bettlers.

Georg ließ sich von seinem iPhone den Fußweg zur Graf-Geßler-Straße Ecke Deutzer Freiheit anzeigen und erreichte das Ziel eine Viertelstunde vor der vereinbarten Zeit. Er setzte sich in ein Straßencafé, suchte nach Zeitungen. »Blitz«, »Kurier«, »Süddeutsche«, »FAZ«, »taz«, alles da. In allen Blättern waren die Kölner Alt-68er mit ihrer spektakulären Freitagsdemo Thema.

Die FAZ stellte neben ihren Artikel sogar einen Kommentar und nutzte als Einstieg ein Zitat von Karl Marx: »Hegel bemerkte irgendwo, dass alle großen weltgeschichtlichen Tatsachen und Personen sich sozusagen zweimal ereignen. Er hat vergessen, hinzuzufügen: das eine Mal als Tragödie, das andere Mal als Farce.« Natürlich sah der Kommentator 1968 als Tragödie und die aktuellen Ereignisse als Farce.

Der »Kurier« war die einzige Zeitung, die auch die Forderungen der Alt-68er erwähnte, vom kostenlosen Nahverkehr bis hin zur Anerkennung des kölschen »J«.

Der »Blitz« veröffentlichte ein Dutzend Fotos und empörte sich über die »Tausendfache Kot-Bombe im Bankenviertel«, ein anderer Artikel war überschrieben: »Skandal: Blutiges Schlacht-Opfer im Dom«. Im »Blitz« kam auch Oberstaatsanwältin Dr. Eva Winzer zu Wort, die die Aktion der Alt-68er als »Terror« bezeichnete, den die Stadt und der Staat nicht länger hinnehmen dürften. Die Oberstaatsanwältin kritisierte den Erzbischof, der sich geweigert hätte, Anzeige zu erstatten, und sich so als klammheimlicher Sympathisant gottloser Kommunisten gezeigt habe, was sie als überzeugte Katholikin besonders empört hätte.

Je mehr Georg den »Blitz« las, desto fremder wurde ihm die Zeitung, deren Chefreporter er immer noch war.

Die »taz« schrieb relativ kurz vom »Polit-Karneval in Köln«, die »Süddeutsche« berichtete ausführlich, sie stellte die Freitagsdemo als Einzige in den Zusammenhang der beiden Napalm-Attentate in der Studiobühne und im Kaufhof.

Über den Zeitungen hatte Georg die Zeit vergessen. Mit einigen Minuten Verspätung erreichte er Annalena Gröhndens Haus, einen nach dem Krieg erneuerten Altbau mit Klinkerfassade. Auf der Klingel standen zwei Namen.

Die Kollegin trug blaue Jeans und ein weißes T-Shirt und begrüßte ihn mit Wangenkuss.

Ihre Wohnung hatte Parkettboden, hohe Wände, Sprossenfenster, im Wohnzimmer waren drei Wände weiß gestrichen, eine rosa.

Die Wohnung war superaufgeräumt. Es duftete. Am Fenster zur Straße standen blühende Pflanzen.

Auf dem Esstisch lag ein Buch. Georg machte ein verwundertes Gesicht. »›Fifty Shades of Grey‹? Das liest du?«

»Ein Klassiker.«

Er zog die Augenbrauen hoch.

»Ein Buch für alle Frauen, die sich gern unterkriegen lassen«, sagte sie und lachte.

»Und warum liest *du* es dann?« Georg konnte sich noch immer keinen Reim darauf machen.

»Kenne deinen Feind! Wichtige Devise von mir.«

»Keine Angst, ich habe nicht die Absicht, dich zu dominieren«, sagte Georg und hob die Hände.

»Ich meinte auch nicht die Männer! Ich meinte all die Frauen, die sich gern unterkriegen lassen. Und das auch noch mit Liebe und Leidenschaft verwechseln. Als hätte nie eine Frau für die Emanzipation kämpfen müssen.«

Plopp machte es, als das Buch in den leeren Papierkorb flog.

Dann ging Annalena in die Küche, Georg folgte ihr. Auch hier alles blitzsauber. Küchenkräuter auf der Fensterbank. Induktionsherd. Nespressomaschine.

»Irgendeinen besonderen Kaffeewunsch?«, fragte sie.

»Nein. Bitte nicht. Einfach nur Kaffee. Eher mild.«

Sie fischte eine kupferfarbene Kapsel aus ihrer Sammlung. »Das ist etwas für dich. ›Bukeela ka Ethiopia‹, ein Pure Origin Grand Cru aus zwei unterschiedlichen Arabicas aus Äthiopien.«

Georg fragte sich, ob diese schicken Maschinen mehr von Frauen oder Männern benutzt würden. George Clooney im Werbespot zielte wohl eher auf die Damenwelt, oder war der besondere Clou, dass Clooney außerdem die Männer animierte, sie könnten unwiderstehlich wie er sein, wenn sie nur den richtigen Kaffee aufbrühten?

Als das Getränk aus der kupferfarbenen Kapsel in der weißen Tasse war, schmeckte es wie guter Kaffee. »Danke«, sagte Georg, »wirklich angenehm mild. Verlierst du bei den vielen Sorten nicht den Überblick?«

»Doch«, sagte Annalena und lachte. »Falls ich mal danebengreife, nehme ich es als neue Erfahrung. Die wahre Expertin ist meine Mitbewohnerin.«

»Schöne Wohnung habt ihr«, sagte Georg.

»Danke. Willst du mein Zimmer sehen?«

»Ja. Gerne.«

Annalenas Zimmer lag zum Hof, bekam aber viel Licht durch ein hohes Fenster. Links neben dem Fenster sah Georg einen Glastisch mit einem Computer, einem MacBook Pro, neuestes Modell. Links neben dem Schreibtisch eine Pinnwand und ein Regal mit Büchern, einigem Elektronikkram und Computerzubehör. Rechts auf dem Glastisch eine schlanke Vase mit einer roten Rose.

An der rechten Wand befand sich ein französisches Bett, das mit einer roten Tagesdecke geschützt wurde. Über dem Bett ein Vorhang mit Fotos und Postkarten.

An der linken Wand ein großer Kleiderschrank unter einem Holzgestell mit einer Treppe, das zu einem Podest hinaufführte. »Das ist meine Lümmelecke«, sagte Annalena, »und mein Gästebett, falls es hier unten mal zu eng wird.«

Der Raum unter der Treppe wurde durch ein weiteres Bücherregal genutzt, außerdem stand dort ein gemütlicher Kaffeehaustisch mit zwei Stühlen.

»Setz dich«, lud sie ihn ein.

Mit einer fließenden Kopfbewegung schwang sie ihr langes Haar über die Schulter und schaute ihm direkt in die Augen. »Was hast du auf dem Herzen?«

»Ich habe gestern deine Reportage gesehen. Danke«, sagte Georg, »du hast so, wie soll ich sagen, so einfühlsam kommentiert. Das ist sogar meinem Vater aufgefallen.«

»Eigentlich war es ja dein Film. Du hast tolles Material geliefert. Und kaum was verwackelt.«

»Du hattest mir verboten, hektisch zu werden.«

»Stimmt. Aber ich bin es nicht gewohnt, dass jemand auf mich hört. Und ein älterer Kollege, ein Mann noch dazu, hat noch nie etwas auf mich gegeben. Du hast mich positiv überrascht.«

»Gleichfalls«, sagte Georg und grinste.

»Freut mich zu hören. Weißt du, warum ich vor der Kamera und im Studio stehen darf? Weil ich blond bin, ein hübsches Gesicht und eine, na ja, sexy Figur habe. Alles andere interessiert nicht. Die guten, festen Verträge bekommen nur Männer. Ich bin freie Mitarbeiterin. Ich will mich nicht beklagen. Ich werde bezahlt und genieße Freiheiten. Aber wenn im Pressehaus mal wieder jemand etwas ändern will oder eine Blondere oder Jüngere auftaucht, dann bin ich die Erste, die fliegt.«

»Du bist eine hervorragende Reporterin. Falls sie dich jemals feuern sollten, dann fliegst du eben. Dann fliegst du eben höher als sie.«

Es war, als blieben die Worte im Raum stehen wie eine Liebeserklärung, die niemand erwartet hatte.

Annalena sah ihn stumm an und zog ihn zu sich herüber. Bei dem folgenden ausgiebigen und hitzigen Kuss lief diesmal keine Kamera mit.

»Komm«, sagte sie und zog ihn hinter sich her.

»Was hast du vor?«, fragte Georg und beobachtete Annalena, wie sie sich das weiße T-Shirt auszog. Ihr nackter Oberkörper beleuchtete den Raum wie eine explodierende Lavalampe.

»Dich dominieren!«, sagte sie, warf ihn mit Wucht aufs Bett und war schon in der nächsten Sekunde über ihm.

Anderthalb Stunden später traten sie aus der Dusche, zogen sich an und setzten sich an den Kaffeehaustisch. »Jetzt doch mal zur Arbeit«, sagte Georg, musste sich aber bemühen, sachlich zu werden. »Könntest du mir bitte einen Gefallen tun? Auf dem Material, das ich gestern gedreht habe, waren in den Szenen am Dom Motorradfahrer zu sehen, Biker auf schweren BMW-Maschinen. Wir müssten versuchen, die Nummernschilder zu entziffern.«

»Ich hatte mich schon die ganze Zeit gefragt, wann du damit rausrückst, was du von mir willst.«

»Ich wurde abgelenkt. Manchmal kommt einem etwas Wichtiges dazwischen, Frau Kollegin. Also fahren wir jetzt ins Pressehaus?«

»Nein«, sagte Annalena spitz.

»Was heißt nein? Bitte, du musst mir helfen. Die Motorradgang könnte etwas mit dem Mord an Johannes Bäck zu tun haben, der vor meiner Wohnung erschossen wurde.«

Annalena antwortete nicht, sondern setzte sich an den Schreibtisch, öffnete den Laptop, erweckte ihn zum Leben und tippte etwas, bis ein Download begann.

»Du kannst von hier aus an die Daten?«, fragte er.

»Aber sicher. Meinst du, ich habe Lust, für jedes Video-Fitzelchen in den Glaskasten zu fahren? Trotz Glasfaser im Haus wird das allerdings ein paar Minuten dauern. Einen Kaffee kriege ich in der Zeit locker hin. Vielleicht ist sogar noch eine Runde Kuscheln drin.«

»Nun«, sagte Georg, »wir sparen uns zwei Fahrten zur Redaktion und zurück, da reicht es sicher auch noch für eine Dusche danach. Lass uns mit dem Kaffee anfangen.«

27

Gerald Menden brauchte keine zwanzig Minuten, um die von Georg übermittelten Fotos mit den Motorradkennzeichen zu überprüfen. »Fünf der Halter sind uns bestens bekannt. Einem von ihnen haben wir vor Jahren mal einen Hausbesuch in Vogelsang abgestattet und ein ganzes Waffenlager ausgehoben: eine einsatzbereite Panzerfaust, jede Menge Schwarzpulver, Reizgaswaffen, Messer sowie rechtsradikale Fahnen und Musik. Der junge Mann wurde verurteilt, ist aber wieder auf freiem Fuß. Seine alte Gang wurde damals verboten und ist es heute noch.«

»Und die anderen vier?«, fragte Georg.

»Kennen wir auch aus der rechtsradikalen Szene. Verbotene Schießübungen im Äußeren Grüngürtel, als Zielscheiben dienten Politikerfotos. Ein bisschen Kleinkriminalität, Schlägereien, Ladendiebstähle, so was eben.«

»Hast du ›Schießübungen im Äußeren Grüngürtel‹ gesagt?«

»Ja. Da gab es Anzeigen wegen Ruhestörung. Das ist aktenkundig.«

»Äußerer Grüngürtel, Mensch, Menden, bist du so schwer von Begriff, oder tust du nur so?«

»Fort VI«, sagte der Erste Kriminalhauptkommissar nach kurzem Nachdenken.

»Genau. Das ist doch im Äußeren Grüngürtel.«

»Aber die Schießerei war weiter südlich, zwischen Verteilerkreis und Güterbahnhof Eifeltor.«

»Du meinst den Straßenstrich?«

»Ja. Da liegt ja wohl auch eine der Haupteinnahmequellen der Rockergangs. Du hast uns jedenfalls sehr geholfen«, sagte Menden. »Wir werden uns die Jungs der Reihe nach vornehmen.«

»Was macht die Überwachung am Fort VI?«

»Über das Wochenende ist alles geregelt. Ab Montag könnte ich Unterstützung brauchen«, sagte Menden.

»Gut«, sagte Georg, »ich lasse mir was einfallen.«

Georg weihte Annalena in die Details ein.

»Wir könnten das Fort mit ferngesteuerten Webcams überwachen«, sagte sie, »das Haus der Winzers am Stadtwaldgürtel auch.«

»Das ist vermutlich verboten«, sagte Georg.

»Aber ungefährlicher, als wenn da jemand deiner Freunde stünde.«

»Und du wüsstest, wie das geht?«

»Mir hat heute jemand gesagt, ich wäre eine hervorragende TV-Reporterin, da werde ich so was Leichtes doch wohl hinbekommen«, empörte sich Annalena lächelnd.

»Und das Material? Hast du das alles hier?«

»Nein. Aber ich weiß, was wir brauchen und wo ich es bekomme. Und wenn es Samstagnacht wäre.«

»Es ist Samstagnacht.«

»Umso besser.«

Georg kannte sich mit Computern und allen Tricks im Internet aus, aber beim Thema Video und Überwachung konnte er von Annalena lernen. Rund um das Thema hatte sich eine eigene Szene entwickelt, die der allgegenwärtigen Überwachung außerhalb der Computerwelt mit deren eigenen Waffen entgegentrat, Spionagekameras jeder Größe, und waren sie noch so klein, Drohnen für jeden Verwendungszweck, Lauschangriffe nach alter Art, nur hellhöriger und weitreichender.

»Ihr seid schlimmer als jeder Hacker«, sagte Georg zu Annalena, als er die Tragweite ihrer Aktion begriff. »Warum machst du das? Aus politischen Gründen? Aus Neugier?«

»Wahrscheinlich aus denselben Gründen wie du. Irgendwann habe ich diese ganze Technik begriffen und gemerkt, wie gefährlich sie ist, wenn sie unkontrolliert in totalitäre Hände gerät. Da muss man gewappnet sein. Deshalb halten wir uns auf dem Laufenden, versuchen, unseren Teil der Kontrolle zu behalten, um Missbrauch verhindern zu können.«

Im Nebenzimmer einer Kneipe in der Südstadt bekam sie nach telefonischer Vorbestellung die gesuchte Hardware, sieben Kameras, infrarot- und nachtsichttauglich, solarbetrieben, WLAN-fähig, LTE, wasserdicht, fernsteuerbar, nur selbst fliegen konnten sie nicht. Dafür mussten sie auf Drohnen montiert sein, von denen Annalena zwei Exemplare erhielt, »falls die stationären Kameras nicht ausreichen sollten.«

»Macht tausendzweihundert Euro«, hatte der Verkäufer gesagt, »in bar.«

Dass Annalena nicht allein gekommen war, sondern mit Georg

einen Mann im Schlepptau hatte, schien den Dealer nicht zu wundern. »Ist das dieser Pressefuzzi?«, fragte er.

Annalena nickte.

»Der soll ja die Fresse halten, sonst gibt es Ärger.«

»Ich habe tausend dabei«, sagte Annalena.

»Und dein Fressefuzzi?«

»Den habe ich schon angepumpt. Tausend Euro. Mehr kann ich heute nicht.«

»Weil du es bist, Blondie«, sagte der Unbekannte. »Aber die zweihundert sind nicht geschenkt. Die lieferst du nach.«

»Klar«, sagte Annalena.

»Lass dich nicht erwischen, sonst stirbt ein Einhorn.«

Sie fuhren in Annalenas Fiat 500 zum Fort VI, das im Dunkeln lag. Jahrzehntelang war über eine beleuchtete Laufstrecke debattiert worden, ein Verein hatte das nötige Geld gesammelt, aber letztlich verloren die Sportler ihren Kampf gegen die Untere Landschaftsschutzbehörde und andere Retter von Waldohreule, Waldkauz, Steinkauz und Wasserfledermaus, die durch die Lichtverschmutzung gefährdet wären.

Georg und Annalena kam die amtlich verordnete Dunkelheit gelegen. Während er die Stellen anzeigte, die überwacht werden sollten, legte sie die Kamerastandorte fest.

»Drei müssten ausreichen«, sagte sie, »wir können die Kameras in die Bäume hängen. Solange keine neuen Blätter sprießen, bleiben auch die Sicht und die Versorgung mit Sonnenstrom gewährleistet.«

Georg mühte sich ab, die ausgewählten Bäume hochzuklettern, um geeignete Standorte zu finden. Er war verwundert, wie gut ihm das gelang, angesichts seiner neuen Liebe entwickelte er ungeahnte Kräfte.

Knapp eine Stunde waren sie am Fort beschäftigt, nur einmal wurden sie gestört, von zwei Männern, die sich so auffällig verhielten, dass Georg sie für Mendens Überwachungspersonal hielt.

Annalena steuerte die Kameras mit ihrem Handy. Man konnte Live-Bilder sehen, aber auch in die Vergangenheit zurückspulen. Trotz der Dunkelheit war alles genau zu erkennen, sogar das knutschende Liebespaar am Eingangstorbogen, das ihnen beiden äußerst ähnlich sah.

Annalena lachte. »Wie haben wir das gemacht?«

»Das Knutschen oder das Filmen?«

»Das Knutschen.«

»Ganz großartig. Das Kamerateam schreit nach einer Zugabe.«

»Na dann.«

Die Überwachung von Winzers Haus am Stadtwaldgürtel war überhaupt kein Problem. Die Straße war beleuchtet, eine Kamera konnten sie direkt an der Laterne montieren mit bestem Blick auf den Haupteingang.

»Eine Kamera reicht«, sagte Annalena, »wenn ich den weiten Winkel einstelle, bekommen wir sogar noch die Garage ins Bild.«

In Winzers Haus brannte Licht. Es war kurz vor Mitternacht. Als eine Straßenbahn der Linie 13 vorbeirüttelte, bewegte sich eine Gardine. Georg schien es, als schaute Oberstaatsanwältin Eva Winzer nach draußen, dann wurde ein Vorhang zugezogen.

»Zu dir oder zu mir?«, fragte Georg.

»Wenn du willst, bringe ich dich nach Hause. Du wohnst ja nicht so weit weg von hier.«

»Du hast mir nachspioniert.«

»Ich habe recherchiert. Ich lasse doch niemanden ins Haus, von dem ich nichts weiß.«

Annalena steuerte den kleinen Fiat ohne jeden Hinweis von Georg auf schnellstem Weg über den Gürtel bis zur Vogelsanger Straße, bog rechts ein und stoppte an der Ecke Piusstraße, genau vor dem Haus, in dem Georg wohnte.

»Kommst du noch mit rein?«, fragte er.

»Nein«, sagte sie. »Ich will deine Tochter nicht erschrecken.«

»Du weißt von Rosa?«

»Ja«, sagte sie. »Außerdem habe ich nichts mit. Keine frischen Klamotten. Kein Schminkzeug, jedenfalls nicht genug. Morgen früh habe ich einen Termin, da muss ich wieder die perfekte, hübsche Blonde vom Fernsehen sein.«

Sie beugte sich zu ihm hinüber, legte ihren rechten Arm um seine Schulter und gab ihm einen Abschiedskuss.

»Sehen wir uns morgen?«, fragte er.

»Wir könnten einen Spaziergang zum Fort VI machen.«

»Ich hasse Sonntagsspaziergänge.«

»Wir sollten nachsehen, ob die Kameras gut in den Bäumen hängen«, sagte sie.

»Kann ich auch an die Bilder?«

»Klar«, sagte sie. »Ich schicke dir eine Mail mit den nötigen Daten und einer Gebrauchsanweisung.«

Georg schaute dem Wagen nach, bis er an der Inneren Kanalstraße aus seinem Blickfeld verschwand. Kurz darauf öffnete sich die Haustür, und Rud Odenthal erschien im Nachtgewand. »Komm endlich rein, Junge. Ist was mit Paul?«

»Nein. Was soll sein? Er darf am Montag nach Hause.«

Rud folgte Georg in dessen Wohnung. »Hast du noch Rotwein?«

»Klar. Ich kann auch einen Schluck gebrauchen.«

Er fand einen Bordeaux und goss zwei Gläser ein.

»Auf Pauls Rückkehr ins Leben«, sagte Georg.

»Auf Paul«, sagte Rud und trank das Glas in einem Zug leer. Georg schenkte ihr ein zweites Mal ein.

Diesmal nippte Rud nur an dem Glas. Man sah ihr an, dass sie nach Worten suchte.

»Georg, es klingt vielleicht komisch. Versteh mich nicht falsch. Aber Paul, er liegt ja im Krankenhaus, aber in den letzten Tagen, da war er so, da war er so anders, wie mein Verflossener, als er eine andere hatte. Meinst du, die Krankenschwestern in der Uniklinik …?«

»Rud, was redest du da!«

»Verrückt. Klar. Du hältst mich für verrückt. Oder krankhaft eifersüchtig. Aber für mich fühlte es sich so an.«

»Paul macht zurzeit eine Menge mit. Das Attentat. Der Tod seines Freundes Johannes. Die Erinnerungen an die alten Zeiten. An Maria. Seine Frau. Meine Mutter. Ich glaube, er hatte Angst vor dem Tod. Oder zu erblinden. Er macht ja oft seine Witze, aber im Innern ist er ein ziemlich weicher Kerl. Der muss das alles erst einmal verkraften. Rud, du bist großartig. Und so wichtig für

Paul. Lass ihm Zeit, falls er ein bisschen komisch ist. Er braucht dich.«

Gerührt stand sie auf und nahm Georg in den Arm. »Danke, mein Junge, dass du so mit mir sprichst. Du glaubst nicht, wie gut mir das tut. Wenn du mal Probleme hast, kannst du gerne zu mir kommen. Ich bin nicht nur eine Klatschtante, ich kann auch zuhören. Drei Minuten, die schaff ich schon.«

28

Nachdem Rud in ihre Wohnung auf der anderen Seite des Flurs gegangen war, schaltete Georg seinen Rechner ein. Er hatte siebenundzwanzig ungelesene Mails, von Annalena war nichts dabei.

Unter den Mails war eine von seiner Chefredakteurin. Carola Maar schrieb, dass sie ihn am Montag um neun Uhr in der Redaktion erwarte. Der Sonderurlaub sei zu Ende. Wenn er Kameramann für Colonia-TV spielen könnte, dann könnte er auch wieder für den »Blitz« schreiben. Und er möge doch auf dem Weg zu seinem Schreibtisch bitte in ihrem Büro vorbeischauen.

Die meisten Mails schickte er mit einem Klick in den Papierkorb, blieb nur noch eine, die er öffnete.

Die Mail kam vom WDR, von Jürgen Dietmar, einem alten Fernsehhasen, bei dem Georg zu Beginn seiner Journalistenlaufbahn hospitiert hatte. Jürgen Dietmar hatte es inzwischen bis zur Position eines Programmbereichsleiters geschafft, also nach ziemlich weit oben in der WDR-Hierarchie.

»Hallo Georg«, schrieb er, »wir planen eine Sendung über die Demo der Alt-68er, ich hätte dich als Experten gerne dabei. Kultur und Revolution, du weißt schon. Die Gesprächsrunde soll morgen live um elf Uhr in der Kulturmatinee des WDR-Fernsehens laufen. Ich weiß, dass das jetzt sehr kurzfristig ist, wenn du dich bis neun Uhr früh meldest, geht das noch in Ordnung. Lass von dir hören.«

Das war eine Überraschung! Sollte er zusagen? Konnte er überhaupt absagen? Er musste mit jemandem darüber reden. Es war zu spät, um Paul anzurufen. Was wäre mit Annalena?

Er nahm sein Handy und stellte überrascht fest, dass sie ihm eine WhatsApp-Nachricht geschickt hatte: »Ich sitze an der versprochenen Mail, aber die ist so speziell, dass ich mir einen Weg überlegen muss, wie ich sie dir zustellen kann.«

Er wählte ihre Nummer.

»Du hast meine Nachricht gesehen?«, fragte sie.

»Leider nicht sofort.«

»Wir müssen einen Weg finden, die Infos über die Kameras vertraulich auszutauschen. Als normale Mail ist mir das zu unsicher.«

»Natürlich. Darauf hätte eigentlich ich kommen sollen. Ich werde für uns einen sicheren Verbindungsweg suchen. Das kann eine Stunde dauern.«

»Kein Problem. Ich werde auch eine Stunde brauchen, bis alles konfiguriert und protokolliert ist.«

»Und du meinst, ich verstehe das?«, fragte Georg.

»Wenn ich es aufgeschrieben habe, dann wirst du es verstehen. Notfalls kannst du mich fragen.«

»Ich habe jetzt schon eine Frage. Ich habe eine Einladung in eine Live-Sendung des WDR-Fernsehens. Morgen um elf. Ich soll zur Demo der Alt-68 befragt werden. Was meinst du?«

»Ist doch toll«, sagte Annalena.

»Du meinst also, ich soll da hin?«

»Natürlich. Du musst.«

»Ich hab wenig Fernseherfahrung.«

»Wenn du nur beschreibst, was du erlebt und gefühlt hast, bist du doch auf der sicheren Seite. Und rede nie länger als anderthalb Minuten am Stück. So wirkst du wie ein Profi.«

»Anderthalb Minuten sind nicht viel.«

»Mehr bekommt niemand in der Tagesschau.«

»Und wenn ich doch mehr zu sagen habe?«

»Dann redest du eben noch einmal neunzig Sekunden. Lass dem Moderator Zeit, dir Fragen zu stellen. Jeder Moderator liebt die Gäste, die ihn besonders gut aussehen lassen«, sagte Annalena.

»Ich brauche unbedingt dein Training. Ich buche hiermit schon mal im Voraus.«

»Bis morgen um elf Uhr wird das leider nichts. Du schaffst das schon. Den wichtigsten Trick kennst du ja bestimmt?«

»Nein.«

»Leg dir einen Satz zurecht oder eine Redewendung, einen Vergleich, ein Bonmot, mit dem du in Erinnerung bleiben willst. Nur einen Satz. Vielleicht nur drei Wörter. Aber die müssen sitzen.«

»Ich liebe dich.«

»Nicht schlecht«, lachte sie. »Es muss frech sein. Und witzig.«

»Ich liebe dich nicht.«

»Das war zwar frech, aber nicht witzig.«

»Ich liebe dich.«

»Ich dich auch.«

»Du meinst, wenn ich in der Sendung ›Ich dich auch‹ sage, das wäre so ein Satz, der in Erinnerung bleibt?«

»Wenn der Moderator vorher zu dir gesagt hat ›Ich liebe dich‹, unbedingt.«

Georg schrieb eine kurze Mail an Jürgen Dietmar: »Danke für die Einladung. Ich komme. Ist zehn Uhr dreißig okay?«

Schließlich nahm er sein kleines schwarzes Notizbuch und schrieb einen Satz auf, den er in der Sendung sagen wollte: »Was heißt schon wilde oder kriminelle Alt-68er? Heute sind das im Herzen doch nur noch Harley-Fahrer, die ›Born to be wild‹ singen.« Es fühlte sich sehr wahr an.

Georg nahm per Laptop Kontakt zu seinen alten Whistleblower-Freunden auf. In einen Ordner, über den er verschlüsselt Dokumente austauschen konnte, legte er eine Datei, die eine neue Kontaktperson autorisierte. Er nannte sie »Angie« wie im Song der Rolling Stones und hatte dabei doch die Initialen AG von Annalena Gröhnden im Sinn. Als Passwort wählte er »WhswokA6?HsdiHdnnHFdBtbws«, die Anfangsbuchstaben der Wörter seines Talkshow-Satzes, für Nicht-Eingeweihte völlig unverständlich. Alles, was »Angie« in dem Ordner deponieren würde, wäre nur für Georg und Annalena zu entziffern.

Per WhatsApp schickte er eine Nachricht an Annalena: »Wie findest du das? *Angie Was heißt schon wilde oder kriminelle Alt-68er? Heute sind das im Herzen doch nur noch Harley-Fahrer, die Born to be wild singen.* Oder ist das zu lang? Hier ist noch der Link.«

Er wartete drei Minuten, bis er sie anrief.

»Du schon wieder«, sagte sie lachend.

»Hast du meine Nachricht erhalten?«, fragte Georg.

»Ja, und ich habe sie, glaube ich, sogar verstanden. Aber ist ›Angie‹ von den Stones nicht eigentlich ein Abschiedslied? Findest du das angemessen?«

Sie begann zu singen: »Angie, Angie, when will those clouds all disappear? Angie, Angie, where will it lead us from here? With no lovin' in our souls and no money in our coats. You can't say we're satisfied. Angie, Angie, you can't say we never tried.«

»Du hast eine schöne Stimme«, sagte Georg.

»Danke. Irgendwo habe ich mal gelesen, ›Angie‹ wäre ein Codename für Kokain, von dem sich Mick Jagger damals zu lösen versucht hat. Bist du süchtig? Kokst du? Das will ich echt nicht hoffen.«

»Ich kiffe nicht mal.« Nach wenigen Sekunden fügte er hinzu: »Mein Vater rückt die Tüten nicht raus.«

Es war nach sechs Uhr morgens, als er durch ein Geräusch geweckt wurde. Wollte da jemand in seine Wohnung einbrechen?

»Rosa? Bist du das?«

Ein neues Geräusch. Da war jemand im Hausflur.

Georg stand auf, ging Richtung Flur, riss seine Wohnungstür auf und sah, wie gegenüber die Tür zu Rud Odenthals Wohnung zugezogen wurde.

War Rud unter die Schlafwandler gegangen?

Jetzt, da er schon mal wach war, setzte er sich an seinen Rechner vor dem großen Fenster zum Vorgarten mit Ausblick auf die Piusstraße. Noch während der Computer hochfuhr, sah er einen Mann, eher einen Jungen von sechzehn bis achtzehn Jahren, um die Ecke schleichen. Dabei drehte er sich noch einmal um und schien geradewegs zu Georgs Wohnung zu blicken.

Aus dem Hausflur kamen wieder Geräusche. Die Haustür fiel ins Schloss, Schritte schlurften über den Gang, verstummten auf Höhe seiner Tür und der von Ruds Wohnung gegenüber. Sollte etwa Rosa …? Der junge Mann war doch wohl nicht bei ihr gewesen?

Er sprang hoch, riss die Wohnungstür auf – und sah niemanden. Alles still. Kein Licht. Nirgends.

Georg beruhigte sich. Er war froh, nichts entdeckt zu haben.

Wie versprochen, hatte Annalena per verschlüsselter Mail eine Anleitung für die Fernsteuerung der Überwachungskameras am Fort VI und an Winzers Villa am Stadtwaldgürtel geschickt. Georg probierte gleich alles aus, es war kinderleicht, die Kameras zu drehen und so verschiedenste Blickwinkel zu haben.

Geradezu sensationell empfand Georg die Software, die zum Einsatz kam. Sie war in der Lage, selbstständig Zusammenschnitte der wichtigsten Szenen zu erstellen, zu speichern und bei Bedarf in jeder gewünschten Geschwindigkeit abzuspielen. Natürlich wurde auch der Live-Stream aufgenommen und bis zu achtundvierzig Stunden lang gespeichert.

Georg überprüfte die bisherigen Zusammenschnitte. Am Fort waren nur drei Szenen aufgenommen worden, zwei Liebespaare und ein Jogger. In Winzers Haus hatte sich kaum etwas gerührt, einmal war die Haustür geöffnet worden, und Eva Winkler hatte Küchenabfälle in einer Mülltonne entsorgt. Wenn die Kamera tatsächlich jede Bewegung an der Haustür und an der Garage registrieren würde, würde das den Überwachungsaufwand minimieren.

Man konnte die Software außerdem so programmieren, dass sie mit einem roten Licht anzeigte, wenn sie gerade erhöhte Aktivität notierte. Abrufbar waren die Kameraaufzeichnungen nicht nur über jeden Computer, sondern auch mobil über Handys und Tablets, vorausgesetzt, sie waren mit dem verschlüsselten Zugangscode autorisiert worden.

Georg erschauderte, wenn er daran dachte, welche Überwachungsmöglichkeiten sie schon als Amateure hatten. Mit Hardware, die sie in einer Südstadtkneipe hatten kaufen können und die innerhalb weniger Stunden einsatzfähig gewesen war. Um wie viel größer mussten die Überwachungsmöglichkeiten durch den Staat, durch Polizei und Geheimdienste sein. Oder durch Konzerne, die ohnehin den Großteil unserer elektronischen Daten kannten.

Gegen halb neun Uhr kam eine Mail von Jürgen Dietmar, der sich freute und den Termin nochmals bestätigte.

Georg ging auf die andere Seite des Flurs in Ruds Wohnung und klopfte an das Schlafzimmer von Rosa, die wach war, aber noch im Bett lag. Als Georg ins Zimmer trat, versteckte sie ein Buch unter der Bettdecke.

»Du musst den Karl Marx nicht vor mir verstecken«, sagte er. Rosa wollte gerade protestieren, sagte aber nur: »Guten Morgen. Was ist los?«

»Meine einzige und Lieblingstochter, ich brauche deinen Rat.«

»Oh. Worum geht es? Liebeskummer?«, fragte sie begeistert.

»Nein. Ich habe gleich einen Auftritt im WDR. TV. Live. Kulturmatinee. Thema ist die Revolution einst und jetzt. Ich weiß nicht, was ich anziehen soll.«

»*Kultur und Revolution.* Da kannst du eigentlich gehen wie immer. Hast du überhaupt etwas anderes als schwarze Pullover?«

»Schwarze Hemden.«

»Toll.«

»Einen roten Schal.«

»Als was bist du denn da? Journalist oder Revolutionsexperte?«

»Ich glaube, Letzteres. Die wollen mich zu Paul und seinen 68er-Freunden befragen.«

»Du musst irgendwie auffallen. Mit deinem Schwarz-in-Schwarz nimmt dich niemand wahr. Was ist mit deiner Che-Guevara-Mütze?«

»Du meinst die Baskenmütze? Die hatte ich zuletzt im Karneval an. Da war ich Franzose.«

»Ich nähe dir einen silbernen Stern drauf.«

»Wozu das?«

»Sieht dann mehr wie Guevara aus.«

»Müsste der Stern nicht rot sein?«

»Silber passt besser zu Schwarz. Und zu dir. Auffallen wird der Stern so oder so. Che trug, soweit ich weiß, sowieso einen goldenen Stern. Zumindest auf diesem berühmten Foto, das Opa an der Wand hängen hat.«

»Du meinst, die Mütze sollte ich im Studio auflassen?«

»Klar. Wozu sonst der Aufwand? Du weißt doch: Kleider machen Revolutionäre.«

»Schick«, sagte Jürgen Dietmar, als er Georg im Funkhaus in Empfang nahm, »die Kappe steht dir, gibt dir etwas Verwegenes. Was ist das da vorne drauf für ein Abzeichen?«

Rosas fünfzackiger Stern sah eher aus wie ein vierflügliger Schmetterling, der fünfte Sternzacken, der nach unten zeigte, war nur eine dünne silberne Linie.

»Erinnert mich irgendwie an Che Guevara«, sagte Jürgen Dietmar, »ist aber auch egal. Ihr werdet in der Sendung zu viert sein. Neben der Moderatorin – kennst du Irina Zylinski? – ist ein Polizeipsychologe da und eine Sängerin.«

»Was ist das denn für eine Mischung?«

»Aktualität und Unterhaltung. Sonst schalten die Leute ja gleich ab, wenn's nicht was zum Trällern gibt. Und wenn du die Sängerin erst siehst.«

»Solange es nicht Helene Atemlos ist.«

»Wart's ab. Du wirst dein blaues Wunder erleben. Oder besser dein rotes. Die Dame hat nämlich eine neue Platte aufgenommen. Bei uns ist die Premiere. Titel: ›Hört, hört die Signale – Internationale Lieder der Revolution‹«

»Du machst Witze.«

Die Art, wie Jürgen Dietmar die Moderatorin begrüßte, eine schwarzhaarige Schönheit, ließ keinen Zweifel über den Charakter ihrer Beziehung. Irina musste gut zwanzig Jahre jünger als Jürgen sein, aber war nicht auch Annalena zehn Jahre jünger als Georg?

Helene oder Andrea oder wer immer fand, man könnte mit linken Kampfliedern ein Schlagerpublikum erreichen, war noch nicht da.

»Noch drei Minuten bis zur Sendung«, sagte Irina, »wenn du unsere Revolutions-Helene vielleicht erinnern könntest, Schatz?«

Jürgen Dietmar klopfte vorsichtig an die Tür der Gästegarderobe, die sich umgehend öffnete. Die attraktive Dreißigerin hatte anstelle eines mondänen Erfolgreiche-und-selbstbewusste-Frauvon-heute-Outfits eine löchrige Jeans und ein weißes T-Shirt an. Als Kostüm musste ein buntes Stirnband herhalten, das entfernt an die Ästhetik der Blumenkinder von San Francisco erinnerte.

Auf einem Monitor zu seinen Füßen konnte Georg das Bild sehen, das ausgestrahlt wurde. Nach dem Intro der Kulturmatinee übernahm Irina routiniert das Kommando. Sie erwähnte das Thema »Kultur und Revolution« und begrüßte ihre männlichen Gäste kurz und knapp, sodass sie gerade Zeit hatten zu nicken, und würdigte dann in aller Ausführlichkeit die Ikone des modernen Schlagers.

Georg begann mit dem Fuß zu wippen, stellte das Wippen aber wieder ein, als ihm bewusst wurde, wie viele Menschen ihn bei der ungeduldigen Geste beobachten konnten. Er setzte stattdessen ein angedeutetes Lächeln auf und wartete auf sein Stichwort.

»Wir haben da etwas vorbereitet«, sagte Irina Zylinski nach einer gefühlten Ewigkeit und musterte Georg eindringlich, »es gibt da einen Film über eine Demonstration in Köln, eine sehr eigenwillige Demonstration, und Herr Rubin war mittendrin. Sehen Sie selbst.«

Georg kannte den Film, der gezeigt wurde. Es war Annalenas Zusammenschnitt der 68er-Aktion am Freitag, der WDR blendete sogar den korrekten Copyright-Hinweis ein, dass das Material von Colonia-TV stamme.

Die Runde im Studio lachte einige Male, besonders die Szenen mit ihm selbst und den Tausenden Schafen im Bankenviertel sorgten für Heiterkeit.

Georg fühlte sich eher unbehaglich, auch wenn es Beifall gab, als der Film zu Ende war.

»Herr Rubin«, stieg Irina wieder in das Gespräch ein, »Sie predigen also die Revolution?«

»Predigen würde ich nie. Das klingt mir zu klerikal. Außerdem war ich in diesem konkreten Fall mehr Beobachter, wenn auch sehr nah dran. Aber ich möchte schon eine Welt, in der Freiheit, Gerechtigkeit und Solidarität für alle erreicht werden.«

»Das wollen wir doch alle«, sagte Irina.

»Nein«, sagte Georg, »das wollen wir nicht alle. Die meisten wollen eigentlich nur, dass sich nichts zu ihren Ungunsten ändert, solange sie auf der reichen Seite leben. Sie verschließen ihre Herzen und beruhigen ihr Gewissen, falls sie so etwas überhaupt haben, mit ein paar Spenden zur Weihnachtszeit.«

»Apropos Weihnachten«, sagte Irina und wandte sich wieder an den Star der Sendung. »Ihr Weihnachtsalbum war ja sehr erfolgreich. Aber, und ich bin sehr stolz, dass ich das Geheimnis hier und heute in meiner Sendung enthüllen darf, auf Ihrem neuen Album singen Sie internationale Revolutionslieder.«

»Das ist richtig«, kam die Antwort mit einem werbewirksamen Strahlen. »Die Idee kam mir bei einer Fernsehshow mit André Rieu. Er spielte mit seinem Orchester ›Bella ciao‹, das italienische Partisanenlied, und sagte, dass er das ab jetzt immer aufführen wird, wenn er auf Tournee geht.«

»Sie haben ja eine schöne Stimme«, unterbrach Georg, »aber ganz ehrlich, Ihre Weihnachtsplatte fand ich unausstehlich. Alles so glattgebügelt. Nichts Anstößiges. Dabei war Jesus auf seine Art auch ein Revolutionär.«

»Lieber Georg, ich singe die Lieder mit der Stimme, die Gott mir gegeben hat. Und die Lieder der Revolution, die ich jetzt aufgenommen habe, singe ich voller Anteilnahme und Inbrunst. Haben Sie jemals Joan Baez gehört?«

Georg nickte.

»Natürlich haben Sie. Hatte Joan nicht eine engelsgleiche Stimme? Ich tue auf meine Art, was Sie auf Ihre Art tun sollten.«

»Wir alle freuen uns natürlich auf eine Kostprobe«, ging die Moderatorin dazwischen, bevor es zum Eklat kommen konnte.

»Das Lied, das ich gleich singe, ist nicht direkt ein Lied der Revolution, aber eine Hymne der Revolte gegen den Krieg. Und –« Die erfolgreichste Filialdame des deutschen Schlagers machte ein Gesicht wie ein Teenagermädchen, das gerade ein Autogramm von Justin Bieber eingeheimst hat. »Der Autor dieser unsterblichen Hymne hat mir die Ehre erwiesen, sich für ein Foto für mein Album-Cover zur Verfügung zu stellen.«

Wie auf Knopfdruck hielt Irina besagte CD mit besagtem Foto vor eine Kamera. Bob Dylan, inzwischen über siebzig, stand ungefähr einen halben Meter hinter der Schlagersängerin, die dasselbe Outfit trug wie jetzt im Studio, und blickte ähnlich desinteressiert auf seine Füße wie einst bei der Oscarverleihung, zu der er via Satellit aus Australien zugeschaltet worden war.

Im nächsten Moment registrierte Georg, dass der Stuhl neben seinem leer war, dann erklangen auch schon die ersten Töne von »Blowing in the Wind«, und die Königin des modernen Schlagers bewegte den Mund zu der misshandelten Version des einstigen Protest-Songs, dass Georg am liebsten ganz andere Dinge getan hätte, als harmlos mit dem Fuß zu wippen. Es gelang ihm, die Sache auszusitzen, indem er sich in Gedanken wegbeamte und sich Annalenas nackten Körper vorstellte.

Als alle wieder saßen, konnte Georg sich dann aber doch eine bissige Bemerkung nicht verkneifen. Und wollte es auch nicht. »Hegel bemerkte irgendwo, dass alle großen weltgeschichtlichen Tatsachen sich zweimal ereignen. Er hat vergessen, hinzuzufügen: das eine Mal als Tragödie, das andere Mal als Farce. So ähnlich ist es, wenn Schlagerstars heute von der Revolution singen. Oder wenn der US-Kapitalismus aus Kuba ein kommunistisches Disneyland macht.«

»Und das soll anders werden durch das, was Ihr Vater und seine 68er-Freunde anstellen?«, fragte Irina. »Kapern den WDR, lassen tausend Schafe die Banken bescheißen, schänden den Kölner Dom?« Dazu machte sie ein Gesicht wie eine Mischung aus Anne Will und Günther Jauch.

»Paul und seinen Freunden geht es immer noch um die gerechte Sache«, antwortete Georg ruhig. »Auch wenn es manchmal so aussehen mag, als wären sie nur noch alt gewordene Harley-Fahrer, die ›Born to be wild‹ singen.«

»Oder ›Blowin in the wind‹?«, fragte die Sängerin.

»Sicher. Wenn auch eher nicht auf 'ner Harley.« Er lachte. »Aber Sie müssten sie erst mal hören, wenn sie nachts ›Wir sind die junge Garde des Proletariats‹ anstimmen. Da bleibt kein Fenster zu.«

Nach dem Abspann kam Jürgen Dietmar ins Studio und gratulierte Georg. Hinter ihm erschien eine junge blonde Frau. Annalena. »Darf ich vorstellen«, sagte Jürgen Dietmar, »Herr Rubin, Frau Gröhnden von Colonia-TV, aber ihr kennt euch ja.«

»Was machst du denn hier?«, fragte Georg.

»Ich hatte dir erzählt, dass ich einen Termin am Morgen habe. Das hier ist mein Termin. Ich hatte dem WDR das Material angeboten, ich wollte kontrollieren, wie es verwendet wird. War alles in Ordnung.«

»Dann wusstest du vor mir, dass ich eingeladen werden sollte?«

»Ja. Und dein längster Wortbeitrag war eine Minute und vierundzwanzig Sekunden lang. Perfekt.«

So wie sie lachte und ihn dabei ansah, konnte er unmöglich sauer auf sie sein. Obwohl. Ihn dieser singenden Marketingstrategie auszusetzen, dafür musste er schon irgendwann noch ein Hühnchen mit ihr rupfen.

29

Annalena hatte ihren Fiat 500 in der WDR-Tiefgarage am Appellhofplatz geparkt. »Lass uns die Kameras überprüfen, dann fahre ich dich nach Hause«, sagte sie.

Die Übertragung aufs Handy lief einwandfrei. Spaziergänger und Radfahrer am Fort, einige Autos am Stadtwaldgürtel, nichts Außergewöhnliches.

Auch die Überprüfung vor Ort verlief glatt. Eine der drei Kameras am Fort war etwas in Schräglage geraten, schien aber inzwischen einen sicheren Standort gefunden zu haben.

»Das ist wirklich toll, was du da gestrickt hast«, sagte Georg.

»Danke für das Kompliment. Aber du hast ja gesehen, wie einfach es war.«

»Einfach für dich. Weil du wusstest, dass es solche Kameras gibt, wo man sie bekommt und wie man sie optimal einrichtet.«

»Den schwierigeren Teil haben wir noch vor uns.«

»Was meinst du?«

»Die Kameras wieder unbemerkt verschwinden zu lassen, wenn sie ihren Zweck erfüllt haben.«

»Komm mit rein«, bat Georg, als Annalena ihren Wagen vor seinem Haus geparkt hatte, »ich würde mich freuen. Heute ist

Sonntag. Rosa hat vermutlich gekocht. Spaghetti mit Tomatensoße. Da ist es kein Problem, einen Teller dazuzustellen.«

»Einverstanden«, sagte Annalena, »ich bin gespannt auf deine Tochter.«

In Georgs Wohnung wurde doppelt gekocht. Rosa war nicht allein, ein junger Mann assistierte ihr. War das nicht derselbe freche Kerl, der heute Morgen um sechs Uhr ums Haus geschlichen ist?

»Hi, Dad«, sagte Rosa, »das ist David.« Sie sprach den Namen englisch aus.

»Hallo, David«, sagte Georg. »Kann es sein, dass ich dich schon mal gesehen habe?«

»Guten Tag, Herr Rubin. Ist schon möglich. Ich wohne nicht weit von hier.«

»Wo warst du heute Morgen um sechs?«

David druckste herum. Georg baute sich gefährlich breitbeinig vor dem Jungen auf. Annalena legte ihm eine Hand auf die Schulter.

»Er war bei mir«, sagte Rosa, »wenigstens bis kurz vor sechs.«

»Das will ich hoffen«, sagte Georg.

»Was?«, fragte Rosa.

»Kurz vor Sex.«

Alle lachten.

»Was gibt's hier zu lachen? Eigentlich wollte ich schimpfen. Rosa, du kannst doch nicht, ohne mich zu fragen.«

»Dad, du hast mich zur Selbstständigkeit erzogen. Was willst du?«

»Ja, was will ich eigentlich?«, lachte endlich auch Georg. »Ich will euch Annalena vorstellen. Das ist Annalena. Sie ist meine Freundin.«

»Echt?«, fragte Rosa.

»Echt, ich heiße wirklich Annalena. Wenn Georg mich als seine Freundin bezeichnet, wird das so sein. Ich bin froh, dich kennenzulernen. Ich hoffe, du hast nichts dagegen, dass ich hier einfach auftauche. Georg hat mir gesagt, es gäbe wahrscheinlich Spaghetti mit Tomatensoße.«

»Gibt es. Und nein, ich habe nichts dagegen, wenn Georg

eine Freundin hat. Solange sie ihn anständig behandelt und nicht glaubt, sich als meine Mutter aufspielen zu müssen, ist alles in Ordnung. Ich habe ja bald weniger Zeit für ihn, da ist es gut, wenn sich jemand um ihn kümmert.«

Eine Stunde nach der Spaghetti-Schlacht hatten Rosa und David sich auf ihr Zimmer zurückgezogen, dafür waren mehrere Besucher eingetroffen: Franck von Franckenhorst, Georgs reicher Schulfreund, dessen Lebensgefährtin Christina Brandt, Rechtsanwältin, dazu Jean Leclerc, der einbeinige Chefredakteur der Obdachlosenzeitung »Von janz unge«, die von Franck finanziert wurde, und Gerald Menden, Erster Kriminalhauptkommissar.

Annalena erklärte das von ihnen installierte Überwachungssystem.

»Das ist illegal«, sagte Gerald Menden.

»Wäre es denn legal, wenn die Polizei das live mit eigenen Leuten überwacht? Einfach so, ohne einen konkreten Verdacht?«, fragte Annalena.

»Es gibt einen konkreten Verdacht. Am Fort könnte das Napalm versteckt sein.«

»Und bei Professor Winzer?«

»Gegen Herrn Winzer wird nicht ermittelt. Etwas anderes wäre es, wenn wir ihn unter polizeilichen Schutz gestellt hätten, weil er in Gefahr wäre.«

»Aber das ist er doch«, sagte Georg, »sein Sohn ist ermordet worden, linke Ex-Studenten, alte politische Feinde des Professors, stehen unter Verdacht.«

»Ich habe gesagt, dass das illegal ist«, sagte Menden, »und dabei bleibt es.«

»Auch vor Gericht werden wir das nicht verwenden können«, sagte Christina.

»Es ist trotzdem sehr hilfreich«, setzte Menden fort, »ich werde es nutzen. Aber nicht das kleinste Stückchen der Überwachungsbilder darf an die Öffentlichkeit kommen.«

»Welche Kameras meinst du?«, fragte Georg.

»Habe ich was von Kameras gesagt?«

»Wir müssen eine Art regelmäßigen Wachdienst einrichten«,

sagte Franck, »ich kann heute Nachmittag ab sechzehn Uhr übernehmen. Sagen wir von sechzehn bis zwanzig Uhr.«

Einer nach dem anderen meldete sich zur Überwachungsschicht, als Letzte Annalena: »Ich nehme von acht bis zwölf, aber auf was sollen wir überhaupt achten?«

»Auf was sollen wir achten?«, nahm Menden die Frage auf. »Am Fort warten wir auf Motorradfahrer. Einzeln oder in Gruppen. Und auf Leute, die eine schwere Last transportieren.«

»Und wenn ich was sehe, dann schlage ich bei wem Alarm?«, fragte Annalena.

»Bei Georg oder bei mir«, sagte Menden.

»Was ist mit der Winzer-Villa?«, fragte Christina.

»Da interessiert mich jeder, der die Villa betritt oder sie verlässt«, sagte Georg, »der Professor, seine Tochter, jeder Besucher. Einfach alle.«

»Ich mag die Oberstaatsanwältin nicht«, sagte Christina, »wenn wir juristisch miteinander zu tun hatten, habe ich sie immer als unglaublich autoritär empfunden.«

Georg konnte das Unbehagen gut nachvollziehen. »Sie war am Freitag mit ihrem Vater während der Demo im Café vor dem Dom. Sie hat sich dort mit zwei Männern getroffen, die vermutlich zur Anwaltskanzlei Zeisig & Ziegler gehören. Fällt dir dazu vielleicht etwas ein?«

»Zeisig & Ziegler«, wiederholte Christina, »eine der größten Kanzleien überhaupt im Land. Machen viel Wirtschaftssachen. Das wäre nicht überraschend, wenn man sich kennt. Der alte Professor hat sicher schon mal ein Gutachten für Z&Z geschrieben.«

»Wer hat jetzt Wachdienst?«, fragte Jean, der vor Georgs Computer saß.

»Oh, das haben wir nicht eingeteilt«, sagte Menden.

»Ich sehe Motorradfahrer. Nicht vor dem Fort, wo ihr sie erwartet, sondern vor Winzers Villa.«

»Mach ein Standbild«, sagte Menden.

»Keine Panik«, sagte Annalena, »wird doch alles aufgezeichnet.«

»Lass mich mal«, sagte Georg.

Drei schwere Motorräder standen vor der Einfahrt zu Winzers Garage.

»Das sind BMW«, sagte Menden.

Einer der drei Motorradrocker ging zum Hauseingang, klingelte. Eva Winzer öffnete. Der Motorradrocker trat ein.

»Könnt ihr die Kennzeichen erkennen?«, fragte Menden.

»Nein. Dazu stehen die Räder zu schräg«, sagte Georg.

»Ich bin sicher, dass die drei zu der Gruppe gehören, die am Freitag vor dem Dom waren und dann mit Riesenlärm davonfuhren«, sagte Annalena, »dieselbe Lederkluft, dieselben Helme.«

»Dann sind das alles keine Zufälle«, sagte Franck. »Ich kenne die Anwaltskanzlei Zeisig & Ziegler übrigens auch. Die haben sich um den Verkauf unseres Parfüm-Konzerns gekümmert. Zeisig junior ist ZZ-Top-Fan. Der fährt selber auch Motorrad. Aber der fährt keine BMW. Ich glaube, der hat eine Yamaha.«

»Wir sollten da dranbleiben«, sagte Menden. »Ich bin dummerweise mit der KVB hier. Kann mir irgendjemand seinen Wagen leihen oder mich begleiten?«

»Was hast du vor?«

»Wir müssen versuchen, den Motorradrockern zu folgen. Und da zwei vor dem Haus warten, nehme ich an, dass der dritte auch bald wieder nach draußen kommt.«

»Ich fahre dich«, sagte Franck.

»Hoffentlich nicht so eine Millionärskutsche, die sofort auffällt.«

»Ich bin mit dem Ferrari hier.«

»Ihr könnt meinen Smart nehmen«, sagte Georg.

»Ihr solltet euch beeilen«, sagte Jean, »die Tür bei Winzers geht auf.«

»Das schaffen wir nicht«, sagte Menden.

»Doch. Die beiden anderen Motorradrocker sind jetzt ebenfalls im Haus.«

»Dann los«, sagte Franck.

»Du kommst mit, als Chauffeur in einem Smart?«, sagte Menden.

»Klar. Ich fahre. Du kannst beobachten. Oder fotografieren. Oder was auch immer du tun musst.«

»Ich sehe noch mehr Motorradfahrer«, sagte Jean, »jetzt aber am Fort.«

Georg schaute sich die Übertragung an. »Das ist exakt die Stelle, an der das Napalm-Fass vergraben war.«

»Das sind aber andere Motorräder«, sagte Jean.

»Spielt das eine Rolle?«, fragte Christina.

»Vielleicht«, sagte Georg. »BMW-Motorräder in solchen Gangs sind eher selten. Die altbekannten Rocker fahren Harley Davidson und nichts anderes. BMW und Harley, das sind zwei völlig unterschiedliche Lager.«

»Da«, sagte Jean, »Franck und Gerald fahren an der Winzer-Villa vorbei. Die drei Motorräder stehen noch vor der Garage.«

»Ich nehme an, dass Gerald die Nummernschilder fotografiert«, sagte Georg.

»Da sind BMW und Harley gemeinsam am Fort«, sagte Jean.

»Vielleicht haben sich da welche zusammengefunden«, sagte Christina.

»Vor Winzers Haus ist Bewegung«, sagte Jean, »die Motorradrocker kommen raus. Die Garagentür schwingt auf.«

»Schaut mal, der alte Winzer«, sagte Christina, »höchstpersönlich im Rollstuhl, ist in der Garage. Er winkt die drei Männer zu sich herein. Jetzt kann man leider nichts mehr erkennen, innen ist es zu dunkel.«

»Sie kommen raus«, sagte Jean, »der Alte hat denen ein Pittermännchen spendiert.«

Georg schaute sich die Bilder an. Der erste der drei Rocker trug ein Kölschfass. »Das sind aber mehr als zehn Liter. Das sind fünfzig Liter.«

Ein zweiter Mann verließ die Garage, auch er trug ein Fünfzig-Liter-Fass. Der dritte rollte einen Beiwagen heraus und montierte ihn an eines der Motorräder. Die beiden Kollegen verstauten die Fässer im Beiwagen.

»Du solltest Menden anrufen, dass sie das Motorrad mit dem Beifahrer stoppen müssen«, sagte Jean.

Georg rief seinen Polizistenfreund an. »Wo seid ihr?«

»Wir warten an der nächsten Straßenecke.«

»Eins der Motorräder hat jetzt einen Beiwagen, in dem zwei große Fässer versteckt sind. Sieht aus wie Bier. Solltest du mal überprüfen.«

»In Ordnung«, sagte Menden, »wir werden sie nicht aus den Augen lassen.«

»Die Motorräder am Fort setzen sich in Bewegung«, alarmierte Jean, »und die Garage bei den Winzers öffnet sich wieder. Sieht so aus, als würde Eva Winzer ihren Vater ein wenig spazieren fahren.«

»Das ist zu viel«, sagte Georg, »so viel bekommen wir nicht überwacht.«

»Leider haben wir die Drohnen nicht hier«, sagte Annalena.

»Jean, fällt dir was ein?«, fragte Georg.

»Taxifahrer? Was soll ich durchgeben?«

»Ob die auf Winzers Mercedes aufpassen könnten. Das ist doch nicht zu viel verlangt.«

»Ich tu mein Bestes.«

Jean nahm sein Handy und schickte eine WhatsApp-Gruppennachricht raus. »Ich denke, das müsste reichen.«

»Was hast du gemacht?«

»Das Kennzeichen durchgegeben und um Aufmerksamkeit gebeten. Wer melden kann, wo der Wagen abgestellt wird, bekommt von mir hundert Euro.«

»Von dir?«

»Klar. Von wem denn sonst? Ich gehe natürlich davon aus, dass du oder unser reicher Freund das bezahlt. Franck hat uns noch nie hängen lassen.«

Georgs Handy meldete sich. »Ich bin's, Gerald. Wir haben die Fässer kontrolliert. Es waren Kölschfässer. Und da war auch Kölsch drin. Das Ganze wäre eine Spende des Professors an seine Studentenverbindung, genau genommen eine Burschenschaft. Der Alte Herr würde regelmäßig spenden, die Motorradrocker wären auch alle Mitglieder dieser Burschenschaft. Sie haben mich eingeladen, mir das alles selbst anzusehen. Wenn ich wollte, dürfte ich auch eine Runde fechten. Das ist nämlich ein, wie sie es nennen, ›pflichtschlagender Bund‹.«

»Ja, schlag die Klinge. Ich wollte schon immer mal einen Freund beerdigen, der bei einem Duell ums Leben gekommen ist. Hat man ja nur noch selten«, sagte Georg.

»Ihre Farben sind Schwarz-Weiß-Rot. Das hätte aber gar nichts mit den Nationalsozialisten zu tun. Ihr Bund wäre viel älter. Ihre Farben entsprächen den Farben des deutschen Kaiserreichs und wären gleichzeitig auch eine Kombination der Farben Preußens, Schwarz-Weiß, und denen der Stadt Köln, Rot-Weiß.«

»Dann pass auf, dass die dich nicht zum Kaiser krönen.«

»Ich glaube, die fechten oder trinken so etwas aus.«

»Die Kameras am Fort VI zeigen keine Motorradfahrer mehr an«, sagte Jean. »Das sieht jetzt alles nach einem normalen Sonntagnachmittag aus.«

Annalena und Christina saßen auf Georgs weißem Sofa und unterhielten sich angeregt. Sie schienen sich auf etwas geeinigt zu haben, denn Christina hob die Hand, als wollte sie sich offiziell zu Wort melden.

»Was ist?«, fragte Georg.

»Annalena und ich glauben, dass hier etwas faul ist. Wieso bunkert Herr Winzer die Kölschfässer bei sich zu Hause? Wäre es nicht viel einfacher, er ließe seine Spende von einem Bierverleger liefern? Oder direkt von der Brauerei? Dann müsste er nur bezahlen, und alles wäre gut.«

»Aber Gerald hat die Fässer untersucht. Es waren Bierfässer. Bei Bier kann man ihm nichts vormachen.«

»Und wenn die Bierfässer nur Tarnung für andere Fässer sind? Hat Gerald mal eine Hausdurchsuchung beantragt?«, fragte Annalena.

»Mit welcher Begründung sollte er die beantragen? Professor Winzer ist Vater eines Opfers und vielleicht Zeuge, aber doch kein Verdächtiger.«

»Vielleicht sind die anderen Fässer ja schon unterwegs. Zum Beispiel in seinem schwarzen Mercedes.«

»Der Mercedes fährt zum Stadion. Parkt am Eingang der Jahnwiese, meldet mir mein Gewinner«, sagte Jean.

»Gibt es so was wie Rollstuhlfußball?«, fragte Georg.

»Aber doch wohl kaum für einen Überneunzigjährigen«, sagte Christina.

»Sagt dein Gewinner sonst noch was?«, fragte Georg.

»Dass eine Horde Motorradfahrer die Gegend am Stadion

verunsichert. Die fahren im Kreis um Winzers Mercedes und stimmen Kriegsgeheul an. Der Mann meint, die sehen richtig gefährlich aus, aber Winzer scheint vor denen keine Angst zu haben. Eine Frau, wohl seine Tochter, schiebt ihn samt Rollstuhl aus dem Wagenheck, und jetzt fährt der alte Mann mit den Motorradrockern im Kreis um seinen schwarzen Mercedes rum. Mein Gewährsmann meint, der alte Mann ist wahrscheinlich verrückt geworden. Und fragt, wann er sein Geld kriegt.«

»Er soll den Mercedes beobachten. Wenn er noch eine halbe Stunde dranbleibt, zahle ich ihm das Doppelte.«

»Noch jemand mit einem Wagen hier?«, fragte Georg.

»Ich«, sagte Annalena, »weißt du doch.«

»Klar. Komm. Wir fahren los. Sofort. Du, Jean, meldest uns, wenn sich Winzer mit seinem Mercedes in Bewegung setzt. Wir fahren zu seiner Villa und schauen uns mal um.«

Annalena parkte ihren kleinen Fiat einige Meter hinter der Einfahrt zu Winzers Garage. »Warte du hier und hupe, falls etwas Ungewöhnliches passiert«, sagte Georg.

Georg ging ohne Zögern zur Garage. Er zog am Drehgriff des Garagentors, das nicht abgeschlossen war. Irgendwie war er enttäuscht, er hatte mit mehr technischem Widerstand gerechnet.

Die Garage war groß, sie hätte Platz für zwei Pkw geboten. An der rechten Wand waren weitere Kölschfässer gestapelt.

Der Raum war auch länger als eine normale Garage. In der Rückwand war eine Tür, auch die war nicht abgeschlossen. Georg öffnete sie und fand sich im Garten der Villa wieder, sehr gepflegt, da war sicher ein Gärtner im Einsatz, alter Baumbestand.

In der Villa ging Licht an. Georg erschrak. Er sah eine Frau mittleren Alters, die sich in dem Haus bewegte. Wohnte noch jemand hier? Vielleicht eine Pflegerin?

Georg machte Fotos. In der hinteren Ecke des Gartens stand ein hölzerner Pavillon, der seine Neugier weckte.

Der Pavillon war achteckig und ziemlich groß bei einem Durchmesser von zehn Metern. Georg warf einen Blick hinein und zog den Kopf wieder zurück.

In der Mitte des Pavillons hatte jemand gesessen. Ein Mensch mit einem dunklen Guantánamo-Sack über dem Kopf, gefesselt, als wäre er der Zwillingsbruder des brennenden Norbert Winzer in der Studiobühne. Georg hob den Kopf vorsichtig an. Der Mensch bewegte sich nicht. Entweder war er tot, oder es handelte sich um eine Puppe. Er fotografierte alles, was er sah.

Von der Straße kam Hupen.

Im Haus gingen weitere Lichter an, jetzt auch auf der Terrasse zum Garten. Georg drückte sich in eine Hecke vor der Mauer zum Nachbargrundstück.

Er öffnete die Tür zur Garage. Das Garagentor stand offen, der schwarze Mercedes-Transporter rollte ein. Georg versteckte sich zwischen den Bierfässern.

Eva Winzer stellte den Motor ab und stieg auf der Fahrerseite aus. Sie ging hinter den Wagen und ließ ihren Vater aus dem Wagen rollen. Dann fuhr sie ihn links am Wagen vorbei durch die hölzerne Garagentür in den Garten. Das große Garagentor stand noch immer offen, weil der Rollstuhl sonst wohl nicht hätte ausgefahren werden können.

Als Georg sich zwischen Wagen und Fässern Richtung Freiheit zwängen wollte, blieb er an einem Außenspiegel hängen und knickte ihn ab. »Kacke«, fluchte er, ließ sich aber nicht aufhalten und stürmte hinaus.

»Das war knapp«, sagte Annalena.

Georgs Handy blinkte. »Warum reagierst du nicht, wenn ich anrufe?«, schimpfte Jean.

»Ich hatte es stumm gestellt«, sagte Georg schuldbewusst, »ich dachte, das wäre sicherer.«

»Ich habe dich dreimal angerufen. Winzer ist vom Stadion nach Hause gefahren. Aber das weißt du ja inzwischen, wie ich gesehen habe.«

»Ja, das weiß ich«, sagte Georg, »trotzdem danke.«

»Wenn alle deine Sicherheitsmaßnahmen so gut überlegt sind, dann kann ja nichts schiefgehen.«

»Wohin?«, fragte Annalena.

»Ich weiß nicht«, sagte Georg. Er war froh, dass sie ihm keine Vorwürfe machte.

»Wir sollten hier weg«, sagte Annalena.

»Meinetwegen. Irgendwohin.«

»Zu mir?«

»Lass uns zu Paul ins Krankenhaus fahren. Ich brauche seinen Rat.«

»Also Uniklinik?«, fragte Annalena.

Georg nickte. »Er hat übrigens als Erster von uns gewusst.«

»Was hat er gewusst?«

»Er hat deinen Film gesehen und mich gefragt: Hast du was mit dieser Kleinen? Er hat dich gemeint. Du hättest für mich den Erzbischof stehen lassen. Das war Freitagabend. Da war überhaupt noch nichts passiert zwischen uns.«

»Dein Vater scheint ein guter Beobachter zu sein.«

»Ich weiß gar nicht, was mein Vater alles ist. Ich bin nur froh, dass er morgen nach Hause darf.«

Rud war bei Paul und half beim Packen.

»Das ist Annalena«, stellte Georg sie vor.

»Also doch«, sagte Paul, »komm her, Mädchen, lass dich umarmen.«

Paul trug seine Augenklappe, die ihm etwas Verwegenes verlieh.

»Ich freue mich für Sie, dass Sie wieder nach Hause dürfen. Hoffentlich wird Ihr Auge wieder ganz gesund.«

»Ach, Mädchen, so lange mein anderes Auge noch so hübsche Gesichter wie deins sehen kann, ist alles in Ordnung.«

»Kann ich dich einen Moment unter vier Augen sprechen?«, fragte Georg.

»Wenn die Damen uns entbehren können.«

»Geht schon«, sagte Annalena.

»Lass uns was frische Luft schnappen«, sagte Paul.

Georg berichtete, was er in Professor Winzers Garten entdeckt hatte: »Da saß eine Figur, ich vermute, eine Puppe, die war genauso ausstaffiert wie sein Sohn Norbert, ehe der in der Studiobühne verbrannt wurde. Kann es sein, dass der Professor seinen eigenen Sohn umgebracht hat? Würde ein Vater jemals so etwas tun?«

»Das fragst du mich?«

»Wen denn sonst?«

»Ich kenne den alten Professor nicht wirklich«, sagte Paul nachdenklich. »Da müsstest du die anderen Stammtischbrüder fragen, am besten die Jura-Studenten. Ich habe ihn immer für verrückt gehalten. Alter Nazi. Burschenschafter.«

»Das wusstest du, dass Winzer in einer schlagenden Verbindung war?«

»Ja, daraus hat er nie ein Geheimnis gemacht. Für uns war das ein Extra-Ansporn, seine Nazi-Vergangenheit aufzudecken. Irgendwie waren alle unsere Eltern ja Nazis gewesen, aber davon wollte nach dem Krieg niemand etwas wissen. Man musste schon sehr hartes Material finden, um jemanden als Mittäter zu entlarven. Nimm Winzer, der musste zwar die Universität verlassen, aber Professor ist er geblieben. Wenn ich es richtig verfolgt habe, hat der später sogar das Bundesverdienstkreuz erhalten. Kurt Schmoll dagegen, der gegen Winzer protestiert hat, wurde mit Berufsverbot belegt. So lief das. Eigentlich läuft das immer noch so.«

»Die ursprünglichen Nazis sind ja wohl ausgestorben«, sagte Georg.

»Aber dafür gibt es andere rechte Seilschaften. Irgendwie hat weltweit nur das Kapital etwas zu sagen.«

»Was soll ich denn anfangen mit dem Wissen über Winzer? Ich könnte es Menden erzählen.«

»Vielleicht hat Winzer sich ja auch nur ein Denkmal für seinen toten Sohn gebaut, so wie er gestorben ist.«

»Vielleicht. Aber so, wie er dasaß, gefesselt und mit Kapuze, habe nur ich ihn gesehen und die Feuerwehrleute, die ihn schließlich rausgeholt haben.«

»Und der Mörder«, sagte Paul.

»Eben. Der Mörder. Dann müsste der alte Professor der Mörder sein. Wie sollte das gehen? Der ist alt und schwach. Der hätte gegen Norbert überhaupt keine Chance gehabt.«

»Vielleicht hatte er Helfer.«

»Er muss Helfer gehabt haben. Vielleicht seine Motorrad fahrenden schwarz-weiß-roten Fechtbrüder.«

»Aber welches Motiv sollte er gehabt haben?«, gab Paul zu

bedenken. »Sicher, der Sohn war nicht so geraten, wie der Vater es sich gewünscht hatte, Schauspieler statt Jurist, aber das hat er viele Jahre ertragen. Da muss noch etwas anderes sein.«

»Im Pavillon könnte der Mord geprobt worden sein. Die gefesselte Figur war so etwas wie der Dummy.«

»Warum hat er dann die Figur nicht hinterher verschwinden lassen?«

»Vielleicht hat gar nicht Winzer die Figur aufgestellt, sondern der Mörder, der jetzt Winzer erpresst?«

»Klingt verrückt, Junge, aber das ist bisher die plausibelste Theorie.«

»Was soll ich deiner Meinung nach tun?«, fragte Georg.

»Was du mir auch geraten hast, du musst deinen Polizeifreund Menden einweihen. Seit meiner Napalm-Beichte ist der sowieso schon mit drin. Ob Winzer nun der Mörder ist oder erpresst wird, gefährlich ist es allemal.«

Als sie zurück am Haupteingang der Uniklinik waren, meldete sich Georgs Handy. Annalena wollte ihn sprechen, aber die Verbindung brach ab, ehe Georg etwas sagen konnte. Vermutlich war der Eingangsbereich gegen Strahlen aller Art besonders abgeschirmt, aber er würde sie ja gleich wiedersehen.

»Was sagen die Ärzte?«, fragte Georg.

»Die Narben im Gesicht wären nicht so schlimm wie zunächst befürchtet. Sogar für mein Auge machen sie mir etwas Hoffnung. Aber das bräuchte noch Zeit, vor Weihnachten könnten sie nichts Genaues sagen.«

»Eigentlich könnten die dich heute entlassen.«

»Klar könnten die das. Aber ich nehme an, die wollen an mir noch ein bisschen verdienen. Auf die eine Übernachtung mehr kommt es mir nicht an. Außerdem soll es morgen noch eine Abschlussuntersuchung geben.«

Vor Pauls Krankenzimmer saß wieder ein Wachtposten, obwohl der doch am Freitag offiziell abgezogen worden war. Weder Paul noch Georg kannten den Beamten, der sich von seinem Stuhl erhob, als sie das Krankenzimmer betreten wollten.

»Herr Rubin?«, fragte der Beamte.

»Ja«, sagten Georg und Paul gleichzeitig.

»Dann sind Sie Paul Rubin«, sagte der Polizist und streckte seine rechte Hand aus. Paul schlug ein, doch der Polizist drehte ihm gewaltsam den rechten Arm auf den Rücken und schob ihn vor sich her ins Krankenzimmer, wo nicht nur Annalena und Rud warteten, sondern auch Oberstaatsanwältin Dr. Eva Winzer und Kriminaloberkommissarin Kowalski.

»Was soll das?«, rief Georg. »Lassen Sie sofort meinen Vater los.«

»Das geht in Ordnung«, sagte die Oberstaatsanwältin, »sichern Sie den Fluchtweg.«

»Herr Rubin«, sagte Kommissarin Kowalski, »hiermit verhafte ich Sie wegen des dringenden Tatverdachts der mehrfachen Brandstiftung, des mehrfachen Mordes und der Mitgliedschaft in einer terroristischen Vereinigung.«

»Das ist doch Unsinn«, sagte Paul.

»Wenn Sie unschuldig sind, wird sich das erweisen«, sagte die Oberstaatsanwältin. »Gegenüber dem Ersten Kriminalhauptkommissar Menden haben Sie gestanden, ein Fass mit Napalm besessen zu haben, das mit hoher Wahrscheinlichkeit bei zwei Anschlägen in jüngster Zeit zum Einsatz gekommen ist.«

»Aber das Fass habe ich vor über dreißig Jahren vergraben«, sagte Paul.

»Das sagen Sie. Fest steht, dass das Fass nicht an der von Ihnen bezeichneten Stelle liegt«, sagte Kommissarin Kowalski. »Außerdem besteht mit Ihrer Entlassung aus dem Krankenhaus Flucht- und Verdunkelungsgefahr. Die Ärzte haben zugestimmt, dass Sie in Untersuchungshaft überführt werden. Gepackt haben Sie ja schon, also bitte.«

»Was ist mit einem Rechtsanwalt?«, fragte Georg.

»Selbstverständlich hat Ihr Vater das Recht, sich anwaltlich vertreten zu lassen. Haben Sie jemanden im Auge, oder sollen wir uns von Amts wegen darum kümmern?«

»Frau Christina Brandt wird den Fall übernehmen«, sagte Georg.

»Ach, die liebe Christina. Grüßen Sie sie von mir«, sagte die Oberstaatsanwältin mit ebenso ironischem wie überheblichem Lächeln.

»Herr Rubin, können wir?«, sagte Kommissarin Kowalski.

»Ob Sie können, weiß ich nicht. Außer dass Sie mich können«, sagte Paul, »verabschieden werde ich mich ja wohl noch dürfen.«

Rud Odenthal saß auf einem Stuhl am Krankenbett, Paul umarmte sie. »Mach dir keine Sorgen. Ich komm da bald wieder raus.«

»Bestimmt«, sagte sie, ohne die Tränen zurückhalten zu können. »Ich hatte alles vorbereitet. Ich hätte dir dein Lieblingsgericht gekocht.«

Annalena stellte sich neben Georg. »Ich habe versucht, dich anzurufen, aber diese Polizistin hat die Verbindung einfach unterbrochen. Darf die so was?«

Paul kam zu ihnen und sagte zu Annalena: »Wir kennen uns kaum, aber ich mag dich. Sei nett zu meinem Jungen.«

»So, genug jetzt«, rief die Kommissarin. »Herr Rubin, kommen Sie freiwillig mit, oder müssen wir Sie abführen?«

»Wer wäre denn hier das Abführmittel?«, sagte Paul und begann lauthals zu lachen.

30

»Georg, ehrlich, ich hab nichts davon gewusst«, verteidigte sich Gerald Menden, als Georg ihm vorhielt, ihn nicht über die Polizeiaktion gegen seinen Vater informiert zu haben.

»Ja, natürlich habe ich Frau Kowalski berichtet, was Paul mir über das Napalm-Fass erzählt hatte. Aber das wusstest du doch. Deshalb war sie doch auch mit mir am Fort VI. Hast du da geahnt, dass sie gegen Paul aktiv werden würde? Auf die Idee ist sie erst später gekommen. Mich würde nicht wundern, wenn die Oberstaatsanwältin ihr das eingeredet hätte.«

»Winzers Telefon habt ihr nicht zufällig auch angezapft?«, fragte Jean, der immer noch am Rechner saß und die Überwachungskameras kontrollierte.

»Nein, natürlich nicht«, sagte Georg.

»Hier, schaut euch die Aufzeichnung an. Kurz nachdem Georg aus Winzers Garage rauskam, fuhr ein Wagen vor, Frau Kowalski, wie ich vermute.«

»Das ist sie«, bestätigte Menden.

»Und keine fünf Minuten später haben die Winzer und die Kowalski gemeinsam das Haus verlassen und sich in Kowalskis Wagen davongemacht.«

»Vermutlich Richtung Krankenhaus«, sagte Georg.

»Ist das eigentlich zulässig, einen Kranken festzunehmen?«, fragte Annalena.

»Ja, im Prinzip schon«, sagte Christina Brandt, die Anwältin. »Da Herr Rubin morgen ohnehin aus dem Krankenhaus entlassen werden sollte, werden wir dagegen nichts vorbringen können.«

»Ich soll dich von der Oberstaatsanwältin grüßen. Ich habe ihr gesagt, dass du vermutlich den Fall übernehmen würdest. Tust du?«

»Natürlich. Das habe ich doch immer getan, wenn ein Rubin im Knast saß.«

»Bitte, erinnere mich nicht daran«, sagte Georg, »hat nicht wirklich Spaß gemacht.«

»Aber am Ende haben wir gewonnen«, sagte Christina.

»So muss es sein.«

»Was hast du nur so lange im Haus der Winzers gemacht?«, fragte Menden. »Jean hat uns die Aufzeichnung gezeigt. Du warst mehr als sieben Minuten drin und hast nicht mal auf seine Warnanrufe geantwortet.«

»Ich hatte mein Handy stumm geschaltet, damit es mich nicht verrät«, sagte Georg.

»Sehr leichtsinnig«, tadelte Menden.

»Ist ja noch mal gut gegangen.«

»Aber knapp«, sagte Jean.

»Ganz zuletzt habe ich am Mercedes der Winzers auch noch einen Außenspiegel abgebrochen. Aus Versehen.«

»Das heißt, du hast Spuren hinterlassen?«

»Es war so eng zwischen dem Wagen und den weiteren Bierfässern. Da stehen noch jede Menge Fässer rum. Kann mir jemand sagen, was die da sollen?«

»Bierfässer zu horten ist nicht verboten«, sagte Menden.

»Auf der Rückseite der Garage ist eine Tür zum Garten. Die war nicht abgeschlossen. Ich habe im Garten noch etwas viel Spannenderes gefunden. Hier, ich habe Fotos gemacht.«

Georg holte sein Handy und beamte die Aufnahmen via Apple TV auf seinen Fernseher. »Schaut euch das an.«

»Sieht gruselig aus«, sagte Annalena.

»Was ist das?«, fragte Franck.

»Das ist entweder ein Leichnam oder eine Puppe, die genauso gefesselt ist wie Norbert Winzer, der in der Studiobühne verbrannt ist, auch die dunkle Guantánamo-Kapuze über dem Kopf stimmt bis ins letzte Detail.«

»Was könnte das bedeuten?«, fragte Christina.

»Ich habe verschiedene Theorien«, sagte Georg. »Entweder hat man an dieser Puppe ausprobiert, wie man Norbert Winzer fesseln und ermorden kann. Oder es ist eine Art Denkmal der Winzers für den ermordeten Sohn und Bruder. Oder die Puppe wurde von jemandem im Garten nachträglich aufgebaut, um Winzer Angst zu machen, um ihn zu erpressen. Dann wäre der Erpresser mit großer Sicherheit auch der Mörder.«

»Blätter noch mal zurück«, sagte Menden. »Stopp. Dieses Bild. Fällt euch etwas auf?«

Es war eine Aufnahme, die Georg wohl mit ausgestrecktem Arm von oben gemacht hatte, die auch den Boden des Gartenpavillons zeigte.

»Meinst du den linken Fuß?«, fragte Annalena.

Menden nickte.

»Sieht fast aus, als wäre der linke Fuß am Boden festgenagelt.«

»Sieht *genauso* aus, finde ich«, sagte Menden.

»Da war was«, sagte Georg, »da war was mit Norbert Winzer. Wenn ich mich doch nur erinnern würde. Es war, als Eva Winzer und ihr Vater zum ersten Tatort kamen. Eva hatte ihren Bruder schon identifiziert, aber sie wollte noch die Füße des Toten sehen.«

Er blickte angestrengt vor sich hin, und keiner wagte, ihn beim Nachdenken zu stören.

»Jetzt weiß ich es wieder. Du hast die Plane zurückgeschlagen,

Gerald. Ich bin mir sicher, dass Norbert ein Loch im großen Zeh des linken Fußes hatte.«

Menden nickte. »Das ominöse Loch im Zeh. Ich hatte es nicht gesehen, aber der Arzt, der Norbert Winzer obduziert hat, hat mich darauf aufmerksam gemacht. Diese Verletzung hätte nichts mit dem Brandanschlag zu tun. Sie wäre zwar auch relativ frisch, aber ganz sicher einige Tage vor dem Attentat entstanden. Eine Erklärung hatte er nicht.«

»Ich habe damals an einen Durchschuss gedacht«, sagte Georg. »Aber vielleicht hatte man auch seinen Zeh auf dem Boden festgenagelt, um ihn zu foltern oder um ihn an der Flucht zu hindern.«

»Klingt grauenhaft, aber nicht unmöglich«, sagte Annalena.

Georg wandte sich an Menden. »Meinst du nicht, dass die Polizei da mal nachschauen sollte? Was, wenn da wirklich eine weitere Leiche sitzt? Oder wenn an der Erpresser-Theorie etwas dran ist?«

»Du musst alleine schon deswegen dahin, um die Beweise ordentlich zu sichern«, sagte Christina, »Georgs Fotos können ja kaum zu den Akten genommen werden.«

»Ist ja gut. Ist ja gut«, sagte Gerald Menden genervt. »Aber könnt ihr mir sagen, wie ich das mit den Ermittlungen meiner Kollegin Kowalski und der Oberstaatsanwältin Winzer zusammenbringen soll? Für die beiden ist der Fall doch so gut wie gelöst. Nachdem Paul gestanden hat, dass das Napalm durch seine Hände gegangen ist, brauchen die doch gar keinen konkreten Tatbeweis. Als Mitglied in einer terroristischen Vereinigung kriegen sie ihn immer dran.«

»Aber er ist unschuldig«, sagte Christina.

»Das nützt ihm nichts, wenn wir nicht die richtigen Täter finden«, sagte Georg, »oder diejenigen, die jetzt im Besitz des Napalms sind. Was hat eigentlich deine Bierfasskontrolle ergeben?«

»Das waren Bierfässer«, sagte Gerald, »habe ich dir doch schon am Telefon gesagt. Ich habe sogar eine Probe getrunken. Das war Kölsch. Pisswarm, Entschuldigung, aber Kölsch.«

»Die Motorradrocker am Stadion haben von den Winzers übrigens auch zwei Fass spendiert bekommen«, sagte Jean.

»Woher weißt du das?«, fragte Menden.

»Hat mir mein Informant erzählt. Ihr schuldet ihm zweihundert Euro. Kommt er sich gleich abholen.«

»Hier«, sagte Franck und gab ihm das Geld in kleinen Scheinen.

»Ich habe die Kennzeichen der Motorräder überprüft«, sagte Menden, »zwei von den dreien waren am Dom dabei, sind offensichtlich Bekannte des Professors. Das ist an sich nicht verboten. Es ist auch nicht verboten, dass Burschenschafter Motorrad fahren oder sich von Motorradfahrern das Bier liefern lassen. Aber welchen vernünftigen Grund gibt es dafür?«

»Also in die Bierfässer könnte man reingucken«, sagte Annalena. »Es gibt Spezialkameras, mit denen man feststellen kann, ob in die Fässer ein Zwischenboden eingebaut wurde.«

»Wo gibt's solche Kameras?«, fragte Menden.

»Ich vermute, in einer Südstadtkneipe«, sagte Georg.

»Da auch«, sagte Annalena. »Soll ich was besorgen?«

»Ja, bitte«, sagte Georg. »Wie lange brauchst du?«

»Wenn ich jetzt losfahre, bin ich in zwei Stunden zurück.«

»Danke«, sagte Georg und gab Annalena einen Kuss. »Pass auf dich auf.«

»Ich denke, ich sollte mich jetzt um Paul kümmern«, sagte Christina.

»Ich kann dich zum Gefängnis fahren«, sagte Franck.

»Da wollte ich mit dir schon immer mal hin.«

Fünf Minuten nachdem Christina und Franck aufgebrochen waren, klingelte es. Der Taxifahrer, der die Motorradgruppe am Stadion gesichtet hatte, holte sein Geld ab.

»Eine Frage«, sagte Georg.

»Gibt es für die Antwort noch einen Hunderter?«

»Kommt auf die Antwort an.«

»Dann fragen Sie mal.«

»Ist Ihnen an den Motorrädern irgendetwas aufgefallen?«

»Nein«, sagte der Taxifahrer, »ich habe aber auch keine Ahnung von Motorrädern. Ist nicht mein Ding. Fragen Sie mich nach einem Mercedes Diesel, dann kann ich Ihnen alles beantworten.«

»Ist Ihnen denn etwas an den Bierfässern aufgefallen, von denen Sie Jean berichtet haben?«, fragte Menden.

»Was heißt aufgefallen? Was macht man denn mit einem Bierfass auf der Jahnwiese? Man trinkt sich einen. War ja auch alles da. Zapfhahn. Hammer. Noch ein Zapfhahn zur Entlüftung.«

»Bitte reden Sie weiter«, bat Georg.

»Die haben die Fässer gar nicht angeschlagen, sondern sie ins Stadion geschleppt. Genauer gesagt in das Parkhaus unter dem Stadion. Die Zufahrt ist ja von der Jahnwiese aus. Als ob die sich Vorrat bunkern wollten für das Pokalspiel am Dienstag, FC gegen Schalke. Dabei weiß doch jeder, dass man keine eigenen Getränke mitbringen darf.«

»Da unten im Parkhaus gibt es Aufzüge, die direkt zu den VIP-Logen führen, oder?«, sagte Georg.

»Das weiß ich nicht. Wenn der FC spielt, arbeite ich. Ich lade die Kundschaft immer vor dem Stadion ab. Sie glauben gar nicht, wie viele Fans sich neben den Eintrittskarten auch noch ein Taxi leisten. Das Geschäft kann ich mir nicht entgehen lassen. Ich hör mir die Spiele in der WDR-Konferenz an. Das ist spannend genug für mich.«

»Hier hast du zweihundert Euro«, sagte Jean.

»Habe ich mir schon gedacht, dass nicht noch mehr drin war. Trotzdem. Falls Sie mal wieder einen Job für mich haben, ich bin dabei. Sogar wenn es eine ganz normale Taxifahrt ist.«

»Wir müssen das Stadion durchsuchen lassen«, sagte Menden, »obwohl ich mir nicht vorstellen kann, dass man da einfach so rein- und rausspazieren kann.«

»Gegenüber der Jahnwiese ist wirklich ein VIP-Eingang in die Tiefgarage«, sagte Georg.

»Aber da muss doch heute geschlossen sein.«

»Wer eine Dauerkarte zu seiner Loge hat, kann da unten an Spieltagen reinfahren«, sagte Georg. »Franck hat so eine Loge, der kennt sich aus. Ich hatte nie den Eindruck, dass da besonders sorgfältig kontrolliert wird.«

»Inzwischen ist das anders«, sagte Menden, »hoffe ich wenigstens. Gerade bei den VIPs wird man vorsichtig sein, oder?«

»Schick deine Leute los, die müssen suchen, ob sie etwas Verdächtiges finden.«

»Mach ich ja schon. Aber ich will mir das auch selbst ansehen. Ich fahr da raus. Willst du mit?«

»Nein. Ich bleibe bei Jean und beobachte weiter die Kameras. Außerdem muss ja jemand hier sein, wenn Annalena und Franck zurückkommen. Vielleicht haue ich mich auch ein paar Minuten aufs Ohr. War ziemlich viel heute.«

»Leg dich ruhig hin, ich passe auf«, sagte Jean, nachdem Menden von einem Streifenwagen abgeholt worden war.

»Danke«, sagte Georg und war Sekunden später eingeschlafen.

Es war halb neun Uhr abends, als Rosa ihn weckte. Ansonsten war niemand mehr da. »Wo sind sie alle?«, fragte Georg.

»Sie meinten, du hättest dir Ruhe verdient.«

Rosa reichte ihm einige Zettel, die sie mit ihrer schönen Teenagerhandschrift beschrieben hatte.

Gerald Menden ließ ausrichten, dass im Stadion nichts Verdächtiges gefunden worden sei. Der Taxifahrer habe sich getäuscht. Das Tor zur Tiefgarage sei den ganzen Tag geschlossen gewesen. Morgen wollte er mit Kollegin Kowalski die Lage besprechen, um zu entscheiden, ob man Professor Winzer einen Hausbesuch abstatten müsste.

Christina Brandt ließ mitteilen, dass sie im Gefängnis ein erstes Gespräch mit Paul gehabt habe. Es gehe ihm den Umständen entsprechend gut. Sie würde versuchen, Haftverschonung zu erreichen.

Franck teilte mit, er hätte Jean nach Hause gebracht. Er würde die Kameraüberwachung dort fortsetzen. Georg sollte sich melden, wenn er übernehmen kann.

»Hier, dieser Brief ist von deiner neuen Freundin«, sagte Rosa und gab ihm einen roten verschlossenen Briefumschlag.

Im Umschlag lag eine Postkarte mit Kölner Domspitzen, einem vierblättrigen Kleeblatt, einem Herz und der Textbotschaft »Alles wird gut«. Auf die Rückseite hatte Annalena mit roter Tinte geschrieben: »Liebster Georg, neben deinem Computer liegt die gewünschte Spezialkamera, mit der du die Hohlräume in den Fässern erkennen kannst. Bitte nutze die Kamera nur für diesen Zweck. Ich habe keine Ahnung, durch was du sonst noch alles hindurchsehen könntest. Mein Lieferant hat mich gewarnt, dass Nacktscanner ganz ähnlich arbeiten. Ich bin morgen ab elf Uhr im Studio. Vielleicht hast du Lust – auf einen Kaffee? Annalena.« Die Wörter nach dem Gedankenstrich hatte sie spiegelverkehrt geschrieben.

Das Gerät neben seinem Rechner sah aus wie ein zu dick geratenes Smartphone mit Tastenbedienung. Es lag eine englischsprachige Bedienungsanleitung bei, die sich wie der Beipackzettel einer Arznei las. Das Gerät arbeitete mit Millimeterwellentechnologie, die bei richtiger Anwendung für Menschen gesundheitlich unbedenklich wäre.

Georg machte Testaufnahmen in seiner Küchenecke. Ohne die Tür zum Kühlschrank zu öffnen, konnte er sehen, dass er morgen Lebensmittel einkaufen müsste. Als er sein Bein scannte, konnte er durch die Jeans hindurchschauen und grob die Form seines Oberschenkels erkennen.

»Was machst du da?«, fragte Rosa.

»Ich übe mit Annalenas Nacktscanner. Probeaufnahmen.«

»Vom Kühlschrank?«

»Warum nicht?«

»Oder wird das wieder so ein Kuss-Video?«

»Was für ein Kuss-Video?«

»Dein Kuss-Video. Auf YouTube. Mit Annalena. Das ist der Hit. Schon über dreißigtausend Mal angesehen.«

»Was? Wo?«

»Gib mal ein: In 101 Küssen um die Welt. Du bist der letzte Kuss.«

Das Video hatte inzwischen einundvierzigtausend Aufrufe.

Georg sah sich in seinem Redaktionsbüro sitzen, plötzlich erschien Annalena, kippte ihn samt Bürostuhl nach hinten, startete ihren Kuss-Überfall, bis er zum großen Finale polternd unter dem Schreibtisch landete.

»Toll«, sagte Rosa, »wie findest du dich?«

»Umwerfend«, sagte Georg.

31

Am Montag in der Redaktion spürte Georg erstmals seit längerer Zeit wieder Lust, richtig zu arbeiten. Auf dem Schreibtisch stapelten sich Anfragen und Hinweise, es war ein gutes Gefühl, gebraucht zu werden.

Die Kollegen, besonders die Kolleginnen, schienen an diesem Morgen eine Spur freundlicher zu sein als normal. Oder war das Verhalten der anderen nur eine Reaktion auf sein eigenes offeneres Auftreten? Hatte Annalena ihn so verändert?

Pünktlich um neun Uhr ging er ins Büro der Chefredakteurin. Auch Carola Maar war diesmal viel netter zu ihm als bei ihrer letzten Begegnung. Sie begrüßte ihn nicht nur mit Handschlag, sondern mit einer Umarmung wie früher beim Tango.

Sie sah angestrengt aus, unter den Augen zeichneten sich deutliche Ringe ab. Hatte sie der Job schon so geschafft?

»Georg«, sagte sie, »ich freue mich so, dich wieder in der Redaktion zu sehen. Wie geht es dir?«

»Danke, Carola. Ich fühle mich gut. Es ist noch nicht alles ausgestanden, wie du weißt. Paul sitzt in Untersuchungshaft.«

»Ja, habe ich gehört.«

»Bitte seid diesmal mit der Berichterstattung etwas objektiver. Paul hat nichts mit den Napalm-Anschlägen zu tun.«

»Du bist ein guter Lügner«, sagte Carola.

»Wie bitte?« Georg spürte, wie sein Puls hochschnellte.

»Du bist ein guter Lügner«, wiederholte sie, »das soll ich dir von meinem Mann ausrichten.«

Carola stand auf und ging zum großen Fenster, durch das man den Kölner Dom sehen konnte. Georg stellte sich neben sie.

»›Guter Lügner‹«, wiederholte er, »sollte das ein Kompliment sein?«

»Vermutlich ja. Ich bin dir jedenfalls dankbar, dass du mich nicht verraten hast, als du vorletzten Freitag bei uns warst. Mein Mann hat dir geglaubt. Dummerweise habe ich mich verplappert. Als ich nach Hause kam, du musst gerade erst gegangen sein, habe ich ihm erzählt, ich wäre den Abend mit dir unterwegs gewesen. Arthur hat sich nichts anmerken lassen. Er hat eine Flasche Champagner geöffnet und mit mir angestoßen. Da ahnte ich nicht, dass er schon unsere Trennung feierte. Letzten Freitag hat er mir ohne Vorwarnung einen Vertrag vorgelegt und mir mitgeteilt, dass er die Scheidung will. Du kennst ihn ja, akribisch, wie er ist. Er hatte alles genau aufgeschrieben, wem was gehört, wer was bekommt, alles. Er war großzügig wie immer. Ich bin noch am selben Abend ins Hotel umgezogen. Ins Chelsea.«

»Das tut mir leid«, sagte Georg.

»Muss dir nicht leidtun«, sagte Carola, »es war abzusehen, dass das mit Arthur und mir zu Ende gehen würde. Ich habe ihn seit einem halben Jahr betrogen.«

»Im Chelsea?«

»Da auch. Vielleicht wäre das schon früher passiert, aber du wolltest ja immer nur Tango tanzen.«

»Tanzt dein Neuer Tango?«

»Weiß ich gar nicht. Er ist Anwalt. Wohnt in Berlin.«

»Berlin ist Deutschlands Tango-Hauptstadt«, sagte Georg.

»Berlin ist weit weg«, sagte Carola

»Nicht weiter weg als ein Billigflug.«

»Ja. Er kommt oft nach Köln. Wir haben uns geschäftlich kennengelernt. Er berät einen Berliner Verlag, ob wir kooperieren sollten. Du weißt ja, wie schwierig es geworden ist, mit Print Geld zu verdienen. Die Berliner sind online sehr erfolgreich.«

Zurück im Büro checkte er mit seinem Handy die Zusammenschnitte der Überwachungskameras. Am Fort VI war nichts Bemerkenswertes geschehen, dafür waren bei den Winzers verschiedene höchst interessante Bewegungen aufgezeichnet worden.

Oberstaatsanwältin Eva Winzer hatte das Haus gegen acht Uhr morgens mit dem schwarzen Mercedes-Transporter verlassen. Der rechte Außenspiegel war abgebrochen, wurde nur noch durch ein Kabel gehalten. Eine halbe Stunde später war ein gemieteter Kleintransporter vor die Garage gerollt und hatte irgendetwas eingeladen und abtransportiert. Da der Wagen mit der Hecktür direkt vor der Garage geparkt hatte, war nicht zu erkennen, woraus die

Ladung bestand. Gegen neun Uhr hatte eine Hausangestellte die Villa betreten. Um neun Uhr fünfunddreißig war Eva Kowalski zurückgekehrt, der Außenspiegel war ausgetauscht worden.

Was war das? Das waren doch der Erste Hauptkommissar Gerald Menden und Kommissarin Bettina Kowalski. Um neun Uhr dreiundvierzig hatten sie die Winzer'sche Villa betreten. Warum hatte Gerald ihm nichts davon erzählt?

Er wechselte zu den Live-Videos. Seit Ankunft der Polizisten war eine Viertelstunde vergangen. Menden und Kowalski mussten noch drin sein.

Die Garagentür wurde geöffnet. Der schwarze Mercedes war zu sehen, die Fässer waren verschwunden.

Eva Winzer und die beiden Polizeibeamten kamen aus der Garage heraus. Die Oberstaatsanwältin machte mit dem rechten Arm die international übliche Wischerbewegung vor ihrem Gesicht, mit der man jemandem unterstellt, nicht bei Verstand zu sein. Menden und Kowalski lachten. Die Frauen verabschiedeten sich mit Wangenküsschen, während Menden wenigstens die nötige polizeiliche Zurückhaltung wahrte.

Georg ging in die Kaffeeküche, wo Viola aus der Sportredaktion auf ihn zu warten schien. »Guten Morgen, Georg«, sagte sie, »schön, dass du wieder im Dienst bist.«

»Danke«, sagte er und wunderte sich, dass die Kollegin nicht aufhörte, ihn anzuschauen. »Ist noch was?«

»Dein Polizeifreund hat nach dir gesucht.«

»Gerald Menden war hier?«

»Ich habe ihm gesagt, dass du bei der Chefredakteurin wärst. Da wollte er nicht stören. Ich soll dir sagen, dass er auf dem Weg zum Stadtwaldgürtel wäre. Du wüsstest dann schon Bescheid.«

Menden rief nicht einfach an. Stattdessen stand er plötzlich leibhaftig in Georgs Büro. »Ich muss dir was sagen.«

»Wo hast du Frau Krawallski gelassen?«

»Die ist ins Präsidium. Sie hat mich hier abgesetzt, damit ich mit dir reden kann.«

»Kaffee?«

»Danke. Viola hat mich schon versorgt«, sagte Menden und verwies auf den großen Kaffeepott, den er mitgebracht hatte. »Sie hat mir erzählt, dass dich meine Nachricht nur mit Verspätung erreicht hat.«

»Kann man so sagen.«

»Du hast also die Überwachungskameras kontrolliert?«

»Japp.«

»Dann weißt du, dass wir bei den Winzers waren.«

»Wieder richtig geraten. Und ich frage mich, worüber ihr euch so köstlich amüsiert habt.«

»Über dich«, sagte Menden.

»Darf ich vielleicht mitlachen?«

»Klar. Die Winzers haben, Überraschung, ihr Anwesen mit Überwachungskameras gesichert. Heute Morgen haben sie Anzeige erstattet. Gegen dich. Wegen Hausfriedensbruch und Sachbeschädigung.«

»Das findest du lustig?«

»Irgendwie schon. Vor allem, wie Frau Oberstaatsanwältin sagte, du hättest überhaupt nicht einbrechen müssen. Sie hätten dich gerne eingelassen, wenn du geklingelt hättest.«

»Und das soll ich glauben?«

»Sie haben dich eingeladen. Je nachdem, wie dein Besuch verläuft, wären sie sogar bereit, ihre Anzeige zurückzuziehen. Den abgebrochenen Außenspiegel müsstest du natürlich ersetzen.«

»Was ist mit den Bierfässern passiert?«

»Sind abtransportiert worden. Waren angeblich leer.«

»Und die Kapuzenfigur im Gartenpavillon?«

»Die habe ich nicht erwähnt, weil ich offiziell ja gar nichts weiß. Aber es gab keine Figur. Eva Winzer hat uns über die Terrasse nach draußen geführt, um von dort in die Garage zu gelangen. Ich habe einen kleinen Ausflug in den hinteren Teil des Gartens gemacht und einen Blick in den Pavillon geworfen. Da war nichts.«

»Meinst du, sie wissen, dass ich am Pavillon war?«

»Das kann ich nicht beantworten. Die Aufnahmen, die sie uns gezeigt haben, waren aus der Garage und von der hinteren Garagentür, die in den Garten führt. Sie sagten, sie würden natürlich auch den Zugang zum Haus überwachen, aber die hätten nichts Verdächtiges registriert. Von Kameras im Garten haben sie nichts erzählt.«

»Was hast du für einen Eindruck? Haben sie etwas mit dem Napalm zu tun?«

Menden setzte sich auf die Kante von Georgs Schreibtisch. »Das ist die Frage aller Fragen. Schwierig.«

»Du bist Polizist. Du musst doch wissen, wann jemand lügt.«

»Jeder lügt gegenüber der Polizei, selbst wenn er die Wahrheit sagt. Was deinen Einbruch angeht, haben sie nicht gelogen.«

»Du glaubst ihnen?«

»Nein.«

»Wie jetzt?«

»Ich glaube, dass sie etwas mit den Napalm-Anschlägen zu tun haben. Wenn es nur um Paul und seine Alt-68er gehen würde, wäre ich sogar ganz sicher. Der alte Winzer hasst alles, was links von ihm steht.«

»Also alle«, sagte Georg.

»Je linker, desto abgrundtiefer. Aber, und da bin ich mir genauso sicher, er hat seinen Sohn geliebt. Es war sein einziger Sohn. Das hat er mehrmals so gesagt. *Mein einziger Sohn.* Und dieser einzige Sohn ist mit Napalm ermordet worden.«

»Norbert ist nicht mit Napalm verbrannt worden. Sondern mit Medikamenten vergiftet, wie eure Obduktion ergab. Der Napalm-Anschlag kam erst danach. Der ist vielleicht nur inszeniert worden, um von dem wirklichen Mord abzulenken.«

»Sehr gut möglich. Aber das ändert nichts daran, dass es Winzers geliebter Sohn war, der ermordet worden ist.«

»Vielleicht kennt er den Mörder. Vielleicht hat sich der Mörder bei ihm gemeldet«, sagte Georg.

»Du glaubst also immer noch an die Erpresser-Theorie?«

»Haben wir etwas Besseres?«

»Nein. Nicht wirklich.«

»Vielleicht die Motorradrocker. Denen würde ich jederzeit einen weiteren Mord zutrauen.«

»Einer von ihnen könnte Johannes Bäck erschossen haben. Aber alle Biker, die wir kontrolliert haben, hatten perfekte Alibis.«

»Was macht Eva Winzer für einen Eindruck auf dich?«

»Sie ist nervös, finde ich. Ihr Vater nervt sie.«

»Alte Menschen können sehr fordernd sein«, sagte Georg.

»Hast du ein Glück, dass Paul erst achtundsechzig ist.«

»Dafür sitzt er im Knast. Auch nicht gerade das, was man sich als Sohn von seinem Vater wünscht.«

»Eva gehört zu der Sorte Töchtern, die ihrem Vater nichts abschlagen können. Wenn es nicht so altertümlich wäre, würde ich sagen, sie ist ihm hörig.«

»Wie kommst du darauf?«, fragte Georg.

»Er kann sie dirigieren, ohne etwas zu sagen. Er rümpft die Nase, er zieht die Stirn in Falten, er schaut sie an, gleich läuft sie und tut und macht, egal, was sie gerade vorhatte.«

»Ich kenne kaum eine Frau, die so selbstsicher auftritt wie Oberstaatsanwältin Dr. Eva Winzer.«

»Deine ›blutige Eva‹, ich erinnere mich. Aber du bist auch nicht ihr Vater. Nur wenn der so eine Wirkung auf sie hat, heißt das nicht, dass ein anderer dieselbe Wirkung haben könnte.«

»Vielleicht ist sie im Beruf so streng und gnadenlos, weil sie zu Hause immer gehorchen muss.«

»Wir sind schon komische Hobby-Psychologen«, sagte Menden. Lass uns lieber überlegen, wie wir den Fall gelöst bekommen.«

»Tun wir doch. Wenn du recht hast damit, dass der Alte irgendetwas verheimlicht, wenn er doch etwas mit dem Napalm zu tun hat, müsste dann nicht seine Tochter davon wissen? So abhängig, wie du sie schilderst? Der Alte ist ohne sie überhaupt nicht lebensfähig.«

»Im Haus gibt es ausreichend Pflegepersonal.«

»Gerald, wehre den Gedanken nicht so einfach ab. Denk drüber nach. Wenn er mit dem Napalm etwas zu tun hat, dann muss sie davon wissen. Das kann gar nicht anders sein. Falls er erpresst wird, dann muss sie auch das wissen. Ohne sie ist er nichts, außer einem alten Wrack im Rollstuhl. Sie ist sein Löffel, der ihn ernährt, seine Beine, seine Ohren. Vielleicht sogar sein Gehirn – nein, das wohl nicht.«

Menden reichte Georg eine Visitenkarte: »Hier, hat sie mir gegeben. Für dich. Falls du ihr Angebot annehmen willst.«

»Darf sie das denn, sich mit mir treffen, wo sie gleichzeitig mit dem Fall meines Vaters betraut ist?«

»Du vergisst, dass sie offiziell überhaupt nichts mit den Ermittlungen zu tun hat.«

»Du meinst, ich sollte da wirklich hingehen?«

»Ja. Wir, also Kollegin Kowalski und ich, haben zugesagt, dass wir frühestens in drei Tagen gegen dich ermitteln, falls Frau Winzer die Anzeige bis dahin nicht zurückgezogen hat.«

»Und wenn das eine Falle ist?«

»Hast du Angst vor einem Greis und einer Frau?«, fragte Menden grinsend.

»Nein. Aber es geht um Mord. Ich bin nur vorsichtig.«

»Gut. Dann solltest du einen Zeugen mitnehmen.«

»Was ist mit dir?«

»Ich kann da nicht als Polizist auftreten, der mithelfen soll, einen Einbruch zu verschleiern.«

»Haben wir keinen Psychologen im Bekanntenkreis?«

»Nicht dass ich wüsste.«

»Oder eine Frau, die was von Frauen versteht?«

»Du bist doch der Frauenversteher. Was ist mit deiner neuen Freundin?«

»Annalena? Die ist Journalistin.«

»Das spricht natürlich gegen sie. Journalisten sind wirklich zu gar nichts zu gebrauchen.«

»Ich werde sie fragen. Ich bin sowieso jetzt mit ihr verabredet.«

»Verstehe. Du wirfst mich raus.«

»Ich bin auf der Arbeit.«

»Was du so Arbeit nennst.«

»Sehn wir uns morgen im Stadion?«

»Klar doch.«

Annalena war zu beschäftigt, um sich um Georg kümmern zu können. Sie moderierte eine Nachrichtensendung, nickte ihm zu, als ein Werbespot eingespielt wurde.

Georg ging zu ihr: »Ich sehe, du bist im Stress. Ich schicke dir eine Mail.«

»Noch zehn Sekunden«, sagte der Sendeleiter.

Annalena gab Georg einen Kuss und schob ihn lachend aus dem Bild: »Raus hier, sonst muss ich dich interviewen.«

Die nächste Überraschung kam per Telefon. Christina Brandt war dran: »Kannst du deinen Vater in Ossendorf abholen? Der Haftbefehl wurde aufgehoben.«

»Wieso das? Wieso so schnell?«

»Richter und Staatsanwaltschaft hatten sich vorab verständigt. Dadurch, dass dein Vater es selbst gewesen sei, der von dem Napalm berichtet hätte, könnte man keine Verdunkelungsgefahr annehmen. Außerdem wären der Besitz und das Vergraben des Napalm-Fasses verjährt. Dass dein Vater mit den aktuellen Anschlägen nichts zu tun haben kann, wäre schon dadurch ersichtlich, dass er während des Kaufhof-Attentats im Krankenhaus gelegen hat. Ich musste mich gar nicht groß anstrengen.«

»Schön, aber auch sehr merkwürdig. Irgendwie.«

»Finde ich auch. Vor allem, weil die Oberstaatsanwältin sich persönlich dafür entschuldigt hat, dass sie deinem Vater eine Übernachtung in Ossendorf beschert hatte. Ich soll dich grüßen. Sie würde sich freuen, dich bald persönlich kennenzulernen.«

»Das hat mir Gerald Menden auch schon gesagt. Weißt du, dass die Winzers ihr Haus mit Kameras überwachen lassen?«

»Da hätte man eigentlich draufkommen können. Wer anderen eine Grube gräbt.«

»Sie haben Aufnahmen von mir, wie ich am Sonntag in ihrer Garage war. Sie haben mich angezeigt wegen Hausfriedensbruch und Sachbeschädigung. Eventuell wären sie bereit, die Anzeige zurückzuziehen, aber dafür müsste ich bei ihnen vorbeikommen. Was sagst du dazu?«

»Ehrlich gesagt, bin ich verwirrt. Irgendetwas muss passiert sein, was Frau Winzer von ihrem Konfrontationskurs abgebracht hat. Vielleicht hat das mit deinem heimlichen Besuch bei ihnen zu tun.«

»Du erinnerst dich an die gefesselte Kapuzenfigur in ihrem Gartenpavillon, die aussah wie ihr verbrannter Bruder?«

»Klar.«

»Die Figur ist nicht mehr da. Sagt Menden.«

»Wissen die Winzers, dass du die Puppe gesehen hast?«

»Menden hat davon nichts erzählt. Ob sie auch im hinteren Teil des Gartens Kameras haben, konnte er nicht sagen.«

»Dann scheint es mir klar: Sie haben Angst, dass du etwas gesehen hast, was ihnen schaden könnte, sind sich aber nicht sicher. Deshalb wollen sie dich ins Verhör nehmen. Wirst du hingehen?«

»Was rätst du mir als Anwältin?«

»Als Anwältin würde ich dir abraten«, sagte Christina. »Mord gegen Hausfriedensbruch, das wäre ein schlechter Tausch. Als Freundin würde ich sagen: Geh hin. Nur so bekommst du die Chance, sie zu überführen, wenn du sie wirklich für die Napalm-Mörder hältst.«

»Danke! Aber erst will ich mich um Paul kümmern. Wann kann ich ihn abholen?«

»Sofort. Er erwartet dich.«

Paul hatte die Nacht im Gefängnis gut überstanden. »So ein Unterschied ist es nicht, ob du in der Uniklinik oder im Klingelpütz bist, nur das Essen im Knast ist besser«, meinte er mit seinem typischen trockenen Humor.

Rud bekam fast eine Herzattacke, als Georg mit seinem Vater in der Ehrenfelder Wohnung ankam. »Wieso hat mir keiner was gesagt? Das geht doch so nicht.« Sie fiel Paul um den Hals und weinte vor Freude.

»Wir werden meine Freiheit heute Abend feiern, wenn du einverstanden bist«, sagte Paul.

»Natürlich bin ich einverstanden.«

»Ich würde gerne meine Stammtischbrüder einladen und mit ihnen die Geburtstagsfeier fortsetzen.«

»Ist das nicht etwas eng hier?«, fragte Rud.

»Wir können in den Garten gehen«, sagte Georg, »das Wetter ist mild. Ich finde die Idee klasse. Ich werde für Speis und Trank sorgen. Genießt ihr die Zweisamkeit.«

»Ich könnte Kartoffelsalat beisteuern«, sagte Rud.

Um achtzehn Uhr sollte die Freiluftparty beginnen, um siebzehn Uhr rollte ein Wagen der Sozialistischen Selbsthilfe an. Rainer

Küpper ließ in Georgs Vorgarten Tische und Bänke aufbauen. Friedhelm Houben, den roten Schal trug er heute locker über der Schulter, stieß hinzu, er hatte Bierfässer dabei und andere Getränke, auch Hochprozentiges.

In der linken Ecke des Gartens installierten Rainers Männer zwei Grills, in der rechten Ecke erklärte Friedhelm, wie die von ihm mitgebrachte Theke aufzubauen und mit Wasser aus Georgs Küchenecke zu versorgen wäre.

Lothar Roth hatte sich zur Feier des Tages wieder in sein weißes Jesusgewand geworfen. »Mein Geburtstagsgeschenk ist das beste Biofleisch, das es im Umkreis von dreihundert Kilometern zu kaufen gibt.«

»Licht, mehr Licht«, rief Wolfgang Schippers, der sich für das Kulturprogramm verantwortlich erklärt hatte. »Mehr Licht«, das war natürlich als Anspielung auf Goethes letzte Worte gemünzt, obwohl es inzwischen ernsthafte Untersuchungen gab, die behaupteten, der Dichterfürst habe lediglich nach einem Nachttopf verlangt.

Rolf Klein saß in einer Ecke von Georgs Wohnzimmer und stimmte eine Gitarre.

Hartmut Meyers hatte Probleme, mit dem Rollstuhl die Schwelle von Georgs Wohnung in den Garten zu überwinden, auch weil die anderen den Ausgang mit Wasser- und Stromleitungen blockiert hatten, über die man hinwegsteigen konnte, wenn man Beine hatte.

»Rolf, hilf mir«, rief Georg, »wir müssen Hartmut über die Schwelle tragen.«

»Über die Schwelle tragen, köstlich«, freute sich Hartmut, als die beiden Männer ihn in den Garten hievten. »Danke, Männer. Hier draußen darf ich doch rauchen, oder?«, fragte Hartmut.

»Klar«, sagte Georg.

»Willst du auch was?«, fragte der Mann im Rollstuhl. »Ich habe richtig guten Shit. Aus Afghanistan. Haschu Haschisch inne Taschen, haschu immer was zu naschen.«

Hartmut öffnete eine Art Satteltasche, die an seinem Rollstuhl hing, und zeigte Georg stolz zwei etwa notizbuchgroße braungrüne Platten.

»Aber …«, zögerte Georg.

»Kannst du unbesorgt rauchen«, sagte Rolf, »Hartmut verkauft nur erstklassigen Stoff.«

»Ich soll ja keinen Alkohol«, sagte Hartmut, »aber von irgendwas muss man ja high werden, wenn man ein Krüppel ist.«

Steffen Landmann kam auf einem Zweirad, das aussah wie eine Harley, aber doch nur ein Fahrrad war. Steffen hatte seine Frau mitgebracht, Angelika, auch sie eine Alt-68erin, aber zum Stammtisch war sie nie eingeladen worden. Georg hatte sie kennengelernt, als sie ein eindrucksvolles Buch mit über fünfhundert Interviews ehemaliger Zwangsarbeiter in Köln veröffentlicht hatte.

»Wo ist denn das Geburtstagskind?«, fragte Angelika.

»Ich werde ihn holen«, sagte Georg.

Es war dunkel geworden, die Flammen des Grills, eine Lampe für Wolfgangs Stehpult und Gartenlaternen sorgten für romantische Beleuchtung.

Paul und Rud kamen. Beifall und Hallo.

Rolf Klein nahm die Gitarre und schlug einen hämmernden Rhythmus an. Dann sang er mit Paul McCartneys Stimme »They say it's your birthday«, und die anderen stimmten ein.

Nach dem rockigen Ständchen erhob sich Kurt und kündigte ein Gedicht ihres verstorbenen Genossen Jens Hagen an. »Wer Lust hat, es auswendig zu lernen – es heißt ›Nie ankommen – Köln Poem‹. Knapp hundert Seiten.«

»Ich könnte Schillers ›Glocke‹ aufsagen«, rief Gertrud dazwischen.

Wolfgang mit seiner weit tragenden Radiostimme bat um »Silentium«. Und versprach, nur »ein paar ausgewählte Stellen« zu rezitieren:

Aber: doch, doch, es geht uns gut.
Und vieles ist noch in Bewegung.

»Mein Reden«, rief Hartmut und drehte eine Runde im Rollstuhl.

Man wechselte
Vom Werkkreis zur Heimatkunde
Vom Widerspruch zur Wünschelrute
Von Tito zum Tirolerhut
Von der Welt zur Scholle

»Das geht gegen dich, Lothar«, sagte Rainer.

Man wechselte
Vom Nein zum Ja, aber
Von der Basisgruppe ins Beamtenrecht
Vom Anarchozirkel zur ABM-Stelle
Vom Politaktiv ins Parlament

»Das war für Willy und Friedhelm«, sagte Rolf.

Man wechselte
Von der Bürger- zur Spießbürgerinitiative
Vom Feminismus ins Frauenmuseum
Vom Geschlechterkampf ans Partnertelefon
Vom BAföG zum Bauchtanz

»Spießbürgerinitiative, habt ihr gehört?«, fragte Paul.

Man wechselte
Von Demo zu Disco
Von Disco zu Osho
Von Sozis zu Sufis
Von der KP zum Kirchentag
Vom Lustprinzip ins Aufgebot
Von Al Fatah zum Muttertag
Von Mao zu Madonna

»Ich mag Mao *und* Madonna«, sagte Rosa.

Man stieg um
Von Gauloises auf Bioquark

Von Zuckerguss auf Schokolade
Von Autosprit auf Flugzeugsprit
Von Trampen auf Last-Minute-Flights
Von Latsch-die-Heide-blüht auf Trekking
Von Ringelreihen auf Tango
Vom Friesennerz ins feine Tuch
Vom Blaustrumpf ins Body
Vom Schwarzen Block ins Blumenkästchen
Vom DiaMat aufs Fahrrad

»Das ist für dich, Steffen«, sagte Kurt, »vom dialektischen Materialismus aufs Fahrrad. Wunderbar.«

»Den Schluss wird Jens selber vortragen«, verkündete Wolfgang feierlich.

»Jens ist tot«, sagte Paul.

Wolfgang startete einen CD-Player. Aus den Lautsprechern kam Jens' Stimme. Live aufgenommen. Mit Hintergrundgeraschel. Aber unverkennbar Jens. Mit seinem eigenen Rhythmus, halb gesprochen, halb gesungen. Rock-Poesie:

Hey, ey
Du bist so furchtbar mutig
So kompromisslos rabiat!
Du fährst auf deinem Citybike
Gegen die Einbahnstraße
Neben dem Fahrradweg
Und abends sogar ohne Licht!
So jung und schon so antiautoritär:
Was soll aus dir noch werden?!

Stille. Sekundenlange Stille, nachdem Jens' letztes Frageausrufezeichen verklungen war.

Die Party war in vollem Gange, als Georgs Handy blinkte. Eine unbekannte Rufnummer. Er hatte keine Lust, sich stören zu lassen. Auf dem Display erschien eine Mitteilung, dass der Anrufer eine Nachricht hinterlassen hätte. Georg hörte die Mailbox ab. Eine Frauenstimme: »Herr Rubin, hier ist Eva Winzer. Ich erwarte Sie morgen früh um zehn Uhr. Sie wissen ja, wo wir wohnen.«

Einen kurzen Moment war Georg geschockt, weil er wegen der Party für Paul nicht mehr an Eva Winzer und ihren Vater gedacht hatte. Nun, so war es auch gut. Morgen früh um zehn Uhr, bis dahin war noch viel Zeit zum Feiern.

32

»Ich gehe mit«, sagte Paul. Georg hatte ihm beim Frühstück erzählt, dass er um zehn Uhr Professor Otto Winzer und seine Tochter Eva Winzer besuchen würde.

»Ich gehe auch mit«, sagte Annalena, der Georg den Plan schon in der Nacht dargelegt hatte.

»Ich bereite das Mittagessen vor«, sagte Rud.

»Dann ist ja alles klar«, sagte Georg.

Er rief Eva Winzer an, dass er ihre Einladung annehmen werde und dass eine Kollegin und sein Vater ihn begleiten würden.

»Oh«, sagte Eva Winzer, »warten Sie einen Augenblick. Ich werde Vater fragen.«

Georg ließ die Kaffeemaschine einen Espresso machen.

»Mein Vater ist einverstanden«, sagte Eva Winzer, »wir erwarten Sie pünktlich um zehn Uhr.«

Georg checkte die Überwachungskameras. In Winzers Haus mussten drei Personen anwesend sein, Vater, Tochter und eine Pflegerin. Nichts wies darauf hin, dass etwas Ungewöhnliches vorgegangen sein könnte.

Da Annalenas Fiat 500 doch etwas zu eng für einen Erwachsenen auf dem Rücksitz war und Georgs Smart sowieso nur Platz für zwei Personen bot, fuhren sie getrennt mit zwei Autos. Um eine Minute vor zehn Uhr erreichten sie Winzers Villa, die beiden Kleinwagen passten problemlos nebeneinander vor die große Garage.

Die Tür des Hauses öffnete sich, Eva Winzer hatte sie erwartet und ihre Ankunft beobachtet.

Sie begrüßte Annalena, Paul und Georg in dieser Reihenfolge und mit den korrekten Namen. »Bitte, treten Sie ein, mein Vater erwartet Sie.«

Georg empfand sie als etwas zu freundlich, etwas zu aufdringlich.

Professor Otto Winzer saß im Rollstuhl im großen Wohnraum vor dem Fenster und blickte in den Garten. Seine rechte Hand zitterte wieder.

Das Haus roch alt. Die Tür zur Terrasse stand offen, ein milder Wind wehte etwas frische Luft ins Zimmer.

»Vater, unsere Gäste sind da«, sagte Eva Winzer.

Der alte Mann drehte den Rollstuhl in ihre Richtung und musterte sie von oben bis unten. »So sehen Sie also aus, Herr Rubin«, sagte er zu Paul, »wie ein Pirat.«

»Meine Geburtstagstorte hat mich überfallen«, sagte Paul, »das sind die Folgen, die leider bleiben.«

»Was für eine schreckliche Nacht das war. Ich sage Ihnen, auch Erinnerungen bleiben, gerade die schrecklichen Erinnerungen.«

»Herzliches Beileid zum Tod Ihres Sohnes«, sagte Georg, »ich habe ihn sehr gemocht.«

Der Professor ging nicht auf Georgs Worte ein, sondern wandte sich an Annalena: »Und wer sind Sie, junge Frau?«

»Annalena Gröhnden.«

»Reporterin bei Colonia-TV«, ergänzte Eva Winzer.

»Soso«, sagte der Professor.

»Bitte nehmen Sie doch Platz«, sagte Eva Winzer.

Paul und Annalena setzten sich auf das schwere Ledersofa, das mitten im Raum stand und zum Garten gewandt war, Georg nahm den Sessel auf der rechten Seite der Couch, der Professor saß in seinem Rollstuhl an der linken Seite. Eva hätte auch noch auf der Couch Platz gefunden, Annalena rückte schon etwas zur Seite, aber sie holte sich einen Stuhl vom Esstisch und setzte sich neben ihren Vater.

Auf einem Metalltisch vor dem Gartenfenster standen Wasserflaschen und Gläser. »Bedienen Sie sich«, sagte Eva Winzer.

Georg schenkte Paul, Annalena und sich selbst ein und wollte dann auch den Professor und die Oberstaatsanwältin versorgen.

»Nein, danke, für uns nicht«, wehrte Eva Winzer ab.

Das Wasser wird doch nicht vergiftet sein, schoss es Georg durch den Kopf. Er nahm sein Glas, führte es an den Mund, roch daran, fand nichts Verdächtiges, trank einen Schluck.

»Warum sind Sie hier?«, fragte der Professor.

»Weil mich Ihre Tochter eingeladen hat«, sagte Georg.

»Hatten Sie am Sonntag auch eine Einladung?«

»Nein.«

»Warum waren Sie dann trotzdem hier? Ich weiß, Sie sind kein Jurist, aber dass man nicht einfach in Häuser einbrechen und Autos demolieren darf, das wissen Sie schon, oder?«

»Ich hatte beobachtet, dass in Ihrer Garage Fässer stehen. Die wollte ich untersuchen.«

»Sie spionieren uns also aus?«

»Ich wollte sichergehen, dass in den Fässern kein Napalm ist.«

»Das Napalm, das Ihr Vater einst im Grüngürtel vergraben hat?«, fragte Winzer.

»Das war meine Vermutung.«

»Und, was haben Sie herausgefunden?«

»Dass es Bierfässer waren.«

»Sie haben auch die Garagentür zum Garten geöffnet«, übernahm Eva Winzer das Verhör.

»Das weiß ich gar nicht, ob ich sie geöffnet habe. Aber sie war offen, ja, und ich habe einen Blick in den Garten geworfen.«

Während seiner letzten Worte war Georg aufgestanden und ging nach draußen. Man konnte von der erhöhten Terrasse aus in den Pavillon hineinsehen, die gefesselte Figur war verschwunden.

»Gefällt Ihnen der Garten?«, fragte Eva Winzer, die ihm gefolgt war.

»Sehr. Ich habe in Ehrenfeld nur ein kleines Stückchen Grün, und das liegt auch noch zur Straße. Sie haben so viel mehr Platz, sogar Platz für einen Pavillon.«

Er ging die Terrassenstufen hinab und holte die kleine Strahlenkamera aus der Hosentasche, die Annalena besorgt hatte. Wenn es stimmte, dass die Kamera Hohlräume entdecken konnte, dann müsste sie das nicht nur bei Fässern können, sondern auch in der Erde. Irgendwo musste die Kapuzenfigur doch sein, und wenn sie hier begraben lag, dann würde er sie finden.

Er hielt auf den Pavillon zu und scannte die Umgebung.

»Sie waren also am Sonntag auch schon hier hinten am Pavillon?«, fragte Eva.

»Ja«, sagte Georg, »und ich habe Fotos gemacht.«

»Es war ein Andenken an meinen Bruder«, sagte Eva Winzer.

»Nur ich, die Feuerwehrleute und der Mörder haben ihn so gesehen«, sagte Georg.

»Und die Oberstaatsanwältin, die alle Zeugenaussagen und Tatortfotos aus den Akten kannte. Besonders Ihre Beschreibung, Herr Rubin, war sehr realistisch.«

Gut gekontert, dachte Georg. Er musste nachhaken, durfte jetzt nicht lockerlassen. »Wenn es ein Andenken an Ihren Bruder war, Frau Winzer, warum haben Sie es dann so schnell wieder abgebaut?«

»Mein Vater wollte es so.«

»Tun Sie immer, was Ihr Vater sagt?«

Georg spürte, dass er Eva Winzers wunden Punkt freigelegt hatte.

Fast schien es, als wollte sie seine Frage bewusst überhören. Aber dann antwortete sie doch.

»Soll ich ihm widersprechen? Den Blutdruck hochtreiben, damit er einen Herzinfarkt bekommt? Jetzt, wo ich ihn so lange gepflegt habe?«

Die Oberstaatsanwältin umrundete den hölzernen Pavillon und vergewisserte sich, dass Georg ihr folgte.

Als sie die hinterste Ecke des Gartens erreicht hatte, fuhr sie fort: »Glauben Sie mir, manchmal wünschte ich, er wäre tot. Aber er ist mein Vater. Und er hat niemanden außer mich. Jetzt, wo Norbert nicht mehr da ist.«

Annalena hatte Eva Winzers letzte Worte mitgehört. »Ich habe es drinnen nicht mehr ausgehalten. Die beiden alten Männer streiten über vergangene Zeiten. Ihr Vater ist, wie es scheint, ein sehr konservativer Typ. Da haben Sie es als Frau und Tochter bestimmt nicht leicht.«

Erst war Georg verärgert, dass Annalena Evas Rede unterbrochen hatte, doch anscheinend hatte sie ins Schwarze getroffen. Auf einmal wirkte die Oberstaatsanwältin nicht mehr defensiv.

»Da sagen Sie was. Ich war die Erstgeborene, aber mein Vater hat nie einen Hehl daraus gemacht, dass er sich einen Sohn gewünscht hatte. Den bekam er ein paar Jahre später. Norbert war der kleine Prinz. Der konnte machen, was er wollte.«

Eva Winzer hielt inne. Blickte ins Leere. Wie vor einem Geständnis, dachte Georg. Sie schien empfänglich für Signale von außen, vielleicht war das jetzt die Chance, besser an sie heranzukommen.

»So wie Ihr Vater auf mich wirkt, war er bestimmt streng, wenn nicht hart«, sagte Annalena, als wäre sie telepathisch mit Georg verbunden.

Die Oberstaatsanwältin zuckte kurz zusammen, sagte aber nichts.

»Und zu Ihnen war er strenger als zum kleinen Prinzen, oder?« Annalenas Frage klang eher wie eine Feststellung.

Jetzt blickte die Angesprochene überrascht auf, nickte sogar.

Georg sah zu, wie sich seine neue Freundin der verunsicherten Eva Winzer näherte. Hörte, wie sie leise sagte: »Und wenn der kleine Prinz etwas angestellt hatte, dann hat er Sie bestraft, richtig?«

Tränen liefen nun über das stumme Gesicht der sonst so harten Oberstaatsanwältin.

Frag es, dachte Georg. Und Annalena fragte:

»Hat er Sie auch auf dem Boden Ihres Zimmers festgenagelt?«

Auf die nächste Verwandlung Eva Winzers war keiner von ihnen gefasst. Ihr Gesicht verzerrte sich vor Wut, und es war, als bräche etwas aus ihr heraus. »Oh ja, das hat er! Einen Riesennagel hat er durch meinen großen Zeh geschlagen. Ich habe geschrien vor Schmerz, bin fast ohnmächtig geworden, und er stand lachend daneben und rief: ›Lauf doch, lauf doch.‹ Ich konnte nicht anders und musste mich im Kreis um den festgenagelten Fuß drehen. Und wenn ich aufhören wollte, musste Norbert mich so lange auspeitschen, bis ich mich wieder im Kreis drehte.«

Wieder hielt sie inne, ihr Blick wurde noch starrer, fast abwesend.

»Auch Ihr Bruder hatte ein Loch im großen Zeh«, sagte Annalena nach einer gefühlten Ewigkeit, und Georg dachte: *Das war's. Jetzt macht sie zu.*

Stattdessen kehrte ihr Blick wieder zurück in den Garten, sie sah die Reporterin sogar an, dann sagte sie leise: »Ja. Ich schäme mich dafür. Ich habe ihm die gleiche Tortur zugefügt wie mein Vater mir. Eigentlich hätte ich meinen Vater annageln sollen.«

»Woher kam in Ihrer Kindheit der Hass bei Ihrem Vater? War er damals nach wie vor überzeugter Nationalsozialist?«, fragte Georg.

»Der Nationalsozialismus war die Zeit, in der er anerkannt wurde. Und plötzlich war Schluss damit. Und dann kamen die Sechziger, und Ihr Vater und seine Genossen haben dafür gesorgt, dass mein Vater seinen Lehrstuhl verliert. Dafür hat er sie gehasst. Und dieser Hass ist nie verebbt, im Gegenteil.«

»Und Sie? Wen hassen Sie?«, fragte Annalena.

Eva Winzer schwieg. Starrte wieder vor sich hin. Und sagte schließlich: »Mich. Im Grunde hasse ich vor allem mich selbst.«

Eva Winzer zog ihre Strickjacke vor der Brust zusammen. »Ich möchte hineingehen, mir wird kalt.«

»Gut, dass ihr wieder da seid, dieser Mann macht mich noch wahnsinnig«, begrüßte Paul Georg und Annalena.

Otto Winzer ließ sich in seinem Vortrag nicht bremsen: »Sie wurden vor fünfzig Jahren von Ihren linken Freunden ausgenutzt, und Sie werden immer noch ausgenutzt. Die haben alle studiert. Und Sie?«

»Ich sage es Ihnen zum letzten Mal, ich war Druckereifacharbeiter, Metteur, ich habe etwas Anständiges gelernt. Ich muss mir von Ihnen nichts vorwerfen lassen.«

»Druckereifacharbeiter. Linkes Gesindel. Das waren die Schlimmsten damals, von den Dutschkisten abgesehen«, schimpfte Otto Winzer.

»Georg, der Mann ist gefährlich. Schau dir das an: Er hat einen halben Meter Akten über mich. Wenn man das liest, könnte man meinen, ich wäre der größte Staatsfeind, den die Welt im letzten Jahrhundert erlebt hat.«

»Nun übertreiben Sie nicht«, sagte Winzer, »bei Ihnen sind es gerade mal siebzehn Zentimeter Akten. Von Ihren Stammtischgenossen sind Sie das kleinste Licht, ermittlungstechnisch gesehen. Von Kurt Schmoll habe ich einen Meter elf.«

»Ist er deshalb alternativer Ehrenbürger in Köln geworden?«, fragte Georg.

»Sie Witzbold. Von Lothar Roth und Rainer Küpper müsste ich noch viel mehr haben, aber die haben subversiver gearbeitet. Trotzdem. Alles Verbrecher.«

»Ihre sogenannten Akten können Sie in den Müll werfen. Die sind illegal«, sagte Georg.

»Wer, wenn nicht ich, soll sich denn um die Wahrheit kümmern?«

»Herr Professor«, sagte Annalena, »Sie wissen, dass es Verjährungsfristen gibt. Dass es Gesetze gibt, die einzuhalten sind, auch von der Justiz.«

»Junges Fräulein, halten Sie sich raus, wenn Männer reden.«

»Gott, Sie Ärmster«, sagte Annalena spöttisch, »nicht nur Nazi, sondern auch noch Macho – und nichts dazugelernt.«

»Eva«, kommandierte der alte Professor, zog die Augenbrauen hoch und erwartete, dass seine Tochter etwas unternahm.

Eva rührte sich nicht.

»Eva«, kommandierte er ein zweites Mal, und seine Stimme wurde scharf wie ein Fallbeil.

»Ich finde, dass sie recht hat«, sagte seine Tochter und rührte sich immer noch nicht.

Der Professor erstarrte. Nach einigen Sekunden kippte sein Oberkörper nach vorne, wurde heftig durchgeschüttelt, bis er sich wieder aufrichtete, mit der Rechten an sein Herz fasste und aufstöhnte.

Wie auf Knopfdruck verschwand Eva Winzer in der Küche, kam mit einer Medizin zurück und hielt sie ihrem Vater an den Mund. »Hier, deine Tropfen.«

»Hat er Sie wieder rumgekriegt«, sagte Annalena. »Der älteste Trick der Menschheitsgeschichte. Wenn Sie immer wieder darauf hereinfallen, werden Sie nie aufhören, sich zu hassen.«

Eva verlor die Fassung. »Reden Sie doch nicht so altklug daher mit Ihren paarundzwanzig Jahren! Was soll ich denn tun? Er ist vierundneunzig Jahre alt. Ich bin seine Tochter. Seine einzige Tochter.«

»Er ist vierundneunzig Jahre alt und benimmt sich daneben, als wäre er tausend Jahre alt. Dabei sind die Tausendjährigen nicht mal dreizehn geworden.«

Eva schaute Annalena mit großen Augen an. Und dann begann sie hemmungslos zu lachen. »Sie meinen, er ist nur eine pubertäre Rotznase?«

»Wahrscheinlich ist er auch noch Bettnässer«, legte Annalena nach.

»Stimmt«, schrie Eva, »Bettnässer, Bettnässer!«

»Eva!« Winzers Stimme überschlug sich.

»Nein«, schrie sie, »diesmal nicht! Es reicht.«

»Ich befehle dir«, schrie Otto Winzer und fasste sich ans Herz.

»Nein, Schluss mit Befehlen«, sagte Eva, und auf einmal war sie gefährlich ruhig.

»Willst du mich umbringen?«

»Du sagst es. Dich hätte ich umbringen sollen. Du warst es, der immer auf mir herumgetrampelt hat. Ich war lieb. Ich war fleißig. Ich habe Jura studiert. Alles nur, um ein einziges Mal Anerkennung zu bekommen. Aber ich war ja kein Junge. Bei dir hieß es immer nur Norbert, Norbert über alles. Ich konnte es nicht mehr ertragen.«

»Deshalb haben Sie Ihren Bruder umgebracht?«, fragte Georg.

Eva setzte sich leise schluchzend auf das Sofa. Dann nickte sie.

»Sie dürfen ihr nichts glauben. Sie ist nicht bei Sinnen«, sagte der Professor.

»Ihnen soll ich glauben?«, fragte Georg.

»Mir dürfen Sie glauben. Mir macht es nichts aus, in den Knast zu gehen. Vielleicht nehmen sie mich nicht mal, weil ich zu alt bin. Hauptsache, ich habe es diesen Alt-68ern noch einmal gezeigt.«

»Also haben Sie Ihren Sohn verbrannt?«, fragte Georg.

»Nein«, sagte der alte Winzer. »Er war ja schon tot. Aber er hat uns geholfen, die Spur nach links zu legen.«

Der alte Mann hatte sich wieder unter Kontrolle.

»Woher hatten Sie das Napalm?«, fragte Georg.

»Das war Zufall. Sie kennen ja meine Freunde von den deutschen Motorradfahrern. Ich nenne sie so, weil sie deutsche Maschinen fahren, BMW, nicht Harley wie die anderen. Die treffen sich regelmäßig am Fort VI am Decksteiner Weiher. Eines Nachts, einer von ihnen hatte einen Metalldetektor dabei, weil sie mal wieder ihre Schatzsuche spielten, haben sie ein Fass entdeckt. Amerikanische Militärbeschriftung. Warnhinweise. Sie hatten die glorreiche Idee, das Fass zu mir zu bringen, wahrscheinlich, weil meine Wohnung in der Nähe lag. Ich habe sofort erkannt, dass es sich um Napalm handelt. Sie wissen vielleicht, dass ich Experte war«, sagte er mit stolzgeschwellter Brust.

»Ja. Ich weiß, welche schrecklichen Gutachten Sie erstellt haben«, sagte Paul.

»Wieso schrecklich? Muss man nicht alle Mittel einsetzen, wenn es darum geht, die eigenen Werte zu verteidigen?«

»Was war mit dem Napalm?«, hakte Georg nach.

»Wir haben es untersucht. Dann umgefüllt.«

»In Bierfässer?«

»Ganz recht. Es waren natürlich besondere Bierfässer. Oben dreißig Liter Kölsch, darunter bis zu zwanzig Liter Napalm. Insgesamt haben wir das Zeug in zehn Fässer gefüllt.«

»Wofür sollte das gut sein? Das gibt doch einen fürchterlichen Brand. Im Magen. Wenn das durcheinander kommt«, redete Annalena dazwischen.

Winzer schickte ihr einen bösen Blick und sprach dann wieder zu Georg. »Sie wissen, wie sorgfältig ich alles archiviere. Irgendwie, dachte ich mir, gehört das Napalm doch dazu.«

»Obwohl Sie wussten, wie gefährlich das Napalm ist, haben Sie es in Ihrer Garage aufbewahrt?«, fragte Paul.

»Es sollte ja nicht für immer da bleiben.«

»Wie lange war es da?«

»Sechs Wochen.«

»Und wann haben Sie die Idee gehabt, das Napalm einzusetzen?«, wollte Georg wissen.

»Wenn ich es genau bedenke, waren Sie es, Georg, der mich darauf gebracht hat.«

»Ich. Klar. Wir kennen uns nicht. Sprechen uns heute zum ersten Mal. Aber ich bin schuld.«

»Sie haben meinem Sohn Norbert von Pauls Geburtstag erzählt. Erinnern Sie sich?«

»Ja. Ich habe mit ihm darüber gesprochen, ob wir die Studiobühne mieten könnten.«

»Sie haben ihm erzählt, warum es so wichtig wäre, weil Ihr Vater mit seinem Stammtisch von Alt-68ern unbedingt in der ehemaligen Mensa feiern wollte, der heutigen Studiobühne. Norbert hat mir alles erzählt. Er kommt ja nicht oft, er *kam* nicht oft, aber zu meinem Geburtstag war er da. Und hatte dieses schöne Geschenk für mich.«

»Ich verstehe noch nicht ganz«, sagte Paul.

»Ist doch einfach. Als ich Ihren Namen hörte, konnte ich mir zusammenreimen, welche illustre Gesellschaft sich da zu Paul Rubins achtundsechzigstem Geburtstag versammeln würde. Alle Feinde auf einen Streich. Kurt Schmoll, Lothar Roth, Rainer Küpper, Willy Leipold, Johannes Bäck, Rolf Klein, Friedhelm Houben, Steffen Landmann, Wolfgang Schippers, habe ich jemanden vergessen?«

»Hartmut Meyers«, sagte Paul.

»Ach ja. Alkoholiker und Rollstuhlkrüppel.«

»Johannes Bäck gehört nicht mehr dazu.«

»Zu seinem Tod kommen wir noch. Bleiben wir bei dem Abend in der Studiobühne. Herr Rubin junior, Sie haben mir nicht nur den Tag und die Stunde gesagt, Sie haben mir sogar die Idee geliefert, wie man den Anschlag ausführen könnte. Sie haben meinem Sohn gesagt, dass Sie genau um Mitternacht eine Geburtstagstorte mit brennenden Kerzen überreichen wollten. Ich wusste von Norbert, dass Sie die Torte im Kühlraum deponieren würden, sie zu präparieren war ein Kinderspiel. Leider hat nicht alles so funktioniert, wie es geplant war. Wir haben zu wenig Napalm eingesetzt. Die Flammen breiteten sich nicht schnell genug aus. Leider haben Sie, Paul, und Ihre Genossen es geschafft, sich zu retten. Mehr oder weniger verletzt. Sie haben ein Auge verloren, heißt es.«

»Das ist wohl so.«

»Wie ich gesagt habe, wir haben zu wenig Napalm eingesetzt. Das Attentat war ein Fehlschlag. Wenn mein Sohn nicht schon tot gewesen wäre, hätten Sie, Georg Rubin, ihn vermutlich auch noch gerettet, wie in den Akten nachzulesen ist. Hochachtung für Ihren Mut. Deshalb habe ich Sie am nächsten Tag angerufen.«

»Sie waren das?«

»Ja.«

»Sie haben mir gedroht.«

»Ich habe Sie gewarnt.«

»Warum haben Sie Norbert getötet?«

»Eva war es, nicht ich. Eigentlich will sie mich töten, Sie haben es gehört, aber dazu hatte sie nicht den Mut. Sie dachte vermutlich, wenn sie Norbert umbringt, würde es mir das Herz brechen, und sie wäre mich los. Stattdessen hatte ich sie noch mehr in meiner Gewalt. Meinen Sie denn, ich hätte die Torte präparieren können, das Napalm an verschiedenen Stellen ausbringen und Norbert fesseln? Sie war das.«

»Ja, ich war das«, schrie Eva und stand vom Sofa auf. »Aber deine Motorrad-SS hat mir geholfen«, sagte Eva, »und jeder weiß, dass sie auf dein Kommando hört.«

»Niemand weiß das, meine Tochter. Und im Kaufhof waren sie nicht dabei. Da warst nur du.«

»Und du, vergiss das nicht. Ich habe dich in deinem Rollstuhl geschoben, du hast höchstpersönlich die Zeitzünder mit dem Napalm gelegt. Und diese Flugblätter. *Burn, warehouse, burn!*«

Eva ließ sich aufs Sofa fallen, als wäre ihre Lebensflamme erloschen.

»Wir haben leider wieder zu wenig Napalm genommen«, sagte Otto Winzer.

»Es sind zwei Menschen ums Leben gekommen«, sagte Georg.

»Es hätten Hunderte sein sollen«, sagte Winzer.

»Mit Massenmord kennen Sie sich ja aus«, klagte ihn Annalena an.

»Es wäre nicht mein Mord, sondern der Mord der Nachfahren der Baader-Meinhof-Bande gewesen. Und dann lief auch noch Johannes Bäck vor die Überwachungskamera. Besser hätte es gar nicht sein können.«

»Warum haben Sie Bäck erschossen, wenn er Ihnen als Täter so gelegen kam?«, fragte Georg.

»Ich habe ihn nicht erschossen. Ich habe ihn erschießen lassen. Es ist immer wieder schön, wenn die Männer mal den Ernstfall proben können. Herr Bäck musste sterben, weil ich ja wusste, dass er nicht der Täter war. Wenn er tot war, würde er nicht mehr aussagen können. Und mit seinen früheren Napalm-Experimenten bliebe er auf ewig ein Hauptverdächtiger.«

»Warum erzählen Sie uns das? Sie wissen, dass wir die Polizei alarmieren werden«, sagte Georg.

»Ja, sicher. Das ist mir bewusst. Sehen Sie es als letzte Beichte vor dem Gang zum Schafott. Meine Tochter und ich sind übereingekommen, dass es heute zu Ende gehen soll. Eigentlich ist sie schon mit Norbert gestorben. Als sie begriff, was sie getan hatte, war es mit ihr zu Ende. Sie hat noch ein bisschen um sich geschlagen, aber letztlich ist sie nur ein schwaches Weib, wie ich es immer gewusst habe. Ich werde mich heute leichten Mutes verabschieden, weil man in meinem Alter ohnehin jeden Tag mit dem Tod rechnen muss. Wenn ich dabei noch in den Genuss komme, Sie mit in den Tod nehmen zu können, was könnte es Schöneres geben?«

»Tut mir leid«, sagte Georg, »aber ich kann nicht. Ich muss heute Abend zum Pokalspiel FC gegen Schalke.«

Winzer lachte und kriegte sich gar nicht mehr ein.

»Was gibt es da zu lachen?«

»Sie sind wirklich ein Spaßvogel, Herr Rubin. Meinen Sie denn, Sie kämen hier lebend raus, nachdem wir die Beichte abgelegt haben? So naiv können Sie gar nicht sein. Und dann der Witz mit dem Stadion. Ja, meinen Sie denn, da erginge es Ihnen besser? Das wird doch der Höhepunkt des großen Abgangs. Erst wir hier in Lindenthal, dann Zehntausende während des Fußballspiels.«

Annalena sprang auf den Mann im Rollstuhl zu und legte ihre Hände um seinen Hals: »Sie sind schneller tot, als dass Sie hier noch irgendetwas in Flammen setzen können.«

Otto Winzer lachte und röchelte.

»Unternehmen Sie endlich was«, sagte Georg zu Eva Winzer, die verstört und teilnahmslos auf der Couch saß.

»Zu spät«, sagte sie, als Georg sie durchschüttelte. »Es ist alles vorbereitet. Wir haben hier noch …«, sie schaute auf ihre Armbanduhr, »wir haben höchstens noch zwei Minuten.«

»Raus hier, schnell«, schrie Georg und lief Richtung Gartenterrasse.

Der Weg in die Freiheit war versperrt. Dort standen zwei von Winzers Motorrad-SS-Männern, wie Eva Winzer sie genannt hatte, mit Maschinenpistolen bewaffnet.

»Nicht in den Garten, zum Haupteingang«, rief Georg und drehte um.

Eine verborgene Automatik ließ die Jalousien an allen Fenstern gleichzeitig nach unten gehen. Aus der morgendlichen Helle wurde dunkle Nacht.

Georg machte sein Handy zur Taschenlampe. Die Tür zum Flur war verbarrikadiert.

Annalena hielt immer noch ihre Hände um Winzers Hals.

»Wenn Sie Ihr Leben um ein paar Sekunden verlängern wollen, sollten Sie sich von meinem Vater entfernen«, sagte Eva Winzer.

Annalena zuckte zurück, als der Rollstuhl des Alten von Explosionen erschüttert wurde und in Flammen aufging. Es dauerte nur Sekunden, bis auch die Kleider des alten Mannes Feuer fingen. Eine knöchrige Hand erhob sich aus dem Rollstuhl und griff nach Annalenas Haaren. Mit einem entschlossenen Ruck konnte sie sich losreißen, ein Büschel ihrer Haare blieb in der Faust des Greises zurück.

Otto Winzer begann zu lachen. Er kreischte, als gäbe es nichts Lustigeres auf der Welt, als sich selbst in die Luft zu jagen.

Eine zweite Explosion kam aus der Couch, auf der Eva Winzer saß. Die Flammen fraßen sich durch das Leder und stürzten sich auf die Frau, die sich nicht wehrte.

Otto Winzers Lachen wurde teuflischer, bis es erstarb.

Eva Winzer legte sich auf die Couch, als wollte sie die Flammen umarmen.

Annalena, Paul und Georg zogen sich an die Tür zum Hausflur zurück. Draußen waren Explosionen zu hören.

»Das sind Schüsse«, sagte Paul.

»Hört ihr die Sirenen? Das muss die Feuerwehr sein«, rief Annalena.

Eine Axt durchschlug die Tür.

»Schnell zur Seite. Da will jemand rein«, warnte Georg.

Es blieb ihnen kaum ein Meter Platz zwischen der Wand und den Flammen, die Teppiche und Vorhänge in Brand gesetzt und sich zuletzt auf den eichenen Esstisch und die Stühle gestürzt hatten.

Die Schläge an der Wohnungstür wurden immer gewalttätiger, das Loch in der Tür wurde größer. Das Feuer bewegte sich auf die Tür zu, hinter der möglicherweise die Retter standen.

Eine Salve aus einer Maschinenpistole traf die Tür und sprengte das Schloss auf. Im Türrahmen erschien ein dritter Motorrad-SS-Mann.

Georg suchte nach einer Waffe. Er packte einen der brennenden Esstisch-Stühle und rammte damit den behelmten Eindringling. Der Mann geriet leicht ins Wanken, die Schüsse aus seiner Maschinenpistole trafen die Deckenlampe.

»Schnell raus!«, rief Georg und schob Paul und Annalena durch die Tür in den Hausflur, während er den Mann mit einer zweiten Stuhlattacke ablenkte.

Georg versteckte sich hinter der Couch, auf der Eva Winzer lag. Der Angreifer stapfte langsam in die Mitte des Zimmers. An Winzers Sessel hielt er kurz an und bekreuzigte sich. Dann entdeckte er Georg, der die Hände hob, als wollte er sich ergeben. Der Motorrad-SS-Mann brachte seine Maschinenpistole in Anschlag.

Plötzlich ein Riesenlärm aus dem Hausflur. Der Angreifer drehte sich um. Zwei maskierte Polizisten sprangen ins Wohnzimmer. Einer hatte eine Axt dabei, mit der er eigentlich die Tür aufsprengen wollte, stattdessen ließ er die scharfe Waffe auf dem Helm des Motorrad-SS-Mannes fallen. Der Helm und der Kopf wurden krachend gespalten. Der tödlich getroffene Mann sank stumm zu Boden.

»Schnell raus«, rief der zweite Polizist.

Georg zögerte. Von der Couch kam ein erstickter Laut, ein Hilfeseufzer eher als ein Hilfeschrei. Georg nahm seine Lederjacke, versuchte, die Flammen auf Evas Körper zu ersticken, was ihm nur zum Teil gelang, nahm die sterbende Frau auf seine Arme, trug sie hinaus und legte sie vor einem Rettungswagen ab, ehe er selbst erschöpft zusammenbrach.

Gerald Menden hatte vor der Garage Position bezogen und dirigierte die Einsatzkräfte: »Notarzt sofort zu Georg Rubin.«

»Mir geht es gut«, röchelte Georg, »kümmert euch um die Frau. Und seid vorsichtig, im Garten sind bewaffnete Männer.«

»Ganz ruhig, Georg«, sagte Menden, »die haben wir unter Kontrolle. Ist noch jemand im Haus?«

»Einer der bewaffneten Motorradmänner und der Professor sind tot. Als wir kamen, war aber noch eine Haushaltshilfe da«, sagte Annalena, die sich neben Georg niedergekniet hatte und seinen Kopf in ihrem Schoß hielt.

»Die Frau ist weg. Das haben wir über eure Kamera gesehen. Die Kamera hat euch überhaupt das Leben gerettet. Jean hielt Wache. Als drei von diesen Motorradrockern durch die Garage in den Garten schlichen, bewaffnet bis zu den Zähnen, hat Jean mich angerufen. Ich bin sofort los, habe Kollegen und Feuerwehr alarmiert. Wir kamen gerade rechtzeitig.«

»Du weißt nicht, wie knapp es war«, sagte Annalena, »ich hatte Todesangst.«

Eva Winzer schrie noch einmal auf, ihr Körper zuckte, dann war es aus.

»Sie ist tot«, sagte der Notarzt.

Aus dem Garten waren Schüsse zu hören. »Alle in Deckung«, schrie Menden. Er selbst ging zu den drei vor dem Haus stehenden Motorrädern und zerschoss die Reifen.

Die Kampfgeräusche rückten näher in die Garage.

Zwei Polizisten, Maschinenpistolen im Anschlag, kamen im Rückwärtsgang aus der Garage heraus und suchten hinter dem Notarztwagen Deckung.

Einer der vermummten Motorrad-SS-Männer stürmte nach draußen und rannte zu seiner Maschine. Er schwang sich auf den Sattel und fiel auf der anderen Seite wieder hinunter, nachdem er von einer Kugelsalve getroffen worden war.

»Das war der Letzte«, sagte einer der bewaffneten Polizisten, »die Gefahr ist vorüber.«

33

»Die Gefahr ist nicht vorüber«, sagte Georg zu Menden, nachdem er berichtet hatte, was sich im Hause Winzer abgespielt hatte. »Otto und Eva Winzer haben erklärt, sie hätten noch einen letzten Anschlag vorbereitet, heute Abend beim Pokalspiel des FC gegen Schalke.«

»Das kann nicht sein«, sagte Menden, »es gibt keinen Ort, der so gut kontrolliert wird wie die Fußballstadien. Und Winzer wusste das. Wir haben das Stadion seit Sonntag zweimal komplett durchsucht. Da gibt es nichts Verdächtiges.«

»Was ist mit den Bierfässern? Das Napalm war wirklich in den Fässern versteckt.«

»Nichts gefunden. Das macht auch keinen Sinn. Im Stadion wird eine andere Kölsch-Marke ausgeschenkt. Und wieso ausgerechnet Köln gegen Schalke? Das ist das Spiel, das am besten polizeilich überwacht wird, weil sich Kölner und Schalker Fans nicht mögen. Außerdem reisen oft noch Hooligans aus Dortmund an, um sich mit den Schalkern zu kloppen. Jede einzelne Fangruppe wird von der Polizei in Empfang genommen und bis ins Stadion begleitet.«

»Was heißt das, in Empfang genommen?«

»Die Schalker Züge werden bis zum Bahnhof Ehrenfeld geleitet, von dort geht es weiter mit der Straßenbahn. Die Dortmunder Fans müssen am Bahnhof Deutz aussteigen und fahren von dort weiter mit der KVB. Immer ist Polizei in der Nähe. Mehr Sicherheit geht nicht. Im und rund ums Stadion gibt es verschärfte Kontrollen für alle, auch die Kölner, da kann nichts passieren.«

»Aber Otto Winzer hat diese Drohung ausgesprochen«, sagte Annalena und legte ihren rechten Arm um Georg, als wollte sie ihn festhalten.

»Das wird der Höhepunkt unseres Abgangs«, zitierte Paul den alten Winzer aus dem Gedächtnis. *»Erst wir hier in Lindenthal, dann Zehntausende während des Fußballspiels.«*

»Ich werde die Polizeiführung verständigen, damit sie entscheiden kann, ob das Spiel stattfinden soll oder nicht«, sagte Georg und sonderte sich ab, um zu telefonieren.

Die Feuerwehr hatte den Brand in der Winzer-Villa gelöscht, die Spurensicherung hatte das Gelände untersucht und dabei auch die Aufnahmen von Georgs Spezialkamera ausgewertet. Auf den Bildern war ein frisch ausgehobenes Grab zu erkennen gewesen, in dem die gefesselte Figur beerdigt worden war. Es handelte sich um eine Schaufensterpuppe.

Der Notarzt hatte den Tod von Eva und Otto Winzer und den anderen festgestellt. Auf Georgs Hinweis hin waren Eva Winzers Füße besonders untersucht worden. Im großen Zeh des linken Fußes wurde die Narbe einer alten Verletzung gefunden, ja, es wäre möglich, dass diese Verletzung durch einen Nagel entstanden sein könnte, wie Georg Rubin vermutet habe.

»Die Einsatzleitung will, dass das Spiel stattfindet«, sagte Menden, als er zu Georg, Annalena und Paul zurückkehrte. »Man hat mir noch einmal bestätigt, dass das Stadion und alle Zufahrten sicher sind. Man werde die Aufmerksamkeit noch erhöhen, aber wir dürften uns nicht von Terroristen vorschreiben lassen, wie wir zu leben haben.«

»Was ist mit dir?«, fragte Georg.

»Wir zwei sind heute Abend im Stadion verabredet. Unsere Stammplätze auf der Osttribüne. Ich werde da sein, falls ich nicht noch dienstverpflichtet werde. Normalerweise habe ich heute Abend frei.«

»Ihr solltet nicht gehen«, sagte Annalena.

»Sie hat recht«, sagte Paul, »Georg, es muss dir reichen, heute einmal dem Tod entkommen zu sein. Bitte.«

»FC gegen Schalke, Pokal«, sagte Georg.

»Ich spendiere euch Karten fürs Finale in Berlin«, sagte Paul, »gilt natürlich nur, wenn der FC gewinnt. Sollte er verlieren, habt ihr sowieso nichts verpasst, außer ein bisschen Frust.«

Georg umarmte seinen Vater. »Danke. Ich glaube, wir sollten auf Annalena und Paul hören. Komm zu mir, Gerald, schauen wir uns das Spiel im Fernsehen an und hören nebenbei Polizeifunk. Ist wahrscheinlich sowieso spannender.«

»Einverstanden«, sagte Menden, »aber nur, wenn Paul und Annalena mit zum Pokalfinale nach Berlin kommen.«

»Die Tickets musst aber dann du spendieren«, sagte Paul.

»Klar. Dann also Fernseh-Fußball. Ich werde der Einsatzleitung melden, dass ich Bereitschaftsdienst mache. Das gibt ein paar Extrapunkte beim Polizeipräsidenten.«

Georg setzte Paul zu Hause ab und fuhr weiter in die Redaktion. Den vorletzten Artikel über den Napalm-Mörder wollte er selbst schreiben. Ganz instinktiv hatte er Evas und Winzers Geständnisse mit seinem Handy aufgenommen.

Annalena hatte es sogar geschafft, einige Videoaufnahmen zu machen, vor allem vom schrecklichen Finale. Aus den Filmen schnitt sie Standbilder, die Georg in seinen Artikel einbauen konnte, er revanchierte sich mit Tonmaterial für ihre TV-Reportage.

»Was machen wir mit der Drohung gegen das Fußballspiel?«, fragte Annalena, als sie nach getaner Arbeit in Georgs Büro bei einem Kaffee saßen.

»Ich habe die Chefredakteurin informiert«, sagte Georg, »sie meint, wir sollten in dieser Sache nur das berichten, was mit der Polizei abgesprochen ist. Alles andere würde die Öffentlichkeit nur beunruhigen.«

»Und wenn was passiert? Tragen wir dann nicht die Schuld, Menschen nicht gewarnt zu haben?«

»Vielleicht können wir noch was verhindern.«

Georg schaute auf seinen Rechner, wo die Überwachungskameras liefen. Am Fort VI hatte sich ein Dutzend Motorradfahrer versammelt, nicht nur mit BMWs, sondern auch mit Harleys. Vor der Villa der Winzers standen vier Motorradmänner mit BMW-Maschinen. Der Trupp am Fort VI verschwand, dafür wuchs die Anzahl der Motorradfahrer vor der Villa am Stadtwaldgürtel auf zwanzig an.

Einer der BMW-Fahrer hielt eine Rede, die anderen hatten sich im Kreis um ihn versammelt. Nach zwei Minuten wurde der Kreis aufgelöst.

Einige versuchten, durch die Garage in den Garten zu gelangen, wurden aber von uniformierten Polizisten aufgehalten. Auch der Haupteingang wurde polizeilich bewacht.

»Was hältst du davon?«, fragte Georg.

»Eine Trauerfeier«, sagte Annalena.

»Wäre möglich. Schließlich sind dort drei ihrer Kollegen gestorben.«

»Den alten Winzer als ihren Anführer darfst du auch nicht vergessen«, sagte Annalena.

Der Motorradtrupp formierte sich zu einer Kolonne. »Meinst du, dass die etwas mit dem Anschlag aufs Stadion zu tun haben könnten?«

»Möglich wär's, wo Winzer selbst ja ausfällt.«

»Vielleicht ist aber auch längst alles installiert und wird mit Zeitzündern gesteuert.«

»Möglich. Aber dann hätte die Polizei etwas finden müssen.«

Der Motorradtrupp setzte sich in Bewegung, der BMW-Fahrer, der die Rede gehalten hatte, fuhr an der Spitze. Auf dem Rücken seiner Lederkutte stand die Zahl »88«.

»Ich rufe Jean an. Vielleicht können seine Taxifahrer uns sagen, wohin sie fahren.«

Georg nahm sein Handy. Es dauerte, bis sich jemand meldete. »Bei Leclerc«, sagte eine Männerstimme.

»Franck, bist du es? Georg hier.«

»Ich bin es«, sagte die Stimme, die sich für Georg fremd anhörte, »Jean geht es nicht so gut.«

»Was hat er denn?«

»Er hat einen schweren Fehler gemacht«, sagte der Mann, »er hat die Polizei alarmiert, aber er hat nicht gut aufgepasst, weil wir alles mithören konnten. Heute ist doch der große Tag.«

»Jean!«, rief Georg.

»Herr Leclerc ist ein außergewöhnlicher Mann«, sagte die Männerstimme, »ein Krüppel mit nur einem Bein, aber stark wie ein Bär. Schade eigentlich.«

Georg zog das Festnetztelefon zu sich heran, wählte Mendens Privatnummer und flüsterte Annalena zu: »Sag Gerald, was los ist. Er muss raus zu Jeans Wohnung in Mülheim.«

»Was haben Sie mit ihm vor?«, sprach Georg lauter als zuvor in sein Handy, um Annalenas Telefonat mit dem Polizisten zu übertönen.

»Ich werde mich beeilen«, sagte der Mann, »ein Bein hat er schon verloren, da kennt er ja das Gefühl, wenn man ihm das andere abhackt.«

Georg schrie ins Telefon, am anderen Ende der Leitung hörte er nur noch Lachen, ein fast so schreckliches Lachen wie das des alten Winzer am Morgen. Dann war die Verbindung tot.

»Menden ist unterwegs«, sagte Annalena. »Was war los bei Jean?«

»Er ist überfallen worden. Wahrscheinlich von Winzers Motorrad-SS. Der Mann erzählte irgendetwas davon, dass sie die Polizei abhören würden und Jeans Warnung mitbekommen hätten, die uns das Leben gerettet hat. Der Mann klang sadistisch und gefährlich.«

»Du sagst, dass Jean in Mülheim wohnt?«

Georg nickte.

»Was ist mit deinen Freunden von der Sozialistischen Selbsthilfe in Mülheim. Können die nicht helfen?«

»Du bist großartig. Die machen das. Und die haben den Mut dazu, sich mit den Motorradrockern anzulegen. Ich rufe Rainer an.«

Es dauerte keine zwei Minuten, da hatte Rainer Küpper seine Männer in Bereitschaft gesetzt. Ein erstes Team fuhr zu Jeans Wohnung, ein zweites Team sollte versuchen, den Motorradtrupp zu verfolgen, der sich vor Winzers Villa versammelt hatte und jetzt in der Stadt unterwegs war.

»Wir haben noch ein paar Stützpunkte in der Stadt«, sagte Rainer, »wir kriegen die. Außerdem alarmiere ich den Rest von Pauls Stammtisch, die haben auch ihre Alarmketten.«

»Wenn du was hörst, gib mir sofort Bescheid«, sagte Georg und hörte, wie Rainer nach seiner zustimmenden Antwort eine Melodie pfiff. Den dazugehörigen Text kannte er gut: »Auf zum letzten Gefecht!«

Georg war mit Annalena zurück in die Wohnung in Ehrenfeld gefahren, die ihm als Schaltzentrale dienen sollte.

Die erste Meldung kam von Rainers Abteilung Motorradüberwachung: »Der Trupp ist an den Rhein gefahren, zurzeit hält er vor dem Haus der Burschenschaft, zu der Winzer gehörte. Sieht so aus, als findet dort eine Lagebesprechung statt.«

»Gut«, sagte Georg, »bleibt dran.«

Wenig später meldete sich Menden: »Wir sind in Jeans Wohnung. Es hat einen Toten gegeben. Wir mussten den Mann erschießen, der Jean überfallen hatte. Jean wird wieder. Aber stell dir vor, der Typ hatte Jeans gesunden Fuß an den Boden genagelt und mit Hammerschlägen die Knochen zertrümmert. Jean ist mit dem Rettungswagen ins Eduardus-Krankenhaus gebracht worden. Ich habe Franck angerufen, dass er sich um ihn kümmert.«

»Danke«, sagte Georg. »Wird Zeit, dass diese Bestien hinter Gitter kommen.«

»Deine sozialistischen Freunde konnten sich übrigens auch noch nützlich machen, sie haben einen zweiten Motorradfahrer vor Jeans Haus festgesetzt und fachmännisch gefesselt an die Polizei übergeben. Starke Leistung.«

Georg erzählte Menden, dass der Motorradtrupp am Bayenthaler Rheinufer haltgemacht und Rainers Sozialistische Selbsthilfe ihn im Blick habe.

»Ich schau mal, ob ich einen Streifenwagen zur Überwachung schicken kann«, sagte Menden, »aber wir haben kaum freie Kräfte. Alle im Einsatz für das Fußballspiel. In Ehrenfeld. In Deutz. Am Neumarkt. Am Stadion. Trotzdem gibt es schon die ersten Schlägereien.«

Der nächste Anruf kam wieder von Rainer: »Meldung aus Mülheim. Die Polizei war vor uns da. Jean ist im Krankenhaus. Meine Leute haben einen der Motorradjungs überwältigt. Sie haben ihn mit unserem Kleinlaster einfach angefahren. Ehe der begriffen hatte, was geschah, haben sich zwei von uns auf ihn gesetzt und gefesselt.«

»Großartig«, sagte Georg, »Menden hat mich informiert. Aber deine Männer müssen vorsichtig sein.«

»Die machen das schon. Sind einige erprobte Straßenkämpfer dabei. Nun zum Rest der Motorradgang. Die haben sich am Haus der Burschenschaft mit insgesamt fünf Bierfässern versorgt. Große Fässer. Werden in Beiwagen transportiert. Sieht nach einer Fete aus. Die Gruppe ist unterwegs im Rheinufertunnel und teilt sich gerade. Die erste, etwas größere Gruppe fährt unter den Gleisen hindurch Richtung Dom und Bahnhofsvorplatz, die zweite Gruppe fährt zum Breslauer Platz hinter dem Hauptbahnhof.«

»Das sind keine Kölschfässer, da ist das Napalm drin«, sagte Georg.

»Der Hauptbahnhof«, sagte Annalena.

»Was meinst du mit ›der Hauptbahnhof‹?«

»Das Fußballspiel ist nur eine Ablenkung. Stimmung anheizen, Polizeikräfte zusammenziehen, damit sie am Hauptbahnhof ungestört ihren Angriff durchführen können. Mal wieder der Hauptbahnhof!«

»Das ist es«, sagte Georg, »Winzer hat gesagt ›*während* des Fußballspiels‹, er hat die Zeit gemeint, nicht den Ort.«

»Rainer, du musst deine Leute warnen. Es spricht vieles dafür, dass die einen Anschlag im Hauptbahnhof vorhaben.«

»Sag ich doch, Hauptbahnhof«, sagte Rainer, »ich melde mich.«

»Wir müssen zum Bahnhof«, sagte Georg und zog Annalena mit sich. Auf dem Weg in die Tiefgarage rief er noch einmal Menden an und brachte ihn auf den neuesten Stand.

Georg parkte seinen Smart in der Dompropst-Ketzer-Straße vor dem schwarzen Bankgebäude am Bahnhofsvorplatz. Gegenüber warteten Dutzende Taxis.

Vor dem Haupteingang zum Bahnhof, am Fuß der riesigen Freitreppe zum Dom, waren zwölf Motorräder aufgebockt, die von zwei Männern bewacht wurden. Gegenüber den Motorrädern hatte ein verrosteter Pritschenwagen mit Aufschrift »Sozialistische Selbsthilfe« Stellung bezogen. Beamte der Bundespolizei, die am Bahnhof Dienst hatten, bemühten sich vergeblich, Motorräder und Pritschenwagen dazu zu bewegen, den für Fahrzeuge gesperrten Bahnhofsvorplatz wieder zu verlassen.

»Wo sind die anderen Motorradfahrer?«, fragte Georg den Mann am Steuer des Pritschenwagens.

»Die rollen Bierfässer durch den Bahnhof. Keine Ahnung, was das soll. Fünf sind zum Haupteingang rein, die fünf anderen durch den Eingang am Buchladen.«

Georg lief in die Bahnhofshalle.

»Warte«, rief Annalena, zog die Schuhe mit den hohen Absätzen aus und lief barfuß hinter Georg her.

Die Motorrad-SS-Männer waren dabei, die Flüssigkeiten aus ihren Fässern auslaufen zu lassen. Es roch nach Bier und Benzin. Hunderte Fahrgäste liefen achtlos an ihnen vorbei, ohne auch nur zu ahnen, welche Gefahr ihnen drohte.

Vom Breslauer Platz kam ihnen eine weitere Gruppe mit rollenden Fässern entgegen. Im Durchgang an der Nordseite vereinigten sich die beiden Gruppen von der Domseite und vom Breslauer Platz. Sie riefen unverständliche Parolen.

Verspätete Fußballfans sangen »Mer stonn zo dir, FC Kölle«. Eine asiatische Touristengruppe fotografierte. Ein älterer Mann ließ vor Schreck eine Bockwurst mit Senf fallen, als eines der Fässer vor seine Füße rollte.

Der Anführer der Motorradgang zückte eine Pistole und schoss die Fässer und die Flüssigkeit in Brand. Das Feuer breitete sich blitzschnell in der gesamten Bahnhofshalle aus und sprang in den Zeitungsladen, wo es fette Nahrung fand.

Georg stürmte in ein Geschäft, das Kleidung verkaufte: »Es brennt. Alle mithelfen.« Noch ehe die Verkäuferinnen begriffen, was los war, riss Georg Hosen und Hemden von den Kleiderstangen und machte sich daran, die Flammen zu bekämpfen.

»Ihr müsst die Klamotten auf den Boden werfen und dann mit den Füßen die Flammen ausstampfen«, rief Georg einer Verkäuferin zu, die versuchte, ihn festzuhalten.

Es gelang, eine kleine Schneise freizubekommen.

Hunderte Menschen rannten in Panik durcheinander. Ein Mädchen mit roter Mütze und rotem Kleid weinte, weil es seine Eltern verloren hatte. Annalena nahm es auf den Arm und lief zurück auf den Bahnhofsvorplatz.

Ein Teil der Attentäter stürmte mit ihr hinaus und wollte mit den Motorrädern fliehen. Diese Rechnung hatten sie ohne die Sozialistische Selbsthilfe gemacht. Der Pritschenwagen fuhr in die geparkten Motorräder hinein, warf die Maschinen um und setzte sich dann oben drauf. Eine sehr merkwürdige Kampftaktik, die sich an diesem Tag jedoch schon zum zweiten Mal bewährte.

Feuerwehrwagen hielten auf dem Bahnhofsvorplatz.

Friedhelm Houben und Steffen Landmann, mit Schaufel und Spaten bewaffnet, die sie an einer Baustelle mitgenommen hatten, attackierten die Angreifer, die in ihren Ledermonturen zwar gut geschützt, aber nicht sehr schnell und beweglich waren. Bundespolizisten kamen zu Hilfe und nahmen die Männer fest.

Der Anführer der Attentäter war noch im Bahnhof. Der Mann hatte noch immer seine Pistole in der Hand, schoss aber nicht. Hatte er keine Munition mehr?

Georg behielt ihn im Blick. Er hatte sich in den Verbindungsgang zwischen den beiden brennenden Hallen zurückgezogen. Einer seiner Männer war noch bei ihm.

Von der Domseite her kamen Rettungskräfte. Sie nutzten Feuerlöscher, kein Wasser, offensichtlich wussten sie, dass sie es mit Napalm zu tun hatten.

Vom Breslauer Platz rückte Polizei an, Gerald Menden vorneweg. Er rief etwas, vielleicht eine Warnung an den letzten Attentäter, dann fielen Schüsse.

Der Attentäter duckte sich, plötzlich war er verschwunden. Wie vom Erdboden verschluckt.

»Er ist in den Katakomben«, schrie einer der Bahnhofsbediensteten, die sich im Hintergrund gehalten hatten, »unter dem Bahnhof gibt es Kelleranlagen mit Versorgungsschächten, ein regelrechtes Labyrinth.«

»Können Sie alle Ausgänge überwachen?«, fragte Menden.

»Ich bin mir nicht mal sicher, dass wir alle Ausgänge kennen. Wir werden es versuchen«, sagte der Mann, den ein Namensschild als Herbert Schmitz auswies.

»Seien Sie vorsichtig«, sagte Menden.

»Danke, gleichfalls«, sagte der Bahnhofsbedienstete, als er sah, dass Menden an der Stelle hinabsteigen wollte, die auch der Attentäter benutzt hatte.

»Ich komme mit«, sagte Georg.

»Zu gefährlich. Du bist nicht bewaffnet.«

»Ich komme mit«, wiederholte Georg.

»Ich auch«, sagte der Bahnhofsbedienstete, »damit Sie wieder rausfinden.«

Das Gewölbe unter der Bahnhofshalle, gut sieben Meter unter der Ladenzeile, bestand aus unzähligen Wegen und Gängen, die ganz anders verliefen als die Durchgänge im oberen Teil des Bahnhofs. Manche dieser Tunnel waren über hundert Jahre alt.

»Still«, sagte Menden, »vielleicht können wir etwas hören.«

»Was Sie da hören, sind die Aggregate der Kühlhäuser. Wir haben ein Kühlhaus mit minus zwanzig Komma drei Grad und ein Kühlhaus mit genau fünf Komma zwei Grad. Da halten wir die Waren frisch, die in die Züge geliefert werden.«

»Wie kommen die Waren denn von hier unten in die Züge?«, fragte Menden.

»Es gibt Lastenaufzüge. Wenn wir in diese Richtung gehen, kommen wir zum Lastenaufzug an Gleis 1, Abschnitt F.«

»Wie groß ist die Unterwelt unter dem Bahnhof?«, fragte Georg.

»Eins Komma vier Kilometer Tunnel, dreitausendfünfhundert Quadratmeter Lagerfläche für die Logistik, Tanks für die Sprinkleranlage.«

»Das hat keinen Sinn«, sagte Menden, »wir müssen zurück nach oben. Früher oder später werden wir ihn kriegen.«

Plötzlich ging das Licht aus. Totale Finsternis.

»Was ist das? Eine Panne? Oder hat da jemand mit Absicht das Licht abgedreht?«, fragte Menden.

»Geh vom Schlimmsten aus«, sagte Georg.

Sie stoppten. Georg drehte sich um. In der Ferne hinter ihnen sah er ein flackerndes Licht.

»Geht ihr beiden weiter. Ich warte da vorne, wo der schmalere Tunnel abzweigt.«

»Was hast du vor?«, fragte Menden.

»Einfach abwarten, ob wir verfolgt werden.«

»Du spinnst. Viel zu gefährlich. Was willst du tun, wenn da wirklich jemand ist?«

»Kommt drauf an. Wenn er groß und böse ist, werde ich mich verstecken und hoffen, dass er euch angreift.«

Menden und der Bahnhofsangestellte gingen voran Richtung Lastenaufzug. Menden nutzte sein Handy als Taschenlampe, das Licht wäre für jeden Verfolger gut sichtbar.

Georg versteckte sich im Tunnel, der nach links abzweigte. Er hätte auch den Tunnel nehmen können, der nach rechts führte, aber sein Unterbewusstsein empfahl ihm das Versteck links.

Menden und sein Begleiter waren hundert Meter entfernt, als Georg ein Schlurfen im großen Tunnel wahrnahm. Ein Schatten schlich heran. Die Gestalt tastete mit der rechten Hand an der rechten Tunnelseite entlang und fasste ins Leere, als sie den abzweigenden Tunnel erreichte. Für den Bruchteil einer Sekunde zögerte die Person, schaute in den kleineren Tunnel hinein. Georg nutzte die Ablenkung und sprang dem Mann mit aller Kraft in den Rücken. Die Kreatur klappte zusammen, der Kopf schlug gegen eine Tunnelwand, Georg warf sich auf den stürzenden Körper, bekam einen Arm zu fassen und drehte ihn auf den Rücken. Der Gegner war kampfunfähig.

»Ich habe ihn«, schrie er in den Tunnel hinein, und sein Satz hallte wider und wider.

Sein Gefangener kam noch einmal zu Kräften. Mit einem Schwung, den Georg nicht erwartet hatte, drehte er seinen Körper und war plötzlich obenauf. Den einen Arm, es war der rechte, hatte Georg immer noch gepackt, aber den linken Arm hatte der Angreifer frei. Er hob ihn an, ballte die Faust und drohte, Georgs Kopf einzuschlagen. Georg gelang es in letzter Sekunde, den Kopf wegzudrehen, die Faust des Angreifers traf ihn so nicht voll ins Gesicht, sondern nur das linke Auge und rutschte dann ab auf den Steinboden.

Georg ließ den Mann los, drehte sich auf den Rücken, zog die Beine an und rammte dem anderen die Knie ans Kinn. Der Körper wankte zurück, Georg holte noch einmal aus, hatte diesmal etwas mehr Platz und schaffte es, weiter auf dem Rücken liegend, beide Füße in den Brustkorb des Angreifers zu stoßen. Die Wucht war so stark, dass der das Gleichgewicht verlor und in den Armen von Menden landete.

»Schon gut. Ihr habt gewonnen«, sagte der Mann, dann verlor er das Bewusstsein.

Einen weiteren Schlag hätte Georg nicht führen können. Sein linkes Auge schwoll an zu einem blauvioletten Veilchen.

»Du siehst aus wie der letzte Bahnhofsschläger«, sagte Menden grinsend. »Aber du warst ganz gut.« Sein Grinsen wurde breiter.

Georg schielte auf den Mann, den er überwältigt hatte. »Das ist einer der Motorradnazis, aber es ist nicht der Anführer. Nummer 88 ist uns entwischt.«

Es dauerte, bis Menden und der Bahnhofsbedienstete Polizei und Sanitäter alarmiert hatten. Als Georg zurück aus der Unterwelt kam, lag er auf einer Trage und hatte ein dickes Pflaster auf dem linken Auge.

»Ganz der Vater«, flachste Menden.

Der Brand in der Bahnhofshalle war gelöscht. Es hatte zum Glück keine Toten gegeben, aber einige Verletzte, die bei ihrer panischen Flucht zu Boden gegangen waren.

Im Matsch aus Bier, Napalm-Resten und Löschschaum fanden Menden und seine Leute Stapel von Flugblättern. Eine »Aktionsfront islamischer Kommunisten« bekannte sich zu dem Attentat. Der Bahnhof wäre als Ziel gewählt worden, weil die Bahn mit Truppentransporten am imperialistischen Krieg aktiv beteiligt wäre. Ausgerechnet der Hauptbahnhof, der seit der Silvesternacht in der ganzen Welt berüchtigt war.

»Phantasie haben sie ja«, kommentierte Georg. »Konnten sich wohl nicht für ein Feindbild entscheiden.«

»Ich bin mir nicht mal sicher, ob diese Intelligenzbestien Kommunisten und Islamisten überhaupt unterscheiden können.«

Menden lieferte den Gefangenen beim Streifenwagen vor dem Haupteingang des Bahnhofs ab: »Den Mann müsst ihr gut verwahren, am liebsten lebenslänglich.«

Im Blaulichtgeflacker des Polizeiwagens gab Kommissarin Kowalski eine improvisierte Pressekonferenz, als hätte sie gerade höchstpersönlich die Welt gerettet.

Als sie Georg und Menden sah, ließ sie die Journalisten stehen und zischte ihren Kollegen an: »Du hättest mich informieren müssen. Das wird Folgen haben.«

»Das will ich hoffen«, konterte Menden und lächelte zufrieden.

Annalena saß mit dem kleinen Mädchen in Rot auf der Domtreppe. Das Mädchen weinte, obwohl ein Paar, vermutlich seine

Eltern, es zu trösten suchte. Annalena gab dem Mädchen eine Stoffpuppe und legte es in den Arm der Frau.

Georg entdeckte seine Freundin, richtete sich auf, kletterte gegen den Protest der Sanitäter von der Trage und winkte ihr zu.

Annalena lief ihm entgegen, umarmte und küsste ihn auf den Mund. »Ich hasse Helden!«, sagte sie mit erleichtertem Lachen. »Noch so eine Nummer und du siehst mich nie wieder.«

Dann berührte sie mit ihren Lippen ganz zart sein verletztes Auge und sagte: »Was für eine verrückte Familie!«

Georg sah Paul die Domtreppe herabkommen. Er schloss die Augen. Er fühlte den Schmerz, wie die Geburtstagstorte Pauls Gesicht verbrannte. Er sah Birgit Pietsch, die sich in Maria verwandelte, die Frau, die ihn großgezogen hatte, leuchtend weiß aus dem Nirgendwo. Er roch die Druckerschwärze, wie er als Junge mit Paul im Pressehaus »arbeiten« durfte. Er sah sich mit Pauls 68ern auf tausend Schafen in den Dom einreiten – und zweifelte an dieser Erinnerung. Er spürte Annalenas sanften Kuss, der ihn in die Gegenwart zurückkehren ließ.

»Verrückte Familie?«, fragte Georg. »Wie meinst du das?«

Epilog

Am 31. Dezember war Georgs letzter Arbeitstag beim »Blitz«. Mit Chefredakteurin Carola Maar und dem Verleger hatte er einen Aufhebungsvertrag und eine schöne Abfindung ausgehandelt.

Es war nicht auszuschließen, dass der »Blitz« an den Berliner Verlag verkauft und die Redaktion in die Hauptstadt ausgelagert würde. Carola führte die Verhandlungen mit ihrem Lieblingsanwalt und reiste dazu regelmäßig an die Spree.

Am 31. März wurde »Colonia-TV« eingestellt, weil die »wirtschaftliche Perspektive« fehle. Annalena und neunundzwanzig weitere Mitarbeiter verloren ihre Jobs. Annalena hoffte auf eine YouTube-Karriere.

Georgs Tochter Rosa bestand die Führerscheinprüfung. Georg schenkte ihr eine Vespa, es war die von Mercedes Schumann auf sechzig km/h frisierte Maschine, die per Knopfdruck auf erlaubte fünfundvierzig km/h gedrosselt werden konnte.

Pauls Verbrennungen im Gesicht waren gut verheilt, Rud liebte ihn auch mit den Narben. Er hatte aufgehört, die Augenklappe zu tragen, nachdem die Ärzte ihm gesagt hatten, dass sie das Auge nicht retten könnten.

Auf Vorschlag von Gerald Menden wurde Bettina Kowalski zur Kriminalhauptkommissarin befördert und in die Kriminalinspektion 3 mit dem Schwerpunkt »Betrug« versetzt.

Die Fahndung nach »88«, dem untergetauchten Anführer der Motorradnazis, blieb erfolglos. Das Gerücht, bei ihm habe es sich um einen V-Mann des Verfassungsschutzes gehandelt, wurde nicht bestätigt.

Den verhafteten Rockern wurde der Prozess gemacht. Sie waren geständig, belasteten aber nur diejenigen, die nicht vor Gericht standen. Beim Mord an Johannes Bäck habe »88« die BMW gefahren, geschossen habe sein Kamerad auf dem Sozius, der beim Sturm auf die Winzer-Villa von der Polizei erschlagen worden war.

Der Stammtisch der Alt-68er traf sich wieder regelmäßig. Für

Johannes Bäck war Steffen Landmanns Frau Angelika nachgerückt. Es wurde beschlossen, Annalena und Georg die Ehrenmitgliedschaft anzutragen, wenn man ihrer beider Lebensalter addiere, wären sie ja auch 68er.

Georg und Annalena nahmen an.

Nachwort mit Danksagung

Alle Figuren in »68« sind Romanfiguren, also erfunden. Es gibt aber reale Vorbilder, die ich während der Studentenrevolte in Köln kennenlernte und die als Inspiration dienten, auch für im Buch benutzte Namen.

Mit einigen Alt-68ern habe ich bei der Recherche zum Buch konkret gesprochen, namentlich Kurt Holl, Rainer Kippe und Lothar Gothe.

Kurt Holl, der mir schon bei »Mord mit Rheinblick« geholfen hatte, ist im Dezember 2015 gestorben und hat die Veröffentlichung von »68« nicht mehr erlebt.

Weitere Kommilitonen, die mir beim Schreiben vor Augen standen, waren Jens Hagen († 2004), Friedhelm Hilgers, Klaus Laepple, Steffen Lehndorff, Angelika Lehndorff-Felsko, Wolfgang Lieb und Wolfgang Schiffer. Es wird andere geben, die sich ebenfalls in den Romanfiguren wiedererkennen.

In einigen Fällen habe ich Namen und Beschreibungen so stark verändert, dass es unmöglich sein sollte, sie mit realen Personen zu verbinden.

Eine Ausnahme ist Rolf Klein, der Einzige der Alt-68er im Roman, der vor Gericht gestanden hat; was diesen Prozess angeht, erzählt er meine eigene Geschichte.

Danke an alle direkten und indirekten Helfer.

Ein besonderer Dank geht an Verleger Hejo Emons, der die KVB-Demonstration 1966 am Neumarkt als Schüler miterlebte, an die Mitarbeiter des Verlages und an meinen Agenten Peter Molden, die mich zu diesem Buch ermutigt haben.

Der wichtigste Dank geht an meine Frau Micky, ohne die ich dieses Buch nicht hätte schreiben können.

Edgar Franzmann
MILLIONENALLEE
Broschur, 192 Seiten
ISBN 978-3-89705-631-2

»Der Krimi macht wirklich Spaß! Ein Buch für Kölner und auch alle anderen. Ausgefallene Handlung, interessanter Plot.« Center TV

»Ein Romandebüt, das nicht nur Kölnern den Schlaf rauben wird.«
City News

www.emons-verlag.de

Edgar Franzmann

DER RICHTER-CODE

Broschur, 272 Seiten

ISBN 978-3-89705-830-9

»Mit voller Wucht reißt der Kölner Krimiautor gleich zu Anfang den Leser in seine Handlung hinein. Rasant geht die Geschichte weiter. Mit viel Lokalkolorit und Humor lässt Edgar Franzmann reale Schauplätze und Personen im Roman auftauchen.« WDR 2

»Sehr, sehr spannend zu lesen.« Domradio

www.emons-verlag.de

Edgar Franzmann
ADENAUERS AUGE
Broschur, 272 Seiten
ISBN 978-3-95451-030-6

»Mit viel Lokalkolorit und profunden Kenntnissen beschreibt er den Köln-Berliner Politiksumpf. Dabei lässt er auch aktuelle Ereignisse in der Stadt nicht aus. Ein spannender und höchst unterhaltsamer Köln-Krimi.« Westdeutsche Zeitung

www.emons-verlag.de

Edgar Franzmann
MORD MIT RHEINBLICK
Broschur, 272 Seiten
ISBN 978-3-95451-372-7

»›Mord mit Rheinblick‹ ist ein hochspannender Politikthriller, bei dem Edgar Franzmann trotz aller globaler Verwicklungen nie seine Heimatstadt Köln aus dem Blick verliert. Sein Krimi gibt spannende Einblicke in aktuelle Entwicklungen der Stadt und in die heimische Medienszene. Sein Protagonist ist authentisch und sympathisch, weil er bei all den staatstragenden Ereignissen nie die Menschlichkeit vergisst.« Westdeutsche Zeitung

www.emons-verlag.de